周苏婕 著

痴心人

An
Infatuated
Person

 上海文艺出版社

目 录

001　**Chapter 0**：蹦迪日

023　**Chapter 1**：替罪羊

049　**Chapter 2**：鸳鸯锅

081　**Chapter 3**：环岛游

123　**Chapter 4**：酗酒者

165　**Chapter 5**：少女梦

217　**Chapter 6**：生日宴

263　**Chapter 7**：金字塔

325　**Chapter 8**：枕头人　上

369　**Chapter 9**：枕头人　下

443　做人的分寸感（代后记）

Chapter 0：蹦迪日

一

小水刚分手，前男友相亲认识，因为太实用，人称实用男。

实用男在银行工作，爸爸是学校领导，有专门开车的司机，妈妈是医院主任，挂专家号得提前一个月。小孩的学业不用愁了，看病也有门路了，他简直是所有父母眼里的好女婿，亲儿子，经济高效，很上得了台面。认识了一段时间，小水问他：要靠关系才能进银行吧？他得意起来，又有些防备，好像小水马上要动用他们家的关系。

实用男很健康。这健康有主流的意思，有道德的意思，有将一切坏变成好的意思。他对世界的认知基本来自教科书，处世的态度，倒全凭社会指导。这样得体的人，很会拍领导马屁，也很能讨长辈欢喜，无用的朋友要尽快剔除，不好看的女人算不得女人。他的生活那样干净，没有一点污秽。时代很宠这类人，所以他想要的总是能得到。他还很强调等级这个词，说自己喜欢小水，就因为他们是同一等级的人。大家都说，人潮汹涌，能碰到如此实用的男人，是小水幸运，命也太好了。

实用男有个微信校友群，浩浩几百人，每天轮流介绍自己，顺便发一个红包。一到中午，手机便长在他手上，抢个几十块能省一顿外卖钱，都是值得开心的。对他来讲，开心是很容易的事。光凭这点，小水就嫉妒这个人。有次小水咨询理财问题，正说着，实用男突然想起抢红包的时间到了，赶忙撂下话头，飞速捧起手机。说不上什么不好，只是等他抢完，又等别人抢完，盘点好每个人抢到多少，小水已经不需要他帮忙了。

那种对事情的算计让人觉得，他给出去的爱也要精明规划，一分爱一分货色的意思。小水想如果结婚，怕是谁买电视谁买冰箱，也得分配得当。精明不是不好，精明也叫聪明，但有人的精明是步步相逼，有人的精明是以退为进。小水想起爸爸有次为灾区募捐，说不清他是真有爱心，还是借这个由头宣传公司，总之，钱是实打实到了孩子们手里。

实用男第一次听到小水不会烧饭，也不做家务，脸色比拖把还难看。可很快他又因相同的原因爱上她。小水家家底丰厚，各地置业，有不少收藏品。如此一来，缺点根本就是优点。他想多好，这个女人到四五十岁还等于孩童，爸妈的钱护着她，身边一圈人跟着沾光，而女婿是中心的中心，他女人的财富就等于他的财富了。

第三次见面俩人逛商场，那时小水对实用男的实用，还没什么概念。他试一双鞋，左右扭动，恨不得钻镜子里头，一面夸质量赞，一面脱了要走。恰好小水当日发了奖金，纯属心情好，便提着鞋去结账。实用男两眼一瞪，无法理解。在此之前他只请她吃过一顿饭，情人节礼物还在橱窗里。可小水的个性里有那种慷慨，她难得快乐，一旦有了就很想分出去。别人到她家做客，她总是拿最好的东西招待，不愿让人败了兴。

不是男友身份的问题，仅仅因为此刻在她身边的人，恰好是他。然而是小水幼稚了。她以为他能懂，但他根本不相信世上有这种单纯的分享；过一会明白了，坚定这就是爱。他自己都舍不得给女生花钱，可想而知小水是有多爱他。这样琢磨着，实用男已连头带尾地热起来，很难得夸了她一番。好话太好，反而恐怖起来。其实小水只想听一句我懂你，但等来等去没等到。她心里那么冷的一个人，他却判定她从里到外发热，源源不断发热。

有次吃饭聊到爱情，小水说，学校有个老师怀孕了，男方却不肯娶她，那老师得了抑郁症，再后来便跳楼自杀。实用男很得体切下一块牛排，血肉模糊塞嘴里说，居然有这种事。小水知道断章取义的讲法，多少让人误解，便又细数一番过程，不下判断只求真实。可实用男还是反应太快，太干脆，他继续切牛排，面不改色说，那种人就是脑子有病，脑子有病有啥办法？没办法的呀。听到此小水立马闭嘴。实用男说，牛排好吃吧，要不我给你拍一张，这种档次的餐厅，发到朋友圈，面子不要太足。小水一时耳聋，她想那种人是哪种人，你又是哪种人，如果我也是那种人呢？

这才明白实用男快乐的原因。他把世上的事看得这样轻巧，或者说，他只挑轻巧的一面。如此，她也没法和他说自己的事、自己的家庭，她的烦恼对他来讲，根本就是庸人自扰。要他理解爱中有恨、恨中有爱，爱恨同消共长，这实在太难了。就那一瞬，小水知道这辈子都不会爱这个人。她对他，只有人类最基础的情感。

看到小水没有应声赞同，实用男的脸再次拉成拖把。谈不上多爱她，但在他眼里，小水等于自己身上的一个器官。要自己的器官动，它不动；要它不动，它乱动，你说能不生气嘛！可外人看到他俩，竟觉得如此般配。这样懂生活的抢手货，小水未免太赚。

对于小水爱蹦迪这点，实用男也是格外不满。她站上舞台，有天然的感染力，美是美，但本属于实用男一个人的美，现在被太多人瓜分，那美也变得脏起来。虽说海外留学回来，但实用男派头上洋气，骨子里传统，大有中体西用的味道。

关于美德，他自有坚守，喜欢把女人分门别类，用权威的口吻说，这女的适合当老婆，那女的适合当情妇。小水第一次听到这评价很惊奇，她反问，那能不能讲，这男的适合当老公，那男的适合当情夫？实用男皱眉说，没这种讲法。小水说，有啥不一样，女人可以贴标签，男人也可以吧。她问得很委婉，其实心里想，为啥女人不是贞女就是荡妇，男人无论出轨与否，照样当好先生。

实用男懵在原地，斟酌半天说，有些事不要细想，细想有啥好处，社会怎么做，你就怎么做，跟着做不简单吗？小水说，是吧，原来你这种思路。实用男说，社会化程度越高，人就越自由，我这话有点学术，你一时半会听不懂不要紧，回家好好悟一悟，相当妙。

实用男视他的一切理所应当，甚至觉得毫无优待，毫无特权，还嫌世界对他不公平。他也强调，有想法的女性值得尊重，但小水清楚，这句的潜台词是，太有想法的女性根本不需要尊重。

有意思的是，实用男不愿小水蹦迪，但他迷恋她恰恰也因为这点。长这么大，念书从未逃课，生活从未越轨，他和小水在一起，第一次体会到犯规的乐趣。人就这副德行，越早犯规越能收敛，越晚犯规越易上瘾。实用男到后来都怕了，怕在舞池里跳太欢，跳太猛，那个真实的自己会不小心滑出来，吓所有人一跳。接近高潮时，实用男脑子一醒突然抽离，拉紧小水说，我们结婚吧。小水边跳边喊，啥？实用男说，再这样跳下去，事情不对头了。小水喊，啥事不对头？实用男说，啥事都不对头了。小水喊，听不懂。实用男说，结婚吧，结了婚，一切都会好的。

关于这点，小水始终没搭他的腔。有回实用男说，我爸讲你太漂亮了。小水心想，他告诉她这话，原意是想借他爸捧一下她，顺带多要些爱。但实际上这话的意思是，因为漂亮所以难控制。他是听话的乖宝宝，没什么主张，他爸倒是明眼人，他们家容不下她这种女孩。小水脑海里马上浮现他未来老婆的样子，笼统，持家，一团和气。总之，必须是他的同类。

有时连实用男的真名，小水都突然想不起。但他很安全，这是当然的，甚至是他最引以为傲的地方。如果结婚，小水也相信他会爱她一辈子，不为别的，仅仅为法律认定他是她的老公。实用男说自己重感情，其实是说重社会对他的感情。那样爱惜名誉的一个人，面子毁了，一天都活不下去。他是为了结婚才遇到小水，而非遇到小水才想结婚。两者有啥差别，小水猜他连这点都无法区分。想到自己的好要在这种人手里埋没，活生生浪费，小水难得疼惜起自己。

提出分手也是很偶然的，她自己都没做好准备。一次闲逛，看实用男那样自信迈步，仿佛整条路为他匍匐，小水便不自觉说出口了。说完也没很心痛，流了一点泪，单纯为青春逝去，可惜时间耗费在无意义的地方。

分手那晚小水想，如果若干年后在街上碰到，实用男会不会变一副模样，坦诚对她说，我结婚了，但也出轨了，我知道你讲的那种真的爱是什么意思了。小水不是赞成背叛，只是假以时日，他能不为别人、只为自己地活一次吗？或者说，他知道真正的自己是什么样吗？这辈子他还有机会知道吗？很难讲。或许他如今的生活，就是他最好的归宿。有那样的人，快乐全都来自社会。小水不再去想，他和她本就没关系了，第二天睡觉醒来只觉自由真好。但大家背后都八卦，放跑这个实用男，她脑子被门夹了吧。

二

　　小水在一家新媒体公司上班。说不上好，说不上不好，相当于流水线的螺丝钉，啥活都干缺哪补哪。白日在职场耗尽，回家便没精力想七想八，肥皂剧有一搭没一搭地看，手机刷半天不是八卦就是网购，时间很快打发过去。每到这种时候，小水尤为嫉妒实用男，他一定会说，不愁吃喝，不患重病，小日子过到这种地步，还有啥不满足？有这种人，是真的满足，还没经历风浪就已到老年人心态，简直生活上的天才。小水不行，百般给自己洗脑，依然做不到麻木。总静不下来，总有地方蠢蠢欲动。情绪攒到满出来时，就必须去酒吧蹦一次迪。昏昏沉沉意识模糊，跳到忘记自己，第二天醒来重新当一个正常人。

　　这天八点下班，她又受一肚子气。根本想不到吃饭，只盘算冲回家，放了包换好衣服，去酒吧喝一杯。公寓电梯等太久，小水焦躁，猛按按钮，像极自己的人生，按了无济于事还在按。等到电梯门开，几个搬家工人涌出，小水才意识到有新邻居了。但三十多层高楼，谁搬进谁搬出，和她有什么关系。要关门，却听到声音喊，小姐等一等。她抬头，只见另一搬家工人推着拖车进来，车上堆几大纸箱，箱子里塞满书。小水被逼到角落沾一身灰，搬家工人抱歉着笑说，这年头还有人看书，稀奇吧。小水说，是啊，稀奇的。

她随手拿起一本书，封底有几行诗。她在心里默读：我们徒然地辜负了青春，每时每刻都在做青春的叛徒，而青春它也欺骗过我们，我们许多美好的愿望，和我们许多的新鲜梦想，倏忽之间便烟消云散，如秋天腐烂的落叶一般。翻到封面一看，书名写《叶甫盖尼·奥涅金》。眼睛瞬间被灼伤，小水整个人都醒来，烫手地把书丢回去，一张名片却掉出来，捡起看，上面写"**空心爱酒吧**"，地址电话，老板名字，一应俱全。小水把名片攥在手里，攥到发皱。

出电梯，发现俩人原到同一层。搬家工人一面推车，一面问，于先生，这些书要怎么放？小水忍不住转头，对面那户敞着门，一个穿西装男人背影，高高大大，正值壮年的样子。他忙着整理，始终不转过身。小水觉得她心里应当有些想法，但没有。习惯性失望了。

开锁回家，却看到妈妈正弯腰，热火朝天打扫，小水把包往台上一掼心想，又来了，讲多少次，来之前要讲一声，从来不讲。小水妈擦着柜子头都不抬说，回来了。小水有气无力说，嗯。小水妈说，这么晚回来。小水说，加班。小水妈说，天天加班，也不见挣多少钱。小水说，大家都这样。小水妈说，让你爸安排一个办公室闲职，喝喝茶看看报，不是蛮好。小水说，现在没人看报。小水妈说，我讲的不是这意思，你懂的呀，一天到晚犟个什么劲。

小水妈边擦，边把台面上东西收进柜里。小水心想，白费劲，反正等你走了，塞进去啥我就拿出来啥。但懒得争，争来争去还是以前吵架那套，重复太多次，没开口心已累了。小水妈擦到喘气，停下来叉腰说，去把窗户开了，家里太闷。小水懒懒地说，我洗个脸就去。小水妈急躁起来，叫你做点事怎么这样费劲！没等小水反应，她已先行一步开窗。小水想这人就是这样，要别人做事，恨不得马上去做，不管手头多要紧，都得放下听她的。

看风刮着窗，等于来回扇人耳光，小水回忆起高中念书时，小水爸常年出差，母女俩睡一块。小水做卷子到深夜，最后一个上床。小水妈躺着看无声电视，问，你门窗检查了吧？小水妈很警惕，总担心有人闯进来。没办法，小水又掀被子起身。可每次检查，每次都关死。现在想来，小水妈要女儿做什么事，并不是真的要她做，而是提醒她，有人考虑你的安全，有人时刻为你提心吊胆。等于女儿的四肢生来是摆设，专给人发脾气用的。

过了一会，小水妈端来两个碗，黄澄澄芒果，大碗盛整齐切块，小碗放边角切丁。小水妈把大碗摆小水面前，自己端小碗问，男朋友谈咋样？小水把大碗推回去说，天晚了，你要不早点走？小水妈也推碗说，听介绍人讲，男方有结婚的打算。小水继续推碗说，你开车来的，夜里不安全吧。小水妈又推碗说，妈妈很看好你们，讲讲呀，有没有希望？小水不放弃，再次推碗说，晚睡对身体不好，你走吧。

小水妈忽然火气上头，脸色一变，把碗重重砸桌上说，啥意思，一直赶我走。小水撇过头说，分手了。小水妈说，啥？小水说，分手了呀。小水妈很震惊,仿佛一个人中特等奖却把彩票撕了。小水不耐烦说,他对我没感觉。小水妈说,瞎讲,没感觉还提结婚。小水说,介绍人听错了。小水妈说,是你做了啥让人误解了吧。

小水白眼一翻只觉莫名。小水妈自己天然地感到抱歉,就总觉得女儿也亏欠别人。如果小水说,男孩无聊讲不到一块,小水妈就说,是你这人矫情。如果小水说,男孩不正经痞气太重,小水妈就说,谁叫你穿这种样子。小水憎恨她的善良,一个人善良到没底线,和恶也没什么区别了。之前小水妈忙前忙后,搜刮身边多少优质货色,小水不忍辜负好意,为顾她的用心答应见见实用男。可小水妈体悟不到女儿情绪,还以为苦尽甘来,终于要把她嫁出去。

小水妈痛心说,分就分了,为啥芒果也不吃?小水心想,家里整整一箱芒果又吃不完,你何苦做出这副牺牲样子,如果我此刻吃了,就等于占你便宜,欠一堆情感债,我傻吧,我宁愿绝食也不会动一口。想完这番,小水说,没胃口,不想吃。小水妈一听来劲了,叨叨叨说,是不是又犯胃病,你说你,饭不好好吃成天叫外卖,有胃口就怪了,芝麻核桃粉吃完了吧,我又给你带了一罐,真是上辈子欠你的。她边讲边开橱柜,一看,上次整整一玻璃罐动都没动。小水说,我讲多少次,不想吃不喜欢吃,你别送了。小水妈根本不理,把新的一罐摆进去,嘴里默念,芝麻养发核桃补脑,你高三时不吃这些,怎么能考上大学?

小水说的话,小水妈从来不上心。一个对别人的话不上心的人，还要让别人对自己的话上心，这种专制天性，真的难改。但有人会和天性对抗，有人任由天性摆布。对抗的人，能理解摆布之下的惰性；可被摆布的人，从来不懂对抗的意义。小水想来想去，还是没法和小水妈讲理。她飞速换了衣服，挎上时髦小包急于去酒吧蹦迪，小水妈不走，她走总好了吧。

开了门，谁知小水妈眼疾手快，抢先挡前面说，做啥，这么晚还去哪？小水说，约了朋友外面谈谈。小水妈说，啥朋友？小水说，大学闺蜜。小水妈说，哪个闺蜜？小水说，你不认识。小水妈说，改到明天。小水说，临时放鸽子我做不出来。小水妈说，那就不该约晚上，我讲过吧，讲多少次，晚上不要出门，出门不要背包，万一遇到坏人抢劫，你追还是不追，跑还是不跑，这么大的人了总让人担心，你活到现在让我轻松过吗？演讲还没结束，小水一屁股坐回沙发，投降了。妈妈的爱没完没了，仿佛一种绝症活生生缠绕她。

小水一时耳聋，却不自主琢磨，小水妈自以为逃避危险，但在这世上活得再小心，危险还是会拐弯上门。万一真的遇难，她并没教女儿怎么报警，准备哪款防狼喷雾，也没静下心问她去哪，网约车有没有填联系人。一个安全意识很强的人，恰恰不懂任何安全措施。她觉得说几句注意安全，不断重复安全，就好像真的会安全。

小水突然意识到，妈妈对待危险的态度，就是对待生活的态度。她做所有事只为逃避，逃避真相，逃避自我，连二十多年来说同样一段话都从未发现。小水刻薄，忽然明白爸爸一回家，笃笃定定当木头人的原因。

　　小水打断说，不讲了好吧。小水妈愣住说，啥，话都不让我讲，你对妈妈这种态度。小水说，要么我走要么你走，选一个。小水妈说，你不能走，你也没理由赶我走。小水说，搞清楚好吧，这是我家。小水妈说，房是我们买的，你付过一分钱吗？小水听到此忽然气壮起来，她说，真要讲这么准确，我倒要问，房是你买的还是我爸买的，你付过一分钱吗？小水妈震在原地，被刺痛到极深，几秒后她拉开橱柜，拿出两公斤玻璃罐气急败坏摔地上，一时粉末飘溢，碎片飞溅。

　　就在此时，小水感到脚下硌着疼。挪开看，原来是玩具毛绒羊的玻璃眼珠，之前掉了一只，找半天不知滚哪里去。如今突然出现仿佛一种暗示，是妈妈买的毛绒羊，陪她过了整个童年。小水一口气堵胸腔，想都没想便一脚踢开那眼珠，咕噜咕噜滚，滚出门外。母女情感到这种地步，还谈什么温暖，什么留恋。

三

　　小水打车去酒吧，看窗外灯红酒绿，风景一路后退，不知怎么，有种欲抓时间、时间却活活流走之感。不替自己，替小水妈。

刚才在家她已注意到，小水妈穿时髦崭新衣服。想来不正常，办公室清闲上班，一堆女人明争暗斗，小水妈向来低调，不会穿到如此招摇。那便是下了班又回家，换套衣服才来。不用见客不用饭局，魅力仅仅消耗于家务。当然也可能是这几年，母女渐行渐远，小水妈突然在意女儿面前形象，尽力跟上步伐好不被嫌弃。

曾经一次，俩人逛街碰到小水同事，小水一路抢先，根本不给小水妈发言机会，就是怕她说错、笑错，徒然暴露短处。小水妈察觉，找了借口知趣走开。一个女人拉扯孩子近三十年，到头来，竟这样如履薄冰。

但她也太闲。不是下班后顺路过来，而是有时间先回家跑一趟，等于整个晚上，小水妈开车，做家务，等女儿，噼里啪啦吵架。可见小水爸今晚又应酬，等会她回家，浴室冲澡，电视换频，等丈夫到深更半夜。一个女人离了别人，居然没自己的生活。小水想有时对妈妈态度恶劣，也许是负罪太深，深到某种程度便转化成了恨。

思绪飘荡，又忽然想起小水妈砸玻璃罐，芝麻核桃粉洋洋洒洒落整个楼道。新邻居西装笔挺，搬家纸箱里样样码整齐，看来是干净的人，讲秩序的人。小水不愿惹麻烦，或者说避免和人产生过深牵连，觉得最好回家打扫，等一切恢复原样再定心蹦迪。正准备掉头，司机却一脚刹车停路边说，到了，空心爱酒吧。

小水心里一震，恍惚下车，只见眼前酒吧，招牌"空心爱"三个大字醒目到刺眼。动次打次音乐，穿透力过强，传出大门到小水脚边。几个吊带热裤辣女,一路咯咯笑扭屁股进去。小水想错,以为"空心爱"这种名字适合幽静清吧,灯光昏暗放暧昧钢琴曲,两三友人相互凑耳,窸窸窣窣讲隐私。可眼前一切刚好相反。又想到此地隔几条街便是小水大学校园,毕业后再没回过,青春就此告别,一时间万千情感涌上心头,小水几乎落泪。

进到酒吧,舞池里挤满男女,一圈卡座到处香槟声,打闹声,骰子哗啦声。豪华座位区一小鲜肉挂足名牌,脚踩牛皮沙发,手持当下最流行钞票枪,超强马力只轻轻一按,玩具美钞砰砰扫射,各路美女瞬间疯狂,淋着钞票雨嗲声尖叫。小水笑笑,这种时代这种景象,还有啥不正常,一切正常才叫不正常。她到吧台点酒,仰头喝光,再摇晃进舞池蹦迪。射灯明明暗暗,陌生男女你来我往,谁也看不清谁。等酒精消耗,再去吧台来一杯,咚咚干掉继续蹦迪。音乐越快舞步越快,越可丢掉自己,忘记自己。

可惜小水酒量好,唯一坏处是不醉。好几次摆动,目光便撞上吧台某个西装男人,小水浑身一颤瞬间清醒。乌泱泱人潮,难以看清西装男具体模样,只觉一双犀利眼睛黏自己身上不放。汗珠滴落,刘海湿答答粘额头,小水跳得不自在终于停下了。左右挤开到卫生间,门口排长龙队伍,小水泡于酒气呼吸困难,单想去洗手台照个镜子,张望一番又作罢。

这时想起走廊尽头有一处拐角,几平米的地方开扇窗,靠墙摆酒柜,放各场欢愉后的瓶瓶罐罐,等回收等贱卖,相当于酒吧的垃圾场,最无人去处便是此角落。

小水走进去,一面呼吸窗缝新鲜空气,一面照反光镜面整理刘海。拢来拢去总有一撮不听话,等到几乎服帖,小水又发觉自己太无聊。在干什么,期待什么,她这种人配得上幸福吧?这样想着已冷笑起来,索性两三下再把刘海弄乱。

谁知背后突然声响,低沉磁性男声说,其实怎样都好看。小水一吓,背上出冷汗回头看,才见酒柜阴影里隐着那西装男人。不知怎,她无知无觉第一个动作,还是去撩刘海。西装男一手插袋,倚墙笑笑。小水语气冲起来说,躲这有意思吗,吓谁呢?西装男还是笑。小水感到失态,因为紧张更失态了,她板脸说,你笑啥,有啥好笑的。西装男说,看你可爱就忍不住了。小水说,有病。

她正要走,西装男又开口,一个女孩独自来夜店,威士忌痛快喝,舞池里痛快跳,也不怕危险,胆子大的。小水扭过头说,最大的危险是你吧,穿得人模狗样,一个人坐吧台,假装跟老板说笑,其实眼神到处瞄到处找,典型广撒网多钓鱼。西装男说,原来一直盯我看。小水瞬间脸红说,明明是你跟踪我。西装男说,这家店我常来,这角落我也常呆,从时间上看我比你早到。小水说,奇怪吧,这里要酒没酒,要女人没女人,喜欢呆这摸黑,不知盘算什么坏心思。

西装男边笑边走出阴影,小水看他一米八个子,端正五官肌肉身材,便不自主后退。空间狭窄空气暧昧,有一度,她以为他要逼自己到墙角,谁知进了几步他又忽然转身,蹲下去,从酒柜底部抽出一本书,拍拍灰,一时尘埃四起。

西装男说，这书你没看过吧。小水说，啥意思我不懂。西装男说，人越多的地方越感孤独，有时可乐喝到一半，我就来这个地方读小说。小水说，啥，你不喝酒喝可乐。西装男把书摆她眼前，封面上写《空心爱》，换行写"短篇小说集"，因被压太久中央明显一处凹痕。

小水不屑耸肩说，来酒吧看这种东西，无聊。西装男说，是啊，工作生活哪一样不无聊。小水心里一震，盯着书说，书名和酒吧一样，不是巧合吧。西装男说，这家店我来七八年，老板换几轮，店名倒一直没换，上任老板告诉我，有一个十八线小作家，二十四五岁，在这酒吧写好多小说，临到出书，索性以店名为整本书名。小水说，听上去有情调，这书应该畅销。

西装男从口袋里掏出手帕，一点点擦封面说，小作家想出书，把所有短篇打印下来装订成册，结果找一圈出版社，编辑都讲，小同学啊，文学小众市场不好，你也知道的，要么自带粉丝要么自掏腰包，不然我们太难做。小作家拿不出粉丝也拿不出钱，又脸皮薄，不喜欢强人所难，从始至终笑盈盈说好，好的。到最后碰一肚子灰，只好来空心爱酒吧买醉。

她喝到兴头上，从包里掏出简陋打印稿，要送给老板。老板讲，明知不赚钱还去写，明知死路一条还要走，有你这种人吧。小作家只喝酒，嘿嘿傻笑。老板讲，好了不要写了，明天来店里打工，踏踏实实生活。小作家还是喝酒，嘿嘿傻笑。

第二天老板看新闻，手机刷到无人关注板块，意外弹出一条，说今天凌晨，某无业游民醉酒，过马路时车祸身亡。老板一惊，放大照片看路牌，看死者信息，果真就是这个小作家。还记得当时出店，小作家意识清醒十分理智，究竟转场去了别的酒吧，断片后被撞，还是借着喝多的名义故意被撞，又有谁知道。但从此，老板收下此书。

小水一时沉默，隔墙还能听到动次打次音乐，但太遥远太恍惚，已是另一个世界的事。小水说，等于讲，这本书是小作家的遗作，在这世上《空心爱》仅此一本。西装男点头说，应该是。小水说，那我不懂，这种孤本压酒柜下啥意思？西装男说，生意不好做，上任老板开不下去，房东催租催到把他赶走，搬家时太匆忙，书塞角落里忘拿了。现任老板又讲经济，凡事都废物利用，当时酒柜歪斜，老板不舍得换，顺手拿书垫柜脚，稳稳当当正好。小水说，可惜了。西装男说，不可惜，人死了也不过一把灰撒掉。

小水接过书，仔细摩挲起来。西装男说，有次我太无聊，来这边透气，手一滑手机掉地上，蹲下捡时发现这书，于是每次来每次看，有时一篇，有时半篇，有些章节反反复复。小水说，这么看写得不错。西装男说，怎么讲，年纪摆在那，再好也好不到哪去。小水说，那为何反复读。西装男说，小作家真诚，这年头啥都不缺，就缺真诚。小水说，是吧。

西装男说，多少人到这角落抽烟闲聊，扶墙呕吐，或者生理需求就地解决，但从来没人注意这书，就算看到也当垃圾垫脚石。小水说，正常的。西装男半点头半叹气。小水说，只是你把书抽出来，酒柜不会倒吗？西装男伸手，从顶层找出一沓玩具美钞，整整齐齐垫到柜脚下。他说爽吧，这种感觉。小水看着上百空酒瓶的重量，压于人人向往的美钞，不由得笑了。

西装男起身又说，今天有缘，《空心爱》你不妨读读看，有啥观点见解我们可以交流。小水把书塞回他手里说，我毕业后再没看过书，文盲一个，今天就到这吧，我要走了。西装男说，你会后悔的。小水说，有啥好后悔。西装男说，有件事你不困惑吗？小水说，啥？西装男说，小作家投胎不行，运气不行，命里每样通通不行，但她还是笑，临死那天依旧笑，什么原因？小水摇头说，我刚就想问。西装男说，那天晚上酒吧老板提了同样的问题。小水说，讲，快讲。西装男，小作家笑眯眯讲，这不是很简单嘛，因为做自己，做喜欢的事，太开心了。小水定住，要离开的腿根本迈不动。

此时西装男手摸内侧胸袋，掏出黑莹莹玻璃珠说，熟悉吧。小水看了吃惊不敢肯定。西装男说，搬家第一天就听到邻居吵架，罐头砸地上真是心痛。等到一切安静了我开门，这颗玻璃珠滚到脚边，有瞳孔，有深浅，明显不是普通弹珠，我猜某个玩具动物上掉的，一层楼只两户，不是我的那只能是你的。小水愣在原地，一句讲不出。

西装男整整衣服，正式口气说，你好，我叫于淼，千勾于，三水淼，别人叫我大鱼，你的新邻居。冤家路窄，小水来不及细想，只伸手说，把我的东西还我，谢谢。西装男突然收手，玻璃眼珠攥掌心说，当时透过猫眼，我看你一脚踢开，根本是想丢掉。小水说，现在反悔可以吧。西装男说，当然可以，只是我有条件。小水瞪眼说，啥？

西装男说，一个人读小说难免孤独，想法对不对，理解是不是狭隘，都不清楚，你陪我一起读，俩人志同道合说说笑笑，岂不人生一大快事。小水说，谁跟你志同道合，时间多是吧。西装男笑笑说，一起读，东西就还你。小水犹豫再三说，算了，我不要好了吧，我走了。西装男说，没问题，你啥时候想通，就啥时候来找我。

小水正扭头走人，西装男又说，还有一件事我觉得你应当知道。小水停下不耐烦说，又啥事，一次性讲完。西装男说，当时我开门，走廊到处是芝麻粉，我有洁癖，一点都看不下去，必须打扫干净。小水自觉理亏，扭过身说，其实不用麻烦你，我回家后自然会弄干净。西装男说，扫到一半电梯门响，你妈妈回来了。小水说，什么？

西装男说，阿姨太客气，左一个抱歉右一个抱歉，我讲不要紧的。阿姨讲，小水这孩子懂事，她肯定会打扫，但从小到大没怎么做过家务，又怕她弄不干净，坏了邻里关系就不好了。我讲阿姨，我太懂你，做大人的就是这样，小孩再不听话，还是忍不住对她好。阿姨讲，其实我也有不对，可真要摊开讲又开不了口。我安慰阿姨说，正常的，家家户户都这样。讲到这里阿姨已双眼通红。

小水低头，想到沙发上毛绒羊如今眼球剥落，空留深深一个窟窿，突然间胸口发痛。此时西装男递书到眼前，翻目录一页说，盲人摸象啥意思，懂的吧？小水不吭声。西装男说，生活是一头大象，而我们都是盲人，读读看，第一篇小说《盲人摸象》。

Chapter 1：替罪羊

一

　　《盲人摸象》读完，小水呆看毛绒羊一声不响。当时小水妈摔玻璃罐太用力，芝麻核桃粉四处散落，无孔不入。毛绒羊白色皮毛，也沾染薄薄一层，左右拍拍不掉，淋上水擦更黏了。芝麻养发核桃补脑。小水忽然意识，妈妈不是生来就知道芝麻用途、核桃用途。手指伸进羊眼窟窿，蘸了粉放到嘴里，眼泪马上淌下来。即便这样，她还是清醒记得，拎起羊转个方向，这样它就心情安定，看不到自己在哭。

　　拿书按对过电铃，大鱼开门说，看完了。小水点头，一手还书一手接过玻璃眼珠。大鱼随便翻，扫到一句话下划了横线，定睛看："她从小就练习孤独，关于不能彻底相信一个人、直面生活的真相、苦难只能自己解决这些事，她已经很熟练了。"大鱼沉默一会说，故事还行吧，有浪费你时间吗？小水一动不动，只盯掌心玻璃眼珠。当天是周六，本约狐朋狗友酒吧蹦迪，但小水有多少周末浪费在他乡。长这么大头一次有漂泊感觉。她想回家了。

晚饭前到家。小水妈听开锁声以为是小水爸，嗓音里探出脑袋说，提早回来啦，不是说今晚有饭局吗？回来也好，就是家里没菜，要不我们出去吃。讲一半脑袋被打断，原来站门口的是女儿。对视一瞬，小水突然意识自己每次回家也未提前通知。想来就来想走就走，明明她更霸道，还要说人霸道。

但小水妈不翻旧账，愣一会才反应，两手抹围裙说，回来了。小水撇开眼神不自在说，嗯。小水妈说，晚饭吃过吧。小水说，还没。小水妈解围裙说，那出去吃。小水拦住她说，不，就家里吃好了。小水妈说，家里没菜。小水说，没菜那你吃啥。小水妈不吭声。小水换鞋脱外套说，你吃啥我就吃啥，我不饿。

小水故意绕过餐桌，瞥都不瞥一眼。但小水妈收拾盘子的声响，乒乒乓乓就在眼前。本能感觉，小水妈不会善待她自己。空气里味道不新鲜，她一定吃昨天剩菜，两三口随便应付。小水尴尬躲进厕所，听小水妈脚步声在餐桌和厨房间来回，可以想象微波炉刚热好的剩菜，此刻正哗啦啦倒掉。等脚步落定灶火重开，小水才冲马桶，若无其事出来。说好听点给彼此留一份体面，说难听点小水无法面对，毕竟她是那种吃一口不喜欢就扔掉的人。

只能窝沙发。可刚坐下，便瞄到垃圾桶里核桃壳堆成了山。

想来是小水妈边看电视边敲核桃，前几天送来那罐摔了，便急匆匆想重弄一罐。这时小水妈提冷冻牛排过来，问她，吃这个好吗？小水很乖点头。小水妈顺女儿眼神也望进垃圾桶，能感到她身体一颤，忽然被刺痛。小水妈拆牛排包装问，几分熟？小水心想关于做菜，她第一次问人意见，稀奇的。但嘴上还是说，你觉得几分就几分。小水妈扔包装袋，等于毁尸灭迹，完全盖住核桃壳，又简单报晚餐内容，才装没事走开。

小水不傻，以前小水妈扔垃圾，都习惯叠成块状整齐放入，绝不会如此随便。这时又后悔回家，她展示她做什么，她掩盖她做什么，女儿都会内疚。或者说只要妈妈存在，女儿就等于罪人。后来吃饭小水才注意，小水妈手上贴创口贴，不知那天摔罐头被划伤，还是最近敲核桃被刮伤，总之是伤了，她为女儿再一次受伤。芝麻养发核桃补脑。

盘子扫光，小水很难得去洗碗，但又不想让小水妈误解，以为她在妥协，在讨好，便一面凶一面进厨房说，我坐一天了，单纯想站会，你别多想好吧。之后每隔几分钟，小水妈有事没事来一趟，瞟一眼。小水把碗往水池一掼，不耐烦说，这么不放心，那么你洗。小水妈半开冰箱门，无辜眨眼说，我讲啥了，我啥也没讲啊。

到晚上入睡，小水习惯把脚伸被子外。小时候故意这样，因为怕黑，天再冷也伸着，总想小水妈半夜出现体贴掖被。后来长大便纯粹怕热，然而今晚再热，她还是把脚缩回，整个人藏被窝丝毫不外露。实在受不起小水妈的好，这好太沉重，重得她彻夜难眠。

第二天回外婆家吃饭，小水妈照例起早跑菜场，红红火火热一身汗。开车路上等红灯，小水妈问，最近忙吧。小水突然警觉摘下耳机说，有啥事。小水妈手搭方向盘一直不讲，等亮绿灯踩了油门，才吞吐挤牙膏说，下周有个展，你有空陪我看吧？小水一愣说，啥展，农产品展，还是小商品展？小水妈说，你有空吧？小水说，到底啥展？小水妈一个急刹车不响了。照以前小水推辞工作忙，根本不细问，以免俩人呆太久吵架。现在想来并不是真怕吵架，陪她三天，想一年也不过陪三天，陪她很多个三天，想再多也抵不过她陪自己的三十年。总之债堆债利滚利，哪能还清爽。

芝麻养发核桃补脑，小水犹豫说，下周出差，我没空。小水妈说，也好，办公室张阿姨会陪我去。小水下意识反问，你找到人还问我，有意思吧。小水妈不应，手指焦虑敲方向盘。小水心想，你和张阿姨不对付这事我没忘，真是，她会陪你去她就不姓张了。左想右想正要戳穿，小水妈忽然停车说，水产店到了，下车。

小水翻白眼。最恨回外婆家，每次回免不了全城大采购。东边买家禽，西边买海鲜，因为固定摊位熟人靠谱，供应的都是鲜货好货。南边买蔬菜，因为自家田里不打农药，当天采摘当天卖。小水妈不爱网购，东西沉甸甸在手里，挑挑拣拣才放心。小水屡次想问，整整一上午到处跑菜场，你真是闲，时间多。一个人要有事业忙，哪能分清菜场和菜场差别，哪来得及纠结肉柴不柴，鱼腥不腥。而嫌弃一个人，嫌弃到无能的份上，等于是从骨子里看不起这个人了。小水拎菜，闭嘴当木头。怕一开口她所有情绪要流出来，整个人破掉。

小水妈丝毫未察觉。今日她不大对劲，眼神飘荡心思恍惚，到外婆家楼下，又没头没脑来一句，看展的事别乱讲，尤其别当外婆的面讲。小水本就没传话恶习，但这么提醒反倒引起疑心。小水妈同时想到这层，等电梯时补充说，也不是不能讲。进了电梯又说，怕讲了引起误会，还是别讲。这样拖泥带水令人反感，手上东西又重，小水索性后背往墙一靠。突然间，口袋里东西硌得痛。偷拿出来看，原来是毛绒羊的玻璃眼珠。小水心想，我爱妈妈，可她这种人还会有啥出息。

二

外婆拖一条瘸腿，这么多年走路都拐。听说是车祸后遗症，小水懒得追问。外婆走到哪，聒噪声音就跟到哪，吵得人头疼，根本想不起面前站一位残疾人。也许生活有多残暴，人便要加倍残暴地报复。外婆是否笑过，小水不太记得，是否哭过，肯定没有的事。因为瘸，她比谁都走得更快。因为可怜，她对谁都格外冷酷。越残疾，越有证明健康的决心，有时甚至超过常人所能承受的，她自己还不觉得，以为理所当然。

也因此外公无法插手厨房。外婆说，一个女人不能完整做一桌菜，等于废物，活该老公嫌弃婆婆白眼。小水妈低头择菜，一声不吭。小水心里说，抢着做饭自然没问题，可抢着做，还要装出被逼无奈地做，这种心理畸形吧，有毛病吧。外婆便是如此，一进厨房就生外公的气。剁菜手酸了要怪他懒，炒菜溅油了要怪他笨，烧不好要怪他不帮忙，烧太好要怪他把自己骗回家。每到这种时候外公也当残疾人，耳朵听不到，眼睛看不见，一天到晚憨憨傻笑，假装生活无法自理。外婆根本不愿承认，她需要别人需要她。

也有柔软时候，但太唯一，太少见。外婆心头好是客厅一盆多肉植物，鲜嫩，饱满，死而复生一回后格外有生命力。可满当当爱，满当当笑脸，都给一株盆栽，小水想外婆这一生，有啥意思呢。

小水正在客厅闲晃，小水妈从厨房探头问，汤炖好了，要不要喝一口。小水说，我刚吃完水果，喝不下。小水妈说，尝尝咸淡。小水说，咸淡你最会把握。小水妈说，鸽子汤滋补，你一个人住整天叫外卖。小水说，等会吃饭再喝好吧，我没说不喝。话音未落小水妈已端汤走来，杵她面前说，快喝，不喝就凉了。小水撇过头，我都说了不想喝。小水妈说，你这孩子怎么这样不懂事，都快三十岁的人了，知道孝顺吧，我老了还能指望你吧。

小水知道不接过碗，这串话就会持久播下去，她无奈，恨不得一口干掉。

过一会外婆端一筐饺子出来，问小水妈，饺子要吧，什么馅的。小水妈擦干手走外婆身边说，上次的还没吃完，这次就算了。外婆拨弄饺子说，今早六点起来包的，喜欢胡萝卜木耳还是小白菜猪肉。小水妈说，你自己留着吧，小水和她爸都不爱吃饺子。外婆说，那就两样都拿点，你等会回家记得放冰箱。小水妈说，真不要，最后没人吃，只好坏掉倒掉。小水外婆瞬间板脸，抬高嗓门骂，什么要不要，我最讨厌听这种话，我活这把年纪做点吃的容易吧，做子女的体谅过吧。小水妈矮下去，自觉找出保鲜袋，一个一个白胖饺子乖乖放进去。

换以前小水太想笑，她在等，等的就是以毒攻毒，妈妈这种脾气，就得外婆治一治才管用。可今天笑声噎在喉咙口，根本出不来。生活魔幻，没人觉得有问题，大家习惯张嘴就来张嘴就忘，等到下次还是一模一样对白。倒也不是从头开始，上次怨气没消，这次怨气又积。雪球越滚越大，到后来完全不需铺垫，见面第一句就开吵开骂，想起来都是爱，讲起来都是恨。当然，此类事件发生在外人身上，自己看客心情时，大可幸灾乐祸说，至于吧，这点小事也要闹，啥气量啥格局。可一旦关门回家，立马双标作风，面对自家人无论做东做西，做或不做，都一副打架阵势。

小水相信小水妈等会开车，必然自我安慰说，我不像你外婆，我是个好妈妈。只是这种话，绝不会对外婆坦白。自己家里小水妈是教科书，浑身上下长满手，流水线般利落操作。一到外婆家，手和手慌乱起来，来回扯皮互甩耳光。一不小心就被训，小水妈不知所措站角落，好像比残疾的外婆更残疾。

观察很久，小水才发现隐秘规律，每次在外婆处吃败仗，小水妈都不自主走到多肉植物旁，缓一缓，转一转，有时也背过身不动。好奇多日，小水今天终于找到机会，趁没人时溜过去看。枝头拨拨，根部转转，这才发现多肉外面一圈完好，靠墙叶片却掐满指甲印。汁水溢出来，到处红癣癣伤口。小水不由握住手里羊眼珠，紧张盘弄，她意识到，小水妈这么干已经很多年了。

三

午饭餐桌，小水妈给每人盛好一碗汤，鸽肉、菌菇、红枣，样样齐全，到自己碗里却是干干净净一碗清汤。摆盘也讲究，谁嘴馋什么，就把菜摆他面前；谁忌口什么，又把菜放斜角线距离。很快一大块白嫩鱼肚，被赶到小水碗里，小水妈掐了鱼头很熟练地吃起来。

小水脑海，马上浮现童年聚餐场景，当时小水自以为懂事，站板凳上持大汤勺，一面给妈妈舀鱼头，一面说，毛阿姨，这是我妈妈最喜欢的鱼部位。毛阿姨诧异说，小水小朋友，你妈妈以前最嫌麻烦，现在居然有耐心吃鱼头。小水妈桌下踹脚，毛阿姨一惊说，踢我做啥啦。小水妈说，少讲话多吃饭。她夹一筷菜到毛阿姨碗里，又说，你没生孩子，不知当妈的心情。小水听不懂话里意思，以为人变来变去是很正常的事，那时她三天两头换理想。长大后才知，一个人的变化，不总是他自己说了算。

吃到热气腾腾，小水妈解掉开衫扣子，露出内里针织衫。今早还见她翻箱倒柜，剥洋葱般抽出这件，多年前过时款式。外婆停下筷，仔细端详说，好衣服就是好衣服，穿多少年都不坏。小水妈说，料子好，织得更好。外婆说，织完手头围巾，我再给你织一件。小水妈推辞说，我不是这意思，你眼睛不好。外婆说，我还用得着你管。小水妈说，眼药水放床头了，每天按时用。外婆说，买的能比上自己做的吧，根本不可能。小水妈说，眼药水进口的，效果好我再托人买。外婆说，衣服样式我想好了，你保证喜欢。俩人话到此地，外公埋头吃菜，夹一筷到小水碗里，小水也埋头吃菜，夹一筷到外公碗里。

外婆的嘴停不下来，片刻之后，脸上浮现小火慢炖的表情。小水一听就明白，小舅舅做生意又亏了，决定重整山河再来一把，但重整，钱是最大问题，银行不给借，高利贷又还不起。小水太清楚外婆接下来要讲的话，果然她慢悠悠说，你是大姐，大姐要有大姐的责任。话到这份上，仿佛把小水妈摆砧板上，动都不能动了。

小水妈挣不多，问她借钱，等于问小水爸借钱。在别人眼里，小水妈等于小水爸,但小水爸不这么觉得,一个生意人做什么都分得清清楚楚。上次小舅舅借的一笔钱没还清,新账加旧账,俩人为此大吵一架。后来在小水爸面前,小水妈总矮一截,可这其中苦楚,外婆一概不知一律不管。小水希望妈妈勇敢一回,说出事里藏事的缘由。可她没有,她说,好的,自然要帮弟弟一把。剁好块,开好火,她主动下锅了。

但外婆还没停,又说,大舅舅下周末做手术,店里空着没人看,这年头请临时工一大笔开销,如果有自家人搭把手,那再好不过。小水抢话说,我妈下周末要看展。小水妈桌下踹脚,小水一惊差点把碗掀翻。外婆说,做啥啦,翻天啊。小水妈瞪小水一眼说,少讲话多吃饭。外婆说,什么展,看啥展?小水妈端饭碗说,没啥,我空的,我去看店好了。

她永远都说好,永远都有空。小水当然知道,生活有舍有得,但小水妈是舍自己为了得全家,还是得全家后不得不舍自己,这中间差别,她一直没搞清。吃到差不多地步,外婆起身,把碗里残汤倒入心爱盆栽。小水手心出汗,担心掐伤叶片被发现。但小水妈摸外婆太透,她慈祥走去,慈祥走回。

坐上餐桌,外婆挪一碗红烧肉到小水妈面前说,再吃点,这么瘦,小水她爸会喜欢你吧?小水瞥一眼外婆,可见爸妈关系不好,她心知肚明。即便如此,还要自己女儿低人一头,真有舍一物换一物的意思。当然,外婆重男轻女观念陈旧,不是一天两天。小水想从小她教自己背唐诗,每日三餐顿顿讲究,一被人欺负,就老母鸡扑翅膀上去爱护。可还是恨。妈妈把所有好脸色给别人，仅有坏脸色给自己女儿。外婆把所有坏脸色给别人，仅有好脸色给一株盆栽。

滑稽吧，一个人对女儿的憎恶蔓延到外孙女身上，世世代代都遗传这憎恶。小水想到这，外婆夹肉圆过来，她故意没接稳，滚落在地。又装无意踩上去，一时汁水迸溅四处喷落。肉圆是外婆亲手剁亲手包，小水心里，却是前所未有痛快。

与此同时，小水不自主伸手进口袋，反复摩挲冰冰凉羊眼珠。小水妈属羊，性温，与人为善。童年时代，她有大把时间大把怀抱，随时等女儿扑来。很偶尔不在家，小水就抱毛绒羊，等于妈妈化身。校园绘画比赛，她带女儿见画家朋友，消磨整天，拿出得一等奖的作品。等到市里科技展览，又拜托同事教做电动轮船，扑哧扑哧水里欢腾。老师忽略内向学生，她便拎礼上门，小水被重点关照。男同学把欺负当表白，她又耐心引导，俩人从此模范同桌。那些年小水在学校到处风光，一大半是小水妈的功劳。她从来有求必应，从来无名英雄。等小水上高中，又看三年无声电视，这种母亲，是榨干了也要爱女儿的。

也许外婆教太好。天下母亲，都像别人家母亲，就是不像她们自己。送给外婆的好货，几天后在舅舅家发现，后来再送过去，小水故意拆包装弄旧弄破。小水妈看到先是骂，不懂事，这样送礼有人要吗？不久也醒悟，反正给外婆一个人吃喝，无所谓好看。甚至比女儿更过分，有时贴打折标签纸，有时骗东西临过期。

这样一来，外婆很舍得留给自己，她怕糟蹋，怕对不起曾经苦难岁月。小水妈背地里怨，为她好等于让她遭罪，真让她遭罪，她心里反倒舒坦了，这叫过的什么日子。小水后来发现，双标根本是人的天性。

小水妈排斥朋友，早年闺蜜走到后来也基本走散。最初小水以为这种厌恶源于小水爸，小水爸应酬多，狐朋狗友遍天下，走哪都讲义气，场面上做人。朋友从小水妈手里，名正言顺借走小水爸，不打算还回去。那年小水妈坐办公室憋闷气，专心想升职，好在话语上压人一筹。可小水爸再多政府朋友也没能帮上忙，不知友情维护不到位，还是根本不想老婆抛头露面。

从此小水爸醉酒回家，小水妈失控絮叨，整天吃吃喝喝，那些朋友有啥用，关键时刻能靠上吗？有时她一个电话打到小水同学家，鸡汤味腔调说，现在学习压力大，你们少在一起玩，不要影响对方。有时直接冲小水吼，我为你搭进去一辈子，你考虑过我吗？你朋友比我重要，你去和他们过好了。

做自己是一种罪恶。把时间花在别人身上，时间才叫时间。然而一个人忘我地对人好，不是要别人对自己也好，就是把别人当成另一个自己。直到今天小水才明白，小水妈天然抱歉，还没建立交情就已亏欠别人，她这种性格脾气，便以为女儿也如此。多交朋友等于多付出多牺牲，她受的苦，根本不愿女儿再受。

然而小水不禁要问，对人好不等于先行卑微，与人分享照样可以快乐，人和人差别大到无法相通，这些道理你应该懂吧，长这把年纪总有人会告诉你吧。但她真的不懂，真的没有人告诉她。小水突然心痛，妈妈那样爱外婆，可外婆给她怎样的童年，她从未反思。

四

天下妈妈的爱，都是三百六十度围墙，把人困于其中滴水不漏。小水感到窒息，溜出客厅到书房转圈。开了窗透几口气，却无意发现压柜底相册。老一辈有落伍的爱好，什么东西都用保鲜袋包好，怕积灰，也怕记忆真过期。相册打开，都是光明正大的老照片，相当全民必读历史书，挑不出毛病。再要放回去，夹层却掉出一沓照片。无疑，藏有见不得人的秘密，当时主人忙里慌张，随便一塞，便以为能被时间忘记。

捡起来小水瞬间呆住，的确是小水妈年轻时模样，可她的前半生和后半生，中间隔一道断崖，无法衔接。照片里小水妈戴蛤蟆镜，穿蝙蝠衫，抱四喇叭录音机站街头；也有手持剪刀，坐一堆印花布料里，埋头于缝纫机的工作照。琢磨很久小水脑子才醒过来，原来小水妈也蹦迪，也时尚，也有梦想。

此刻外公刚好经过，见这一幕愣在原地。他走过来，和小水一起看照片。外公低沉嗓音说，想不到吧？小水说，嗯。外公说，她从小就一声不响，客客气气，可一过二十岁突然变样。小水说，变啥样？外公说，突然说要去北京，想做衣服，服装设计。小水说，看不出来。外公说，你外婆气到半死，原来以前的乖都是装的，以前的懂事，也都是麻痹人用的。小水说，真看不出来。外公说，压抑越深爆发越厉害，后来你妈就离家出走了。小水说，啊。外公说，我们找了几天几夜。小水说，比我还不懂事。外公说，多少人一辈子不响，突然有天做出惊天动地的大事。

　　小水沉思片刻说，前几年有个美国人，航空公司地勤，所有人眼里的乖孩子，好好先生，突然有天偷飞机。外公说，这新闻我报纸上看过。小水说，第一次开飞机，就做各种盘旋、俯冲、翻滚动作。外公说，我记得相当清楚，有位目击者讲难以理解，像是看电影。小水说，是啊，每天飞机上搬行李，传送带来来回回，生命最后一天居然偷飞机上天，看鲸鱼，看日落，最后完成高难度特技，坠落荒岛。外公说，其实他有能力可以平安落地。小水说，人生最高光时刻离开，浪漫吧。外公说，残忍的。

　　顿一顿小水问，妈妈后来怎样？外公摇头说，还有什么后来，后来就嫁给你爸，生了你。午后阳光细碎，一阵安静。小水又问，外公，这种新闻你为啥记这么清楚？外公笑笑。小水再问，你以前有过这种想法吧？外公说，啥？小水说，偷飞机这种想法，你以前有过吧。外公翻照片，还是笑笑。

小水回客厅，外婆正坐藤椅，戴老花镜织围巾。小水妈本想饭后便走，外婆不许，拦住说，还有一点就织完，今天带回去给小水她爸。小水埋头，想外婆看似糊涂，其实心里门清，家里谁说了算，她清清楚楚一笔账，也懂办事送人情的道理。小水爸的人脉相当于城市毛细血管，讨好他，两个舅舅的生活才有保障。当然，也可能是真的关心，当半个儿子对待，或者对爸爸好，等于叫爸爸对妈妈好。再来，是拿爸爸的围巾练手，流利了娴熟了，再给妈妈织，只是这种概率有多大，另一说了。

小水妈闲没事，拨弄毛线球。她坐外婆阴影里等于痴呆植物人，身体营养过剩，大脑营养不良。她压低声音说，其实小水她爸从来不戴围巾。外婆不知耳朵不好还是故意不理，专注手上针线活，压根没搭腔，小水妈尴尬，一点点褪色下去。

小水边刷手机里一篇报道，边想，妈妈此刻定在纠结，今晚回家，先借钱再送围巾，还是先送围巾再借钱，无论哪种策略，都有精明利用的意味。围巾虽手工无法定价，但在爸爸眼里，花色老气款式过时，拿回家一次不戴，丢衣柜只白占空间，与帮舅舅的忙比起来，完全不对等交换，还徒劳抵消一份人情。当然爸爸大气，不算那么精，可说到底妈妈还是自尊心强，不愿因为给娘家帮忙，从此形同提线木偶。

然而真要问起来，饭桌上她又逞强解释，好呀，我和小水她爸关系不要太好。小水以前想，要面子到这种地步，活该吧。如今却觉得，她根本没有说真话的对象。有时漏嘴了脱口了，外婆难以置信说，不可能，这种事发生在你们夫妻身上，根本不可能。

小水继续看手机报道，听到围巾织好，外婆朝小水妈说，起来，我给你量毛衣尺寸。小水妈说，我讲过我不要的呀。外婆摸卷尺说，你瘦成一把骨头，以前尺寸不作数，得重新量了。小水妈说，每年织，每年来不及穿，真的不要。外婆说，起来起来，快起来呀。小水看这幕，记起上小学时有一回，妈妈那天考驾照，来不及顾女儿，于是小水脱掉外婆织的毛衣，偷溜出门。谁知早读课到一半，小水妈虎着脸出现在教室门口。全班人注视下，她硬逼小水套上毛衣。印象过于深刻，每次想起，小水还能感到无数目光在全身蠕动。

不要外婆织不是孝顺，而是真的不想要。要她织也不是爱她，而是熬到头，发现根本没有头。外婆全都会错意，只当客气，像过年送红包，来来回回推好几次，被祝福的人才真肯收下。然而大人一旦有了孩子，就忘记他们曾经也是孩子。

小水突然想，如果妈妈被控制长大，为什么外婆又是天生恶人？不该从她开始吧，外婆的妈妈又是如何对待外婆？如果自己有女儿，也会重蹈这种覆辙吗？那要往前追溯多少年，往下流传多少年？洗不干净了。小水想真的，怎么都洗不干净，她自己也是这恶的一部分。

此时，手机报道刚好滑到最后，结尾写："直到她有了孩子，妈妈才坦白，当年生了她之后很后悔，外婆和奶奶只讲生孩子好处，从不讲其中代价。"

恍惚间，小水回书房，抽出老旧相册抱到客厅。此刻小水妈伸长手臂表情呆滞，任由外婆量身。小水坐下来，定心擦相册灰尘，不动声色问，妈，你下周末到底看的什么展？小水妈瞬间活过来，使劲瞪眼说，没啥，不看了。外婆白纸上记尺寸说，神神秘秘的，弄啥啊？小水妈赶忙解释，没啥，没啥。阳光下小水举起夹层里照片说，我看你包里有两张票，时装设计展，挺新潮的，我也想看。小水妈不停使眼色，小水就是不睬。

外婆背过身整理，演讲腔调说，做女人就是要心思定，定在家里顾老公，顾小孩，顾两边父母，这种乖巧贤惠女人才讨欢喜，一天到晚心思野在外面，图啥呢？小水把照片塞小水妈手里，惊讶语气说，这些样子我第一次看，妈妈你还记得吧，你以前有设计师梦想。外婆继续演讲说，女人这辈子最重要的事，就是找一个好老公，小水她爸怎样，好吧，优秀吧，当年一穷二白，现在这样有出息。小水不放弃说，妈妈你看呀，有啥不敢看的，你年轻时多漂亮，多时尚，放现在这种年代，妥妥顶流网红，天天赚到手软。外婆坚持演讲说，当年要不是听我的，这种好男人轮得到你吧，我不对你好对谁好，恨我也不要紧，总有一天你会感谢我。小水加快语速说，妈你再不看就没时间了，再不看，这辈子就过去了。外婆也加快语速说，做大人的就盼孩子幸福，如今你这种日子还有啥好挑剔，还有啥不满足。小水妈夹于俩人之中，脸色苍白，几近崩溃。此时外公手拍桌子，大吼一声，够了。

一切归于沉静。小水妈眼神紧盯照片，指甲不自觉陷入手臂，坑坑洼洼红印，她声音埋于嗓子说，我那个铁皮盒呢？外婆皱眉说，啥？小水妈腔调异样了，我给布娃娃做很多衣服，装那个铁皮盒里。外婆听不懂的样子，五官挤一起说，啥衣服，你根本不会做衣服。

小水妈把毛线绕手指，一圈又一圈往紧扯，胀红了，才断断续续说，以前隔壁沈阿姨，开裁缝店的，很爱笑，和你完全两种性格，她送我布头，教我做衣服，我每次都偷着去，赶在你下班前回家。外婆身体微颤，小水妈却激动起来，声音越来越高说，但有一天那个铁皮盒突然不见了，我辛辛苦苦做那么久，全都不见了，你说你没看到，你真的没看到吗，你撒谎，你明明记得，为什么扔掉，为什么？

小水停止呼吸，眼前一幕太恐怖。见过她因爸爸出轨砸一墙镜子，见过她照顾太多人累到晕倒，见过她要女儿听话不惜甩耳光，可从来没见过她变回小孩。

外婆要辩驳，却气到语无伦次，手指着小水妈，一口气根本喘不上来。忽然左右踉跄，扑通一声整个人摔倒在地。大家惊慌，奔过去搀扶，可外婆强硬，啪啪打掉所有伸过来的手，坚持自己站起。然而那条无用瘸腿死死拖住，越挣扎越无力。小水妈忽然嚎啕大哭起来，外婆咬紧嘴唇说，哭啥哭。小水妈失控说，你都这样了，我怎么能不哭。外婆肌肉抽搐，强忍疼痛说，天没塌下来，闭嘴。

那一刻小水猛然意识到，这样硬骨头的外婆，不会被家务打倒，不会被疾病打倒，不会被风雨飘摇的命运打倒。只有一件事，一件事会彻底击碎她，那就是知道她所奉献的一切，她自认为的爱，恰恰是摧毁她女儿一生的最重要原因。

一晃神，小水手里的羊眼珠掉了，磕磕绊绊滚一路。天空安静下来，小水想，这种家庭真相只能埋进土里。

五

离开外婆家，小水妈手机忘拿，坐车里等，要小水回去取。小水电梯上楼，才意识到离得太匆忙，外婆家的门都半掩着。传来隐约抽泣声，小水本能不相信，可眼睛还是夹到门缝里，望进去。外婆正躺沙发上，外公坐小板凳耐心给她揉腿。没有看错，流泪的人的确是外婆。小水瞬间被灼伤，目光迅速挪开。

随即想到，她从未体会外婆的难处，也未体会这难处，要多强内心去支撑。外婆咄咄逼人，喜欢打断人话头，不该是强势而是害怕。害怕说不对才要大声，害怕没人听才要抢先。可嘴上占了便宜，不等于真占便宜。嘴上占了手里没占，相当于吃两次亏。强到头便是极弱，小水想外婆这样做人，真是太傻太单纯。

看八十岁老人变十八岁少女，外公还是铁打的外公，小水不由眼眶湿润。猫步进去，瞥到门口储物柜里，堆几大罐可可粉。

之前有回，买一杯热巧克力给外婆，她咕咚咕咚全喝完，小水便记下。平日没时间陪，陪了也不知说什么，只好用物质弥补。买也不是乱买，任何东西，只要外婆透露一丝兴趣一点喜欢，就批量送去。

可如今想来，好吃也不一定真好吃，是当下那种心情那种环境，才觉得好吃，或者吃多了也不好吃起来。最关键是，自己这种爱外婆方式，和外婆爱自己方式，又有啥区别。每次吃饭，只要小水嘴馋哪道菜，从此外婆顿顿做那道。吃到想吐，外婆还在坚持，你就爱这口，多吃点，多吃点呀。

取了手机，小水飞速离开，下台阶却意外摔跟头。膝盖擦破皮，根本顾不上，只心里琢磨，外婆有多少次这样摔倒，每次都自己站起来吧，如果长久起不来呢？她边想边到停车场，推玻璃门，才发现自己左腿没用力，潜意识里学外婆一瘸一拐走。上了车，小水失神问，外婆为啥残疾？小水妈愣住说，以前不是讲过吗，车祸。小水说，这我知道，但前因后果是啥，具体细节又是啥。小水妈开引擎，踩油门，一脚出去，根本不想回应。

老天变色太快，从车库出来，眼前风景都沉下脸。小水没头没尾说，下周末陪你看展。小水妈沉吟片刻说，帮你舅舅看店，不去了。小水摇头说，这次不去就要等明年了。小水妈猛地刹车，是红灯，她说，那就明年吧。小水浑身发痛说，你没必要这样。小水妈苦笑说，我没必要哪样？

许久安静，小水妈紧抓方向盘恍惚说，那一年我离家出走，很多天，在找我的路上，你外婆出了车祸，后来她的腿再也没好起来。说完这话，密布乌云终于落雨，雨水在车窗上滔滔滚动，好像老天帮忙把眼泪流完，人们本身就不必动情。

小水妈开刮雨器，嘎吱嘎吱声刺到人心里去，她又说，以后我去你家会提前通知，你不想吃芝麻核桃粉，我也不弄了。小水含糊不清说，嗯。临到家小水掏出塑料包裹。小水妈问，啥。小水说，之前取手机，外公给的，要我转交给你。小水妈接过，正过来反过来看，不着急打开。小水道了别，知趣下车。

小水妈开车兜圈，兜来兜去到处淋雨，就是不拆包裹。直到眼睛花手无力，才找偏僻地方停下。撕包裹保鲜袋时，不忍笑出声，以为这样保存就能让时光停留，人自我欺骗到这种地步，好笑吧。因为手在颤抖，笑声也变得破碎不堪。拆到最后，果然是生锈斑驳的铁皮盒，打开来，当年给布娃娃做的玩具衣服一件没少。最顶层一件泡泡裙还未完工，穿线的针插上面。

小水妈脑海，顿时原原本本浮现三十多年前沈阿姨店里做衣服的画面。最后那天紧赶慢赶，手里泡泡裙总能完成，但小水妈不愿火急火燎，只希望手里每一针都用心到头，于是放下，想等隔日继续。但第二天放学，藏床底的铁皮盒整个消失，把家掀翻也没摸到一个影。

当然回到现在，小水妈大可拿起泡泡裙，几针几线来回，立马完成，年轻时梦想也顺滑连接。可中间这些年呢，就这样白白流走吗？小水妈揉皱泡泡裙，脸上表情过于平静。有时她也怀疑，外婆出车祸是意外吧，真是意外吧？为人父母后明白，爱一个人到忘我境地，真什么事都做得出来。

而此时此刻瘸腿外婆已起身，站到心爱植物身旁。她小心翼翼将花盆转圈，靠墙一面逐渐见光，被掐痕迹也通通暴露。外婆持剪刀去除残缺叶片，脸上表情过于平静。雨水溅进来，她想这座城市在洗澡，洗完澡等于一切没发生。

小水一到家就找出玻璃瓶，挖几大勺芝麻核桃粉，冲泡整杯开水咚咚喝下。还没来得及消化，就听门铃响，小水快步过去，开门一看，原来是对面邻居大鱼，他说，你的毛绒羊修好了吧？小水说，啥。大鱼说，玻璃眼珠掉了，总要安回去。小水低落摇头。大鱼说，我认识一个玩具修复师，已约好时间，现在就可出发。小水明显愣住。大鱼说，弄堂里老师傅，手艺人，修复玩具等于修复文物，洗澡，植毛，缝补，样样精通。

小水说，小时候我不肯独立睡觉，妈妈买这只毛绒羊，抱它等于抱我妈，眼睛一眨，毛绒羊说老就老了。大鱼说，你这趟回家，母女关系缓解不少。小水说，你咋知道？大鱼一笑，忽然伸手擦她嘴角，小水猝不及防，再低头看，大鱼手上淡淡一抹芝麻核桃粉。

几天后大鱼陪小水取毛绒羊。回家路上，小水紧搂着羊说，有件事挺有意思的。大鱼开车说，啥？小水说，我外婆有做面部按摩操的爱好，穴位从上到下天天坚持。她要我也做，我心里笑，这种老年人保养，我会做吧。可临近三十开始长眼纹，我上网搜，居然发现最新流行的少女护肤法,和外婆教的一模一样。她这样做已经几十年,我外婆比我白,你信吧?大鱼笑笑说,我信的。

小水说,外婆对我温柔,对我妈暴躁,我妈对我暴躁,兴许对我女儿温柔,那我呢,我也会对我女儿暴躁,对我外孙女温柔吧。大鱼说,人到那个位置不得已为之。小水说,有时我觉得人和人差别太大,有时又觉得人和人根本一样。大鱼说,两种想法都对,都有道理。小水说,太复杂了。大鱼说,小说写的就是这种复杂。

小水沉思片刻说,看完《盲人摸象》,我心里还有一种感觉挥之不去。大鱼说,啥。小水说,如果我妈有我这种条件,生我这种年代,我现在做的她照样可以做,甚至做更好。大鱼开车转方向盘说,是这样的。小水说,等于我得到什么,我妈恰好失去什么,我的优越建立于她的牺牲,所以讲我有啥理由,有啥资格看不起她呢。

一时沉默。大鱼说,阿姨听到这番话应当欣慰。小水两眼紧闭说,我心里难受。正好红灯大鱼停下,拉住她的手说,照这种状况往后推,你孩子拥有的你未必拥有,你孩子困扰的你也未必困扰,很多改变要几代人努力,这不是你的错,你懂吧。小水点点头,眼泪终于淌下来。大鱼边擦她的泪水,边问,我只知道你叫小水,全名是啥还不清楚。小水哽咽说,水婧,流水的水,女字旁一个青。大鱼说,好听的,很高兴认识你,小水,《空心爱》你还想接着读下去吧。

Chapter 2: 鸳鸯锅

一

　　社会的嘴脸里，小水爸妈是一对模范夫妻。丈夫西装革履，弹指间做大生意，妻子闲云野鹤，吹口气烧桌好菜。他们常携手参加年轻人婚礼，春风满面，坐潮潮桌头里分外醒目。新郎新娘羡慕眼光望他们，盼得真理指点。小水爸说，男人嘛，顶天立地，责任得扛肩头，外面玩玩不要紧的，回家找老婆就好。小水妈说，女人嘛，要软要硬要嗲要凶，脾气流水有弹性，才讨老公欢喜。

　　总之一句话，衣服整整好，身体严丝合缝塞进去，一点破绽不漏，我们夫妻的今天就会是你们的明天。每到这种时候，小水根本不吭声。三人合影阶段，摄影师说，小姑娘你笑啊，笑笑啊。

　　小水爸生意人，应酬数不过来。不同饭局起不同作用，要不同配置。其中一种是司机开车到楼下，等于运表演道具，运走小水妈，有时捎上小水。两件道具点缀精英完美生活，很够男主人发挥。这天便是，一家三口迟到五分钟，客气道歉，在重重赞叹中落座。

小水旁边坐一位叶小姐，爸爸的客户朋友，是不说话也冒热气的女人。热气沾皮肤上，湿漉漉一片，叫人忍不住去寻源头。小水爸向来一视同仁，发表演讲时眼神也雨露均沾。他扫一遍，再扫一遍，唯独轮到叶小姐迅速闪躲。这是小水第一次见叶小姐，天然感觉她和爸爸私交不浅。

叶小姐眯眼吃酒说，水总夫人的项链，太好看了吧。小水妈笑笑说，老水送的。叶小姐惊讶，放下白酒杯说，眼光真毒，哪里买的？小水爸尴尬到筷子停半空。小水妈抢先说，市中心新开的金店，你看你这记性。小水爸拍脑袋说，哦哦哦想起来了。再补救，笑说，没办法，人老了。可在年轻女人面前说自己老，他眉头一皱又懊恼起来。

叶小姐说，姐姐好福气，有老公放手心里疼，不像我，三十大几了还一个人闯荡。小水妈说，那是小叶有能耐，不闯荡是浪费了。叶小姐笑，要敬小水妈酒。小水妈说，没你这种好酒量，我只能以茶代酒。叶小姐一口干掉说，工作需要，我也是没办法。

两个女人碰完杯，小水爸已盛好一碗汤摆小水妈面前，引来众人羡慕声。小水爸说，我应酬多，胃又不好，她总是熬养生汤，再晚回去都有的喝，现在还一下情，应该的吧。叶小姐假装叹气说，这饭真吃不下去，水总家种柠檬的吧，也太酸了。大家都扑哧笑起来。小水却一脸严肃，心想爸爸是场面上的人，做出体贴妈妈的样子实属正常，但今天太殷勤，演过头了。

过一会，重要客户单独给小水妈敬酒，非要她喝一杯。小水妈推辞不过，顺手拿小水爸杯子。只见杯沿一块油腻，她毫不介意，仰头便灌下去。后来聊到生意和时局，小水妈一句也插不上，只好憨憨傻笑，因为假装听懂，所以笑得最大声。

叶小姐发表完演讲，转向小水爸，心意相通地来一句，是吧，你也这么认为？话到此地小水爸眼神发亮，突然正大光明起来，与叶小姐你来我往，似乎真要讨论出什么改造社会的办法，到激烈处几乎吵起来。叶小姐突然举酒杯，招牌笑容说，水总，还是您说得对，这杯我干了。这种暧昧距离，当众调情，搞得小水爸的兴致前所未有高涨。

等场子再烂熟些，又聊到小水家最近装修新房一事。小水拿牙签反复戳一片西瓜，汁水终于溅到叶小姐的白衬衫上。小水妈突然惊叹，原来小叶是室内设计师，厉害的。小水爸也觉该敬叶小姐一杯，目光落下来，却发现杯沿多一个口红印。他讲多少次，小水妈涂深色看老，淡色又不显气色，亮色更不行，这种年纪作怪吧，总之她就不该涂口红，甚至，根本不该出门。等到散场，小水发现不知何时，爸爸已叫服务员拿一只新酒杯，旧的那只孤零零杵着，两小时的工夫就老了。

回到家，小水爸看衣帽间乱成一团，皱眉说，咋搞的？小水妈这才想起临走前试十几套衣服，小水爸的随意安排，对她来讲却是突击考试。不知饭局来什么人，要作何种应对，每一次临场都准备好，每一次上场又准备错。

而后她热好养生汤，端到小水爸面前，又拿一张购物清单说，如果下次还有人问，你就讲项链这家金店买的，限量款，结婚纪念日礼物。小水爸瞥一眼，很自然地说好，小水妈疑心他根本没看清，可再要嘱咐时，他已端着碗边走边吹进浴室。小水爸开淋浴器，水声哗哗，他一面照镜，一面把手里整碗汤冲进马桶。

二

小水妈从小脑子活，学什么都比两个舅舅快。每到考试她都拿班里第一，舅舅们要差一截。倒也没很差，但因为有一个好的作比较，就显得格外扎眼。小水外婆望子成龙，所以舅舅们总是被打。他们一挨打，就找其他由头和小水妈作对。学习上不能乱怪，一到生活里，外婆头一个训的就是小水妈。没办法，她只好故意做错题，把分数拉到平均水平。考试考砸不会被打，和弟弟作对一定被打，小水妈盼来盼去，就盼有人识破谎言，但从来没有。

有回外公看望海外亲戚，带回一瓶进口汽水。三双眼睛瞪得铜铃大，谁也没见过，瓶盖撬开，咕嘟咕嘟冒气泡。一人面前放一玻璃杯，外婆平分三份，精准到毫米。两个舅舅刚拿到便仰头饮下，小水妈也喝，但放嘴边又停住。她从垃圾桶里捡起瓶盖，水冲干净，倒一小口。抿抿嘴喝净，再把玻璃杯推桌子中央，大方说，剩下的给弟弟们吧。外婆摸小水妈的头，倍感欣慰说，这孩子懂事，有大姐的风范。小水妈迷恋外婆这种笑，嘴角眉眼处处深藏爱意。她很多年后回想，自己穷尽一生追逐的，自始至终是这种笑。

但人有天性，在一个地方失去的，非要在另一个地方讨回。若干年后小水妈在家受够气，一个人自说自话摸到河边。临下水才想起，别的方面不行，游泳上胜弟弟一筹总行吧。这样想着已潜入水中，本来挺擅长的事，游着游着放松起来，可人一放松，日常种种便潮水般涌来。弟弟们面前，小水妈练习失败，几乎是说服自己做啥败啥，此种习惯一旦养成，关键时刻就趁虚而入。小水妈越放任情感游荡，心中杂念越上头上瘾，等到脑子醒来时，水声汹涌，她已被卷入漩涡。

此时小水爸刚好经过，见陌生女孩半口呼吸半口喝水，他几乎没犹豫，衣服都来不及脱地一头扎进去。湍急河流里，男人手臂有力量，胸膛有热度，小水妈无法多想，救命稻草出现，必须下意识紧抓，谁知这一抓就抓了一辈子。

被救上岸后，小水妈反复盘算整件事，觉得根本是一种隐喻，一个先兆。家庭河流里她被困太久，挣扎太久，面前男人不管是贫是富是好是坏，起码能带她逃离。只是，一个人把另一个人当英雄，就会从头到尾用英雄标准去要求。恰好那时，小水爸一心要顶天立地，想去每个人的生命里当英雄。

此后有小水爸当靠山，小水妈更改不掉失败的习惯，甚至变本加厉。照顾小水到上大学后，她的人生突然空白起来。实在是闲，又禁不起讲好话，便去朋友店里给人上烘焙课。小水妈有一双巧手，家庭主妇求天求地的那种。

但夸赞太多她容易恐慌，讲越好越是恐慌。不是恐慌下一次讲不好，是恐慌下一次讲更好，讲更好就想一直讲，讲到后来，发现原本的生活不叫生活，原本的自己也不是自己。要真到那种地步，想再回头就难了。甚至说，进也不是退也不是，卡在最尴尬位置，两头不讨好。

于是小水妈开始知趣迟到，频繁出错。烘焙课上不下去，便换插花课。插花课上不下去，又改茶艺课。她在自己的迷宫里兜圈，临到出口只探头望望，外面那生活太奢侈，太辛苦，她根本受不起。别人问她，出口找到了吧？她摇头说，没呢，连个影都没摸到。其实人家也不傻，已看到小水妈双脚正站门槛上，只需一步就迈出去了。但他们全当自己眼瞎，安分守己总要好过不守规矩，况且，小水妈出了迷宫，对他们有啥好处，能得到啥利益呢？

小水妈有时信自己，有时不信。但不管信不信，每当在外受气，无法消化种种挫败时，她就回家，对小水爸展现出异常的迷恋。他跳入水中不畏不惧的模样，已然太深刻，太入骨髓。小水妈观念里，一个女人再厉害再顶天，终要通过丈夫一决高低。就这点来讲，她这辈子赢定了。

每当做好饭菜，等小水爸下班，小水妈脑海里便浮现他救她那天，俩人去天台吃火锅的场景。当时家家户户穷光蛋，他们各自从家里偷锅偷菜，可放一起还是显可怜样。小水妈过意不去，忸忸怩怩，一种不知如何报恩的心情。小水爸喜欢女孩的手无处安放，但又没成熟到用嘴讨好，便手忙脚乱，倒腾起一种秘制酱料。他涮一片牛肉，蘸了酱放小水妈碗里，眼睁睁看她一口吃进，才问，好吃吗？小水妈点头说，好吃的。紧接着猛灌半瓶水，想要说啥感谢的话，也被辣到全忘。

三

小水爸洗完澡出来，浴巾擦头问，新房装修到哪一步了？小水妈摇头说，还没动工，东风哥前几天和我打招呼了。小水爸突然动气，把毛巾往地上一摔。他做事向来谋篇布局，搬家不止是搬家，还牵扯到请客、卖房、资金周转等一系列问题。人生相当多米诺骨牌，一张牌倒，其余牌皆倒，小水妈是小市民心理，不懂大局里每一环的微妙。当然最要紧的，还是小水爸迫切搬走。眼下平层住十年，家电旧，空间窄，和小水妈低头不见抬头见，书房做事还得听客厅动静。换到别墅里，此类问题基本消失，一人一层互不妨碍，互不干扰，外人看来还是美满一家，里子面子皆到位，多好。

偏偏搞装修的东风哥，是小水妈亲戚。东风哥根本不东风，倒像妖风。酒喝了，定金交了，兄弟也称了，事情还没一点动静。小水爸焦急心理，又无法如实坦白。上次电话东风哥就说，装修这事最不能急，等框架定了家具打了，想后悔都来不及，一住十多年，不满意的地方每天看每天闹心，何必呢，啥叫一劳永逸，这一劳太关键了。见小水爸没吭声，东风哥又补充，出去玩去哪不重要，和谁去玩最重要，同样道理，房子住哪不是住，夫妻恩爱最重要，你们这一对羡慕死人，再等等，等等好吧。

如今回忆，小水爸越想越火，他怪小水妈说，这个东风哥讲信用吧，说好哪天就哪天，现在拖半个月啥意思，他那么会讲还搞啥装修，去当传销头子好了。小水妈自知理亏，好言好语劝，东风哥手上好几个项目，忙到不睡觉，他文化层次低没读过几年书，你体谅点好吧。小水爸抬高声音说，要死了，我还不体谅，你知道光送烟酒就花了多少钱，真以为亲戚客气，不杀熟是吧？小水妈面露难色说，我没办法呀，他主动上门的，那么多亲戚看着，我哪能办？

话到这份上，小水爸怀疑的不是东风哥的能力，而是小水妈的眼力。要知道生意场鱼龙混杂，各成一派，小水爸平日最爱做的当属复盘。蠢货如何规避，小人怎样利用，总结多了，自有各路对付套路。下次见新朋友，面上笑眯眯不要太亲切，心里却高速运转，先判断这人属于哪一类，再用相应套路处理，省时省力特别高效。类似东风哥这种社会油子，一次不讲信用，压根没有第二次。

小水妈就不一样了。她生完孩子辞职回家，当主妇几年，小水爸又托人给她找办公室清闲工作，清闲到时间浪费不完。一回电脑坏了，她倒腾几天没成，才找计算机专业的侄子。谁知那小子成天逃课，嘴上答应，结果拖几周才上门，好吃好喝招待还是没成。等到专业人员修好，花了将近两个月时间。小水爸想，这下她吸取教训有经验了吧？不久电脑又坏，没想到小水妈还是第一次做事流程，又花两个月时间。小水爸不禁怀疑，这人做事用脑子吗。当然，一个人一秒当三秒过，一个人三秒当一秒过，两种过日子的速度，说不到一起是正常的。

小水爸气急，来回踱步，一屁股坐沙发上说，把东风哥辞了，找装修公司全包，设计师要用就用最好的。说着脚踩地上毛巾，按遥控器开电视，再补充，你啥都不要管，等着住就好了。小水爸想不通，一切安顿好后她只需享受，还有什么不满足。

小水妈却盯毛巾，白花花一片，躺污黑大脚印。她想小水爸这人就是这样肆无忌惮，他想要什么总可以得到。他不在乎毛巾谁挑谁买，不在乎踩脏之后谁来收拾烂摊子。他有权力，也利用权力，和其他女人谈笑风生，老婆孩子的死活懒得去管。最可恨的是他永远相信自己是对的，那些反对的人到最后，也不得不承认他是对的。

想到此地小水妈脱口而出，这房子我来设计，我来装修，有啥不会我马上学会。小水爸呆住，电视里一群长腿辣妹正嘻嘻哈哈跳热舞。小水妈说，我以前在家具店呆过，多少懂一些，况且是自己的家，还会有人比我更上心吗？小水爸直盯电视辣妹，大脑已飞速运转，这才明白辞不辞退东风哥，不是面子问题，是小水妈想和他联手干活。打着亲戚的幌子，说老公没人情味，殊不知她自己也暗藏私心。如果一时兴起就算了，可如果预谋很久又图什么，甚至不知下一步还藏什么心思。小水爸第一次意识到，小水妈并不如他所想那般简单。是上当感，也是失控感，她这种常常半途而废的人，到底较什么劲。

然而小水妈的人生，是一退再退。今晚见过叶小姐，她发现自己站在崖边已是退到了底。一个人在逃避自己的路上，不可避免地撞到自己，命运把她刺激到很深的地步。小水妈想不能再等了，几十年的病是时候治一治了。借此次装修，索性把错题习惯、溺水阴影、教课恐慌等等伤痛，一次性解决。小水爸也该当一回垫脚石了吧，就像她无数次为他做的那样。但此刻，小水爸目光射向辣妹，嘴里笑如浪潮说，你当年游泳都游不好，还想装修一栋别墅？拉倒吧。

四

小水爸童年贫寒，骨子里自卑。有人的自卑摆脸上，有人的自卑用自负掩饰。小水爸属于后者，拉帮结派很能打架，什么新潮叛逆的事都要插上一脚。班上班花人见人爱，因她爸爸在北京当官，优越感便更上一筹，走哪看人都有嫌弃之感。但此种家庭长大的乖乖女，最容易被坏小子吃死，想要什么还非弄到手不可。

对过分美好的事物，小水爸本能感到是陷阱。别人却以为，这是吊女孩的一种招数，但他单纯只是害怕。后来竟到班花倒追的地步，再不谈简直说不过去，仅仅出于保护女孩自尊的角度，他也非谈不可。兄弟们要小水爸讲，和班花恋爱啥味道？小水爸憋半天只憋出一句，好的就是好的，怎么说呢，真没法说。其实最实际感受是，班花总叫小水爸高看自己，又低看自己。

没多久班花爸爸带她去北京，班花迷小水爸，要他一起去。小水爸自然向往，摩拳擦掌想闯一番天地。可真到去的那天，迈向火车站脚步越来越沉重。小水爸心想，去了住哪，做什么工作，那么大的北京，真能自给自足吗？就算吃喝住行全解决，她又肯降低自己成全爱情？难道一切不还是仰仗她爸爸的施舍？整个北京，到处是老丈人的光芒，平易近人，普照大地，可这种强射下，小水爸不是晒死就是渴死。况且班花对自己的爱，到底是真是假，能维持多久，全都是问题。如果真是小孩子把弄玩具的新鲜，他可不想随便被丢在北京街头。

小水爸瞬间清醒。他撕碎车票，几乎自虐般吞下，好像丢进垃圾桶会有忍不住翻出来的冲动。整个人掉头，没有方向乱撞，只求熬过火车出发时间。这一撞，便撞到溺水求救的小水妈。命运给他当英雄的机会，他没办法，只能从一个顶矮的人，瞬间变成一个顶高的人。小水妈被救上岸，语无伦次说谢谢，小水爸喘气摸脑袋笑，心里清楚，真正要说谢谢的人是自己。那种拯救快感，男人的成就感，从他们见第一面就延续至今，只要看到她，他就能熟门熟路想起来。很好，他觉得就是她了。

但救一次人，不能从根本解决问题。回头细想，小水爸很有受骗之感。明明可在最中心城市平步青云，明明可攀高枝就此改头换面，就算没坐上计划列车，赶下趟班次、明天班次，总能到的吧？只要没遇见小水妈，一切还来得及，还有可能。但太迟了。恰好她那天喊救命，恰好在他最需自我证明之时，整件事仿佛一个圈套，小水爸还没搞明白就冲动上头，糊里糊涂结了婚。

等小水爸阔起来，过往遗憾不但没有弥补，反而更强烈了。他几乎报复性找女人，花钱买的不要，主动贴上来的不要，越难搞定越有兴趣。赌气似的，攀了高峰还嫌不够，恨不得自己造了高峰自己攀。

可命运捉弄的是，他跟情人在一起，又想起小水妈的好处来：情人出众总被盯，小水妈平庸无人盯；情人个个有主意，小水妈只有丈夫的主意；情人一弄不好就要单飞，小水妈坚守从一而终的美德。小水爸就这么爱了不爱、不爱又爱，来来回回折腾。无数次要离婚，无数次庆幸没离婚。

此种内心分裂，能折磨人到骨子里，小水爸憋得难受太想找人诉苦。可没法和兄弟讲，这帮直男天然觉得，世上的人只分三种：男人，女人，干不过女人的男人。也没法和情人讲，暴露过往阴影，心理缺陷，简直比裸奔还羞耻。唯一的可能是小水妈，跟这个垫底的人讲，我爱你，仅仅因为你很安全。这话很好出口但太伤人了，小水爸不是没同理心。到最后苦水还是憋回去，他的孤独，他只能自己消化。

很多次，当小水爸渴望优秀女人却望而生畏时，他就回家，对小水妈展现出异常的迷恋。她在漩涡中垂死挣扎，像是专等他来拯救。男人就是这点好，再卑微，也可找比自己更卑微的女人。小水爸自知观念过时，但他改不掉，他像赖皮一样说，我改不掉。

和小水妈初识那天，他们去天台吃火锅。小水妈想，终于有人能保护我。小水爸想，终于有人能让我保护。他们看对方以为看到彼此心里去，却不知事实上一个人在示弱，一个人在逞强。俩人都没坦白真正的自己，或是说，在坦白时避重就轻，露一半藏一半，把对方想象成另一个人，靠这想象过了几十年。当时，小水爸调秘制酱料，小水妈吃辣涮牛肉，他们都坚信彼此就是一生所爱。

五

桌上手机震震响，只有一串数字没有名字。夫妻俩同时看到，小水爸立马掐断，收手机回兜里。小水妈板脸问，为啥不接？小水爸不耐烦说，骚扰电话。小水妈说，你咋知道？小水爸说，陌生号码当然是骚扰电话。小水妈甩名片到他身上说，自己看看，到底骚扰电话还是暧昧电话？小水爸拿起名片瞟一眼说，拿叶小姐名片做啥？小水妈说，还装。小水爸举名片，对手机屏幕上号码，忽然惊讶，巧了，还真是她。名片上一圈油渍，小水爸想叶小姐纤纤玉手，恭敬递上名片，被小水妈随便口袋一塞，煮养生汤到半途，油手掏出名片来回抚弄，默记号码，此番情境想起来只令人作呕。

小水妈翻白眼说，演啊，接着演。小水爸扔名片到茶几说，你有病吧，背人家电话。小水妈说，既然是朋友，就存号码写好名字，现在不存也不接，你是做贼心虚吧。小水爸盯电视根本不想理睬。小水妈夺遥控板，啪一下关电视说，那你打回去问她有啥事。小水爸说，毛病。小水妈说，你不打我打。小水爸说，这么晚了，明天打。小水妈不管，掏手机开始拨号码。小水爸急了，拦住她说，就是装修的事，我准备让她设计，你文雅点好吧。

小水妈退后两步，眯眼看他，好像第一次认识这个人。这才明白他挑刺东风哥的原因，不是非要找多专业的人，不是多看重所谓的新家，而是单为叶小姐，给她钱赚讨她欢喜。今晚饭局，他对小水妈这样殷勤，想来也是做给叶小姐看的。想引起一个人的注意，便使尽法子讨好另一个。现在装修房子到这份上，不是小水妈的能力问题、自尊问题，已经上升到两个女人的地位问题了。

　　与此同时，小水爸也在琢磨叶小姐当晚那句，说饭吃不下去，说水总家种柠檬，是故意开玩笑，还是真吃了醋。她到后半场猛灌酒，比微醺还过的状态，平时不是这种人吧？印象里她应酬很有一套，总是别人醉了她还清醒地笑，看来今天多少有被伤到。当然别的工作情感原因也说不准，单纯为只见几面的小水爸，有点牵强了。可假如她那样会演戏，表面事不关己，其实心里真仰慕真在乎呢。想到这，小水爸简直回到青春期，荷尔蒙不稳定少年，乱猜女生心思，猜到整个人一团乱。

　　当然找叶小姐来，不是真要发生点什么。通常情况是工作场合调情，眉来眼去约烛光晚餐，捧上各路奢侈品，女人迷醉怀中一倒，五星饭店房间早已备好，卡轻刷，抱女人上床，靡靡之音春宵一夜。第二天醒来，早饭是否一起吃，关系如何继续，全是问题，回想之前一切标准化流程，站开头已看到结尾，不由反悔问自己，何苦呢，次次套路毫无新意，到底何苦呢？

　　也因此，小水爸对叶小姐另有私心。想她眉头紧皱，毛坯别墅里走来走去，新房模样在脑海里逐渐成型。背后设计理念，蕴含哲学道理，叶小姐自有一套娓娓道来。整个过程，是无中生有的过程，是美一步步诞生的过程。欣赏叶小姐，不仅是弥补初恋缺憾，更因为欣赏她等于欣赏自己。

　　小水爸白手起家，从穷小子到商界精英，苦头吃尽甜头吃尽。叶小姐太像年轻时的自己，野心勃勃，不甘下风。看她成长，走弯路，在过不去的坎上忍痛过去，蜕变到成熟模样，甚至于她变老也是好看的，一种陈酿后经得起细品的味道。精神上刺激，情感上共鸣，做人做到这种地步，根本不求女人肉体，仅靠欣赏就可抵达高潮。只是这些想法讲出去会有人信吧，会有人不笑吧？大家都说小水爸是情场高手，过百花丛片叶不沾，可高到没了对手，没了知己，人生还有啥意思。

小水妈当然是好，妻子、母亲、女儿、姐姐，每种身份，每样做到位。可她这种人就是品不来酒，没机会学也没心思学，不在乎差别有多微妙，也无所谓哪个桶发酵，到她嘴里喝起来大差不差，或者单以价格论好坏，贵的就是好的总没错吧。小水爸知道，当年溺水的小水妈，和自己得的是一个毛病。主动提装修，背后到底什么心思，他不是看不出来。但命里有数，有的坎第一次没跨过去，这辈子都不会再跨过去。这么想小水爸还有机会翻盘，小水妈有没有，很难讲了。他突然可怜起她来。

但耳旁，还是噼里啪啦的质问。小水妈算时间、算行程，蛛丝马迹都能推出一系列情节，以为是连续剧，叶小姐是人人恨的女二，永远演下去，永远重复演。小水爸烦透了，每次都这样，不管讨论什么，只要她讲不过他，她不同意他，千万话题必是归为出轨。如果自己和叶小姐真的有什么，那讲一讲也就算了，关键是白纸一张，确实没有。可要解释为什么没有，就得暴露心里那道坎，暴露了，小水妈能不能听懂是一回事，因为没听懂更加误解，又是另一回事。当然没法解释可以撒谎，但谎言是这样的，撒一个就要撒十个，撒十个就要撒百个，到后来真真假假虚虚实实，心里一本账要记清楚，生活本来就够累了，这不是给自己添堵吗？

小水爸没辙，除了摇头还是摇头。小水妈本想做聪明女人，睁一只眼闭一只眼，这么多年都这样过来。如果小水爸做错事，有悔改的心，或是顺着话头贬一贬叶小姐，小水妈心一软也就算了。可他今天底气十足毫不愧疚，从头到尾夸叶小姐，好像不用她，简直是小水妈人生最大的污点。一气之下她去翻他的手机，推搡中手机没翻到，一个烟头却掉出来。小水妈捡起看是根细烟，上面留有口红印。当晚吃饭前，她和叶小姐坐包间沙发聊天，意外发现俩人口红是同一牌子同一色号。叶小姐抽烟说，真巧。小水妈说，是呀，不知你先买的还是我先买的。叶小姐说，我这是别人送的。小水妈顿一顿说，我这也是别人送的。

小水爸看烟头自知理亏，但全然不是小水妈所想。当时饭局结束，大家走到门口，小水爸一拍屁股说，手机落桌上了。便回去取，走到包厢茶几边，发现烟灰缸落一个红色烟头，太醒目，太惹眼。不知觉中他已拿起，放鼻子下闻。想叶小姐时他会忘记所有身份，他只是他自己，一个人生还没怎么开始，大好时光在等他的男人。当然，完美到头是不完美，完美女人等于雌雄同体，和叶小姐，说实话，不可能有未来的，小水爸至多看看，靠近一步，再远离一步。

但小水妈哪能懂。此刻她的五脏六腑都绞痛，挤出力气问，是那个女人的吧？她希望他否认，随便糊弄，只要他这么做，她也顺着台阶下来，一切相安无事，太阳照常升起。可小水爸累了，说谎太累，他忽然吼道，是她的，我喜欢她，你满意了吧！

六

　　早年小水妈在家具店打工。她做事灵活，说话讨喜，是最得力干将，老板想把她往北京总店调，专跑业务。后来生了小水，两边大人都腾不出手，三番五次电话说，女人嘛总要回归家庭，事业搞那么强做啥，要男人干嘛用的？小水爸也有一句是一句承诺，我肯定养你们，放心好吧。再后来小水妈不但没升职，反而辞职回了家。
　　过几年小水爸生意红火起来，出入会所越发讲究，每家取名都有后宫三千的错觉。但他有他的无奈，在这个社会做事，明一套暗一套，面子里子缺一不可，样样到位。盛筵不是享受的，是主动遭罪。朋友不是交心的，是相互利用的。的确糟蹋了，但人活着就是为了被糟蹋。有时小水爸出差宁愿坐长途火车，也不愿搭飞机。太快了，他不想上个局结束还没怎么睡，下个局已经到眼前了。
　　有次刚吃完饭他就急着回家，不是不想再去会所唱歌，不是不想再谈这笔生意，也不是此次合作没油水赚，而是对方胖头老板做事实在龌龊。正要打车，胖头老板一把拉住小水爸，贼眉鼠眼讲起头次见面场景。小水爸一个趔趄差点摔倒，惊一身汗，酒倒醒了。想起那次豪华包厢里叫一排陪酒小姐，礼服上面拉了下面就短，下面拉了上面又短，小水爸无奈，不选一个是不礼貌，不上道。后来莺歌燕舞间，胖头老板兴奋得上蹿下跳，看似享受，实则暗藏微型摄像头，啪啪啪到处拍照，留证，做未来威胁工具。一踏进那个房间人就脏了，小水爸叹气，最终还是跟胖头老板走。

也想和小水妈讲生意场的实话。但她喜欢把日子往轻松里过，一个人想过得轻松，就不得不说自己是好人，不得不把坏处怪别人头上。小水妈后来坐办公室，不做实事也不接触社会，很容易想当然。人一扎堆就要内斗，人一内斗看谁都是坏人。在她眼里，这世上没有好事坏事，只有好人坏人。加上性子急，判断一个人的好坏，更是快上加快。小水爸以为，一个人不能用好坏判断，一件事也不能用黑白定义，要说明你中有我我中有你的道理，就更难了。他尝试过，可发现不是道理的问题，是根的问题。小水妈从根上就不明白，凡事有灰色地带，也不相信坏人会做好事，好人会做坏事。从根上出错，说啥都是白搭。因此小水爸也性急起来，要么不讲，一讲就是暴怒。长久以往，这两个性急的人，把能说明白的事也说得不明白，黑白分明的事也黑白颠倒了。

所以见胖头老板那晚，小水爸临时改主意，也只是通知小水妈一声。至于解释为什么，他觉得没必要。但小水妈是真火了，一周有七天在外应酬，讲好今天吃完饭就回来，结果又去喝酒唱歌。他不回来她就睡不着，他几点回来她就几点睡，为这睡不睡的问题，俩人已吵好些年。小水爸不懂，怎么她啥时候回来，他该几点还是几点睡呢。

那时小水还上小学，小水妈把她从床上拽下来，放摩托车后座，踩油门闯进瓢泼大雨。等红灯时，小水妈转头说，你要永远记住这一晚，你爸爸对我们做了什么。小水长大后回忆，妈妈不该让她去恨一个她本该爱的人，这让她在未来漫长的岁月里，对男人都有一种错位的情感。她习惯把冷漠当成关心，把热情当成控制，而没有恨的爱不叫爱。

可到会所门口，小水妈被雨冲醒，她踩住刹车不动了。婚姻里太多秘密等着被戳穿，她不想，即使戳穿他也不会认错。事实上她根本无法承受离婚，但他可以。想到此地小水妈猛地掉头，恨不得马上带小水回家。

人离得近容易记仇，离得远反倒念起对方的好。小水妈一路想，自己常问女儿，更喜欢爸爸还是妈妈？她嘴上毫不犹豫说妈妈，其实心里肯定想的是爸爸，可什么样的家庭，需要孩子做这种残忍选择。这样想着，小水妈忽然手一松，轮胎打滑，连人带车地翻出去。等吃着泥水艰难爬起，她看到女儿躺在路边一动不动。

等小水爸赶到医院，小水已经醒了，还好伤得不重，过些日子就可康复。小水妈哭得讲不出话，小水爸坐下站起，站起坐下，根本不能平静。小水躺床上虚弱喘气，心里却格外安定。爸爸在左边，妈妈在右边，她这辈子算是完满。

但翻了身还是不自主想，为什么是今晚？爸爸那么多次凌晨归家，为什么偏偏是天气最糟的这一晚？如果妈妈需要他酩酊大醉彻夜不归，好借此正当卖惨呢？小水甚至怀疑，这车祸真是一场意外吗？然而出院后一家三口还是手挽着手，高高兴兴去吃火锅。爸爸会调秘制酱料，涮牛肉时辣得让人很过瘾。

七

小水妈怎么也没想到，小水爸光明磊落承认和叶小姐的恋情；承认时，又仿佛在说谎。如今想来，他当初让她辞职，又帮她找工作，所有一切都是圈套。他要她欠他的人情，要她说什么都毫无底气，他摸准她对人生来抱歉。猛然间，毫无准备地，小水妈甩了他一巴掌。一切震动，又安静下来。甩完也没感到真动了手，小水妈身体颤抖，只觉几十年都白活了。

眼神落下来，落到小水爸身后一面白墙，中央留有钉子痕迹。本来这墙挂婚纱照，但多年前技术有限，画面上俩人都面带苦相。去年中秋节，小水爸看来看去不顺眼，说索性重拍吧，照相馆都订好了。小水妈一直找理由推辞，她心里清楚，是害怕不上镜，难以面对老年自己，所以想等养好气色再去。旧照取了下来，钉子还戳墙上，可小水妈的气色始终没养好。不知怎么，小水爸对这件事很上心，似乎拍了新照片，他们的爱情还是永永远远。

想到这，小水妈妈觉得自己犯贱，他随便给一点好，她就被收买。可真要讲起来，也不光这一点好。小水爸是孝顺的儿子，称职的女婿，年轻人的野心他有，中年人的负责他也有。如果非要挑错，只能在女人问题上。但对他那种圈子的人来说，对比他更高圈子的人来说，女人的问题是问题吗？！小水妈再傻，也多少清楚社会规矩，只是徒然伤痛。她想自己投胎错了性别。

小水爸站原地一动不动，这一巴掌下来整个人清醒。往事涌上头细细琢磨，根上就错了，他们从一开始就错了。刚结婚，一个逞强有主意，一个假装没主意，两个人都戴面具还挺般配。可难就难在人能装一时，却装不了一世。没多久，一个要脱面具，一个面具脱不下来。

小水爸主意多了，也想在小水妈那讨点主意。生意上有麻烦，人际上不顺畅，就盼着能被点拨点拨。不是小水爸不能点拨自己，而是有人能跟你想到一块去，能说：别人讲你错，但我就觉得你对。人和人理解到这种地步，小水爸心里很安慰，闯起来也不那么累。

小水妈不是没主意，小时候她最有主意。但妈妈太有主意女儿就没主意，丈夫太有主意妻子就没主意，久而久之，小水妈就真没了主意。小水爸问她怎么看这个人，她不是说好就是说坏。

问她怎么看这件事，她不是说那你做吧，就是说你别做了。

小水爸脱了面具，还被当戴着面具，他心里憋屈。小水妈的面具戴久了，怎么都脱不下来，她心里也憋屈。可两个人的憋屈能找时间算账吗？根本不能，只好找对方算账。再久一点，小水爸索性戴回面具，小水妈戴着面具也假装没戴。

那年买房，一家三口住单位分配屋，转身都嫌挤。不久小水爸赚一笔要去炒房，小水妈不肯，明明钱攥手里更安全。历史证明，当年买套房的钞票，如今只能买间厕所。但小水妈坚持己见说，这次运气好赌对了，要是运气不好赌错了呢；这件事上赌对了，别的事上赌错了呢？你安稳点吧，人不好当赌徒的。小水爸说，赚大钱就靠赌，钱赚越多赌性越大。小水妈说，你迟早阴沟里翻船。小水爸说，你层次低你不懂。

后来搬家装修第一套房，小水爸想空一间当棋牌室，小水妈却想用那间当家庭影院。小水爸说，五湖四海朋友，总要有地方给人娱乐。小水妈说，娱乐不要花钱啊，你钱多当冤大头。小水爸，钱就是靠交朋友赚出来的，你捡芝麻丢西瓜，有点格局好吧。小水妈说，你只考虑朋友，想过家人感受吗？小水爸说，我挣钱不就是为了家人。小水妈说，你情商低你不懂。

他们呆一起没话说。小水爸要么不说，一说就是长篇大论，给人上课。小水妈一听就来气，等于影射自己没文化。可也不是不想说，小水妈喜欢唠家常聊八卦，小水爸最讨厌这种，产生啥效益，对人有啥帮助？小水妈说，那就讨论讨论领导，他最近心情、生活变化。小水妈坚持好话不嫌多，多说不要钱，人一定要舍得花钱，拍有用领导的马屁。小水爸说，马屁拍不好不如不拍，有时下马威更有用。小水妈说，你就是太冲，到处得罪人。小水爸说，只要在社会上混，就不可能不得罪。小水妈说，我没法和你讲，简直讲不通。小水爸说，不讲就不讲。

有次他接她下班。站拐角，看她给同事发自制小饼干，包装袋标明每人欢喜的口味。有个老女人坚持不要，小水妈坚持要给。回去路上小水爸说，她又不是领导，你干啥热脸贴上去。小水妈说，我怕她算计我。小水爸说，你们之前有过节吗？小水妈说，没有。小水爸说，那你有啥好怕的。小水妈担忧转脸说，我就是怕。就在当天中午，小水爸最信任的客户跑路，卷走大笔钱款，但他回家，吃饭，看电视，脸上依旧平静，看小水妈干活背影，心想她这样纠结得失，难成大局。

叶小姐的事还没完，小水爸已经累了，一屁股瘫坐沙发上。这时又觉什么硌得慌，抽出一看，原来是小水外婆送他的围巾。忽然想笑，丑成这样他会戴吧。可立刻想起，自己基本不看望丈人丈母，小水妈每次带很多礼，借口说小水爸送的。去公公婆婆家也如此，每一样都送到老人心坎里，从不抱怨小水爸的不好。她就是这样，太为别人想就把自己弄丢了，到头来别人受着她的好，对她更怨恨起来。

然而此刻，如果小水爸低头，认错，哄她笑，就等于承认出轨，等于多年来的深刻矛盾也归结为简单出轨。忽然，小水妈连带半边脸得嘴角抽搐，太痛苦，太熟悉，小水爸看在眼里，知道那也是自己最常做的表情。人在一起久了，连表情都一样，说不上亲切还是恶心。

俩人对视。小水妈想，他们明明是同一类人，曾站同一起跑线，为什么一个在享受，一个在忍受。小水爸想，婚姻是深渊，他们要求自己不成为自己，还要对方也不成为自己，彼此迫害，一起受害。各怀心事时，只听砰地一声门摔上了。这才发现从头到尾，女儿始终局外人冷眼旁观，但现在，她一声不响走了。

八

这晚从家庭战场逃出，小水坐"空心爱"酒吧，喝完两杯想起什么，到走廊尽头拐角处，低头看小说集压酒柜下。她找出顶层玩具美钞，熟练抽书，换美钞垫柜脚。书到手先拍封面一层灰，学大鱼样子拿手帕擦净，再翻目录。

端详一阵，手机微信问大鱼，《空心爱》里有关父女的故事，是哪一篇？没三秒钟大鱼便回，怎么，你上次说不感兴趣，现在又想看了？小水说，闲得没事。大鱼说，你在酒吧是吧，我过来。小水说，不要，我想一个人待会。大鱼说，出啥事了。小水说，告诉我哪一篇。大鱼说，你觉得哪一篇？小水说，《溏心爸爸》

对吧。大鱼说，有啥烦恼可以告诉我。小水说，我挺好的，我能有啥烦恼。大鱼说，死鸭子嘴硬。小水说，不讲了我看书了。说完便静音，爸妈多少电话打来，她根本不理。

以前看相亲节目，小水听到有女孩说自己恋家，便冷笑，这种讨男嘉宾欢心的表演到位的。可后来才知，她这种对家庭生理排斥的人才是少数。确实有同龄人从小见证父母恩爱，长大便自然延续。当然小水爸妈的心理小水也懂，上世纪六十年代出生顾不上温饱，精神一片荒漠。他们以为九零后等于六零后，过程再曲折，最终都活正常人模样。

小水看《溏心爸爸》里感慨："长这么大，没人教她理直气壮地说你要爱我。"旁边空白处有标注，漂亮钢笔字迹，小说阅读心得，写道："我深爱的女孩，类似文中女主遭遇，她曾跟我讲，没人能让我爱上，我也绝不会去爱人。"

小水拍照发给大鱼问，这些话你写的吧。大鱼回微信，嗯。小水写，有意思的。大鱼写，具体说说。小水写，她都讲这种话，你还要深爱。大鱼写，正因为她讲这种话，我才想深爱。小水愣住，辩驳的话一句想不出。

大鱼写，故事读完了吧？小水写，情节到语言总体幼稚，但情感是真的。大鱼写，我印象最深是结尾处，女主写一条消息，始终没发给她爸。小水翻到结尾，书上写："爸爸，你再婚后还会出轨吧？你知道的，第二次婚姻也没办法解决那些问题，一切的琐碎、消磨、厌恶都会循环而至，你需要找新的情人来释放对生活的倦怠。你不用多解释,虽然我还没结婚,但我已经懂了。"小水问大鱼,是这段吧?

等好一会,他才回:"爸爸,我不想要你和妈妈复婚。但我很想证明,我是两个灵魂因为爱而发生的结果,我来到这个世界上是正确的。我希望你们因为我,面对彼此时还有那么一点爱存在。我希望你们今后,还能成为各自出轨的对象。"大鱼又补充写,我指的这段。小水惊讶,你居然能背出来。大鱼写,读太多遍了。长久沉默。小水写,每回我爸妈吵架,我都想,他们有在听对方讲什么吗,有听懂吗,这么多年为同一件事吵,他们真的不知道吗?大鱼写,多数夫妻如此。

小水写,我爸慷慨,不是真的无私,而是不慷慨的人在生意圈很容易被淘汰;我妈精明,也不是真的自私,而是不精明的人,在办公室很容易被算计。大鱼写,理解,总想把自己领域的最好经验给对方,可甲之蜜糖乙之砒霜。小水写,要说他们真不懂彼此的生存法则,倒也不是。大鱼写,啥意思?小水写,我妈收同事的礼,要还双倍人情,她比我爸还慷慨;我爸公司老总,从上到下最大化榨取利益,他比我妈还精明。大鱼写,立场不同,做法又相同。小水写,我现在是明白了,只要和自己想法相悖就是错的,他们真正想要的不是在什么问题上达成一致,而是我怎么想,你就要听我的。安静一会,大鱼写,和你恋爱应当很幸福吧。小水苦笑,回道,你错了,恰恰相反。

抚摸小说最后一行字,不知怎么,小水想起童年被人贩拐走的经历。她微信写，那天在高速休息站，我爸给车加油，我妈超市买水，我大概七八岁，从洗手间跑出来，看一户人家门口晒玉米，大片金黄可漂亮了。我从未见过，就跑过去看，结果晒太阳的老太婆一把抱住我，忽然哭喊，我的宝啊，你终于回来了。她捂住我的嘴，使劲把我往屋里拽。大鱼写，竟然有这种事？小水写，我被关小黑屋，昏天黑地，以为这辈子都见不到我爸我妈。大鱼写，后来呢？小水写，当然是警察把我救出来。大鱼写，不容易。

小水写，几个月后一天，我在房间写作业，听大人们客厅聊天，聊到那次拐卖。我妈讲，还好找到了。舅舅讲，现在回想真是后怕，要是找不到可咋办。我爸讲，找不到就一直找下去。我妈讲，是啊，一直找下去。大鱼写，叔叔阿姨太爱你。小水沉吟许久写，今天聊到这吧，我要回家了。

到家开门却空空荡荡，小水发信息给爸妈，收拾地上碎片。他们吵架有摔东西的习惯，房子住久了，角落每道裂痕，她都可准确讲出哪年哪月吵的架。其实也听妈妈讲过其他恋情，被外婆拆散后才遇见爸爸。小水想，如果爸爸换了人，一切会怎样？简直不能想，没有爸爸的基因等于没有自己。这样一来，她发现她还是爱自己的。玻璃渣聚手心，疼痛让人感到安全。过很久爸妈才回家，她想他们找她，是走到多远的地方。

一家三口聚餐桌，吃深夜火锅，腾腾热气里看不清彼此，但又知道家人始终在那。也许他们做的所有事，过的所有日子，兜兜转转，都是为回到当年在天台吃火锅的那一天。小水爸口渴，拿杯子却发现空了。小水妈起身说，我再去榨一杯橙汁。小水爸说，不用。他拿起她的杯子一饮而尽。也在此刻小水爸忽然意识，他的秘制酱料还是很辣，可小水妈涮牛肉蘸酱，不再猛灌凉水了。

吃到热火朝天时，小水收到大鱼微信，他写，火锅好吃吗？小水写，你怎么知道我吃火锅。大鱼写，我猜的。小水写，神奇。大鱼笑笑，放下手机抬头望，整栋楼只有那一间亮着灯。从酒吧一路跟着小水，暗中护送安全，此刻站她爸妈家楼下，闻火锅家常味道，想千万分离终究团聚，大鱼心里是开心的。

Chapter 3：环岛游

一

大鱼和小水第一次吃饭，约在火锅店。大鱼说，男女头次约会，一般约烛光西餐厅，精致茶餐馆，私密日料店，吃啥不重要，重要的是气氛，情调，以及男人请客的面子，可小水一上来全都否决，指定要吃火锅，女生里面算稀奇的。小水说，是吧。大鱼说，火锅当然不是不好，整个大厅摆密密麻麻餐桌，每桌冒一锅热气，沸水咕咚咕咚响，想吃啥就往锅里倒，是家常感觉，但好因为家常，坏也因为家常。小水说，啥意思？

大鱼说，这种环境不适合高谈阔论，讲哲学大道理，男人不能装，多少无力，话题只好转向家长里短，但双方不熟，真要讲各自的琐碎生活，泛泛而谈等于没讲，往深里去又讲不出口，尴尬的。小水说，所以你意思是这顿饭太尴尬，索性不吃了。大鱼说，我讲的是普通情况，我和小水属于特别情况。小水说，特别在哪？大鱼说，两个人因为一本书走到一起，这种时代这种模式，少有少见。小水笑笑。

喝一口酸梅汤，小水说，有件事我好奇的。大鱼说，你讲。小水说，那天在"空心爱"酒吧，你推荐我看小说集，顺带聊聊读后感，我始终不理解，现在年轻人不是忙着挣钱，就是忙着花钱，算了我讲实话，你到底什么目的，给我下什么圈套？

大鱼笑笑，也喝一口酸梅汤，不紧不慢说，我讲个故事你就懂了。小水说，啊。大鱼说，有个果农自家水果成熟了，他很开心，就想分给过路人，结果有人觉得他是推销，有人觉得他要下毒，果农很伤心讲，我只是单纯高兴，想请大家一起吃。听完小水一震。大鱼说，这世上还有单纯的分享，你信吧。突然间小水心里千遍万遍感动，她说，我信，我信的。

过一会小水到自助调料区，端回两盘一模一样小碟。小水说，这是我的秘制调法，你一定要试试，尤其涮牛肉。大鱼接过仔细端详。小水说，看啥呢？大鱼说，记住这个配方，下次我给你调。小水愣住，闷声一会说，其实我从来不和朋友吃火锅。大鱼抬头，惊讶说，和我一样。小水说，干嘛学我。大鱼说，真的，除了我爸妈，其他火锅局我全都拒绝。小水消化几秒反问，为啥？大鱼说，我想先听你讲。小水说，你先讲。大鱼说，你讲我就讲。小水摇头说，那算了。大鱼说，行，那就算了。

小水涮一片牛肉，慢慢嚼说，也许有一天我会告诉你。大鱼同样涮牛肉说，我也会的。小水看大鱼蘸酱，问道，好吃吧。大鱼回味点头，好吃。小水满意了，喝酸梅汤，听火锅店烂俗情歌，人不禁微摆起来，嘴角笑容根本掩不住。大鱼也笑，目不转睛看她。小水说，你的字迹眼熟，像我一个老朋友。大鱼面不改色说，是吧。小水说，当然也可能是我眼花了。

然而她对他还是不放心。几次谈话聊天下来，小水已摸出规律。不管自己想法如何，大鱼都不着急表态，喝口茶定定心，鼓励她先讲完。如果想法不一致，上来先肯定对的部分，再委婉辩驳错的部分。如果想法一致，就不仅在想法本身，而是小水如何理解，是迷迷糊糊正好撞上，还是方方面面看得透彻，但又透到什么程度。如果比大鱼想得深，他考虑是改变思路虚心请教，还是多个心眼重新审视。如果没大鱼想得深，他又考虑是引领她去更高之处，还是让她保持这层水平就好。有时俩人平手，彼此不服输，几番争论后再回头看，根本不是输赢问题，而是携手走到再远地方再深角落。这种精神感受讲出去没什么人懂，都感叹两个书呆子，真他妈有毛病。

有回在"空心爱"酒吧，小水点一杯鸡尾酒，大鱼点一杯可乐，俩人说说笑笑，慢慢喝。小水试探问，关于约会地点，大鱼可以讲一堆道理，这么有经验，是恋爱专家吧。大鱼说，平日爱琢磨罢了。小水说，谈过几次恋爱讲讲看。大鱼说，关心这种问题，小水什么意思。小水说，纯属好奇。大鱼说，我说几乎没有，你信吧？小水说，骗人有啥意思，要讲就讲真的。大鱼说，确实是实话。小水说，我不信，搬到我家对面是巧合吧，那天在酒吧碰见是巧合吧，我一点不信。大鱼笑笑。

小水说，我有多少男友多少恋爱，全部交代清楚，不遮不瞒。大鱼说，你最大特点是真实。小水说，在喜欢的男孩面前我也这样，因为恋不恋爱我无所谓，不抱希望，我这种女孩太冷太坏，不值得交往，做朋友很好，做女友彼此都不舒服。大鱼说，我怎么觉得恰恰相反，在你面前我不用讲假话套话，可以做真实自己，这种感觉是很舒服吧。小水笑笑说，因为此时此刻，我们还只是朋友。大鱼说，从头到尾一直否定，一直把我往外推，你不试试怎么知道。小水说，试什么？大鱼说，你觉得呢？小水喝酒不响了。

大鱼从背后掏出小说集，递小水面前说，"喜欢你是我自己的事，和你无关。"小水一惊，失手把酒杯打翻。大鱼笑笑解释，我讲的是《隐形备胎》，小说里的句子。小水脸红，拿纸巾擦桌说，写得不错，是这个道理。大鱼说，小作家写的第一篇最幼稚，但也最让人心痛。小水说，当备胎自然心痛。大鱼说，是太懂事让人心痛。小水愣住。大鱼说，刚极易折，慧极必伤。小水沉吟，抬头望大鱼说，还有一句叫情深不寿。

二

小水刚上小学时，小水爸还在厂里干活。他常接她放学，走到半路突然拿出菜场炸鸡腿，她惊喜到蹦起来。接的次数多了，吃的鸡腿也多了，邻居爱叫她小胖墩。很快小水爸做生意，成了数一数二的大忙人，不仅车好，牌照也过目难忘。客人你来我往，门槛都被踏破，他很自然当上一个好人。无论现在过去，不是谁都有资格当好人，要有医院关系，学校熟人，警局门路，以及一颗心足以海纳百川。这样一来小水爸在女儿眼里，几乎无所不能。

她最期待爸爸开车来接她。那年头家家户户骑摩托，蹲学校门口，黑压压一片，人群最深处能听到小喇叭几声，所有同学目光跟随小水，一路走，走到小轿车边，开门，上车，关门。车身锃亮马达轰鸣，有父母到这种程度，做人不要太体面。只是开车就进不去小巷，买不了炸鸡腿，久而久之小水爸也就不买了。再久而久之，他都没空来接她了。

小水开生日派对，她非要小水爸接人。炫耀目的是达到了，只是同学们太不知趣，难得坐小轿车威风，便不自主忘形。下车后小水爸发现皮质椅背上，留几个黑脚印，脸刷地拉下来。安顿好伙伴进包厢，小水偷溜回停车场，发现小水爸半蹲擦椅背，擦来擦去擦不净，他团着抹布，往地上狠狠砸去，瞬间小水整个人一震。自从下海，他的脾气一天比一天爆。但小孩爱极端自恋，喜欢把身边所有人的罪都归自己头上。那天之后小水明白，对爸爸来说，车比人重要。

很久后一次她攒几天零钱，准备买炸鸡腿。塑料袋盛着香气，欢腾地直往外扑，小水被这快乐笼罩，几乎都舍不得吃了。犹豫之时突然听到熟悉喇叭声,转头看,不远处小水爸正摇下车窗。他今天竟有空来接她,小水一时呆住。双份快乐难得,但也让人难以承受。她朝车走去,然而马上意识鸡腿还在手里,这种肆无忌惮的味道,小轿车受得了吗?

小水爸本想给女儿惊喜,可车窗望去,不知为何她原地停留,往前几步,又转身走向同学,几个女孩有说有笑。小水爸细想,他自己青春期年纪,也不愿呆父母身边,一心想往外跑。做人不强求,他独自开车回家了。

可晚上小水后悔到胃痛,想有下次再碰类似情况,绝不轻易放走。她琢磨做试验,如果塑料袋死死扎紧,炸鸡味应当跑不出来。趁夜色便溜进厨房,把凉透鸡腿扔微波炉,再双手滚烫带回卧室。人和鸡腿同时钻被窝,全覆盖蒙住,一点缝隙不透,小水使劲嗅,有没有散发味道。嗅到一半突然拍脑袋,傻不傻,直接扔掉不就好了,何苦为一个鸡腿,浪费一次坐爸爸轿车机会。鸡腿热了又凉,凉了又热,整个房间弥漫腻烦气息。

后半夜,小水又进厨房扔鸡腿。小水爸恰好上洗手间,瞥到女儿背影,想上前问今日放学之事。可微光里见小水个头,猛然恍惚,以前还担心不长个,现在眨眼就蹿这么高。人一高,自尊心也跟着高起来。想来是不喜欢别人叫她小胖墩,又经不住馋,所以鸡腿买回来看看,看完便扔。

其实很想跟女儿说,这没什么,一个人不能活在别人眼光里,但转念又觉,明讲了反而伤自尊,他自己小时候自卑,也最讨厌别人戳穿这自卑。一个人把烦恼埋心底,又用这烦恼刺激自己成熟。小水爸想,女儿也会同样模式长大吧,于是一声不吭静悄悄离开。从此小水再没买过鸡腿,她一直等爸爸出现,一直没等来。在很小年纪,她已懂物是人非。

三

大鱼和小水逛书店。走到门口见一对父女,小女孩被柱子绊倒,坐地上直哭。小女孩爸爸气极,蹲地上,用力打柱子说,居然敢欺负人,打它,打它。小女孩看爸爸,哭着哭着笑起来,爸爸也笑,一把扛女儿到肩上。俩人甜品店买了冰淇淋,小女孩吃到满嘴都是,她要爸爸也吃。爸爸学她,也吃到满嘴都是,小女孩笑得更开心了。小水站不远处完全看呆,原来一个成年人可以比孩子更像孩子。

本来再平常不过的场景,她却被刺激到很深的地步。想起头一回吃鸡腿,小水爸在炸鸡摊前磨蹭许久。小水爸说,老板,这个不大啊。小贩翻白眼换了一个。小水爸说,这个炸焦了。小贩翻白眼又换一个。小水爸说,看起来不新鲜,不会是隔夜的吧。小贩两手一摊说,你到底买还是不买?小水爸抬高声音说,我全买下来你信不信?果然他说到做到,包整摊的鸡腿分给邻里邻居,从此小贩见他喜眉笑眼。那时,小水还以为爸爸的爱很充裕,要多少有多少。

突然间小水说,不看书,吃鸡腿好吧。大鱼说,啥?小水仍盯那对父女说,我小学附近有家炸鸡腿很赞。大鱼不详问,顺她的心意打了车。可正值下班高峰,车子堵路上不动。小水心急,半道改坐地铁,仍是挤,好在时间可控。小水站角落,大鱼双手伸开,围一圈护她。人潮被挡外面,他看似表情平淡,实则肌肉发力青筋暴起,小水所占之地便等于闹中取静。她这才意识自己任性,想要什么立马就要,是从小被惯坏的脾气。

但有时想吃一个东西也不是馋,就是想吃那一口,吃一口就过瘾了。也不是非要吃这个东西,是当下这情境,这心情,非得配那一口不可。情境对了心境对了,那一口也对了,人生快感等于到顶峰。人总有这种"对了"的时候,但每个人的"对了"又不一样,说也说不大明白,说出来怕人不理解。

小水逐渐急躁,急的不是今天吃不到这一口,而是怕大鱼不理解,一时不理解不要紧,要是一辈子不理解,日子能过舒坦吧,能开心吧。然而她马上问自己,明明还是朋友,为什么想到一辈子的事。

小水脸蛋发烫,为了掩饰这烫,她踮脚尖凑大鱼耳边说,我作吧。大鱼笑说,这怎么就作了。小水说,你脾气太好,吓人的。大鱼说,脾气好反而吓人,我不懂。小水说,越是脾气好,爆发起来越是厉害,能量守恒总知道吧。大鱼说,我为啥要爆发呢?

小水说，呆我身边的人早晚有天会爆发。大鱼说，爆发后往往关系更好，否极泰来。小水说，我觉得只会越差，差到底根本不会反弹。大鱼说，这就是你我的差别，凡事我都往好了想，你都往坏了想。小水说，所以我们不合适。大鱼说，互补难道不是最合适。小水闪开眼神不讲了。

到十几年前的炸鸡摊，小贩一如既往。小水买四个鸡腿，大鱼说，我只要一个。小水说，没错，你一个我三个。大鱼笑笑，惊讶她第一次好胃口。俩人并排坐台阶，啃鸡腿就着可乐，晚风吹拂空气安静。小水说，炸鸡腿的记忆，和我爸有关。大鱼说，明白了。小水说，明白啥？大鱼说，我最爱我妈的大排面，凡是在外吃面，我从不点这道。小水笑笑，咬一口鸡腿鲜嫩多汁，是童年丢失的味道。

吃到第三个实在吃不下，满手是油发愣。这时大鱼找出湿巾纸，拉过小水，一个手指一个手指擦过去。小水面上镇定，实则心跳加速，她想他真是少年的脸大人的心。吃成这种邋遢样子，也不仅因为回忆，更想败坏自我形象。如果一个人糟到极点，别人还说爱，那才是真的爱，经过检验的爱。她不相信他会爱自己，也害怕自己爱上他。

爱是很恐怖的事，她无法忍受爱一个人却把自己弄丢。这样想着小水无知无觉说，你不知道，我心里没什么爱。大鱼沉寂一会说，不要紧，我心里有很多爱。小水摇头说，我是怎样一个人你不懂。大鱼牵她的手说，我太懂了。这样，等于是在表白了。

不久后一天，大鱼接小水下班，正好撞到她和男同事谈话。小水知道他来了，但假装没看到，甚至语气亲密起来。后来收拾桌面时想，过去她是主动的人，可这主动是有底的，不在乎的，因为没指望结局所以不害怕失去。然而现在，她在他手里陷越深，她越是恐慌，越要失控。她需要和别的男人互动，以此来确认自己还很独立，随时都可抽身。但就连这种微妙心理，大鱼都能敏锐捕捉。

他站门外，不紧不慢等，有同事路过，让他直接进去找她，他笑笑拒绝。小水几乎能想到他的解释，我不觉得我爱你，是要你离不开我，我爱你应该是，我会让你变得更好。他就是这样一个人，很懂时间的力量。

同事们临时聚餐，决定吃楼下新开炸鸡店，要小水也叫上新男友。她摇头说，我不去。有人起哄，有人怂恿，有人嫌她见色忘友。见大家不放过的意思，大鱼挺身说，她最近过敏，不方便吃油炸食物，这样吧下次我请各位，吃什么你们定。见小水男友这样大方，众人也就作罢。出门路上小水说，谢谢。大鱼摸她的头说，谢啥，下次有人叫我吃大排面，你也帮忙拒绝。小水噗嗤一笑说，我们根本不互补，是太像。大鱼说，互补重要，相似也重要，我们两样都占，是太合适。小水说，诡辩有意思吗？大鱼忽然严肃说，你信我一次。

被打动是真的，觉得他整个人演戏也是真的。要么伪装太好，总有一天所有的坏一次性爆发。要么这好太短暂，等她沉溺其中，他再全部收走。总之,往深看往远看,都不可能是这种甜蜜剧情。小水盘算,最好不要拖,容易温水煮青蛙,趁还没开始,这段关系尽早斩断。

立马安排一趟旅行是真的,三五天时间,种种伪装各式矛盾都可揭露,分别起来也更彻底。于是这天小水兴起说,空闲时候出去玩一趟。大鱼说,想旅行是吧。小水说,看看风景,挺好。大鱼转头说,看风景还是看人?小水心里一咯噔。

四

小水爸喜欢金石掷地,这话的意思是,他喜欢有一句是一句。这一句现在是真的,未来也会是真的。凭这种为人,他在生意场很混得开。参加饭局,如果自己请客便早半小时到,如果别人请客便晚五分钟到。一分不多一分不少,局势尽在掌握中。

有回赴宴,他早已在车里等候。那时小水上初中,正处叛逆期,最讨厌大人这种正式,等于穿一身西装,不管绷得紧不紧,只要别人看着顺眼便是顶合身。更讨厌饭局,是饭局抢走爸爸,爸爸抢走团圆。小水的坏毛病,也是这种时候养出来的,越是陌生的人她越是好处,越是亲密的人她越要作对。小水爸出门说,磨蹭多久了,十分钟车库见。小水想,就算我拖半小时也不要紧,如果要紧，就说明他不爱我。等她到车库不情愿开门，小水爸劈头盖脸就是骂，几点了，有没有时间观念？！她眼神掉地上，对自己说，看吧，他果然不爱我。

进饭店包厢，黑压压一桌人看他俩。小水爸哈腰说抱歉，心想要死，这种意外状况还从未发生。今天应酬目的就是找人帮忙，能帮忙的赵总又有吹毛求疵的癖好。上次听他助理讲，赵总拒绝一个合作，就因对方递来的文件不干净。不干净是真，不信任也是真，这样谨慎的人，难搞的。

本来可以和赵总一起细谈，现在因为迟到了，不得不坐到李总身边。李总爱喝酒，自己一人喝不行，还喜欢怂恿别人喝，动不动就举杯碰一个。但李总是陪衬，和他喝酒不产生效益，这酒等于白喝，身体也等于白伤。然而一大桌人看着，小水爸碍于面子又不好拒绝。心里长叹一口气，小水这孩子真不懂事，丝毫不体谅大人的难处，一场饭局的人脉用不干净，总亏待自己似的。过一会他瞥了瞥女儿，心想她更像谁呢，总不该是她妈妈吧。这么想着更失落了。

吃到兴头上，大家怂恿李总女儿跳舞。小姑娘和小水同龄人，完全不忸怩，大大方方走到台前，笑眯眯跳上一段，不仅下腰还翻了跟头。李总吐着酒气，看自己亲手打造的艺术品分外得意。反观小水，全程黑脸，叔叔阿姨提问题也爱搭不理。

李总碰小水爸的杯，慢悠悠说，小水有啥才艺展示吗？小水爸向女儿投去期待眼神，她却低头喝汤。小水爸无奈解释，孩子内向不出趟。李总说，我家孩子也内向，多练练就练出来了。小水还是眼珠黏碗里，一个劲喝汤。小水爸怒火顿时从心底冒起，今天从出门开始就没一件事顺心，可没办法，脸上还得摆出体面样子。李总再碰他的杯，笑得更大声了。

当晚小水失眠。看起来是孩子在比，骨子里是父母在比。自己输了，等于爸爸的脸面被扒光。但短时间内，再学一样乐器不现实，唱歌跳舞也没意思，玩别人剩下的，等于这风光是捡来的。后来无意间小水跟着电视，学了几个相声里的段子。去敬老院志愿者活动时，当着晒太阳的老头老太面，她随便讲上几段，没想到效果出乎意料地好。

又一回聚餐。小水爸长久不陪女儿，心里愧疚，便偷看鞋柜里尺码，买一双新皮鞋放车后备箱。本想应酬前给，但又觉当面送出去场面多少矫情，便想等女儿睡着，把鞋放床头柜，一觉醒来就能看到。可谁知应酬当晚，小水眉飞色舞，表演简直太出趟。在家苦练的喜剧段子如今放饭桌台面，胜过任何一道下酒菜，等于时不时开香槟，砰砰几声，推全场气氛到高点。看大家笑得前仰后合，小水爸有些懵，憨憨摸后脑勺。当然吃完饭再送新皮鞋，意味完全不一样了。小水误以为是自己让爸爸长脸，才得到礼物当作奖励，从此练段子更积极了。

有小水在的饭局，成了笑声天堂。她摸索规律，清楚漂亮的人才不怕扮丑，豁得出去才能要得回来。然而刚开始，小水爸还配合大家笑，到后来整张脸沉下来，沉到底了还嫌不够。小水心慌，左右反思，以为是今天段子不够厉害，于是更费劲地学。小水随她爸，自尊心强，不喜欢当人的面用功，习惯暗地里下功夫。所以小水爸在家，她这边玩一玩，那边耍一耍。小水爸边失望边暗喜，失望的是这孩子做事没定性，难成大事，暗喜的是没定性，就不会在喜剧方向上一路走到黑。可没想下次饭局，小水又出其不意来一段，一圈大人夸，活脱脱人间开心果。小水爸半笑不笑，几乎不响，等于一颗剥坏大蒜头。

放学有天，小水被一群女生围绕，叽叽喳喳说八卦。戏演多了，感染力自然而然出来，号召力也一道强起来。自信放嘴里，像嚼一块口香糖，随便扔进去随便吐出来，站人面前头一歪，手插裤袋，嘴里啪嗒啪嗒响。就连和男生打闹也成一种风潮，引多少女生暗地模仿。

可正当小水享受这威风时，浑然不知小水爸的车已滑到她身边。猝不及防，他摇下车窗就骂，怎么穿衣服的，吊儿郎当，女孩子也没女孩子的样，丢不丢人！骂完又一脚油门走人，大家全都愣住，眨巴眼睛看她。小水晾在原地，仿佛被泼一桶水哗啦啦湿透，衣服永远干不了。

小水爸话不多，一张嘴就说，喝汤不能有声音，切牛排切一块吃一块，裙子必须超过膝盖，笑起来不要满口露牙，学生的主业是学习，可以做一些文静活动，但不要当假小子到处疯癫，我们家培养出来的女儿应当是一个地地道道的淑女，绝不是到处搞笑的谐星，我话讲这么明白你听懂了吧，这么大的人了总该懂了吧？

五

没几天大鱼就组了局，请一位台湾朋友。生意上打过交道，但没熟到交心的地步。小水不解。大鱼说，你不是一直想去宝岛，这次吃饭想问啥就问。小水说，去哪旅行我没跟你讲过吧。大鱼掏出手机，有一个专门相册，用来截屏小水的微博状态。其中一条，是她半年前转发的台湾环岛攻略。

再抬头时台湾人志豪已到面前，三人客套，小菜吃吃小酒咪咪，始终未提旅行之事。胡天海地聊一番，小水正要转向正事时，志豪抢先一步，摆出请教大鱼姿态。仔细想才明白，大鱼请人办事，不是一上来就开口，而是先琢磨自己哪些价值哪些资源，可供人使用。现在用不上没事，以后还有机会。关键要展示出来，一展示就好了，明明是他请人办事，现在成了人请他办事。

这时大鱼用完公筷，放筷也讲究，方便下一个人用。小水想他就是这样，他想要的总是能得到。但这和实用男又不同，实用男是借势，大鱼是创势，实用男是得到本分里该有的，大鱼是得到命运不曾许诺的。这样斯文的一个人，小水却觉得，他骨子里很弱肉强食。想到此地志豪连说几个谢谢，以后要麻烦大鱼。他笑着回不客气，喝口茶，这才笃笃定定问，我们想去台湾玩一趟，有啥景点和美食推荐看看。

饭局结束小水说，讲得头头是道，环岛计划就按志豪推荐的来吧。大鱼皱眉说，不急，我各方面再问问。小水说，不相信他？大鱼说，有人赚一块讲自己赚两块，有人赚两块讲自己赚五毛，这个志豪属于前面一种，他讲的话总要打个对折吧。小水看大鱼，不知怎么，他说话腔调、分析表情，像极小水爸。这是一个很会利用的人，她突然反应过来。

大鱼很快拿出旅行计划。小水惊喜，也惊吓，他行动力强，决定什么事便马上要做。可细看计划，两人对自由的理解似乎不大一致。不跟旅行团是共识，但小水喜欢走哪算哪的感觉，大鱼却把时间细化，几点吃啥几点做啥列得清清楚楚。他说，查好多资料，小水偏好考虑了，志豪推荐考虑了，景点性价比也考虑了，总之这条路线可以把价值最大化。

不知什么感觉，也许是太好，小水试探性问，标准宾馆可以改成民宿吧。大鱼皱眉说，民宿是特别，但不能保证品质。小水说，去台湾不住民宿可惜吧。大鱼说，容易出错，到时后悔就来不及了。小水说，旅行的乐趣就在于不确定。长久安静，大鱼说，好吧，我等会来改。小水说，你太忙，要不我来吧。大鱼说，没事，我抽得出时间。

结果到晚上，他一直不回信息。小水急了，去敲他家的门，进屋才发现大鱼正焦头烂额加班。旅行计划被压在一堆文件下，小水小心抽出说，你忙你的我来改好了。大鱼拦住说，我讲的话我一定会做到，你放心吧。说完又拿日程表给她看，上面果然有改民宿这一项。开始还气氛轻松，可越到后来越像一种权力之争，俩人都脸红脖子粗起来。小水有种感觉，不让大鱼完成计划，等于是对他整个人的否定。不知事情怎么走到这地步，她的原意不过是帮他。小水放弃说，好吧，还是你来。

大鱼榨杯果汁，抱歉地要她自己玩一会。小水看大鱼新买的马克杯，杯底还刻有她的名字，随即想起第一次来大鱼家，因为紧张，把他专为她准备的杯子打破了。后来临时用纸杯，口红印也留在杯口。她理所当然以为纸杯被扔掉，然而现在小水窝沙发上，看到对面玻璃橱柜里，那纸杯正安安静静看她。是她最爱的口红色号，或许大鱼也很爱吧。

飞去台湾那天，大鱼提前约好车。车到楼下，大鱼去对面小水家敲门。小水拿吹风机探头说，不是还有半小时吗？大鱼掩饰不住兴奋说，是啊，我就是告诉你一声车子到了。关门，小水回到化妆桌，不知怎么，心头涌起小时候被小水爸支配的恐惧。本来时间算得正好，一心慌竟失手打翻香水瓶。香水淌到行李箱里，全都湿透。

一上车，大鱼便叮嘱司机，快开，尽量快开。随即沉默，大鱼转头看窗外。想起刚才猛敲门的画面，已晚了二十多分钟她还蹲地上收行李。小水知道他在怪她，但心里也有苦衷，从小和小水爸对着干，拖延症也上了瘾，这次已经比之前注意很多，要不是他上门催促，她根本不会搞砸。又想他心眼这样小吧，这点问题都不能谅解。如此一来，也不急于挽回什么了，或者说发现他的本来面目，就是此趟旅行目的。

小水开车窗，有种奇异的轻松，又听隔壁大鱼偷偷深呼吸，捂嘴小声咳嗽。这才意识到车内香水浓烈，奇怪，他自己有手，为啥不开。香水走到小水鼻子里，迷路了，她猛然体会到大鱼的用心。如果是他开窗，香水问题势必激化原有矛盾，自己当他在挑衅，找由头吵架。如果窗户是她开，意味不一样了，甚至于是她体恤，给彼此台阶下。看起来大鱼啥都没做，其实是化万物于无形。小水心里不由一颤，把冰冰凉的手放他手里，脸还是看窗外。风景刚好，他手心温度也刚好。

到机场果然拖行李飞奔，一路狼狈后总算赶上。小水刚想道歉，大鱼替她系好安全带说，今天有种拍电影的感觉。小水噘嘴说，讽刺我。大鱼说，我讲真的。小水拿湿巾擦大鱼衣领污渍，刚才跑太急，和迎面拿咖啡的人撞上了。她说，是我不好，我错了还不行嘛。大鱼说，我认真的，你不是讲旅行的乐趣就在于不确定。小水扑哧一笑说，就你记性好。大鱼说，关于你的事我记性都好。小水说，油嘴滑舌。大鱼说，难道不是吗，你干啥坏事我都记得。小水这才发现上了当，拿拳头锤他。一番打闹后大鱼说，不过我确实香水过敏。小水说，嗯，我记住了。大鱼笑笑，把她搂到怀里。

然而落地后，又是一连串不顺利。先是小水丢三落四，入境时找不到证件。接着坐车到民宿，却被告知网页出错，订房没成功。那几天正值高峰期，住宿生意格外好。俩人边走边打电话，许久才找到一间勉强凑合的旅馆。进了屋，小水累到脱形。原本期待大鱼给她拥抱，公共场合亲密，总有被偷窥的不适。可大鱼几乎是丢下她，头顶装监控般到处检查。网不好，床单旧，角角落落都有不干净的感觉。大鱼心想，虽说自己订房失误，但如果当初不改民宿，也不会出这种问题，如今这家和最早星级宾馆比，差不多的房费品质却天差地别。此刻，小水也在默默盘算，是你答应改民宿的，要是操作没失误，或是不逞强让我来找，会搞成现在这种样子吗？

俩人心里都赌了气。大鱼说，我们再换一家吧。小水瘫痪声音说，算了就这样吧。来回僵持，大鱼开始列种种理由，睡这种地方不卫生，隔音差又易闹失眠，更何况这是环岛游的第一晚，他不愿女友在这种地方将就，至于他自己倒是很无所谓。这样讲来，好像不换一家，是小水对自己不负责，是她不讲道理了。更可气的是，明明是他受不了失控局面，却要假借为她好的名义。

此刻大鱼等于小水爸，俩人无法掌控局面时，是同一张发霉面孔。人就是这样，本来没什么要紧，一旦勾起回忆，再看大鱼就不是大鱼，而是看小水爸，大鱼的话也不是大鱼在讲，而是小水爸借大鱼的嘴在讲。小水不想争辩了，耍赖往沙发上一坐，强硬说，我不管，我今天就不换。

六

小水高中学校排全市第一，角角落落学霸聚集于此，门门课斗智斗勇。这种狼虎争斗氛围下,小水是蔫掉杂草,难靠成绩取胜,过往威风荡然无存。某次家庭聚餐,她整个人软趴趴窝椅子,家里亲戚知根知底,没必要卖力搞笑,也无所谓讨谁欢喜,几个表兄妹毫无竞争力,大家全都烂泥一摊,索性吃好喝好玩乐要紧。

只是今天小水多少心思不定,左右盘算夏令营一事。临近暑假班主任发通知,学校组织国外游学,挑选学生的标准首要是品学兼优,其次是爸妈支持。有同学问,看成绩排名吗?班主任说,嗯,看,也不那么看。同学又问,爸妈支持啥意思?班主任说,这个嘛,这个——小水低声抢答,就是爸妈给钱。班主任瞥她一眼,并不反驳。

其实也不是真想出国,而是都想去,但没什么人有条件去,去过再回来一定是全校焦点。小水很少开口要什么,可这次,她破天荒递去宣传册。小水爸低头翻,眉头越皱越紧,问她,去趟多少钱?小水翻最后一页,上面多少项目多少报价,列得清清楚楚。她以为是一口答应的轻松事,平时兴趣班照上新衣服照买,关于日常琐事,小水爸判断很凭直觉,行就是行,不行就是不行。但这次他长久不回应,起身说,先去饭店吧,吃完回来再讲。小水一时心凉。

到饭桌上,小水爸也心不在焉样子,别人敬酒,叫好几声才反应过来。见他腾不出精力管自己,小水索性放胆玩童年一种幼稚游戏,简单来说就是把各种饮料、汤汁、调味品组合到一起,然后猜拳,谁输谁喝这一杯。玩到得意忘形时,小水一个激动打翻杯子，白衬衫立马扑油。小水爸忽然惊醒，高声训斥别闹了。小水瞬间熄灭，拿毛巾也擦不干净，大气不敢喘地缩下去。

后来小水爸上洗手间，小水看表一圈一圈转，转到天荒地老他还不回来。出门走上一段，才发现他在另个包厢串场。也许恰好路过，也许本就通了气，小水猫在门口往里看。第一次见爸爸烤成大虾，弓着腰红透脸，坐在主位的伯伯要说十句，才有一句回应他。小水烫伤一样背过身，只觉眼睛很脏，好像看到不该看的东西。

深呼吸几次，才重新转过去，此时恰有女孩给大家添酒，服务员干站一旁。女孩站得比铅笔还直，嘴比蜂蜜还甜，倒酒时不溅出一滴，收手时也不碰餐具，上发条般行云流水。每个长辈都面露喜色，小水爸也直夸这孩子懂事的，太懂事了。小水瞬间明白，那就是爸爸期待中的女儿，和自己截然相反的女儿。

正开跑时女孩看到门外小水，大家也顺着目光扫过去。小水爸尴尬笑笑，不得不把女儿带进来。女孩自我介绍朵朵，对小水颇有兴趣。小水心里也透亮，自己溅满油污的一身，把她衬托得更光彩了。小水爸面色难堪，不愿把话题停留于女儿，很快转了弯又引到大人之事。小水清楚自己给他丢脸，一时手都不知往哪放。朵朵把她拉到身边，问东问西，但主要目的还是引出自己。朵朵已出国几次，穿着讲究，一口英语比喝水还溜，她绘声绘色讲国外趣事，等于讲班里八卦。小水想，这种规矩坐规矩站的人，在一堆活蹦乱跳的外国人中间，是怎样有意思的画面。

越过朵朵肩膀,小水却发现爸爸努力赔笑。主位伯伯吐烟圈到他脸上,笑声豪横说,你这种小地方出来的人能有啥出息,能成啥大事?小水爸不反驳,还是有耐心地笑。小水忽然想起最近,他应酬回家总是干呕,半夜坐阳台抽烟。她问小水妈,一对一的小课上挺好,为啥换教室?小水妈说,几十人的大课才好,同学陪伴彼此竞争,进步更快好吧。小水当时心想,骗谁呢!如今琢磨,太阳升起升落,生意有赚有亏,爸爸白了头操碎心,家里到底欠多少债呢。

朵朵打断说,我们拍照吧。小水说,啥?朵朵举拍立得说,我爸刚送的,当场拍当场出照片,厉害吧。小水不响,她挪开眼神脑子里算,要省多少个月的零花钱才能买这么一台。朵朵是豌豆公主,想做什么别人都得配合。小水这才知主位伯伯便是朵朵爸,他拿过拍立得,要两个女孩站江景窗边。小水扯扯油污衣服,目光哀求小水爸。可他不理,还训小水说,干嘛丧一张脸,拍照就要开心点,你看朵朵笑得多讨人欢喜。

拍立得果然神奇,照片刺啦刺啦出来很快显色,复原眼前风景。朵朵大方送照片给小水,要她好好留念。小水没看一眼便塞兜里,紧接着不再搭理,自顾自玩起调鸡尾酒游戏。朵朵见她左右开弓,倒橙汁舀鱼汤,加酱油撒葱花,百思不得其解,好奇问,这是干什么?小水说,一种创造,你这种好孩子不会懂的。

从此小水拍照有阴影。当晚回家她就躲被窝撕合影,心里想,就算出国去夏令营又能怎样,只有半个月走马观花,回来不能英语次次一百，也不能重新投胎做人，去了简直比不去还伤心，何苦呢。结果第二天早饭，小水爸主动谈起出国一事。小水把皮蛋戳稀烂说，不想去了。小水爸惊讶问，为啥又不想去了。小水停住筷子琢磨，本来他还不答应，现在比自己还积极，一定因为朵朵。他自己想站到朵朵爸的高度，一时又做不到，便把这任务按到女儿头上。

这时抬头见他喝粥，头顶微凸，是典型中年人疲惫形象。难怪妈妈扫一堆头发，明明条件不够还打肿脸充胖子。小水把筷子往桌上一撂，高声说，反正我不去。因为用力过度，听上去更像一种挑衅。小水爸气到噎住，这孩子这样阴晴多变，一天一个主意，能有啥出息，能成啥大事。

真实心里话，小水也想坦白，但又觉应当学爸爸，坏的一面留给自己，好的一面留给家人。他昨晚从饭店回来还是顶天立地模样，有难处从不在家讲，也没大声嚷嚷要人理解自己。小水是复制版爸爸，她要闭嘴，要很坚强。

那顿饭前，一个要去，一个不要去。吃了饭后，想去的不要去，不想去的反而要去。小水从此知道人有多千变万化，捉摸不透。当下想不通的以后会想通，一直想不通的最好假装想通。所以每当别人做出不可理喻之事，她总能快速消化。她以善解人意而出名，常说，没事，别人不懂我懂。

七

本来放好行李就去夜市，但大鱼想先打扫房间，他不愿逛累回来再收拾，事实上，那样根本不会收拾。小水还在赌气，坐一旁玩手机，故意不去看他。过一会假装起身喝水，余光乱瞄，发现他真在细致清洁。不由细想，他有那种脾气，做事前必须定计划，如果没达成心里百般痛苦，但问题是他不会定让自己完成的计划。永远不闲着，永远连轴转，是没痛苦也要弄点痛苦出来的人。倒不觉得这是庸人自扰，小水只哀伤，她想他曾经承受多大的磨难，才要用一种痛掩盖另一种痛。能隐约感到这和大鱼家庭有关，可他的父母他的过去，又是啥样，她拐弯问好几次，他也只笑笑不响。

小水不再坐着，收起疲惫和大鱼一起打扫。大鱼说，你歇会，等会还逛夜市。小水说，走得动。大鱼说，我一个人能搞定。小水说，我不是心疼你，纯粹饿死想快点吃饭。大鱼说，啥时候能改改你嘴硬的毛病，每次都心口不一，有劲吧。小水说，我本来就讲的实话，你才嘴硬，天天嘴硬。听到这里，大鱼拿她没办法地笑了。

夜市扫荡一圈，总算找甜品店坐下。芒果冰堆俩人面前，小水有一种隔阂之感，想和大鱼并排坐，他摇头说不要，我有话要和你讲。小水挖一口冰放嘴里，有些不安。大鱼道歉说，订房是我的错，没做到位，希望你能谅解。小水说，嗯。大鱼喂芒果到她嘴边说，一码归一码，我做错的我会反省，但你做不到位的你也要反思，这样讲能接受吧。小水乖起来点头。

大鱼说，有我在你可以放心，但你一个人出去不能这样马虎，如果房间里有摄像头，门锁不够牢靠，是不是要警惕。小水这才知他刚擦那么仔细，同时也是检查安全，心里难免触动。大鱼说，出来玩本来是图开心，迟到了也不要紧，再买张机票的事，但你这种拖拉脾气要改一改，如果是开会，是见很重要的人呢，你尊重别人的时间，别人才会尊重你。小水说，是我没做好。大鱼又喂她一块芒果说，你讲你有拖延症，是因为爸爸的缘故，可我不觉得所有事都是童年的错，在我面前你可以当小孩，但其他时候，我希望你是一个负责的大人。

小水嘎啦嘎啦嚼冰，模范男友标准通常只有一条，就是听女友的话，不管好话坏话全盘尽收地听，没有原则地听。可小水不愿被捧到这种地步，长此以往只会越来越傻，越来越落后，等到醒悟过来时男女差距过大，根本无力追赶。

曾经有几回，大鱼听小水电话里谈工作，结束后便教育，你总喜欢打断别人讲话，还有不要一上来就讲但是，习惯性否定别人，这不好。小水开始还不承认，后来大鱼偷录了音放给她听。小水嘴上说，你这人怎么这样上纲上线，心里却想有他真好，我可以少吃一些亏。有时她也赖皮，小孩子耍脾气般不想听，他不罢休，非要戳破自尊逼出羞耻，看到她真的有长进为止。

　　回想到此地，再抬头却发现大鱼偷拍自己。小水赶紧捂住镜头，没摆造型也没理头发，她这种样子能拍吧。大鱼说，我觉得你怎样都好看。小水白眼说，骗人。大鱼说，真的。回旅馆洗过澡，小水才逐渐平静，今天发生的一切走马灯般在眼前流动。大鱼好归好，但也有不少毛病。她能忍一时，可要忍一辈子也不见得。当然这是好事，她了解他越多，越能保持理智，到时候就算分手也不会过分心碎。小水想，自己这人就是没意思，别人恋爱想着长长久久，她恋爱总想着哪天分离。

　　然而转念又觉，大鱼太像小水爸，好的地方像，不好的地方也像。好的地方自然可以迷恋，可不好的地方，恰恰更让她迷恋。她愁起来，再找多少男友，有多少真情，她每一次心动都夹杂难言的恨，也或者因为恨，所以才心动更深。

　　毛巾擦干，小水走到镜子前刷牙。牙膏是大鱼带来的，拿起时忽觉异样，琢磨半天才发现，他挤牙膏喜欢从最后位置往前，而她习惯挑中间位置。说不上什么感觉，只隐约不想被影响，后来她该怎么挤还怎么挤。

　　台北玩两天后，本来要去看海。车票都买好了，小水却在滑翔伞广告前驻足，但也知大鱼讨厌临时改计划，便一句没吭。到晚上他却拿出一份攻略说，我们不去看海了，先玩滑翔伞吧。小水惊喜，等于巧克力吃出酒心，一把抱住大鱼，听胸肌下心脏咚咚。第二天到飞行场，教练却说天气欠佳，需要等风停。这时才知大鱼不滑,只看小水滑。她不明白,如果他不玩,自己一个人玩又有啥意思。大鱼说,本就是一个教练带一个游客,他玩不玩,都不影响她的体验。可小水觉得如果他不玩,空中翱翔快感怎么分享,怎么共鸣呢。

坐山头等待时,俩人面对基隆港沉默了,掉进各自手机,风也不见变小的意思。小水还是忍不住偷瞄,以为大鱼真不把自己放心上,却没想他正研究拍照技巧。回忆每次偷拍,她不爽发脾气,他还是默默记下了。过一会教练把小水叫一旁,说半小时后可以玩,但要先指导注意事项。

小水恍惚听完恍惚走回,停在大鱼背后,看他整理旅行照片。他喂她吃冰淇淋,她给他扮猪鼻子,芒果冰店里她颔首沉思听他讲话,坐高铁时睡着,头枕他肩膀张嘴,几乎流口水。每一张都丑到难以形容,大鱼却抚摸屏幕上脸颊来来回回,像把每道纹理记手心里,自顾自地笑了。小水明白,那是很爱一个人时才会有的举动。

记得来台北前坐爸爸的车,小水一路看窗外大雨。等红灯时,小水爸瞟后视镜说,你一个人在那傻笑什么?小水一惊,滚落雨珠里才发现自己痴痴咧嘴。当时在想,大鱼去打球有没有带伞,如果打到一半被淋湿,会是什么可爱样子。

此刻大鱼收手机起身,小水赶紧转头假装看风景。听到脚步声逼近,一种被风拥抱的感觉。大鱼说,你在这等着,我去付钱。小水惊讶说,不是付过了吗?大鱼敲她脑瓜说,只付了一个人的啊。小水这才知他改了主意,也要一起玩,可没等问为什么,人已走远。

付完钱大鱼进洗手间。两手撑桌冷水浇脸,努力平复呼吸,双腿一旦微抖,立马发狠拍打。有时对命运不满意,他也会甩自己耳光。那年上小学,大鱼爸被下岗潮淘汰,大鱼妈不得不推小吃车上街,日子苦到来不及叫苦。某天放学大鱼推开围观人群,顺着抬头,才发现大鱼妈站在天台,只差一步,活生生人命立即坠地,从此不醒。大鱼疯狂冲上楼顶,推门,见她倚栏杆痛哭,感到心脏几近窒息,往后便得了恐高症。

不是没想过告诉小水,但本能感觉没到时机,不过有些时机也许永远等不来?恋爱究竟是隐藏还是暴露本性,隐藏到什么程度,又暴露到什么程度?要是结了婚还藏吗,找个人就为藏一辈子?可一上来全都暴露,想必换谁都不能接受?想不明白,大鱼无奈抬头,却在镜子里瞄到转角阴影,单看发型便知是小水。他想他的不堪,她全都看到了。

大鱼走回去笑脸解释,自己之所以不玩,是小时候从树上摔下来,往后多少恐高,但越是害怕越要直面,如果每次都逃走,迟早会在逃走的路上重新撞见,所以此趟滑翔伞他必须玩。大鱼以为这番演讲足够有力,足以打动她,小水却想,明明是你想让我开心,所以强迫自己玩,但把改变原因归为自我挑战,是不想让我有心理负担,你这种体贴我会觉察不到吧。

忽然小水凉脸说,不想玩了。大鱼说,啥?小水弯腰摸脚踝说，刚才扭了一下，以前受过伤，应该是复发了。他们望着彼此安静下来。小水声音再次雀跃，要不我们去吃九份芋圆，来都来了，不去就太可惜了。大鱼想九份依山而建，吃啥都得爬石阶，她这样脚就不痛了？但还是说好。

计程车上，小水有一搭没一搭和司机聊天，九份还没去，好像已经逛完了。大鱼知道她是想靠闲聊，把滑翔一事盖过去，抬起小水受伤脚踝，架在自己膝盖上，慢慢揉起来。小水也不抗拒，仿佛真的疼到不行。下车后大鱼说，先找地方坐会。小水活蹦乱跳说，我好了，不痛了。

去最有名芋圆店时，小水挽大鱼胳膊，心里疑惑，他恐高真是因为从树上摔下来吗？在洗手间那样无措，为啥不能坦诚过去？难道交代往事，他会担心关系就此疏远？不过自己真能承担另一个人的过去吗，无论光明或黑暗，她都能吗？小水突然不自信起来。她想大鱼不响是有道理的。他清楚她是一个怎样的人，她太负能量，连自己都安抚不了。

吃芋圆时小水被虫子叮了包，火烧般痒。大鱼变魔术一样从包里掏出止痒药，蹲下去，拿棉签认真涂。小水说，小时候我最羡慕哆啦A梦。大鱼说，为啥？小水说，因为它有百宝箱。大鱼笑笑。小水说，现在美梦成真，我眼前就有一只哆啦A梦，我太幸福了。

八

　　高三那年，小水决定艺考。讲段子上头，久而久之便成了表演梦。小水妈把艺考资料撕干净，无论如何，不相信她能挤破头进娱乐圈。就算进去，她想不是她失去女儿，就是女儿失去人生。本能地，忘记外婆的所作所为，如果问她重来一遍，你还想去北京吗，还想学服装设计吗。也只是惘然。说人生有得有失，不该期望得到太多，能不失去原本有的，已是很幸福的事。要过很多年，小水才明白这番话究竟什么意思。但她当时太年轻，年轻就是铆足劲往前闯，不管闯出什么，总归是好的。

　　小水爸好不容易东山再起。这些年忙于还债，忙于扩张，等再回头，女儿早已不是当年的女儿。也没法开车到半途，摇下车窗训她。倒是常叹气，半夜上洗手间，听她在卧室偷练形体，想自己看人那么准，是不是唯独把女儿看错了。

　　艺考初试前几天，还没进家门，小水的哭声就被丢到他脚边。小水爸一时成失足者，大理石地砖，泥潭般让人深陷。小水妈倒拎书包，白花花试卷撒满地，一张去北京的高铁票，碎得连字都看不清。她不知道他给女儿这样多零花钱，买一屋子好东西，还有剩余订车订宾馆。不过唯独在女儿一事上，小水妈有绝对话语权，小水爸多说几句都被反驳，你管过她吧？你清楚她现在状况有多糟吧？不懂就别插嘴，呆一边去。小水爸语塞，只能叹气。

离艺考初试还有一天，小水被安全带绑得很死心。小水爸左边开车，小水妈后边盯视，押犯人一样送她上学。进了校门便更无望，逃也逃不出去，到处是眼睛装铁栅栏，想跳楼也是很难的。讲台上班主任一番鸡血加油话，相当炒隔夜饭，颠来倒去说。小水想一辆车加错了油，还要甩鞭子让它跑，世间这种荒谬事，要多少有多少吧。几节课过去，对着题目发呆，每个字都认识，可连起来一点不懂。听到窗外有声音，班主任走出去，居然是小水爸。俩人的目光投过来，只见班主任一张蜡黄脸，更加蜡黄。

小水风卷残云收书包，冲出教室，跟上小水爸紧急脚步，跨铁栅栏，一路楼梯转弯，激动到摔跤。小水爸回头赶紧扶她，拍裤脚上灰说，定心点好吧，受伤了还怎么艺考。小水马上蹦跶，证明自己太健康。其实手上腿上，擦破大大小小伤口，但根本不痛。小水爸的车停校门口，一上去，就塞行李到她手里。身份证，现金，换洗衣服，考试资料，统统齐全。小水不可置信问，资料不是被妈妈撕掉了吗？小水爸插钥匙踩油门，瞥一眼后视镜说，之前我重印一份，以防万一。小水震惊，觉得此番对白不过寥寥几句，话语之下却如同深渊。

临到机场小水爸最后叮嘱，刷身份证出机票，宾馆地址发你手机，走到考场五分钟距离，早中晚三餐，已拜托北京远亲准点放大堂，你打前台电话，服务员就送房间门口，一切准备到位，你不用多想，安心考试吧。以上叮嘱，机关枪扫射一般，小水完全反应不过来，只是想爸爸讲这些，心里盘算多少次，熟背多少次，你该告诉我吧。但下车他只面色平静说，一路顺风，祝你好运。

看女儿离去背影，小水爸回忆那年北上画面。当时他除了胆量，一无所有。可就连这点胆量，最后都被命运嚼得稀碎。他多希望有人站身后底气十足说，往前走，别回头。但小水的爷爷奶奶，是乡土中国代表，一辈子被一块土地圈养，风吹日晒都不曾离开。

活到一定岁数，小水爸突然醒悟，当人上人的目的是为了欢喜，可如果本来就能把日子过欢喜，那争当人上人，又是为了啥？小水爸年轻时爱打篮球，现在为了陪客户混圈子，不得不学高尔夫。不喜欢高尔夫还不能说，装得既要喜欢又要擅长。一把年纪，小学生背地里用功，不能叫人发现。

那天他练球，练得不耐烦，把杆子都甩出去。又想到不止要懂高尔夫，还要懂表，懂车，懂古董，件件都不是自己喜欢，喜欢也被熬成不喜欢。一面看人脸色，一面不得不给人脸色看。似乎风光，其实不过穿梭利益牢笼，自我折磨。也不能叫苦，一个有钱人说自己过得太苦，怕要被活烤。最想做的兴许是回归山林住小木屋，挖笋钓鱼，喝茶读书，一整天不讲一句话。当然只是做梦。一个人本来想活自在，结果在追求自在的路上，变得更不自在。

要小水当人上人的想法也完全放弃，他体会过的卑微，不想她再体会。既然有梦想也有条件，放手一搏是应该的，追不到是正常，死下心来过普通日子，也是好事一桩。至于自己，这辈子就算了,也只能算了,他愿当女儿的垫脚石。生孩子是为延续自己的生命,此时此刻,这种话他是很信的。

出考场,小水在校园里徘徊许久。她想当初因为讨爸爸欢喜,才去讲段子,现又因讲段子有了表演梦。可如果父爱本就充裕,家庭本就和睦,她几乎没理由去尝试,也不可能挖掘这种天赋。小水忽然意识到,没有爱却怀揣理想,有了爱却可能平庸,人生两难全吧,太难了。

九

环岛游结尾,他们坐船去绿岛。上岛后租好机车,一条黑狗屁颠屁颠跑来,小水立马跳起,她小时候被狗追过,多少害怕。大鱼一面笑她,一面给狗顺毛喂火腿肠,嘴里喊小黑小黑。小黑往大鱼怀里蹭,蹭到他的笑都溢出来。小水说,没想到你这种扑克脸,这么有爱心。大鱼说,我讲过我心里有很多爱。不知为何,比起第一次听这句话,如今再听,小水心里有格外深的感受。他这样一诺千金的人。

吃过夜饭,决定骑车去朝日温泉。天阴阴沉沉,看是下雨的样子,但绿岛只安排两天,小水不愿在民宿干坐,大鱼拗不过她撒娇,俩人便出发。他们并排在公路上骑,深秋的缘故上岛游客并不多。没挑准最佳时机，大鱼有些不快，仿佛糟糕天气也是他的错。小水却不受影响，觉得留些遗憾没啥不好，遗憾目的，就是要他们下次还一起来。大鱼喜欢她这种自圆其说，他主动负担，她又帮忙卸掉。

骑一半停下，小水站岩石上，海风一次次抱她。大鱼嫉妒，有种她马上被抢走的错觉，一个人无缘无故和大海吃起醋来。大鱼知道，小水这人本来厌恶自己，但因为走到很深很远的地方，突然被吸引，被迷住，便沿路忘掉自己。和她同路的人，也不由得模仿起来，用她的眼睛看世界，只觉一切都改了样，死沉风景呈现出全新意义。她是他的大海，一走进她，他自由起来。

继续骑车，小水依旧沉浸自我世界。风灌进身体，遥遥黑暗中有一点光亮。当年爸爸闯入教室送她去艺考时，也是相同感觉，等于电影高潮，故事最煽情场面。一个人，一生都在拍电影，在做梦，是怎样的痛快？不清楚。只清楚做不成自己时，常回想这段经历，仿佛身体永远停在高三那个清晨，有梦想，有爸爸的爱。不是一时的快乐，是回味多遍，发酵再发酵的快乐，所以太浓烈，沾染一点就要发疯。

不知不觉转头看大鱼，却正好撞上他的目光。小水想，这下好了，以后再讨要这快乐时，不免多一个人的回忆。过会又想，也许是大鱼的存在，才把她的快乐刺激到更深境地。

骑到朝日温泉，觉得不过如此，但因此刻身边陪伴的人，风景是好是坏都特别起来。痴痴看一会，大鱼冷不丁问，这么多追求者里，为啥单单是我？小水说，突然问这种问题。大鱼说，喜欢我什么地方？小水说，那你喜欢我什么地方？大鱼说，太多了，讲不过来。小水说，讲最核心一点，如果没有这点，我对你而言等同鸡肋。大鱼沉默许久才说，思想。小水笑笑。大鱼说，我认真的。小水说，这也是我最喜欢你的地方。大鱼也笑笑。

小水说，确实很多男生追我，但喜欢一个人，仅仅停留在外貌年纪的地步，这喜欢太廉价吧。大鱼说，年轻女孩潮潮翻翻，随时可取代。小水说，如果我没灵气没深度，他们照样追我，我害怕的。大鱼说，有个日本人写诗，讲事物的味道我尝得太早了。小水说，真巧，我大学老朋友，也跟我讲过这句。大鱼笑说，是吧。小水说，我最看重自己的地方，也是你最喜欢我的地方，因为这点，我更喜欢你了。讲到这里大鱼忽然感动，一把搂过小水。

小水又说，我讲我喜欢你，你信吗？大鱼不解说，啥意思？小水说，我承认我多情，交代过往经历后，一般男人都下意识远离，你不仅不远离，还越靠越近，怎么想的？大鱼说，第一，多情不等于滥情，多情的人是内心丰富，也是活出自我。小水笑笑说，第二呢？大鱼说，如果一个人恋爱，总是死心塌地长长久久，我会怀疑是真的爱对方，还是出于性格惯性，有些人委曲求全也不愿做自己。小水说，想得深刻的。大鱼说，你为我改变这么多，我为啥不信。安静片刻小水又说，遇见你，我觉得之前的恋爱都像假的，我第一次体会到初恋感觉，我讲真的。

后来天空彻底变脸，尽管穿雨披，但归途路上俩人还是淋得湿湿透。狂风暴雨中手机丢信号，短短几米距离，都听不清对方讲什么。小水忽然停下来，车子出毛病，不太骑得动的样子。大鱼走过来看，高几倍音量说，不要紧，我跟你换车。她不肯，他几乎把她抱上自己的车，安慰说，不要再并排骑了，不安全；你先骑，我跟后面。小水拽住大鱼，不情愿摇头。他抱她说，我保证不离开，但你也向我保证，不要回头好吗？

她像条尾巴拖住他，不能想象独自穿过这黑夜，没有路灯，没有来往车子，海浪等于喝醉，仿佛再一个趔趄就要跌到身上来。大鱼没办法了，从口袋摸出一个护身符，挂小水脖子上说，我妈庙里求来的，有它在就等于我在，别怕。

挂护身符上路，可骑几十米车速明显放慢，吞吞吐吐，下一秒要掉头似的。大鱼声音立即从身后涌来，他喊，小水，一路向前，不要回头，我保证不离开。她吃着雨，像吃着糖一样地笑了，忽然心里安定，浑身充满力量。眼前此番场景，等于当年爸爸送自己艺考，往前看，黑暗尽头是光亮；往后看，男人站后面眼神盯牢。

旋即又想，当爸爸穿梭于黑暗，大鱼穿梭于黑暗，他们身后也有人保护吗？如果摔倒了害怕了，他们也会像自己这般，只要转头就有港湾可躲吗？根本不敢想。这一夜太漫长，进两步退一步的难。她时不时去摸护身符，摸一次，多一次勇敢。好不容易看到远处路灯，这时刚上岛碰见的小黑，突然窜出来。小水惊吓，可等一会才知它是来给她领路了。小黑在车前不紧不慢跑，跑几步回一次头，小水心里一热，想这是蹭进大鱼怀里的狗狗。

在民宿前停了车，终于回头，可左等右等，大鱼还是没出现。民宿老板开车，载她去寻人。她想他让自己不要回头，一定是知道那机车有问题，开到半途抛锚。但也有可能是他偶遇漂亮风景，便停下来欣赏了，或者认识比她更好的女孩。不会有其他状况。她宁愿他是个骗子，突然间变心。想到这小水狠掐自己手臂，他说没事，她就真以为没事了。

老板在黑夜里走惯，一眼看到迎面而来的大鱼。他正推机车，顶风雨，一步一步往前迈。小水眼泪，总算从眼眶里落下来。此刻画面让她莫名回想曾经一幕。那次小水爸喝醉酒，走到她房间，以为她睡着了，其实没有。他倚墙边，仿佛是在梦里和女儿聊天。他说，小时候家里穷，没钱买玩具，你总要穿表姐剩下来的衣服，人贩拐走那次，我始终在想，如果你被卖到一个有钱人家，多年后又找到你，那时你会不会嫌弃爸爸，不愿当爸爸的小孩？当时小水眼泪没有声响，浸湿枕头。等小水爸离开，她把枕头翻面，假装什么都没发生。

大鱼洗完澡出来，发现小水在民宿大厅，喂小黑喝牛奶。他拿毛巾擦头说，你不是怕狗吗？小水抹小黑嘴边奶渍说，不要乱讲好吧，它会不开心的。大鱼笑笑。小水指桌上玻璃杯说，那杯热牛奶给你的，快喝吧。等她起身，他突然凑她面前，小水吓一跳说，干嘛！大鱼指指嘴角奶渍。小水扑哧一笑，扔毛巾说，想得美，你自己擦。

而后雨停，他们坐在天台看夜空。小水喝台啤说，对不起，如果不是我那么任性，你今晚也不必受这一遭。大鱼接过她手里台啤说，该讲对不起的人是我，明知天气有变，还要硬按计划来绿岛。小水说，按计划是一桩好事，不像我，日子过得乱七八糟。大鱼说，计划赶不上变化，我也要反思。话到此地，俩人的手又牵到一起。

　　小水说，其实今天我脑海里，一直闪现我爸爸身影。大鱼笑笑。小水说，除了他，还有另一位老朋友。大鱼说，之前讲过，大学里那位。小水说，是啊。大鱼说，想他了。小水说，多少年不联系，确实很想。大鱼说，不试着联系一下？小水摇头说，消失了，找不见了。大鱼想他对小水重要到什么地步。

　　小水说，他曾跟我讲，任何一个人，都无法帮另一个人解决他的痛苦，自己的困境要自己面对，自己煎熬。大鱼说，是这样。小水说，老朋友陪伴我，引领我，不是让我变成他的什么东西，而是教我独立、完整，最好雌雄同体，每次和他分别，我不恐惧，只会心里更强大。大鱼笑笑。小水说，你不吃醋吗。大鱼说，小水有这样三观正的老朋友，我只会开心。

　　小水说，《隐形备胎》我看完了，讲实话，小说主人公病态的。大鱼说，爱一个人爱到这么卑微，其实是不爱自己。小水说，不过主人公身上有一点，我感同身受。大鱼说，讲讲看。小水说，爱的尺度，我之前讲，我妈小时候缺爱，所以给我太多爱，可她越给我越想逃，完全不给也不行，好比我爸，爱得太冷漠太有距离，往后影响我挑男人心态。大鱼说，走极端都有问题。小水说，可谁又能一生下来就爱得刚刚好，所以我看这篇小说，主人公心里多少畸形，但她清醒，会反思会共情。大鱼说，就是所有人都舒服了，只有我自己不舒服。小水说，没办法呀，我小时候想最多的一件事，如果我失踪了，没有了，我爸妈是不是从此能过幸福日子。大鱼突然严肃说，肯定不能，他们不能，我也不能。

小水低下头去，沉默许久说，关于火锅，我只和爸妈吃，是因为我家每次吵架，最后都用一顿火锅来和好。大鱼也沉默一会说，小时候我家穷，烧不出一桌干干净净的菜，只能吃大乱炖、咸泡饭，每次吃火锅，我就想起童年辛酸味道，所以，我也不和家人以外的人吃火锅。话题不再继续，俩人看一会对方很自然吻起来。

当晚睡前洗漱，小水拿起牙膏一愣，她此刻感觉，从最后位置往前挤，比从中间位置要有道理许多。她想以后，都要用大鱼这种挤牙膏方法。过一会大鱼也进来刷牙，盯着牙膏盯好一会，忽然傻傻一笑，用手机拍了张照。

Chapter 4：酗酒者

一

大鱼爸在三流高中当电教老师，负责投影仪的设备维修，会议厅的屏幕控制，英语听力的每日播放。大家都说流水的校长、铁打的老于。他几乎把学校当成家来看。可做人讲究平衡，一方面自律，一方面必然放纵。大鱼爸表面上是好好先生，暗地里却是酒鬼废物。当然酒鬼和酒鬼也有质的差别。别人酗酒不分场合，大鱼爸绝不在学校喝。别人酗酒不分时间，大鱼爸绝不影响工作。别人酗酒喜欢配个菜打个牌，大鱼爸特别了，他得读一本书，还非得是历史书。

最早读历史是打发日子。老师不是时刻要开会，设备不是每天都会坏，时光堆在那，被成功人士的光芒烫伤了。大鱼爸从前至今都是伤，从今往后也都是伤，日子太苦就想找个地方躲一躲。

可天下之大，竟找不到藏身之处，走哪都觉得别人比自己过得好。有钱人不说了，有权人也不说了，就连路边讨饭的，都能在午后阳光沐浴下安心打盹。大鱼爸寻不得平静，讨饭的他也要嫉妒。

多年前一天，一位史老师找大鱼爸修电脑。看在同事情面上，自然是免费，可让人办事，多少占便宜，送点小礼物笼络感情也是好的。然而，两手空空的史老师不是不懂人情，是大鱼爸当惯好人。一个人欺负他叫欺负，但所有人都欺负他，那还能叫欺负吗？

史老师带着修好的电脑，理所应当离开。大鱼爸也不计较，收拾桌面，却发现他落一本书。本想追上去，可随便翻几页，意外觉得这野史还挺好看。过几天还书，大鱼爸不禁感慨，没想到历史这么有趣。史老师白眼说，有趣有啥用，能当饭吃？大鱼爸还是掏心掏肺说，羡慕你们教历史的。史老师说，我还羡慕你们搞电教的呢，课不上，作业不批，太清闲了。大鱼爸频频摇头说，没意思，真没意思。

从此大鱼爸迷上历史。历史讲过去的事，和现今不搭边的事，读起来不怕碰到自己。可读一段时间，他发现过去的事也像现今的事，读到芸芸百姓皆为待宰鱼肉，读到王侯将相不过悲惨收场，读到历史总是惊人相似惊人轮回，大鱼爸惘然了。一个人，读书读到众生皆苦的份上，便是借别人的事流自己的泪。本来读书是为了忘记自己，到后来，竟为了不忘自己才要读。前后都是苦，但后来的苦是与人共享的，血泪陈酿的，是千百年来的过来人都无法摆脱的。这苦叫人上瘾。

然而也不是一上来就能体会到。要等，等到读完一个古人的一生，等到把他的颠簸当成自己的颠簸。合上书，再闭眼细品时，脑子里便有一种高潮之感，好像走到比想象更远的地方，又像走回比记忆更深的过去。

一高潮，就想喝酒，喝到要醉不醉的状态，人生种种悲欢几乎可以放下了。只是高潮本来就难得，想要读书和喝酒同时高潮，更是难上加难。要么情绪到了人还没醉，要么人醉了情绪还没到。等这种时刻心要定，要坐得住，等来一次，大鱼爸可以回味几天。

当然一个人如果自己等，机会还很多。可关键是大鱼爸的等，需要大鱼妈配合。大鱼妈懂肉体高潮，不懂精神高潮。一看大鱼爸坐书房几小时，便气不打一处来。时不时叫他买个什么、修个什么，甚至于在他耳边抱怨几句也是好的。仿佛大鱼爸肚里的蛔虫，大鱼妈总挑最精准时刻打断他。等大鱼爸再翻历史书，心境已没。心境一没，就想发脾气。可大鱼爸欠惯大鱼妈，不管发生什么，都把错归自己头上。为了不发脾气，不惹出更多是非，大鱼爸只好喝更多，喝到醉酒糊涂跌跌撞撞。别人不懂他的苦楚，只当他管不住自己，彻头彻尾一废物。

人和人很奇怪。一个要做什么，一个偏不要做什么。就算爱做，也要装出不爱做的样子；就算不爱做，也要装出爱做的样子。小水爸妈是这样，大鱼爸妈也是这样。

大鱼爸喜欢一个人喝酒，大鱼妈顶讨厌一个人。她要喝，就得和很多人说说笑笑，敞开心地喝。大鱼妈开一家常餐厅名为暖暖面馆，坐落于市中心的小巷子。站店门口，抬头看是蹿天高楼，多少光鲜上等人进出，低头看是脏乱市井，烟火气太足，城市蝼蚁密密麻麻。到深夜面馆关门，拾掇干净，大鱼妈便摆啤酒备小菜，几个老姐妹跋拖鞋顶一头卷发筒，嗑着瓜子就来了。不是不让大鱼爸喝，而是喝得要有分寸、有意义。大鱼妈从不醉酒误事，喝半天，主要还是为了聊，笼络姐妹情感。喝到尽兴的份上，酒劲恰好微醺，便觉人生也可知足。

讲起来，这倒和大鱼爸看书配酒是一回事。他们以为彼此不理解，殊不知迷的是同一感觉。可不理解的念头在前，之后想理解也成了不理解。大鱼妈眼里，大鱼爸是借酒精逃责任。大鱼爸眼里，大鱼妈这人纯属双标。俩人一提喝酒，不出三句便要吵架。这种时候大鱼就不再是孩子，而是管着两个孩子的大人。

那天周末大鱼回家吃饭，大鱼妈在客厅择菜，走书房门口说，楼下买瓶酱油。大鱼爸埋头书桌说，等几分钟。大鱼妈说，等几分钟是几分钟。大鱼爸说，五分钟。大鱼妈看表，开始计时。此刻大鱼爸做历史笔记，正到精神亢奋处，不单是抄重要句子，更是写一些读书心得。有时喝多了字写得潦草，他便挑清醒时间，再工整重抄一遍。可大鱼妈恼火吧，既不能当饭吃，又不能卖钱，有这闲工夫为什么不想办法挣外快。出门修设备，去上电教课，满大街撒的都是钱，他怎么就不知道去捡呢。

但大鱼爸就是这样，一个很没用的人。大鱼妈高喊，五分钟到了。大鱼爸说，再过五分钟。眼看大鱼妈就要举菜刀冲进书房了，大鱼及时拦住说，我去吧。大鱼妈不肯，现在不是一瓶酱油的问题，而是一个人能否制住另一个人的问题。大鱼妈掀历史笔记说，你去不去？大鱼爸人一松，往椅背一瘫，要命，好不容易想出的关键点，这下又想不出了。大鱼妈做出撕笔记样子说，你还不去是吧，还不去？大鱼爸一把夺回笔记本，闷声不响出门了。

早些年大鱼爸没这么慢，大鱼妈也没这么急，是她在后面甩了鞭子，他才风风火火起来。开始还有用，打气筒一般，但命运捉弄，他回回奋力回回失败。等彻底接受这辈子再没成功可能，她对他的作用，一下子走到另个极端。她越急他就越慢，他越慢她就越急，俩人结婚不为别的，就为折磨对方。

大鱼坐沙发上冷眼旁观，眼前一幕三十年来反复上演。说不出什么感觉，对他这种人，行动走在情绪前面，行动太快，情绪便跟不上，跟到后来索性不跟了。毕竟，他要解决一个街头喝到烂醉的父亲，还要提防一个随时跳楼自杀的母亲，他自己什么心情，他根本顾不上。很多次也想扔下这烂摊子一走了之，但他没有，一次都没有。

该当孩子的年纪当了孩子，以后长成大人也能变回孩子；该当孩子的年纪没当孩子，那这辈子，永永远远只能是大人。大鱼望向窗外，心想这才哪到哪啊，好戏还没开始呢。

二

小水对大鱼的自律感到惊奇。他爱喝咖啡，上大学那会穷，只泡最便宜的速溶，开始挣钱后便去连锁店买，再后来，光顾精品咖啡馆，讲究豆子品质，口感层次。小水半调侃半忧心说，你这天天在店里花的钱，够买好几台咖啡机了。也不是精打细算，她天然觉得大鱼出身一般，挣点钱总是不易的。

大鱼听出她在体恤，但他有他的道理。大鱼说，恰恰是店里贵，所以一天顶多三杯，再多，就超出心里那个预算。也不是多一杯付不起这钱，而是凡事都有度，喝咖啡没守住，说明其他事也守不住，要每件事都守不住，这日子乱吧，会失控吧。买了咖啡机就不是一天三杯的问题，太好用太顺手，容易失去原则，到那时一天七八杯也有可能，长此以往身体肯定吃大亏，身体吃亏做啥都亏。

这时小水才明白，大鱼利用咖啡锻炼意志力。一个看上去大手大脚的人，到头来却最精明。又忽然想起平日聊天，虽说住对门，但上班期间俩人仍会抽空视频。可每到约会前一天，他就不怎么在微信上找她了，也不上门送好吃好喝的。最初小水还没留意，现在琢磨出来了，他知道好东西要等，因为等才有价值，也知道好东西得到太快，好也成不好了。这人会过生活，小水突然心动。

人就是这样，自己缺什么，就想从另一半身上找回来。和大鱼呆一起久了，小水也想变成管得住自己的人。可后来她才知道，一个人自律，是以牺牲其他人的自律为基础的。那天大鱼回爸妈家，吃完一顿潦草的晚饭，便拎包去健身。离家前，大鱼妈正收拾去面馆，大鱼爸照旧钻书房。总算一片祥和，大鱼安心了。出门后接到小水电话，她说工作不顺，想找人聊天。大鱼回复说，健身完就回来陪你。小水说，你现在就回来嘛。大鱼说，你先看会电视，我很快就结束。

挂了电话，小水坐那赌气。她知道他是有计划要贯彻到底的人，但心里总归不爽，他就不能为她破一次例吗？而此刻大鱼又在另一头想，自己出现在小水面前，必须是最好状态，家里这么多破事，搞一身的负能量，得赶紧去锻炼消化。

大鱼小时候瞧不起体育生。越是在身体上受欺负，就越想在心理上欺负回去。在他看来，四肢发达是对大脑的讽刺。谁想后来，练肌肉竟成一种潮流。好比大家都追肥皂剧，唯独你不追，插不进话似的。甚至于健身也算交朋友的手段，大鱼把自己逼进健身房。开始真难，总想为啥花钱遭罪，机械般劳动。更麻烦的是费时间，练一次的工夫加上洗澡和路程，足足三小时。可人有惯性，一旦健身上瘾，饮食健康了，睡眠正常了，最关键气也顺了。每次经历家庭战争，拖着重创肉体进健身房，等于回炉重造，出来又是一个崭新的人。

当然他不会坦白的是，健身反过头刺激了事业。相信付出就有回报的人其实最幸运。大鱼又开始羡慕体育生，只要举铁就会壮，只要跑步就会快，人生非输即赢，所有这些信条屡试不爽。

而每一次咬牙举杠铃，大鱼都会想起爸爸喝醉画面，瘫痪在大排档，没羞没臊高喊，再来一瓶。不，爸爸这种称呼太神圣，给他用，玷污了吧。世界弱肉强食，强的就是强，弱的就是弱，这没啥好争论的。大鱼次次从健身房出来，次次警告自己，这辈子最不能成为的，就是大鱼爸那种人。

小水不明白大鱼的隐秘执著，只当他玩腻了，不在乎自己。她总这样，无法相信别人真的会爱她，只要一点不合乎心意，便觉关系崩裂。有时小水觉得，大鱼在乎前程多过在乎女友。可讲出来他肯定要辩解，他努力打拼，不也是为了给她更好的生活吗？但到底为谁，很难分辨吧。

她本答应他，心情不好时不去喝酒，但没忍住，还是钻进"空心爱"酒吧。坐吧台上，想起最早染酒精还是因为小水爸。表面上当乖乖女，背地里为叛逆而叛逆。聚会一起哄，她就越喝越起劲，打破一切重新来过的感觉。可事实上打不破，也没法重来。

大鱼找到小水时，她窝在角落有些醉了，问他要不要也来一杯，被断然拒绝。不到万不得已的饭局，他滴酒不沾。小水看大鱼铁青的脸，心想果然，他和小水爸一样，自己真正啥样他们根本不爱，只有装乖，装成主流欢喜的女孩，才会被捧手心里。顿时小水感到胸口一凉，接着要喝。大鱼夺过酒杯，一把搡起她，拦车回家。

进了家门小水还在发酒疯，不满地高喊，酒呢，酒在哪，我还要一杯。大鱼实在气极，顺手拿一杯凉水泼她脸上，训斥说，够了。他不想如此粗暴,但还是失控了,在她面前头一回失控。第二天醒来,谁都没提前一晚的事。但也都知道矛盾扎了根,是会发芽的。

三

下岗潮那年,大鱼爸很顺利地下了岗。从工厂出来也尝试做小生意,但一个老实人卖东西,恨不得买一赠一,把自己也卖出去。大鱼妈没办法,只好推着小吃车上街。过了几年有上顿没下顿的日子,大鱼爸进学校当电教老师,大鱼妈也卖了小吃车开暖暖面馆。按理说生活好了起来,可人就这副德行,永远不会让自己太平。没钱时忙着挣钱,有点钱便忙着秋后算账。大鱼爸是被社会淘汰的人,大鱼妈不怪社会,只怪他没出息。

下岗成了所有事的源头。学校干不出头要怪下岗,面店生意不好要怪下岗,没钱给儿子买房要怪下岗,总之,家里酱油瓶空了也是下岗的错。大鱼爸妈的爱情,本就在工厂里萌芽。因为一个下岗,便否定整个厂,否定所有约会记忆,好像他俩的爱情从一开始,就以折磨为目的。一个伤口反复提二十年,大鱼爸早已千疮百孔。回首过往也只是苍茫一片,从此再不还嘴,有理不还,做好事也不还。

然而一个人老是不说话,等于吃了东西排不出来,憋得难受。于是爱上读历史,读完后又爱上讲,没机会讲时便只好叹气。三流高中学生都知道,于老师每次放英语听力前,都要叹一口气。自己没感觉在叹,但麦克风一传,小喇叭一放,教室里密密麻麻人头,听得一清二楚。刚开始还有些别扭,后来全都习惯。没多少人想上学,想做听力,也没法在考场上抱怨,这个于老师倒是懂学生,题海战开始前帮他们长叹一口气。

叹完气还要放歌试音,放来放去,同样一首《快乐老家》。乍一听过时老歌,洗脑旋律,可仔细咀嚼又很是哀伤。歌词里唱:"有一个地方,那是快乐老家,它近在心灵,却远在天涯。"往后学生去外校考试,做听力前听不到这歌,总觉考不好似的。对大鱼爸来说,讲历史等于另一种叹气。这口气太久,太深,把他整个人都掏空了。

史老师很精明一人,见大鱼爸着迷历史,便利用他的着迷打自己的算盘。史老师丢来一堆书,于老师便帮忙批作业。史老师解说古今难题,于老师便帮忙看自习。真是没办法,史老师是金牌讲师,外面辅导班争着抢他,忙不过来呀。于老师又这么好学,史老师给一些机会也是好人做到底。

一次自习课,大鱼爸看书看累,便下讲台在教室里转悠;见学生做历史卷子,又凑上去,凑着凑着就讲起来。本来都是些差生,软硬不吃,纪律一塌糊涂。也不是讲给他们听,讲是为了让自己好过,也想不断强调,只有自己才能让自己好过。

以为没人听。可这群差生和于老师一样,都是被社会淘汰的人。社会误解他们,他们也误解自己,反正现在未来一样没救,索性把自己当垃圾。然而于老师,一个同样活在垃圾堆里的男人,却可以把好人说坏,坏人说好,是标准答案吧,有那么点意思,但又不完全一样。大鱼爸站讲台上说,本来想做一件坏事,结果却是好的;本来想做一件好事,结果却是坏的,你们讲讲,这到底算做对还是做错,算好人还是坏人?学生瞪眼,教室安静。

大鱼爸说,英雄真是英雄吗?如果此刻,大家必须要一个英雄,你不当也得当。班长转笔说,懂呀,比方我这个班长,我根本不想当。副班长说,其实班长人人可当,但总要选个代表出来,一旦当上必须受苦受累。

大鱼爸喝口茶说,英雄不一定是英雄,那叛徒就一定是叛徒吗?如果叛徒主动把当英雄的机会让出来呢?此时全班最壮男生说,这个我懂,上周打群架,我把冲头阵位置让出来,给我兄弟,为啥,他家太穷,不管是谁,谁冲头阵谁就当大哥,当了大哥钱就能多分。

大鱼爸继续喝茶说,再讲贪官,为啥皇帝知道他是贪官,还不灭他?顿一顿说,因为他不贪,皇帝哪来的小金库。此时学习委员冷笑说,等于主任不收家长红包,校长哪来的额外收入。

大鱼爸沉默片刻又说,好好一个皇帝,年轻时励精图治,为啥后来都懒得上朝,因为看透了啊,自己再努力也改不了现状,还努力啥呢。此时贫困生说,意思是我做对多少题,考到多少分,大学出来一样打工，甚至不如早点打工，我现在坐教室里还努力啥呢。

全班震惊。从此，于老师再来看自习，学生们一反常态热情。不吃零食也不恶作剧，甚至还会泡一杯枸杞茶，放讲台上等他。蒸腾热气仿佛很急切地问，于老师您再讲讲，他为什么这种命运，他怎么落到这种下场？

但自习不是每天都能上，得看史老师的安排。况且总让人代班，史老师考核也说不过去。大鱼爸骨子里还是要强，好了想更好。这样东讲一块西讲一块，没个章法，便开始备教案。可教案备好却没课能上，等忘了这回事，又临时被喊。就这样，大鱼爸的心一天到晚悬着，没个着落。有天他放着《快乐老家》，突然想到，为啥不直接去当历史老师呢？

千辛万苦，证终于考到手。但大鱼爸这才想起，决定他能不能成，还得教导主任白主任说了算。白主任很会打麻将，下三层的职员、上三层的领导都是他的麻友。一个老男人养得油光水滑，走哪都腆着肚子笑，一笑，就笑出很多同党。

白主任管教学，师资一事的确让人头大。工资低，生源差，没太多老师愿意进这所学校，进来的也大多混一口饭吃。万万没想到，电教于老师是出了名的有用，不是教课有用，是能管住小混蛋的有用。于老师所到地方，瞌睡的醒来了，打架的停手了，大家恭恭敬敬说一句，于老师好。白主任没啥心愿，不求升学率只求不闹事。

这样讲，大鱼爸是无愧人选。可坏就坏在，俩人是全校皆知的死对头。早年，白主任还不是主任，和大鱼爸一样，从下岗潮的筛子里掉下来，成了一名普通教师。遭遇相似，又都爱下象棋，很自然走到一块，后来几乎无话不说。日子都苦。可老白还有卧病在床的老母亲，总这样沉底下不是办法。渐渐地老白也没空下棋了，染了麻将的瘾，朋友越交越广，职位越坐越高。大鱼爸还留在原地，本是平起平坐，往后便成了上下级。

大鱼爸不是看不惯人好，是不能接受无底线上位。那天开会，正式宣布老白当选教导主任，大家可劲鼓掌，你一句我一句地夸，白主任勤勤恳恳为学生，白主任教书一流创佳绩。大鱼爸脑子一热，冷不丁说，老白哪是教书一流，打麻将一流好吧。老白的脸当场红成猪肝。私底下可以开的玩笑话，到台面上，就是盖章敲印的正经话。本不是计较的人，因这话说错了时间说错了场合，也不得不计较。

当然，私底下还是台面上的问题，大鱼爸倒不觉得。只要做了攀附之事，就称不上同路人。既然不是同路人，过去付出许多同路人的情感，大鱼爸就很受伤，有种被骗之感。受了伤，便想在别处讨回来。开会时本想一句不吭，但见老白满面春风，便忍不住刺一刺他。说完又有些懊恼，嫌自己嘴快。若是老白能让一步，笑笑打个圆场，这事也就算了，俩人从此两清。可他不仅不反省，还理直气壮瞪眼。这样一来大鱼爸依旧懊恼，但懊恼自己嘴下留情，批判得还不到位。

对老白来讲，这种危机不可小觑，但也就半分钟时间，他想明白，危机也是良机。老于这人性子轴，要放平时自然懒得计较。可新官上任，就有人给下马威，面子还要吧，做领导权威还要吧。想位置坐稳，最好的办法就是杀鸡给猴看。鸡也不能随便挑，要挑就挑和自己关系好的，上来一招毙命，以后无论远近都没人敢挑战自己。道理推到这，还得感谢老于直撞枪口。不这么来一句，真找不到理由挑他的刺。当然和老于好几年情分，这样被牺牲，自己于心不忍。但成大事者多少残酷，何况老于说错话不知悔改，也不能怪自己不顾情面了。

领导有态度，底下的人也不得不站队。本来于老师挺好一人，心里看他不顺眼，便事事觉得他都有错。大鱼爸是在校被排挤，回家也被排挤。已记不清有多久，儿子没喊过一声爸了。有时放完听力，大鱼爸走校园里，梧桐大道静悄悄，除了寂寞还是寂寞。他咔嚓咔嚓踩着落叶，空荡荡唱起歌来。他唱："我所有一切都只为找到它，哪怕付出忧伤代价。也许再穿过一条烦恼的河流，明天就能够到达。"它是谁？能够达到哪里？大鱼爸很傻气地自问自答："快乐是永远的家。"

四

他们逛集市时听到《快乐老家》。本不会去，恰好开车到野外兜风，便碰上了。小水稀奇那种热闹，头一回赶时髦似的，拉着大鱼就往人群里窜。她瞧这瞧那，还不时问，这是啥？那是啥？也不是真的要问，找一个人搭话显得欢腾罢了。可在大鱼听来，他仿佛是乡下人的专家，对每个地摊都熟门熟路。就连套圈圈，命中率也比别人要高许多。小水抱一堆玩具，脸色炫耀在街上走，大鱼想平时这些东西白送她也不要。况且，她不会觉得他这些技能，是从小练出来的吧。小水转头说，太好玩了，我这还是第一次赶集。大鱼淡然一笑，因为太淡，倒显出一丝惨来。如果他说，我家曾经也在集市上摆过摊，到处吆喝卖东西，你会怎么想，还会觉得好玩吗？他不想知道，也永远不会问。

不久，大鱼找了一份家教兼职。小水第一次听到这事，简直不可思议。堂堂外企高管，还用得着挣这钱？然而他也没多解释，只说是朋友的孩子，数学实在太差。上名师辅导的小课，钱从牙缝里抠出来也不够，上几十人乌泱泱的大课，老师又不能挨个答疑。小水只当大鱼做一次好人。可世上那么多忙要帮，好人哪能帮得过来？

和大鱼处久了，小水也不由得反省自我。有段时间下决心减肥，可不好好吃饭，胃又糟糕起来。为了先把身体养好，便不得不看体重反弹。焦躁过头，原来比减肥更糟的是，想减却不能减。大鱼喂她海参小米粥，笑说，我以前也这样。小水说，啥样？大鱼说，我有洁癖，家具沾点灰我就受不了。小水说，等于身上长点肉我就受不了。大鱼说，但你讲，怎么可能一点灰都没有呢。

小水说，是吧，肉也不可能不长。

大鱼说，唯一克服办法，不是打扫到没有灰，而是让脏的时间更长，更久。小水说，啥？大鱼说，控制的关键不是一味控制，而是培养失控时的心态。小水一呆。大鱼说，简单点讲我控制不了世界，我只能控制我自己。边说边放碗，正好对准茶几上的圆形水印，不偏不倚。

小水想这人，做什么都一石二鸟，不肯放弃任何一个上进机会。每件事都做对，但所有对的事加起来，是会更对还是更错，结局真的讲不清。有回，俩人在"空心爱"酒吧的秘密基地，兑着月光，重读小说《防狼小队》。小水说，这故事怪吧，主角不像主角，配角更像主角。大鱼说，为啥这么想？小水说，看似写一个上层女孩和一个底层女孩，但这个叙述者"我"，隐藏在背后，一直讲别人，谈到自己却寥寥几句，其实最不能忽视。大鱼说，是吗？小水说，你读这句。

大鱼低头看："命运不会等你做好准备再出击。为了避免绝境，为了过上最主流的生活，我必须把自己扔到不同的情境下进行演练。这样才能确保一切都在控制中。"读到此地，小水说，"我"是谁呢？大鱼沉默。小水说，"我"是大多数人，上不去也下不来的普通人。大鱼依然沉默。

有时小水也对大鱼说，你不要太辛苦，要学会休息。大鱼笑笑，翻手机里的日程表说，这周六是我们认识的第三百天，你不要安排活动，把这天空出来给我。小水说，又要给我啥惊喜？大鱼说，到时你就知道了。小水面上欢喜，心里却想，其实不用的，我知道你不会错过每个纪念日，但这样用力我压力很大。

她总觉得，大鱼不是对现状不满足，是他做任何事，努力到任何份上，都不会满足。等于这人从生下来就没休息过，失败了要马上站起来，成功了还要继续成功。他的内心，仿佛另有一个生命要喂养，这生命吞噬着他，可他却拿痛苦当天赋在用。有次小水实在忍不住了，挡在门口，不让他去上家教课。小水心痛说，你都累成什么样了，这样拼命到底图什么呢？大鱼欲言又止，沉吟好一阵才说，拼命的时候我会忘记自己。

那次在咖啡馆约见面，小水临时收老板通知要改文件。大鱼从包里抽出电脑给她，便去柜台买咖啡。改到一半，一封邮件弹出来。小水无意偷看，但短短几行字还是一眼扫下来。发件人是大鱼高中的班长，要组织同学聚会，如果能带上各自男女朋友，就再好不过。邮件看完，大鱼恰好端咖啡回来，小水一句没提此事，心里却喜滋滋想，他看到自然会邀请她。

可到聚会当天，大鱼都未讲起。小水熬不住发微信问，你今晚干嘛。大鱼说，上家教课。小水没有当场戳穿的习惯，安慰自己无所谓，本来也不是爱社交的人，和一堆陌生朋友聚餐只会更尴尬。一路哼歌回家，可扑到沙发上的瞬间泪水涌出，才终于承认，她越想表现不在乎，心里就越是在乎。

但到底为什么骗人，难道自己差劲到这种地步，他都不好意思拿出手？还是他不愿承认恋爱，想保持单身的魅力？或者他在高中谈了初恋，因为念念不忘想重新开始？再或者还藏了一手，要带别的女生赴宴？可不管哪种，为什么都不能大方承认去同学聚会呢？拿家教课当幌子，这样她就不会突然电话，打断他即将或正在成功的好姻缘了？许许多多困惑，等于群蛇缠绕，小水一会潇洒地想，反正我不爱他；一会又痛苦蜷缩，他真的不爱我了吗？

直到听见对门开锁声，她也未发信息质问一句。过一会她收到微信，大鱼写，我才到家，你应该睡了吧，我很累也准备睡了。要承认她爱他超过他爱她，小水宁愿不要这个人。不知故意，还是真的很累，向来精准识人的大鱼，此时竟觉情感照常。

不久后的一天他们饭后散步，踩灭昏黄路灯，远远听一对夫妻吵架。不用竖耳朵也知道，男人在外有了新欢，女人不依不饶追问。不知怎么，小水想起最近被辞的女员工。四十出头，刚离了婚，因为业绩做不出来被迫出局。回想她泣不成声的样子，小水一阵揪心，感慨老板这样狠心，一点退路都不给人留。大鱼平淡表情说，很正常，如果我是你老板，我也会这么做。小水停下看他，仿佛第一次见这张脸。大鱼继续说，如果员工不创造效益，公司还要他做啥，又不是慈善机构。小水知道是这个理，但有鱼刺卡喉之感。

头一回气氛尴尬。小水没话找话问，同学聚会怎么样？嘴比脑子快，问完后悔了。大鱼先一愣，反应过来说，我没去啊，我去给小孩补数学了。小水半信不信说，是吧。大鱼掏手机，翻出那日聊天记录,小孩叫白天宇。倒数第二条信息是,谢谢于老师,今天上课您辛苦了。倒数第一条信息是,于老师的女朋友真好看。小水唰地脸红,拳头捶大鱼说,你怎么还给别人看我照片。大鱼笑说,不是我给的,是手机屏保被他看到了。小水心里也笑自己,再简单不过的误会,早可以弄明白,被自尊心拖后腿到现在。

可随即又疑惑,小水问,高中同学聚会,这么难得为啥不去?大鱼正要回答,却被远处女人抢先一步。听她拽住男人哭嚎,我只要一个答案,如果你啥都不肯说,那你给我一个答案。男人甩抹布一样甩女人,不耐烦说,别逼逼,要问快问。大鱼拍小水肩膀,拉回她的注意力。大鱼说,因为圈子不同,讲不到一起,又不能相互帮忙,有啥意思呢。小水说,聚会图一个开心,你是不是想太多了。此时远处女人,可怜声音问,你还爱我吧,咱俩在一起这么多年,你总归还爱我的吧?大鱼捂住小水耳朵说,小水,人生很短,别把时间浪费在无用社交上。尽管大鱼的热气从耳边一路淌到心间,小水还是听清那男人的回答。他踩一脚水塘说,你看看,你现在这种黄脸婆样子,和年轻时能比吗?你还有脸怪我?

没几天,小水去大鱼上课的地方偷偷等他。因为是小区,也没什么藏身之地,只好坐绿植边石凳,把自己送进蚊子堆。被叮得满手是包,又在肿起的地方画满十字,大鱼终于出来了。他和另一个男人说笑着,看样子是天宇爸爸。小水头一回见大鱼那种笑。怎么讲,也不是不真诚,但因为笑的时间太长,僵在嘴角了。小水马上意识到,不是天宇爸有求大鱼,而是大鱼有求天宇爸。

143

看到小水，大鱼一惊，没想到她会来接他。他怪她那样不小心，牛奶色手臂，被蚊子叮成赤豆棒冰。他找出清凉膏，她却紧盯问，你为啥上家教？大鱼抹清凉膏说，不是讲过嘛，帮朋友的忙。小水说，白天宇爸爸是你啥朋友？大鱼说，认识很多年的朋友，别动，还没好。小水抽出手说，你没讲实话。大鱼为难笑笑说，小水，我自己的事我会处理好，你相信我好吧。

当晚小水辗转反侧，不能控制地想，大鱼费力费时，为赚那么点小钱根本划不来，他骨子里又精，绝不做亏本买卖，所以上家教课，是因为天宇爸能在事业上托他一把？除此以外她想不出更合适理由，也不相信他会单纯做好事。一个人，把有用和无用分得太明白。

小水猛然惊醒，如果他的感情也掺了水分，如果自己是他上位的垫脚石呢？他做那么多，说那么多漂亮话，其实是一个高明演员在耍猴？他搬到自家对门，真是巧合，还是精心设计的阴谋？可她这种废人，生活里的弱者，对他到底有什么利用价值，仅仅因为家境还不错？

不相信大鱼会把情场当职场，把婚姻当交易。但也不得不承认，他曾严肃对她说，你出生在一个优渥的家庭，有些事你不会懂，也没必要去懂。如今琢磨，讲这句意思是，因为大鱼没资格优越，所以他比她更有理由相信优胜劣汰，更有资格不择手段？说不上来。或许她身处他的位置，也会不要脸不要命，只用强弱来定义。可不管怎样，她对他到底有了防备心。

五

　　大鱼爸下周要上公开课，能不能当正式历史老师，就看这堂课了。门口保安岗，搜全校各处风声。周五下班大鱼爸取信，保安大爷有一搭没一搭说，老于啊，身架么也好降降，多走动走动。大鱼爸苦笑说，晚咯。保安大爷说，礼物送起来啊，茶叶酒水，各地特产，总有一样拿得出手。大鱼爸苦笑说，晚咯，太晚咯。也不知是送礼晚，还是情谊晚。

　　刚出门又接大鱼妈电话，那头说，怎么还不回家？大鱼爸说，准备去趟医院。大鱼妈惊叫，去医院做啥？大鱼爸说，有个学生住院了，去看看。大鱼妈继续惊叫，又不是校长，学生是你啥人，瞎操心。大鱼爸说，贫困户，从小死了爸跑了妈，可怜。大鱼妈说，你开慈善机构还是啥，自己一副可怜相，还去可怜别人，毛病。大鱼爸说，我骑车了，就这样吧。大鱼妈说，等等，家里来人了，你马上回来。大鱼爸说，谁来了？大鱼妈说，老白，你的领导白主任。大鱼爸愣住说，他来做啥？大鱼妈说，还能做啥，吃饭啊，多少年没来家里吃饭了，兄弟俩老酒吃吃，花生米搭搭，不要太适意。大鱼爸挂电话说，就这样，我走了。

　　大鱼爸想不通。和老白冷战多少年，他肯先低头上自家吃饭吧，根本不可能。那必然是大鱼妈暗地邀请，她总做一些没骨气的事，连带着他也没骨气。还没想好怎么应对，已到医院住院楼，上电梯，进病房。手里果篮是节省酒钱买的，拎到勒出红印。大鱼爸看病床上学生，只觉每条生命都比这果篮沉。学生熟睡，病号服不齐，一条文身花臂露外面。大鱼爸不反感，轻抬胳膊放入被子。学生恰好醒，睡眼蒙眬，嘴角咧笑说，于老师来啦。大鱼爸热热应一句，晓诺吃过晚饭吧。学生晓诺摇头。大鱼爸说，那一道吃吧。

等半天大鱼爸还没回来，电话也打不通，大鱼妈尴尬笑，给老白添茶。他摆手说，不要紧，再等等。坐一旁的大鱼接过话题，恭敬请教语气和他继续聊天。大鱼妈松口气，果盘扫荡干净，端到厨房换一批新货。幸好儿子能干，不然真不知如何对付这场面，随即又恨起大鱼爸来。

她本就不喜欢他搞历史，懂那么多有啥用，能换钱吗？能过体面日子吗？连自己都搞不懂，还想搞懂古人。如果说搞历史，是为了正儿八经当老师，当了老师争取班主任，当了班主任争取年级组长，如果是为一级一级往上爬，那也是桩好事。爬不爬得上是一说，有没有爬的决心、毅力，又是另一说了。

现在家里人使劲帮他，他倒好，正事不干，去看什么贫困生。大鱼妈真是气到胃痛，人家是趋利避害，大鱼爸是趋害避利，赚钱的事能躲则躲，亏钱的事厚着脸也要往上凑。当然她知道他是好人，虽说被学校打入冷宫，但日久见人心，好歹，他也慢慢混出一个响亮名声。可名声百无一用，还要拖累整个家。想到此地大鱼妈一气之下碰碎果盘，乒铃乓啷好一阵声响，大鱼赶紧跑到厨房。老白也张望问，嫂子没事吧。大鱼妈说，不要紧，碎碎平安，碎碎平安。

饭吃到最后，也没等来大鱼爸。老白打饱嗝放筷说，你们啥心思，我心里清楚，但他能不能当历史老师，不是我说了算。大鱼妈赔笑说，白主任您太谦虚了。老白摸啤酒肚说，过去的事就过去了，我自然会帮他，但有一点，他自己也得争气，不要在课堂上乱讲，就按书本教，按标准答案教，教得不出错，考核才能不出错。大鱼妈小鸡啄米点头说，当然了，当然了。

老白离开，大鱼要开车送，他再三拒绝，说吃得太撑想一人散散步。于是出了门，老城区小巷里转悠。月光皎洁，家家窗户里飘不同菜肴味道，一个拐角后忽见热闹棋牌室，门口石桌上象棋对战，一堆白背心大裤衩老头围观。老白呆看一会，落寞之感涌上心头。

当年，他和老于也是这种场地这种情景，快活下棋。他常败给老于，面上不甘心，心里是服气的。叹口气又想，老于这次要能考核成功，对自己也未尝不是坏事。老于得人心，得老于就等于得人心。况且真要较劲，老于在课上讲的歪理其实并不歪，是真真正正的大实话。但实话不是什么时候都能讲，人也不是什么阶段都能接受实话。跟一群还分不清是非的孩子，讲好人也是坏人，坏人也是好人，考试怎么考，升学率还能上去吧。

想到这，老白更伤悲了。老于是肚子里有主意的人，本可以向他多取经，成为杯酒谈人生的知己，如今却到这地步。原以为人生碰不到知己很可惜，没想到碰到知己，还得装成不知己，更可惜了。

白主任走后，大鱼坐沙发上看书。其实一个字看不进，脑海里不断盘算眼前这对冤家。谁对谁错，讲得清吗？白主任有他的生存之道。人在其位，人本身怎样不重要，重要的是这位，要求他成为怎样的人。当然这成为，也不是听凭任凭。白主任没有改变大局的野心，便自然做一个俗人。大鱼爸却是另一个极端，没有流水脾气和含混个性，总想以一人之力抵抗体制，却不知抵抗之前要先融入，要当卧底。

所以做了好事也不被说好。本来这就是烂学校，混混扎堆，老师上课只为要口饭吃。可大鱼爸认真，太把学生当回事。别人三周处理一件事，他三天就搞定，这让别人的面子往哪搁，总不好承认自己有罪吧，便骂大鱼爸有心机，好显摆。操心学生也如此，住院看望还算小事，有时恨不得自掏腰包免费帮忙。想帮一个就想帮一群，能帮一次就能帮一生，可一个人，自己的人生都一塌糊涂，还有啥脸去帮别人？大鱼很后来才明白，因为做不好自己，是自己的责任，帮别人而做不好他自己，那便是别人的责任。

可以说这个家，多半是大鱼爸当好人亏空的。悟到这点后，大鱼便对朋友格外挑剔。他不愿浪费了时间，坐那徒劳地回忆青春，也不是不想去同学聚会，是时光不能兑现，等于慢性自杀。他不是富二代，有闲情去寻快乐，至于小水能不能理解，他不想问，也不敢问。

大鱼爸总算回家。还没开门，大鱼妈声音等于看家狗，嗅着气味扑了上来。一旦进她的嘴，他便被咬得稀烂。大鱼爸装耳聋，装眼瞎，一直不响。自从失业成了溺水之人，他已不奢求有谁来救他，救不成自己便想救别人。也会想，总与学生处，和讲历史是同样道理。学生的事和自己无关，处理起来能忘掉自己，又或是，学生的事和自己太有关，有人懂你的伤心处，便忍不住要靠近那人。

　　这样一想，大鱼爸只觉自己真不是东西，已经如此落魄，还能找到办法苟活下去。无奈摇头，却瞥到角落沙发里，大鱼直视自己眼神。儿子仿佛看透爸爸心思，眼神里说，没用的，你这种人做多少好事，都没法摆脱自己。

　　入了夜，大鱼妈已睡下，大鱼爸还在灯下做历史笔记。其实也沉不太进去，不能忘记儿子临走前看自己的眼神。以前不这样，大鱼很崇拜他，那时坐学校会场的软红椅，双脚都着不到地，看大鱼爸拿对讲机，走来走去调试。随便什么设备，大鱼爸一上手几分钟就修好。那时大鱼还不知，他崇拜爸爸，其实崇拜的是权力。

六

　　高中同学聚会可以不去，但公司的庆功宴不能不去。更何况，有功的是大鱼，晋升的也是大鱼。他这样红得发紫，老板都举着香槟碰杯，夸他年轻有为，难得的人才。庆功宴上老板刚离去，几个同事就凑上来。

麦克的手搭大鱼肩膀说，我们前几次派对，怎么没见你人。凯文调侃说，他哪像你，整天就知道玩，这次要不是大鱼给力，还不知流失多少客户。麦克举酒杯，泡沫唾到大鱼脸上，欢呼说，恭喜恭喜，来，我们碰一个。大鱼心想，你们开派对啥时候叫过我？但面上还是笑说，都是大家的功劳，我沾点光罢了。

一饮而尽后，凯文又转向大鱼说，周六我生日，包了大场子，你也一起来玩吧。麦克熟练滑到大鱼耳边说，叫了好多妹子。大鱼尴尬说，我有女朋友了。麦克推搡他说，你小子，有女朋友也不带给兄弟看看。凯文却过来人口气说，你别一心扑在工作上，要学会享受，怎么讲，妹子常换常新。说完，和麦克互换默契眼神。

从头到尾大鱼始终是笑，客气，海绵人个性。眼前这些人还有什么不满足，占着坑位不做事，捅了娄子，专要别人来擦屁股。可不管怎样，他到底混入关系户的圈子了。当然，也不是所有人都指望他好。大鱼知道泳池对面还有一小撮人，把他当眼中钉，甚至眼中钉都配不上。关系户也分高低，在金字塔上层看来，人一出生便贵贱注定，再怎么向上，他的天花板也顶不过他们的地板。

也许往前三代，大家祖宗都是农民。可他要怪大鱼爸没出息，也不是没道理。常做噩梦,梦到小时候的一幕。那时大鱼十多岁,大鱼爸带他去学校加班,梧桐大道走到头,灌木丛突然窜出几个学生,戴地摊买来的面具,对准大鱼爸就是一顿打。这三流高中,总有一部分人在道上跟着大哥混。真正混之前还得练手,找不相干的老实人壮胆。大鱼爸这种软柿子,当然是首选,何况他每天放英语听力,没落下过一次,太烦人了。

流氓学生扬长而去,大鱼爸捂着肚子爬了好几次,才终于手撑地站起来。大鱼倒是被护住了,可惊吓地直发抖。大鱼爸摸他的脸,安抚说,不要紧,哥哥们和爸爸玩游戏呢。但当时大鱼,早过了给一颗糖会笑的年纪,本能感到羞耻。更羞耻的是,大鱼爸丝毫没有回击,平平静静接受,仿佛这也是他工作的一部分。

此后,大鱼把自己当丧父之人。因为丧父,所以前所未有地成熟,理所应当地冷漠。开家长会,大鱼妈在面馆抽不出身,大鱼不是填错手机,便谎称爸爸出意外。老师打不通电话便问,你爸出啥意外?大鱼说,触电,进医院了。有时见他来接自己放学,也假装不认识。同学问,那个大爷是不是你爸。大鱼一脚踩扁易拉罐说,你爸才长那样。班里人都说,大鱼每次年级第一,是用功到半夜的结果,毕竟他从不去网吧,集体游戏也不屑参与。大鱼懒得辩解,他无所谓别人看他是真天才还是死读书,他只知道,他口袋里掏不出一分钱。

大学封闭式军训,免不了煽情,班主任收集家长拍的视频,剪辑到一起。自以为好心,却不知,不是家长说什么话让孩子骄傲,而是别的家长比不过自己家长,才让孩子骄傲。大鱼手心捏几轮汗,从穿着到谈吐,样样细节都可暴露,此刻,他又恨自己是公开标兵,大家不免好奇,标兵的家庭也是标兵吧。可视频放完,大鱼不敢相信,表现欲那样强的大鱼爸,居然没露面?随即又疑惑,是大鱼爸自知上不了台面,还是班主任替他抱歉删掉?看其他人冷眼相看,要多年后才理解生活的残酷,他比他们提前懂事,想来是桩好事。

回忆到此,小水发来微信问,聚餐如何?大鱼传一些照片,没提晋升一事。不为别的,单纯觉得这算不上成功,离终极目标还差太远。可终极目标是什么,他也不能很说得清。

只记得一次参加小水朋友聚会,大鱼说,打车吧,万一喝酒呢。小水说,可以找代驾啊。大鱼说,打车吧。小水说,时间还早,我想先去兜兜风。大鱼说,还是打车方便。小水说,走嘛,车钥匙拿起来,走嘛。等俩人开到餐厅停车场,恰巧碰小水朋友们,几辆豪车停一排,大鱼站自己小破车旁,突然局促。

小水这才明白之前一切不愉快,很难得地,她头一回放下身架,当朋友们的面主动赖到大鱼身旁,仿佛男朋友很好,是她倒追的。可她越这样他越心痛,她不知这感觉,对他来讲太童年。小时候去亲戚家,想伸筷子够虾,又不愿显一副穷样,便忍着只吃手边那盘豆芽。心事重地掉了筷,低头去捡,再回到桌边,一盘油爆大虾也已挪到眼前。太快了,快到大鱼不知是感激好,还是痛恨好。总之刹那间人一下子长大。

还有一次他考上好大学,家里难得宴请。跟几桌人敬完酒,终于坐下来吃口菜,第一次吃海参,不知道这么滑,几乎没嚼就咽下去。又开始后悔,这种粗暴吞咽不好吸收吧?是不是嚼到细碎,才能物超所值?从小到大他们家买东西用东西,习惯一鸭三吃。大鱼骨子里有惯性,恨不得吐出来重吃一遍,也想要不过几天,再来饭店吃一遍,可只点一碗海参小米粥,面子上讲得过去吗?等到宾客散去,爸妈照例打包,比他高考查错题还用功。没什么不对,只是那么多剩菜在抱团,日子烦透了。

进职场后,饭局前所未有多起来。也不是假装懂世面,是每次回家,看爸妈把一盘菜当两盘菜,便想到刚才一桌盛宴几乎没动。光顾着喝酒,谈生意,勾肩搭背吹吹牛,点一桌菜纯粹为摆设。大鱼和其他人一样笑笑讲讲,风轻云淡,食物在嘴里不像是吃进去的,更像是打碎了从流管输进去的。不知什么滋味,反正很营养。后来他卡上的钱越来越多,便有底气逛顶级商场。逛来逛去一样没买,只是心里反复想,原来这里每样东西我都买得起,都配得上。

拉回记忆,庆功宴办到此刻,泳池对面的高级同事还在窸窸窣窣打量大鱼。好多人背地说,大鱼这次晋升也太唐突,业绩是好,但配那个位置还是差了点。差什么呢,大鱼笑笑,他再怎么努力也改不了投胎命。这时他想起《防狼小队》里触目惊心的一段话:"人人都向往这光辉,都想在这光辉里分一碗羹。可下面的人总是看不懂,上面的人到底做了什么,才能如此优雅而智慧地生活。上面的人什么都不会说。一点不说。"

近来常照镜子，不是自恋，纯粹惊恐。一想到大鱼爸血液在自己身体里流淌，便分外恶心。命运给那么多重来的机会，大鱼爸每次都能搞砸，就因一文不值的自尊，还生生拖垮整个家。大鱼做人很当心了，但还是怕露出破绽。一面提醒自己，不要成为厌恶之人，一面担心已被厌恶却不自知，其实小水早已看出他是什么货色，只是藏心里懒得讲对吧。

偶尔也会想起童年，大鱼爸带他去学校会场。有回修声控台，一个工具掉储藏室，便要儿子去拿。储藏室在走道尽头，灯坏了，几乎黑成一片。大鱼当时小，从未独自走过。大鱼爸鼓励说，如果有天爸爸不在了……大鱼说，啥叫不在？大鱼爸说，生病断气了，马路车祸了，人没了，这叫不在。大鱼似懂非懂点头。大鱼爸说，如果爸爸不在，你能保护妈妈吧？大鱼又是一呆。大鱼爸说，妈妈也是女孩，女孩是不是要男孩保护。大鱼说，是的。大鱼爸说，假设现在只有拿到工具才能救出妈妈，你去不去？大鱼沉吟片刻便转身，等后来，大鱼爸拿到工具一个劲夸儿子，下班后奖励吃烤串。

可长大后回想，大鱼觉得那根本是一个阴谋。因为有儿子保护，丈夫便可消失。他宁愿大鱼爸从未爱他，恨一个不爱自己的人，是很轻松的事。想到此地大鱼妈忽然来电，接通一听，她尖叫嗓音说，儿子，你爸怎么都不接电话？要死了要死了，面馆线路老化着火了，全都烧起来了。

七

　　大鱼爸清楚公开课规矩，也清楚老白暗中放多少冷箭，如今当着老婆孩子的面，总算在台面上讲一句忠言。其实在他来家做客前，大鱼爸已打算妥协。他想偶尔讲一次正确的话，领导爱听的话，也相当于曲线救国。当然，这是多年读历史的醒悟。如今再回忆和老白的纠纷，他才知给人一面子，等于给自己一面子。可惜当年做人太直，不懂弹性。是想找机会和解的，但得以神不知鬼不觉的方式。比如大鱼爸在讲课上让一步，老白聪明人，自然也会放低姿态。如此搞不好，俩人还能找回当年惺惺相惜的情谊。

　　可现在，大鱼妈好心帮了倒忙，不是不能请客，而是请的时间错了，顺序也错了。表面上看，是大鱼妈邀请的老白，但在老白眼里，背后指使的定是大鱼爸，等于正大光明地低了头。本就受十多年的委屈，现在一低头，相当承认这委屈不算委屈，承认一直以来错的不是老白，恰恰是大鱼爸。以低头姿态再在讲课上让步，这和讨好老白就没什么区别了。往后处起来也被动许多，事事都得看他脸色。本来教课一事，大鱼爸就能胜任，凭的是真才实学。然而大鱼妈这一帮，倒显得实力掺水分。最后要成了，是归结于马屁拍得好，关系走得好，还是历史教得好？大鱼爸很实诚一人，眼里容不得沙。讲历史出于做人尊严，如果走到半途尊严都弄丢了，还走啥呢，为啥走呢？

如此，大鱼爸太生大鱼妈的气。小事可以听她的，所有失败也可以算他的，但原则问题错了就是错了。所以这天，公开课的下课铃一响，他就知道完了，人生中最后一堂历史课，笃笃定定完蛋。看同学们的雀跃，在一排听课老师的猪肝红脸上踩踏，大鱼爸也知，今后看自习的机会都没了。

晚上坐大排档，脚边一堆空酒瓶，回想关于历史的种种，也没多少可惜。一个人上战场前，已准备好死亡，反倒嫌生命太闹。猛灌一杯，痛快。再灌一杯，还是痛快。手机从头到尾响，把刚倒满的酒又震出来。总是这样。好不容易寻一点平静，生活便看不顺眼，要把人从平静里震出来。

大鱼爸难得骂句脏话，凑到屏幕前看，果然是大鱼妈。以往也如此，只要他在外喝酒，她就夺命连环地打。关了机，痛恨她的好心，痛恨她到一把年纪还残存的美貌，痛恨她生出的儿子专与父亲作对，痛恨他娶她便一辈子不得翻身。

然而喝到深处，大鱼爸扔一颗毛豆进酒杯，又想，一个人总犯错是无能，一个人总把错怪到别人头上，便是无能中的无能。女人可以这样，然而一个男人也这样？大鱼爸自顾自摇头。大鱼妈可以瞧不起他，可他不能瞧不起自己。就说这次公开课，能让步一次，但能次次让步吧？也才明白，不是大鱼妈帮倒忙的事，不是和老白针锋相对的事，而是一个人能不能做自己的事。

有人不信可以假装信，有人不信就没法假装。大鱼爸回想这一生，败就败在这假装上。年轻时太好坏分明，偷鸡摸狗的事做不来，投机取巧的事也做不来，可那个时代，是猪在风口上飞的时代。如今年纪大了，知道好中有坏，坏中有好，知道当年很多事并非不可为，就算不可为也可为之。因为法律会变，道德会变，黑白可颠倒，强弱可转换，唯独人性本身从来不变。

然而有什么用？如今教历史，学校要的就是好坏分明的老师，英雄就是英雄，叛徒就是叛徒，高考没空跟你讲辩证。大鱼爸不愿假装，不愿隐藏一部分真相，强调另一部分真相。年纪轻不懂可以这么教，年纪大太懂，反而不能了。

只好说造化弄人。大鱼爸感慨，如果能倒着来该有多好。可惜这一生，每一次要做自己，每一次便和时代作对。酒气哈到空中，今日的酒气撞上昨日的酒气，昨日的酒气又在寻明日的酒气。想他一肚子知识，多少书的感悟，到头来却给不了任何人。不为自己浪费，只为历史浪费。

当然不讲课也罢了，知道不讲课的原因，又扯出几十年处处失败的原因，便知自己生错了年头。这些烦闷要有人理解也罢了，但别说理解，就连最亲的人也不待见他。有时真嫉妒儿子，做什么成什么。突然大鱼爸把酒瓶摔碎在地，他想为什么，他为什么要活在这世上。

模模糊糊想看几点，便又开手机。大鱼妈的电话比狗皮膏药还难甩，大鱼爸半趴着，觉得桌子和大脑一样踉跄。他问自己，为啥不接她的电话，单因为老白的事吗？好像也不是。不知怎么，只觉整个世界摇摇晃晃。许久发现不是自己醉了，是大排档餐桌本就有问题。低下头去，果然一条桌腿要短一截。想起来了。他不愿理她，是因为他心血写成的历史笔记，就这么沉沉地、重重地、毫无商量余地地被她拿来垫了桌脚。心痛吧，多少陶瓷碗、砂锅汤、三人身体撑桌力量，全都压于薄薄一本笔记。中央明显一处凹痕，每次摸到只有心痛，太心痛。

回了家，有种下雨的感觉。奇怪，鞋还是干的。大鱼爸扶着墙使劲甩头，才知不是天空在下雨，是大鱼妈的哭声淅淅沥沥，没完没了，走到哪，都有一盆雨从头顶正中央淋下来。正要开灯，却发现黑暗里坐一人，心里惊吓，再一瞧原来是大鱼。因为喝多了，笑声摇摆起来，正经话也变得不正经，大鱼爸说，傻小子，一个人坐那干嘛呢？大鱼不响。大鱼爸说，想看我的历史笔记吧，今天完工了，写到最后一页了。说着慢吞吞从包里掏出来。

大鱼没有伸手去接，眼前，全是暖暖面馆着火画面。沉默片刻，他忽然爆了青筋，一拳头打过去，大鱼爸摔到地上鲜血汩汩。大鱼又捡起历史笔记，摸到中央凹痕处，打火机蹭一下点燃。比命还重的东西，活活烧死，自己心里不要太痛快。从大鱼爸身上跨过去，他离开了，根本没注意熊熊火焰里，笔记里飘出一张纸，字迹已模糊不清，但可依稀辨认这么一行：这是爸爸多年的心得，送给你。

八

小水看共同好友的朋友圈，才知大鱼晋升一事，当场气炸。她恨他这种隐瞒，不管坏事好事，天灾人祸，他都不会第一时间和女友分享，甚至反问，这有啥好讲的？一个人，太不要别人帮助，却太要帮助别人，也算是一种病。

小水也恨这种，他做什么都影响自己心情的感觉，他好她跟着好，他不好她跟着不好，生活逐渐失控，太被动了。所以此刻他让她生闷气时，她也暗自庆幸，这人确实不怎么样，不值得深爱。然而过一会，她怕自己真的不爱了。纠结许久还是深呼吸打电话，打了好几个才打通，那头传来醉醺醺的声音，大鱼说，聚餐结束了，我在"空心爱"。

从家出来，大鱼便成无头苍蝇。他反复回忆，那一拳究竟打在鼻梁上还是眼眶上？记不大清了，反正一招毙命的意思。多少年都想打这一拳，终于出手了，可打完也没觉得很痛快。再抬头时，已停在"空心爱"酒吧门口。他走进去喘口气，还是要一杯加冰可乐。酒保一面说好，一面瞟他，怪吧，这么天高地阔的男人，来酒吧从不喝酒。

大鱼抽调吸管，吨吨干了半杯。听隔壁桌聊天，卷发女说，一提小孩，我后悔吧，生了个儿子，和那混蛋越长越像。豹纹女说，生男生女都一样，孩子还小能教好的。绅士男说，我倒不觉得，有些东西骨子里的，改不了。豹纹女瞪他说，别瞎讲。绅士男说，以前我也不信，可现在我比我爸还爱发脾气。卷发女扯一根白发说，少夸张，至少你不会像你爸那样家暴。绅士男的脸逐渐发霉，安静片刻说，有时喝多了控制不住，我也会打我老婆。

一瞬间大鱼有走过去掀桌的冲动。他想说，不是的，人可以打败基因，你没用，所以才被命运推着走，看看，我爸一路失败，我一路成功；我爸这辈子酗酒，我烟酒不沾；我爸做不好人，我最会做人，还要怎样，我做到这份上还能怎样？

想到这他不自主笑了，笑容倒影在酒杯上，因为晃动变得扭曲起来。他记起他看同事、看客户、看上司，也是这种多变模样，他们想要哪种，他就可以笑出哪种。有人讲这叫城府，有人讲这叫犬儒，他自己讲这叫成事。可要真被欺负，也不得不吞下去，一个没后台的人哪来资格叫嚣？然而这样说来，他好像连父亲都不如？那样的废物，都敢半辈子和领导对着干？他不能看不起自己。大鱼爸在外是逞能，可逞能的代价却要一家人承担。

记得修声控台的黄昏，他们吃完烤串回家。大鱼爸把大鱼扛肩上，晚霞细碎，铺在他还未老去的脸上。大鱼爸惆怅了，他说，其实修不修得好不重要，很多东西都修不好，可如果你修的时候很快乐，这就好了，人生可以满足了。此刻，大鱼很想冲当年的大鱼爸吼，我也知道要快乐，现在问题是我不快乐，但又不得不修下去，有办法停吗？我太累了，可以停一停吧？

总算明白打人的原因，不仅因为着火，因为酗酒，更因为嫉妒大鱼爸做自己。不是随时随地，但起码，大鱼爸看不惯时会骂，不想做就不做，一个人要快乐便要牺牲别人的快乐，凭什么他总是做那个要的人？当然，他也时常躲到历史里瞧不见自己，可大鱼拼命干活，拼命挣钱，在看清自己前就先摆脱自己，这和大鱼爸又有什么区别？才明白，一部分的他在嫉妒大鱼爸，另一部分的他在遗传大鱼爸，原来对爸爸的厌恶就是对自己的厌恶。终于，大鱼打了响指，一连点几杯烈酒。

就在此刻，小水抱一肚子怒气冲进酒吧。看大鱼吧台边酗酒，第一反应是，怎么会有人如此双标？但随即又努力冷静，想事情不该像表面看来那样简单。如果换作大鱼，他会思考，会分析，会把所有事物联系在一起，找到其中规律。他不会被情绪牵着走，也不会马上给人下结论，他会说，定心点，定心点好吧。

这样想着小水已走过去，担忧地说，怎么了？他一看是她，苦笑说，挺好的。小水说，你不是不喝酒吗？大鱼说，今天开心破个例。小水说，因为升职吗？大鱼说，不是。小水说，那为啥？大鱼笑笑不响，一口干掉杯中酒。小水看他喝酒，比看他当众扒光还难受。

头一回发现有人喝酒，像是输血。不是爱喝，是再不喝就活不下去。有种落跑的心情。他一向坚强，坚强到替她消化她的痛苦。然而轮到他痛苦时，她却没招了。看那笑到疲乏的嘴角，灌酒时浮动的喉结，走在高耸的眉骨上，有往眼窝深处跳的冲动。小水想，一个人只有在很爱的人面前，才会这般自辱，对大鱼来说，喝酒就是自辱。

这时不再是落跑,而是从未有过的保护心情。她突然明白他对她的种种情感,原来爱一个人,不是要别人反过头爱自己,而是会让自己更爱自己。

小水坐定,拉大鱼的手温柔说,不管怎样我都会在你身边,相信我好吧。说完才想起,这其实是他最常对她说的话。不知算不算很深的爱,这爱深到,不仅爱这人本身,还不自禁模仿他,趋向他,甚至变成他。接着她掏出手机,拉大鱼一起看赶集那天拍的视频。屏幕不大,两颗头凑一起,有种毛茸茸的可爱。大鱼放下酒杯,乖起来。

视频里,在全场十块钱的衣服摊,老板娘正追剧,旁边音响大喇喇唱着歌:"跟我走吧,天亮就出发。梦已经醒来,心不会害怕。"不知怎么俩人听到此旋律,都不自主停下,呆呆站衣服摊前。以为人最悲伤,殊不知,路过那么多悲伤之人的音乐,才最悲伤。

小水说,你讲,人生最重要的是什么。大鱼说,我人生最重要的是你。小水说,别闹,我认真的。大鱼说,我也认真的。话音刚落,歌曲已唱到结尾:"我生命的一切都只为拥有它,让我们来真心对待吧,也许再翻过一座忧伤的山丘,就是我的快乐老家。"

此刻放下手机,小水又问大鱼,讲讲看,人生最重要的是什么?大鱼醉眼蒙眬,还是笑笑不讲话。小水说,快乐,我希望你快乐。大鱼忽然鼻头一酸泪水涌出,他一把揽过她,拿下巴抵住她的脑袋。他这辈子人生,小水是第二个希望他快乐的人。大鱼爸是第一个。泪珠滚落到小水脖子上,大鱼哽咽说,你知道吧,我爸是个酒鬼。小水轻拍他的肩,等于说他曾约束她的种种,她都已明了。沉吟片刻,大鱼又断断续续说,白天宇的爸爸,是我爸在学校的领导,我当家教是为了帮我爸,可惜没成功,但小水啊我尽力了,我真的尽力了。

大鱼终于想起,那次储藏室拿工具,他之所以不怕黑,不单是出于保护妈妈的勇气,而是在尽头玻璃门上看到大鱼爸的身影。大鱼知道,爸爸一直在背后紧盯,警惕,目光不松懈,一旦有怪物出现,他会马上冲出来,不顾一切保护儿子。这样自己往黑暗里走,往最深处走,还有啥好怕的呢?大鱼也终于承认,他骨子里,彻彻底底是一个酒鬼。

Chapter 5：少女梦

一

　　小水工作的新媒体公司，虽说是新兴产业，讲究技术讲究头脑，但只要有人的地方，就免不了政治，政治核心又是搞关系。所以这天，领导在茶水间找到小水，要她参加晚上饭局，玩味说，今天来的都是大客户，对公司发展有多重要，你是明白人，好好发挥优势知道吧。新鲜咖啡烫手，小水也不觉得，只木木点头。一连几天大鱼酗酒样子，都在脑海里徘徊。他酗得那样凶，连带她想一想，都有喝醉之感。

　　后来补妆时她才惊醒，领导说发挥优势，什么优势，业务优势还是女性优势。又想泡半天咖啡，也没先给领导一杯的意思，实在疏忽。她从小没夹缝生存经验，是真的不太会做人。这样想着手里已喷多香水。去饭局自然要喷香水，不是招摇或勾引，纯粹一天工作下来，办公室人味把她浸太深。一个女生闻起来不清爽，也要被人说。

饭桌上一圈人，名字都金石掷地。小水在心里默背资料，生怕等会敬酒把大佬和大佬混淆。相比大鱼她没多少野心，工作仿佛这回旋餐桌，上菜又撤菜，撤菜又上菜，吃在嘴里都一个味道，但还得赔笑，假装前所未有的美味。喝了几杯，小水嘴角笑意终于挂不住，半挂不挂的样子，比不笑还难看。她借口上洗手间，心里却想象这种场合，大鱼会是什么模样。

地上很滑，一点酒意洒出来，出来洗手时小水差点没站稳。可猛然间，一只手扶到她腰间，转头看，原来是坐主位的大佬。一时竟想不起姓什么，只好卡壳说谢谢。大佬很绅士地笑，很绅士地进男厕，走几步又回头说，香水不错，我上头了。水龙头哗哗流，泡沫跑到衬衫上，小水丝毫没发觉，只琢磨一个绅士不让女人摔跤，但黏糊糊掐她一把腰，顺势滑到臀部又是什么意思。自己低头检查，领口不低，裙子不短，啊，一定是临走前忘换平底鞋。这样高的跟随便一扭，便有摔跤态势。也不知是她大意，还是当女生麻烦，任何细节疏忽，别人就要阴笑指她，瞧，那个骚货。

回到饭桌，终于想起主位大佬姓鲍。鲍鱼的鲍，猎豹的豹，强暴的暴。鲍总尊老爱幼，新上一道菜，徐徐先转小水面前，关切说，年轻人不容易，多补补。不知怎么很正常一句，从他嘴里出来却另有深意。小水低头看，满满一盘鲍鱼，酱汁淋漓，等于鲍总目光浇于自己。她想他玩弄她,她却要感谢他。

但也许这样防备鲍总,是为忽视另一个人。领导特意安排她坐那人身边,同一年级,还是同一大学。以为是平起平坐的意思,可就连鲍总都要敬他三分。小水明白了,讨好儿子是想讨好老子,齐天爸爸比在座的都有权势。起初鲍总还频繁敬酒,小水一路慢吞吞,他只当女孩的不要其实是要。

谁知后来,齐天摆出英雄救美架势,帮头一回见面的女孩挡酒,意思够明显吧。鲍总聪明人,犯不着为一点便宜断了财路,女孩遍地都是,女孩如衣物穿脱。鲍总恢复长辈笑容,收回酒杯,餐桌转两圈工夫,他已把注意力转去另一方向。取代小水的是公司行政助理,招聘时就三点要求:漂亮,会说话,能喝酒。

领导眼尖立马迎上,玩笑话张口就来。听到八卦事大家最来劲,到后来几乎整桌都撮合这对,富二代齐天,傻白甜小水,讲出来不要太顺口太般配。小水想,家里虽没有钱到夸张地步,但好歹也是从小宠到大,可一旦上社会牌桌,她能当玩家吧,根本不行,充其量一张被打来打去的好牌。耳边风声来回,她突然想砸杯子,大声说,我有男朋友,你们停一停,住嘴好吧。然而还是平静挤笑。也没人把局面说透,这样没头没脑来一句,倒显得自作多情了。有时真搞不懂,到底别人犯错还是自己敏感。

齐天衣服溅了油污,他瞟了瞟继续喝汤。小水一眼看出,小开的洒脱是真洒脱。如果换作大鱼,他肯定马上起身,去水池边弄净。他要自己每时每刻出来都是崭新的人,何况钱是一点点挣的，多少布料等于熬过多少夜晚。齐天那样的人，怎么会知道身体里绷一根快断的弦是什么感觉。想到这小水已发愣，筷子夹一只虾落到桌上。齐天难得有心，重新夹几只到她碗里。小水才发觉，嘴上说谢谢，脸上不禁红起来。

　　可随即又想，大鱼不会是夹虾这样的简单动作。有回在饭店，点一大盘白灼基围虾，他耐下心来，一只一只剥。小水不好意思，推脱自己来。大鱼笑说手已经油了，索性整盘剥完。等虾仁堆成小山，他起身去洗手，她看他远去背影，第一次有天长地久的感觉。当然齐天只是普通朋友，没这种比法。过一会才明白，她这是为大鱼辩解，为什么他的起点落后这么多，但在她眼里，他还是最好的那个。不是对齐天有心思，恰恰是齐天的出现，用来告诉自己有多爱大鱼。

　　饭吃久了热起来，小水撩长发，感到齐天有意凑近，闻她散开来的香味。心底下了换香水的决心，这款太浓，容易让人误会。齐天碰小水酒杯说，想啥呢？小水一惊，摇头说，没啥。齐天说，我不信。小水随口敷衍说，想我舍友。齐天说，你不是一个人住吗，哪来的舍友。小水笑笑不解释，心想大鱼的确是舍友，一层楼门对门，等于住一起了。齐天说，舍友人好吧？小水说，人各有志，挺好。齐天晃酒杯说，你人好，所以说别人都是好人。听来有些意外，小水本以为富二代大概率少根筋。

　　齐天说，这么讲来，我也想到我一个大学舍友，奇葩。小水说，是吧。边说边盯铜勺倒影，齐天高眉深目，算帅的一种，但对她来说，是会欣赏不会心动的那种。大鱼也谈不上多帅，可看久了和自己越处越神似，都说夫妻相，有点道理吧。所以夸大鱼也算自夸，想到此地，小水的笑是池塘里扔一个石子，漾开来了。

齐天说，我和他上下铺，不是看不起家境差的，而是可怜之人必有可恨之处。小水说，嗯。齐天说，最早看他生活拮据，好心帮一把，我把他当兄弟，我爸把他当儿子。小水说，你们父子善良的。齐天说，可农夫与蛇，阴暗就阴暗在见不得人好，不想一起上进，总想一起下沉。小水说，人性嘛。齐天说，他嫉妒心强，处处压我一头，自己谈不成女友，便害我也谈不成，最关键是一心讨好我爸，想取代我位置，相比这些，打架、网瘾、挂科被劝退，简直不算什么。小水漫不经心说，是吧。齐天感慨说，后来系里没人理他，他自己抬不起头竟又好学起来，从工科转到商科，成了系里第一。小水说，也是狠人。齐天说，听说想尽办法往上爬，现在混得风生水起。

小水沉思片刻说，各有各的生存之道，也许他有难言之隐。齐天说，你这样单纯，容易被骗。小水苦笑说，我只觉得人人不容易。齐天说，那你觉得我容易吗？小水停几秒说，看似容易，其实也不容易。齐天一愣，笑笑，怅然，杯中酒仰头而尽，放下空杯恢复常态，继续说，你讲得也有道理，那人爸爸美其名曰是老师，其实就一放英语听力的，妈妈开面馆，过往历史很复杂，在这种家庭长大，确实不能怪他。

突然间小水身体微颤，声音踩钢丝问，等等，你那舍友叫啥？

齐天说，你不会对这种人感兴趣的。小水苦皱眉头问，叫啥？齐天向服务员使眼色，意思要添酒，接着转头，咀嚼小水说，他叫于淼，干勾于，三水淼。

二

　　大鱼妈年轻时不嘴碎。一个漂亮的女人，不用张嘴也有大把人关注。可漂亮会变老，因为没钱保养便老得更快。这时大鱼妈又话多起来，走到哪，都本能站台中央。小水妈也嘴碎，但仅仅为了做好人。小水妈总说人家好，自家不好。大鱼妈总说人家不好，自家好。因为自己好，所以才说别人好。因为自己不好，所以才假装别人不好。红颜薄命。大鱼妈不信这个理。由于不信，便在行动上格外争取。就说暖暖面馆火灾后的维修费，不知和包工头费多少口舌，到后来，包工头恨不得倒贴了走人。想一个年老色衰的女人，这点钱也如此计较，可惜了。

　　大鱼妈没办法，她不是富太太专坐那养笑脸。她命不好，赔上一个不争气的老公，一个太争气的儿子。因为不争气，生活格外艰辛；因为太争气，心里头总像犯了罪。不管哪一个，都让她想了法子地省钱。别说装修这种大工程，就连买东西，她也要强得很，挑一把青菜再顺一把葱的买法。顺不了葱，掐掉零头地付也是好的。不是真差一把葱，常常带葱回家又一动不动扔掉。不为占便宜，就为心头那口气。本来算命的就讲，她这辈子富贵命，要什么有什么。大鱼妈坚信，算肯定没算错，错的是这命来太晚，甚至在她年过半百时，还没看到一点踪影。

大鱼妈不服气，一个人不服她该服的气，便是和自己过不去。大鱼爸忍不住和她争，争到后来，俩人也只是在各自的方向上背道而驰，越走越远。大鱼就不争，他从小知道，妈妈这种女人不讲道理，只讲情绪。让她说，随便说，说累了再去抚慰，也难怪后来，别人都喜欢找大鱼倒苦水。然而倾听多了，他自己什么想法，无人再关心。

当然梦还是要做。大鱼妈这命，大半是靠香水续的。房子人老珠黄，可摆香水的红木梳妆柜，倒是愈擦愈新，愈擦愈光亮。瓶子琳琅，远看是一堆珍宝，近看一挑一个破绽。到底便宜货，几十块钱，化学勾兑浓重，酒精刺鼻，上不了台面的。但大鱼妈喜欢被香水包围的错觉，仿佛做一个悠长的少女梦，春花秋月，靡靡之音，闭上眼便永远醒不过来。只是做梦做到外头，做到面馆里去，客人不禁用手扇风说，老板娘你身上啥味儿，香水混油烟，倒胃口吧。

近来，暖暖面馆的斜对角，新开一家私房菜。虽说都挤在小巷子，但一个天上一个地下，互相照面便现了原形。大鱼妈的面馆，左边是一五金店，右边是一快递站，因为家常，更因为便宜，店里一到饭点，便成打工仔的食堂。私房菜馆不一样了，买左右边的商铺，拆了重盖。外头精致错落，里头上乘佳肴，取这巷子的烟火味，又脱这巷子的庸俗气。每到黄昏老板娘穿一身旗袍，到门口迎客。路子窄，豪车蹭了也不要紧，反正客人有的是钱。以前顾生意，大鱼妈不闻窗外事。如今歇业重整，时间便像白送的，专等她吃苦来着。坐门口，也没法监工，眼里只见对面老板娘笑脸如花，扭动腰肢，水蛇游动般进出。可以想见馆子深处，是一幅怎样莺莺燕燕的画面。

常处丑人堆，能衬出自己的美。可见过别人用钱砌出来的脸蛋，便再不能装下去。大鱼妈一转头，瞥见玻璃门照出的自己。门上溅油渍泥污，等于大鱼妈斑驳脸上，更加斑驳。伸手去摸，多年劳作后的胡萝卜手指又灼伤眼睛。她买打折的护手霜，要用到铁皮管剪开来，管壁刮干净才肯扔。也没觉得老板娘真漂亮，但底子再糟，有钱维修总是真的。

她的年纪，要大鱼妈折半了算。她的生意，却是大鱼妈翻几倍也够不着。听说是傍了个当官的，房子车子，样样不费心。可谓一步对，步步升天。要是自己碰上好时代，几个私房菜馆都不是问题，甚至啥都不用干，家里家外，笑眯眯当一只花瓶就好了。说到底，还是怪自己嫁错人。

猛然间，大鱼妈回头喊停。包工头抹一把脏汗，皱眉说，啥，又有啥问题，钱不是谈妥了吗？大鱼妈吞吞吐吐，解释半天都没讲清。不是钱的问题。要停，也不是真停，是停一半修一半，到差不多能用的份上。大鱼妈自有她的盘算。

旁边五金店老板生意惨淡，准备再做几个月收拾铺盖回老家。若是牙缝里省出钱，把他那店盘下来，两间铺子打通，所有菜品、装潢、用餐档次，通通升级，转型成小资情调精品面馆。虽仍比不上私房菜馆，但起码在气势上输得不那么难看。店面一大必须重装，现在旧店装太好，到时拆了就浪费。也不能不装，眼下凑不齐钱，生意总不好停。

这人一有心思，饭吃不下觉睡不着，做啥都能撞见这心思。大鱼妈未曾有过地忙起来。一个人忙，好没空思考，思考是很痛苦的事。包工头心想，她雇他们干活，到头来还帮他们干，可在付钱上又这样吝啬。他一时迷惑了，不知是运气好还是不好。

那天大鱼妈正扫地，一个低沉声音唤她。从下往上看，去舞厅快活的是皮鞋，品牌名响亮的是西服，煮小壶咖啡的是名嘴，精气神十足的是背头，原来是常客贾老板。专吃鲍鱼海参的老板不稀奇，来巷弄，寻一碗清水挂面的老板，倒是故事里有故事。大鱼妈一时错乱，要撩头发，要放扫帚，要涂口红，要背后藏手。

贾老板笑面说，半个月没来，怎么重装修了。大鱼爸是馊掉味道，贾老板是陈酿味道，大鱼妈的声音瞬间得软骨病，她说，电线老化短路，着火了。贾老板惊讶说，有这种危险事，人不要紧吧。大鱼妈说，不要紧的。贾老板目光捋她长发说，没事就好，只是可惜了，最近一碗招牌鳝丝面都吃不到，我馋吧。大鱼妈长发乖起来，温柔说，有啥可惜，家常面哪里都吃得到。贾老板摇头说，能一样吧，你做的和外面做的，能一样吧？

大鱼妈的脸瞬间绯红，心里想，其实随便哪家厨房灶台，买杀好黄鳝，姜蒜爆炒沸水煮面，响油鳝丝淋白嫩面条，撒葱花，一切完美结束。只是这种地方去哪里寻，自己家，贾老板家，酒店式公寓，都不合适。大鱼妈脸色突然庄重，正常口气说，再等等，过几天就开张。贾老板深叹一口气，钻她心里说，我等不及了。大鱼妈一怔，嘴里没糖，但又甜得口干舌燥。

　　末了，贾老板嗅嗅鼻子说，喷香水了吧。大鱼妈说，嗯。贾老板眉间一皱说，这香水。话没讲完，吊半空中。这香水怎样，他是太喜欢还是太不喜欢。她很怕是不好的话，不再问了。回家路上等红灯，大鱼妈看百货大楼的巨型荧幕，放香奈儿新款香水广告。贾老板嘴刁，见过大世面的人，鼻子肯定比嘴还灵。越想，越发肯定他嗅出她的廉价香水。脸烧起来，路都走不连贯了。

　　到家见大鱼爸窝沙发看书，顿时火冒，凶巴巴说，喂，情人节到了。大鱼爸头都不抬说，嗯。大鱼妈说，有啥表示？大鱼爸翻书说，小年轻赶赶时髦，老夫老妻瞎凑啥热闹。大鱼妈攥紧广告纸，揉成一团，啪地甩他脸上。大鱼爸整个人弹起，惊吓说，毛病啊。再捡起纸团展开来，眉头比纸还皱，他说，又是香水广告，做啥，喷来喷去不是一个味道，你先把家里那堆用完，再买新的好吧。

　　人生没指望。大鱼妈一个人洗了澡上了床。不甘心睡着，或是，不甘心时光白白流走。开灯爬起来，端在镜子前照自己。今天见贾老板，什么眼神什么表情，现在想来一团模糊。摆出各式各样的笑，这种不对，那种也不对，怕他嫌她过于媚态，又怕他厌她拒人千里。一个被消耗殆尽的女人，这把年纪，不会又恋爱吧。可半辈子过去，大鱼妈还是没懂爱一个人到底什么意思。无数男人拜倒在她裙下，她对任何一个都不感兴趣，但又得通过他们，她才能看清自己，找到自己。这样在众人眼里，她便成了顶花心的那个。兴许她有毛病。别的女人都那样道德、坚贞，说一不二。

卖白兰花的阿婆出来了，叫喊声穿梭于大街小巷，甚至走到时光里都不曾迷路。胸前别一朵，手上戴一串，以前的人不喷香水，用天然花香，大家你来我往，素雅味道差不太多。不像如今这种时代，上等下等，闻闻香水牌子就可分出大概。这样便又想起白天，贾老板嗅鼻子模样。大鱼妈一口气咽不下，狠了心要盘下那家五金店铺。等到生意红火，赚到盆满钵满时，各类奢侈品牌，各种味道款式，她想买多少便买多少。

三

饭局结束，齐天要送小水回家，这也是他们的意思。他们是领导，是鲍总，是想从这关系里谋利的每个人。小水长满嘴，也敌不过众口，到后来，不接受竟被说成不自爱。她想把一个人当工具，还怪这工具不自爱，好笑吧。

司机开豪车到门口，齐天拉了车门，倍有面子地请她。刹那，小水困惑这顺流直下的局面。不止是胁迫，不止是保工作，不止是女人的话不算话，她自己，难道没有一丝隐秘快感吗？是为这快感，才半推半就到现在？被捧的感觉很好，连带捧她的人也可爱起来，何况捧她之人，本身也众星拱月。但到底不能大方承认的。兴许她有毛病。别的女人都那样道德、坚贞，说一不二。

齐天说，怎么，不上车吗？小水原地钉住说，不用了，谢谢你的好意。齐天说，我保证安全送你到家。小水说，我男友来接我。齐天愣住说，有男友了是吧。小水笑笑。齐天不坚持了，拍她肩膀说，行，有空再联系。手离开了，但那拖泥带水的触感还留在身上。豪车驰去，小水脱下外套使劲甩甩，再掏出手机叫一辆网约车。刻意定位在几百米开外地方，走过去，好不被人戳穿。

一路垂头，长发挡脸，走了几步又问自己，没干亏心事，何苦这样偷摸。随即想到，齐天把大鱼说到这种混蛋地步，她到最后，都没站出来为他讲一句公道话，甚至也不敢承认，他就是她男朋友。忽然痛心自己是怎样一个人。她有很多缺点，可好歹是磊落的，一向实话实说的。从未这样恶心自己。但转念又想，讲真话也要凭证据。她对大鱼的过去一无所知，光喊他不是那样的人，却说不出他为何不是。怪来怪去还是怪他不坦诚，什么都藏着掖着，只好任由齐天摸黑。小水向来知趣的人，还是恼怒了。

下了车，狂风绊住她的脚，要淋暴雨的节奏。抬头望，家里厨房亮灯，有热气爬出来，她猜大鱼在煮红枣姜汤。小水是对自己很不上心的人，他一煮汤，她才想起例假快要来了。本想上楼质问他一番，现在那心气又泄了。胸口太暖，她恨他的无微不至。不明白，一个男人深爱她，为什么不敢交代自己？难道爱人的目的，不是要别人也爱自己吗？爱真实的自己，总好过爱伪装的自己吧？小水就是这样。每次新见面男生，她一上来就自爆短处，等于把最坏一面翻出来，之后对方怎么选都不是她的错。也许是太自信，也许是太自卑。

小水坐地毯上喝红枣姜汤，很习惯被他照顾，一种被养成废物的预感。大鱼一面收拾屋子，一面打喷嚏说，那天在酒吧，是我不好，以后不会这样了。小水嘴里含红枣，试探说，其实你有啥事都可以和我讲，不用一个人扛着。大鱼又打喷嚏，恢复笑容说，我能有啥事，放心吧。

以前觉得大鱼笑容，是实打实晒出来的古铜色，现在想不过是亚健康，镀一层金去骗人的。小水有些哀求了，顺着地毯的长毛说，我总跟你讲我的事，我的家庭，我也想听你讲你的事，你的家庭，我们不是说好一起走下去吗？大鱼有强迫症，打扫的意思，也包括把地毯的毛全顺到一边。大鱼看她学他，某种相处久了互相传染的意味。他含着话，等于她含着红枣，转圈说，我没啥好讲的，就是很普通的一个人。顿一顿补充道，过去不重要，重要的是我会给你好的未来。

小水正要辩驳，大鱼手机响了，掏出来看，是大鱼妈的视频电话。照例他被叫走，一个人躲去阳台。放以前小水自然不计较，但当下这局面她格外不爽。不是一次两次,是每到关键处,大鱼妈就会来电。也不是怪这电话不分场合、不分时间,是她要谈话就必须马上谈。无论事情要紧,大鱼又总有求必应。打完视频再回来,气氛完全不一样了。

小水多少气急败坏,抬嗓门说,你妈妈重要,但我们谈的事也很重要,你不能等会再接吗?大鱼打喷嚏,理直说,我妈生活不容易,你谅解一下。小水说,谁的妈妈生活容易,我知道你孝顺,但不要愚孝好吧。大鱼瞬间被激怒说,这两者区别你又能分清多少?小水说,你什么意思?大鱼说,认识你到现在,我只听你抱怨家庭抱怨童年,做大人的种种辛苦,你设身处地想过没有?小水被刺痛说,你以为你一味付出,别人就开心了是吧,你不知道那给人的压力更大吗?大鱼一字一句问,所以你的意思是,我也给你很大压力吗?小水说,我没这么讲。大鱼说,如果打扰到你,那对不起。

只听砰的一声,他摔门离开了。再砰的一声,她知道他回了自己家。两扇防盗门,真的是铜墙铁壁。从一到家她就想问,他今天怎么总打喷嚏,是不是感冒了。等他离开才想起,香水味太浓,他闻了会鼻子过敏。俩人冷战几天,每天一句早安一句晚安,连上下班也错开时间,以防在楼道里相撞。可过去不是这样的,不管谁错,他总是头一个道歉。

后来一回小水晒衣服,发现大鱼也在隔壁阳台,赶紧抱着湿衣服蹲下来,偷听他们母子电话。大鱼妈是很热闹的女人,两三句就交了底。原来她想再盘店铺,扩张面馆。大鱼劝她不着急,先凑合着,等些年他升职,工资翻倍时再谈扩店一事。小水吃惊他画大饼的乐观。平日很谦逊一人,总觉配不上别人的夸赞,到妈妈面前却是条条通罗马的自负。再细一想,这自负不得已为之。只知大鱼爸是电教老师,普通工薪,有酗酒恶习;大鱼妈开家常面馆,做小本生意,一年到头赚辛苦钱。

等他进客厅,她再起身,睡裙已整条湿透。呆站原地想,大鱼是靠谱男人,总会第一时间回微信,开会关机提前讲,生怕小水担心,即使来不及,事后也主动道歉。可自己满意这一点,当他以同样方式对妈妈,她又有什么理由生气?如果一个人对妈妈爱理不理,对女友有求必应,这种男人可信吧?或者说相处模式会延续,既然她对他像对爸爸,那他对她,为何不能像对妈妈?

虽说小水想了解大鱼,但有时又不敢真的深入,太多蛛丝马迹让她隐约感到,他的过去有多少破碎,多少痛苦。她怕自己承受不了真相,也不知得知真相后,用怎样的心态面对。毕竟她的生活那样轻巧、优越,带着原罪。

夜深了,小水翻来覆去睡不着,只好开手机在被窝里选香水。牌子款式琳琅满目,可真要挑一款,既保持体面,又不诱发骚扰,留香时间还得刚好以防大鱼过敏,太难了,比选男朋友还难。正纠结时,齐天发来微信问,最近好吗?有空约饭。小水清楚,他想起她不是真的想起,而是恰好看到她刚发的朋友圈,脑子一醒,原来还有这个女生存在,便顺手慰问。花花公子喜欢广撒网,能捞一条是一条。小水决定不理,明早再回,就说昨晚睡了,才看到。

四

大鱼妈也知道儿子拿不出钱,他要租房,要维系人脉,要讨女孩子欢心。说扩店不过是提一嘴,试他的口风,她恨不得赚多了钱,给他备好婚房。和大鱼爸更说不到一块,他头一个反对。

这天面馆重开张,一大早俩人又拌起嘴来。大鱼爸剥好咸鸭蛋,蛋黄放大鱼妈碗里,自己只有蛋白的份。大鱼妈把蛋黄捣得稀碎,总算开口了,家里有些存款,但不够。大鱼爸夹一筷咸菜说,现在生意稳定,薄利多销,不是蛮好。大鱼妈说,肯定要贷款,只是我去查了,银行信用不好,贷不了太多。大鱼爸说,一没那个本钱,二就算有,扩张新店你能保证不亏吗?大鱼妈舔舔筷尖说,也许高利贷行得通。大鱼爸头一回敲碗,气急说,亏你想得出来,这把年纪安稳点,别拖累儿子。这下大鱼妈反倒火起来,腾地起身骂,拖累儿子的人是你,要不是你,我们会到今天这地步吗?会吗?

她自顾自长出许多牙齿,他走到哪她就咬到哪。听她数落几年前,几十年前的事,她自己都忘了最开始因为什么而吵。反正日子过怎样,她都要怪他头上。懒得辩了,大鱼爸重新当回聋哑人,安安心心喝粥,看大鱼妈的嘴一张一合,相当于看无声电视,卓别林滑稽片。

学校下班后,大鱼爸主动去店里帮忙。虽说饭点生意红火,缺人手厉害,但大鱼爸手脚笨,又不会讲黏糊话,整个一木桩,杵着帮倒忙。他还以为她暗喜,看出老公疼人,只是刀子嘴豆腐心不说罢了。殊不知大鱼妈是真恼怒,老公站店里,妨碍她发挥颜值施展魅力。客人一听老板身份,立马收起对大鱼妈的垂涎,又因大鱼爸的不出趟做人,对大鱼妈更减一分饥渴,往后来得也不那么勤了。

说实话,家常面真就是哪里都吃得到的意思,大鱼妈很习惯从美貌里讨便宜。本就急着攒钱,如今生意淡下去,她更是气他。然而气的缘由又不能坦白出口,只好往别处撒,便从他包里抽一本历史书,到处拍苍蝇。边拍边感叹,这书好吧,厚实,带劲,一拍一个准。心爱东西被玷污,大鱼爸最看不得,索性抢了书回家。刚出店门,便迎面撞上贾老板。

大鱼妈妩媚笑声正要游过去,却见贾老板身旁站一年轻女人,白衬衫黑高跟,写字楼里顶光鲜的打扮。大鱼妈转了念,收起一半笑容,领他俩坐下。接着回到门口喊住大鱼爸,有一句没一句叮嘱。末了,亲昵给他整衣领,近乎撒娇说,菜做好放冰箱了,微波炉多转几圈,等我回家听到没。她心里清楚,冰箱里空空如也,他回去发现了必然要电话来,但不管,都是之后的事。

待大鱼爸离开,她一转身,贾老板果然琢磨眼神看她,等于在说,你这种女人每时每刻要占上风,手段厉害的。大鱼妈根本不理，白天鹅四处游，到这桌问味道怎样，到那桌问还需加菜吧。她整个人的笑，等于一席豪华自助餐，客人想取多少便取多少，无限量供应。唯独没贾老板的份。

柜台忙一会，刚抬头，就见贾老板站面前。余光瞥过去，那年轻女人已不在了。贾老板说，她是我秘书，出来办事顺道吃个便饭。大鱼妈说，跟我解释做什么，你就算带一桌美女，一车美女，我也只会开心做生意。贾老板说，吃醋了。大鱼妈说，瞎讲八讲。贾老板说，那你偷拍人家做啥。大鱼妈一惊说，没有好吧。贾老板拿她手机说，相册打开看看。大鱼妈顿时红脸，要去抢，贾老板高举手机说，不敢看就是心虚。大鱼妈踮脚尖完全够不到，俩人一阵嬉闹。

贾老板目光从上到下淋她，回味说，其实客观话讲，你比她美。大鱼妈立即反驳，又讲瞎话，她多大我多大。贾老板正经说，美和年龄无关，是气质问题，你多有气质。话讲到她心坎上，不争了，然而又问自己，整天和卖菜卖肉的打交道，厨房为家一身油烟，哪来的气质？贾老板还手机时，指尖触碰瞬间，他抓紧她的手不放了。大鱼妈心脏扑通扑通，恰逢此时贾老板手机响，她赶忙抽出手，低下头去忙，耳朵却清醒竖着。果然老板口气，来去几句都是上百成千万的交易。听不懂全部，大概是投资，内幕靠谱收益翻番，贾老板笑声几乎破天花板。

待挂电话，大鱼妈淡淡口气说，现在钱难挣哦。贾老板说，谁说不是。大鱼妈说，你这种大老板可以和我们比吧。贾老板苦笑说，各有各的难处，不过话讲回来，你这店生意好，完全可开连锁。大鱼妈的激动，是被海风吹拂的裙摆，捂都捂不住，一面叹气一面瞄他说，我倒是想啊，可惜钱不够。贾老板长久沉思，凑她跟前说，你要是愿意，可以跟我做投资。大鱼妈的心都跳嗓子眼了，贾老板说，不过千万别传出去，这种好机会不是谁都能给的。大鱼妈亮晶晶点头，这么多年她到底没变，美貌一直是她的武器，专用来掠夺。

情人节那天大鱼妈坐柜台，摆弄一塑料水杯。小姐妹送的迪士尼礼物，樱花粉红色，瓶身印有米老鼠女朋友。小姐妹说，女人再老也不能丢少女心，也要永远十八岁。大鱼妈啪嗒打开杯盖，又啪嗒关上，再啪嗒打开，又啪嗒关上。少女心是没丢，可少女给谁看，谁还要看呢。大鱼妈想，贾老板不舍得浪费好时光，看样子今天是不会来了，他那样的男人横竖不缺女人。其实来了也不会怎样，送碟小菜说说俏皮话而已。不过，一个人欣赏自己的战利品，总是高兴的。

忽然暗下来，一个黑影挡眼前。大鱼妈惊喜，当是贾老板来了，抬头看脸瞬间灰下去，原来是大鱼爸。他一副邋遢相说，我有本书落柜台了，你让开，我找找。大鱼妈气急败坏挪开，看都不想看他一眼。过一会他说没找到，又匆匆离开。没有一句节日表示，大鱼妈火到冒烟，噼里啪啦捣腾水杯。

不经意间，一个磁性嗓音传来说，杯子开开关关一口不喝，做啥呢。大鱼妈寻声音过去，竟然是贾老板。他领几个西装样男人进来，笑笑说，这些老板吃惯大鱼大肉，想换口味，我讲家常菜能去哪吃，一定是暖暖面馆好吧。大鱼妈只顾着笑，都忘记招待客人。这么多老板，每人背后都是一座小金库，天天山珍海味都吃不垮的，等于路边脏破小店涌进一路财神。也是这时，大鱼妈体会到贾老板的用意，她急着攒钱盘店铺，他便急着照顾她生意。也不当面借钱，损自尊吧，况且近渴易解远渴难，他对她，是真花一番心思的。

大鱼妈亲自上菜，正好听他们热辣聊天。饭桌北面老板说，我老婆有收藏癖好，只要新款，刚出就买，尤其那啥，啥牌子，香奈儿。南面老板说，这算好的，我老婆在家闲着无聊，就自己做香水，吓人吧，我家味道，比百货公司一楼柜台味还重。贾老板放筷，胳膊肘碰大鱼妈丰满臀部，评论口气说，香水不在于多，在于精，这和女人一个道理。西面老板说，啥道理，贾专家讲讲看。贾老板说，好香水等于好女人，前中后调，层次丰富变化自然，经得住细品，烂香水烂女人能闻吧，摆到面前只令人作呕。

话刚落地，盘子哗啦啦摔破，大家都望过去，大鱼妈赶紧蹲下收拾，百般抱歉。贾老板说不要紧，也蹲下来。只听台上西面老板说，贾老板果然香水专家。北面老板接茬说，用词准确点，女人专家好吧。贾老板捡碎片，笑吟吟不回应。大鱼妈心想，幸好今天没喷香水，这两天空闲时间，一定把那款香奈儿买到手，他会喜欢吧，不喜欢也没事，反正不是烂香水，铁定不让人吐。只是奇怪，他怎么这么多手，自己总碰着。

收拾干净，贾老板拉大鱼妈到角落，低声说，这几天收益不错，你等会手机查查看。她还没消化，他又掏出第二个惊喜。小礼盒递过去，要她亲手打开。大鱼妈几乎叫出声，心心念念香水，新款香奈儿，还没开瓶已是香气扑鼻。大鱼妈说，投资福利是吧。贾老板说，傻瓜，情人节礼物。临走前她又叫住他，悄悄话说，手头还有些钱，能再投进去吧。贾老板说，当然可以，你开心等于我开心。大鱼妈一面笑笑不信，一面自我麻醉，简直太信。

可家里衣柜翻遍，也没找到配此香水的裙子。小小一瓶，怎么喷都觉浪费。商场也是很久没逛，柜姐眼珠黏大鱼妈身上，钱没付出去，人倒凭空瘦一圈。网上便宜货买习惯了，根本不知商场行情，后来懒得管，随便进一家探风。

大鱼妈盯一条淡粉连衣裙，未上身，已能想象穿着时摇曳生姿。然而，柜姐拿深咖啡套装，摆她眼前说，这显贵气，适合您。大鱼妈白她一眼，偏要试那粉裙。可真照到镜子里，才觉黄脸婆穿错衣，只会更像一个黄脸婆。柜姐一种早就料到的神气，大鱼妈出试衣间，把粉裙甩她手里，骂骂咧咧道，什么拆烂污面料，难怪生意不好。

回家时大鱼爸已睡。她头一次觉得，这人安静是件好事，可以当成空气的，于是安了心，尽情回味心底秘密。贾老板送的香水放梳妆柜中心位，佛龛上供奉那般。她男人定是想不到，她学历不高，文化不深，五千年悠悠历史完全不懂，但照样和这社会的上流人说说笑笑，彼此爱慕。甚至于，她本就该是那阶层的一份子，嫁错人，才落到这步田地。

阿婆又卖白兰花了。大鱼妈专跑阳台上去听，听着听着，扭起腰肢来，那是她年轻时最爱的舞。被沐浴的花香，和别人给的爱一样，根本来不及用。跳一半溺到回忆里，曾经多少大好青春时光，浩浩长风里望未来，一切还未开始，一切皆有可能。大鱼妈跳到落泪，是开闸水龙头，根本停不下来。

可忽然，厕所传来冲马桶声音。她一下子清醒，泪还在流，但人已回到现实。想臭骂大鱼爸，却见面前走来的是大鱼。她今天这样昏头昏脑，进门时，居然没发现玄关有儿子公文包。一时无处放手脚，他看到了没，看到多少，应该什么都没看到。

大鱼说，妈，你没事吧。大鱼妈说，啥事，我能有啥事。大鱼说，有事一定跟我讲好吧。大鱼妈说，晓得了，去睡觉吧。终于听到关门声，她大松一口气。投资一事本想告诉大鱼，他是这方面行家，但她有累赘之感，儿子委屈再多也憋心里，她这样总麻烦他好意思吧，配做母亲吧。心绞痛得厉害，可一想到外头那些人，各路来往男人，她只能自我欺骗，假装从未生过孩子。

五

冷战一段时间，这天大鱼终于发微信，约小水看电影。当时她正照镜补妆，晚上领导又安排饭局。等很久才等来大鱼示好，心里激动，恨不得推了工作立马约会。但没办法，饭碗还是要保的。大鱼回说，不要紧，等你下班。小水放手机傻笑，翻化妆包，才想起新香水还没挑好。旧的那瓶还在，但思前想后索性不喷了。

饭店门口碰到要宴请的林总，俩人客套招呼，坐同部电梯去包厢。电梯宽敞，可林总的鼻息这样近，能听到他嗅一嗅的声音。小水想说抱歉，但抱歉什么，没喷香水吗？那时小水公司正和另一家公司竞争，抢夺这位林总。小水又负责此项目，也不是非要当女强人，但本能地，她想要起码的尊重。

不比鲍总的肥头胖肚，林总身型挺拔，一副金丝框眼镜，多少有林木风萧之气。真到饭桌上也不逼人喝酒，美食倒是讲究的，肚子里墨水不少。但这都不关小水的事，她礼貌讲话礼貌喝酒，谈笑间条款已差不多，现就差正式合同。她很有胜算干最后一杯，心想快点结束，飞到大鱼身边。

谁知林总还没尽兴，领导眼力见好，瞬间看穿，决定再去会所唱歌。小水下意识要逃，林总拉脸显然不快。趁不注意，领导狠使眼色，她哪能办，从内而外蔫掉。之前几次请假中途离开，弄得客户多少不开心。古往今来办事，大家喜欢帮自己人，既然想当客户的自己人，不从头陪到尾行吗？不一起犯点错行吗？爱情重要，尊严重要，但无论如何工作是更重要的。它让一个人好不去要饭，或者说，职场要饭总好过马路要饭，这种笑贫不笑娼的时代，能反抗吗？无奈，小水败下阵来。

既然吃花酒，便要叫陪酒妹妹。也不干嘛，单纯唱歌投骰子，活跃尴尬气氛，图个背景声罢了。小水多少理解，多少不理解。妈咪领一排大胸长腿女人鱼贯而入，各种琳琅，层出不穷，堪比小水挑香水迷乱眼。林总嘴刁，一直没看中，换一批又一批。

他不仅坚持自己对女人的看法，还喜欢传教，拉小水到身旁说，难挑的。小水挤出笑说，您眼光高。林总说，这挑女人吧就像挑鱼，有人死的有人活的，有人家常鱼顿顿吃得起，有人名贵鱼花钱都买不到，还有人是观赏鱼，漂亮，但万万不能碰。小水说，难怪您对美食这么有研究。林总说，不过再好的鱼，也不是每块肉都营养相当，通常讲，鳃盖后的那块月牙肉最鲜嫩，最劲道，人要爱惜自己，又不能惯着自己，所以要吃，就只吃好鱼，只吃好鱼身上的一块好肉。

相当高雅的说辞，不知为何听起来更污秽了。他对她讲这些做什么？教她挑女人的方法，她上哪里去用？还是说他言下之意是，要她做一条好鱼，护身上一块好肉？当然，男人爱聚众讨论女人，这点小水是知道的，甚至曾经以为是很理所应当的事。

以前有个男朋友，学识高，地位高，因为表面看起来什么都高，便到处有女生追捧。和小水恋爱，提到上一段分手原因，他大方说，前女友人不错的，但是胸很平，太平，我实在没办法。话讲到此他紧搂小水，满脸蠢蠢欲动。小水一面享受这隐秘夸奖，一面想，如果他在意胸，也会在意腰，在意臀。后来节食厉害，看他公开演讲时各路女粉丝簇拥，便更感自卑。

把这段告诉大鱼，他意外愤怒说，我瞧不起这男的。小水说，啊。大鱼说，明明是他不行，怪女人头上要脸吧。小水沉默。大鱼说，他跟你讲前女友的胸，他难道不会和下一个女友讲你的胸吗。小水还是沉默。那时她既当受害者又当帮凶，自己还不觉得，只想大鱼醋意太深，找个理由攻击罢了。如今坐林总身旁，大鱼讲过的话又逐渐有道理起来。

林总挑累了，怎么都看不中，到最后随便指。现在好了，每个男的人手一女，小水被挤中间，一种男不男女不女的落单之感。这才发现，林总也是看人下菜碟，对陪酒妹妹懒得斟酌词句，毫无绅士风度说，你胸小，唱歌又难听，哪能办，只好多喝点了。小水无意瞄见那妹妹，超短白裙内侧有血渍，想必来例假。但妹妹尽职，大块冰块泡威士忌，一杯就下肚了。

小水忽然想呕，捂着胸口去洗手间，其实包厢里就有，但她假装忘记逃去走廊。想用凉水浇脸，但花了妆，等会林总又要啧啧叹息，明明一条好鱼，把自己当臭鱼糟蹋，作孽吧。这时有点明白大鱼的愤怒了。鲍总绅士，林总绅士，前男友也绅士，但他们绅士，仅仅因为吃鱼也讲究一个吃相优雅，这样不仅不用埋单，鱼还争先恐后地争当盘中餐。

大鱼不一样，他压根不会吃鱼，或者说在他心里，他和小水是平起平坐的吃客。刹那间，在她心里很高的前男友，一下子瘘下来。她以为恋爱时，他总浏览其他女生照片，是因为自己不够好。但搞笑吧，她为何不嫌他徒有其表运动吃力呢？也怪自己蠢，年轻时，容易把权力当成人来爱。

此刻大鱼发微信问，结束了没？小水秒回还没，马上跟领导讲。边走边打字，却在拐角处撞上一个酒醉男。他一看她便拽住了，撒酒疯喊，经理，你们店里有这种妞，刚才怎么不拿出来。小水使劲甩他，直到会所经理来，醉酒男才知是误会，也没觉得抱歉，好像对一个年轻女孩敷衍讲声对不起，很足够了。

小水慌乱回包厢，坐下来猛灌一杯水。林总凑过头关切问，出啥事了？小水说，没事。林总说，一个女孩子混社会不容易，有啥难处跟我讲，认识我算你运气好。小水客气笑，心里想，你帮我，我能帮你啥呢，越是会做生意，越不会做亏本买卖。这时陪酒妹妹推他说，林总您点的歌，开唱了吧。林总接过麦克风，冷不丁捏一把小水脸蛋，自然说，等会好好谈心，我先唱。又补充，皮肤嫩的，剥壳鸡蛋，我喜欢。

等于被甩一记耳光。她不明白，穿着上已经很注意了，也没有谄媚笑容，香水根本不喷。是身上散发出的哪种气息，让这些男人以为她可以随便揉捏？如果不是，那好好走路上，为什么总有人平白无故撞她，还讲是她的错？因为看起来不闹事，所以一切责任都赖她？因为看起来太魅惑，所以便宜不占白不占？再往深里说，醉酒男吃豆腐认错人，她就这样轻易放过？林老板暧昧撒诱饵，她反而摆出感激姿态，甚至，还有一丝难以启齿的骄傲？

记起有回和大鱼去书店，俩人离得有些远，小水很快被搭讪。那人显然不是来干正事的，手里一本书根本拿倒，凑她身边猥琐笑,上来就一句,美女加个微信。实在突然,小水懵住了。一句没回,转身走向大鱼。本来只当一桩玩笑讲,谁知他瞬间板脸,二话不说追上去,狠推搭讪男一把。那样安静的书店,大鱼斥声说,你干嘛呢?搭讪男自认倒霉,但也壮胆说,推我做啥?大鱼捏牢搭讪男肩膀说,来书店不看书,只想撩妹是吧。越来越多人围过来,搭讪男急于想逃,挣扎说,关你屁事。大鱼捏他到身体变形,喉咙更响说,把你PUA那套收起来,骗子。眼看俩人打起来,店员赶忙拉架。这还是第一次有人告诉小水,她没问题,有问题的是别人。

现在想来,小水不算活在玻璃罩里,从小就被领着去饭局上混。可那么多次,妈妈当众被调侃贬低,她也不过付之一笑,回了家只当什么事没发生。默认一个男人出轨是规律,也坚信女儿被跟踪,是她有意无意先暗示。小水爸掌握特权里的特权,自然更天经地义。他从未告诉女儿,如果被骚扰,要把这当成赞美还是侵犯,是听之任之还是勇敢反抗,甚至于骚扰的定义是什么,他知道吗?

直到遇见大鱼,小水才明白,被老师摸手不算附加分,嫁得好不是做女人的根本,不完美的受害也是受害。不能因为胸大就嘲笑胸小,不能因为年轻就侮辱年老,不能在被男人否定之前,就先把自己否定。也不怪爸妈,她学着他们的样子,他们又学着上一辈的样子。只困惑,每一代有每一代的局限,如果没意识到那情有可原,如果意识到却假装不知,那为什么,因为不够爱女儿吗？

走领导身边说，还有文件要做，想先回家。领导瞥一眼林总说，正嗨着呢，等他唱完吧。好不容易挨完两首歌，又收大鱼微信，这次是公众号文章，关于防狼小妙招。大鱼说，你不让我去接，那路上注意安全，电影改天看。过两秒又补充，你这么好，一定要好好爱自己。看到此地小水鼻头一酸，每次想到大鱼，第一反应都是这种洗脑式说教。这人的好当时看不出来，日子过久了过深了，才知他是真站她心里，替她想的。一个人的爱，到了取之不尽用之不竭的地步，随时能挖出新含义，仔细回味。

不知何时林总递来麦克风说，下面这首一起唱。小水说，抱歉林总，我得走了。他靠近她，酒气不轻，但她很确定他没喝醉。林总从背颈闻到脸颊说，这些女人比得上你吧，我能看上吧。小水心里问，这些女人是谁，是可以花钱买的女人，还是在你眼里，女人都可以花钱买到。一旁陪酒妹妹羡慕说，林总是你的贵人，小姐姐要珍惜。

忽然间小水醒悟，种种社会规则，爸妈看透也不说，不是不够爱她，恰恰是太爱她。他们害怕一个女孩逆主流，并不会活得更有尊严，相反寸步难行，受到比骚扰更深的伤害。但世世代代，总要有人站出来，总要有第一批反抗者牺牲者吧。此时林老板等于狗皮膏药，整个人贴小水身上。她只觉撕他时，她自己也要蜕一层皮。可她已经说不要了，他还自我感觉良好地要。

最终忍无可忍，小水甩了林总一巴掌。所有人冻住，只有歌曲伴奏乐独自动次打次。项目黄了，工作搞不好也丢了，小水冲出门外，她什么都没做但已经脏了。出门第一件事便是发微信给大鱼，今天实在没法见，只好借口说，妈妈要我回家一趟，明天再联系吧。

六

大鱼眼里，大鱼妈是把生活往糊涂里过的人。每次坐小区两台电梯，他总算哪台更快按哪台。大鱼妈不管，明知这台要等很久，等到开门她应该会上另一台，却也还是不按白不按。大鱼最讨厌电梯坐一半，开了门却无人进来，可想而知那人和大鱼妈一样，做事毫无规划。逛超市同样如此。每回他进去扫几眼，便计划怎样的路线，才能都逛到而不重复。大鱼妈随便，走哪算哪，不想逛的重复逛，想逛的却一直逛不见。虽说小事不值得上纲上线，但要说一个人怎么每况愈下，也能从这些细节上找出端倪。

大鱼也知道，大鱼妈有大惊小怪的毛病，听她说话，实际效果要折半。好事如此，坏事更如此。小水怪他太惯妈妈，不是没道理。但毕竟，自己可以讲自己不好，轮到别人讲，味道全变了。当然小水不是别人，但在两个女人还没有交情前，他就先站队，往后还不知多麻烦。说重了女友，他也冷落妈妈几天，十个电话回两个，头一次要和她建一点边界感。冷静下来想，这是真打算和小水过一辈子了，然而能不能够，他也很没底。

近来，大鱼妈总提扩店面一事。显然是受对面私房菜馆的刺激，不管不顾地，很不愿被人比下去。有年除夕，电视里放当红演员唱歌，父子俩都有些被迷住，嘴里吃什么根本不在意。大鱼妈端一锅甜饭，砰一声放下说，就她，演技这么烂，唱歌能好听吧。

大鱼忽然清醒，之后甜饭一口吃不进。女人嫉妒是天性，是一种撒娇表现，嫉妒嫁进发财人家的小姐妹，嫉妒长得丑却混得好的老同学，嫉妒每个吃面条还风情万种的女客人，这都不要紧，都情有可原。但对一个女演员，根本不同层次不同世界，她也怨念很深。人比人什么时候是个头，又因嫉妒错过多少，她是真的不自知。

最早看小说《女孩们的友谊》，大鱼想送这句给妈妈："**我一生随波逐流，因为嫉妒把精力浪费在本不属于我的方向上，却无力回头。**"真到嘴边又讲不出口，她已活这把岁数，未免残忍，只好空白处写感悟："嫉妒不可怕，可怕的是不反思。"后来再去翻书，发现小水也留了评论："以为过去的就过去了，却不知过去的事还藏着未来的事。以为未来比过去要好，却不知走向未来也是走向过去。"

小水这种女孩，从经济生活的角度考虑，根本不该追。漂亮是漂亮，但不实用，从小被惯着长大，往后持家顾孩子都是麻烦事。况且情感史丰富，到处被招惹，平白无故让男友吃醋。唯一优势兴许是家境,不过大鱼骨子里还残留些大男子主义,自尊心受不了高攀。无论讲哪一点,他都没理由爱她。然而她讲那样的话、有那样的思想,他没办法。

一回看画展,他们恰巧和一个女孩同进,走着走着总是撞见。很难描述那女孩的美,太流动,刚抓住便溜走,小水也忍不住看她。大鱼倒一动不动盯画,恨不得盯出洞来。小水踮脚尖到他耳边说,何苦呢?大鱼疑惑转头。小水说,想看就看,这样刻意忍着好受吗?大鱼说,我在看画啊。小水说,她是挺美的,你应该看看。大鱼错愕。只是看还是不看,他猜不透她到底怎么想。

处久了才知,小水不是不嫉妒,但到底她是讲真理的人,好就是好,不好就是不好。不会因为是她的,就必须是好的。也不会因为不是她的,好的也成不好。她可以和他像欣赏艺术品那般,欣赏一个陌生女孩。在美的面前他们都忘了自己,站同一战线专心沉进去。这样,大鱼不但没变心,反而更爱小水。他觉得和她在一起,他变得更像一个人。

小水后来也承认,当我不好,第一反应是希望别人也不好,但最终我会说服自己,无论我好或不好,如果我能希望别人更好,甚至帮助别人变得更好,那样我会更爱自己一点,然后,我感觉我也变得更好了。他没办法,面对这种女生,他真的没办法。

当然,不是看不起大鱼妈的意思。她当年那么傲的人,却挡不住这一生江河日下,换谁谁都不甘心。那时苦得过不下去,儿子又不省心,她被逼到差点跳楼,这些都是午夜梦醒时,大鱼后怕到颤抖的。所以他能记住每个节日，翻花样地给小水惊喜，也是从小在大鱼妈身上锻炼出来的。看到小水，大鱼常想，如果你长得普通，别人不会为难，恰恰是漂亮，反而成为一种障碍。他不像别的男人，单为漂亮心动。他想保护漂亮。

有时大鱼差一点也要把家里情形说出来了，虽然落魄，但没到讲不出口的地步。何况小水有难得的体恤，有人被冷落，便把话题引那人身上，有人不上台面，便降了身价陪着一起。她厌恶踩低捧高。当然被体谅的人是好的，体谅人的人是不是好，就很难讲了。常觉小水这女孩真懂事，但也因过分懂事让人心疼。一个人太会共情，和别人的关系是好，和自己的关系却糟了。到底，恨别人比恨自己要快乐得多。

一次在家大鱼妈出门，大鱼看她穿球鞋，懒得重系鞋带，便直接一脚进去。踩的次数多了，鞋帮子也塌了。往后每看到那鞋，大鱼都很受刺激。他想小水到自己家来，类似这些细节，她必然瞬间捕捉，察觉所有难堪。到那时她何种纠结心理，何种矛盾行为，他都把握不准，最后与其坦白不如沉默。等未来自己成功有底气了，再说说笑笑，讲喜剧般兜出家庭历史，这样大家都轻松，都没负担。

今天本说好，小水结束应酬，他煮好宵夜安心等。可又来临时电话，她说有事回家一趟。如此大鱼也想起妈妈，许久不搭理，突然想坐自家面馆吃一碗热腾腾大排面。于是收拾桌上文件，其中有小说《隐形备胎》手抄本。抄写当天心思太乱，短短五千字，等于练字,等于禅定。往后一有不顺心,便拿手抄本出来读读看看,人很快平静。瞥眼手机才觉时间太晚,怕影响妈妈休息,还没收拾完便匆匆出门。

大鱼开车,离暖暖面馆只差一个红灯时,却没想小水就在对面马路上了另一辆跑车。白兰花阿婆沿街叫卖,她摆摊几十年,见过多少阴差阳错的人生。

七

出会所小水无知无觉跑,胸口顶一股气,膨胀到把身体吹破。然而路人看来,她还是好说话的女孩。也许跑步比洗澡更能清洁。累到终于停下来,想起大鱼曾说,这份工作你想做或不想做,我都会支持,但重要的是你要享受它。嘴上这么说,可她觉得背后多少隐秘心思,他能坦白吧。

她懒得加班或推掉应酬时,他明显多一些笑容。也许是她成功,就要碰到更成功的男人,他不相信她禁得起诱惑。也许是他只专注自己工作,她成与不成,对他来讲是很无所谓的。也许他认为捷径不是好事,还得一步一个脚印踏实收获。也许他希望有一个成功的太太,但又不能比他成功。小水承认,每当大鱼更胜一筹,她会仰慕,但随之而来的是深入骨髓的嫉妒。她想差不多的年纪，凭什么自己甘愿落后，仅仅因为是女人吗？自知欲望太多，想被征服，也想要征服。

如今琢磨，大鱼不愿她在事业上走太远，也许纯粹是害怕。那天在书店，用拳头就能解决搭讪男，但再往上呢，付她工资的人看上她、精通法律的人欺负她、手握大权的人控制她，到那时他还能用拳头解决吗？除了一走了之，祈祷不要惹祸上身，还能做什么？告那些人吗，跟墙控诉墙的不好？枪打出头鸟，小水不够勇敢到这地步。如果他要她慢慢来，甚至回归家庭，单出于这层考虑，她只能说高兴至极，却也悲凉至极。

随即又想，观念一变，整个世界天翻地覆。所有对的事都错了，所有错的事又都对了。一个人，一瞬间，也能完全变样。始终以为前男友是很好的人，可大鱼几句话，就把他的好戳出水来。小水不由恐慌，现在大鱼很好，将来有天他也会因为几句话，成为截然相反的人吗？判断一个人的标准是什么，标准常变又要怎么判断？还有和其他男生相比，他太不一样，怎么比女生还更懂女生的难处？

小水不再问了，问了他也是笑吟吟沉默。大鱼家庭等于乱糟糟战场，在身后拖累着。嫁到这样的人家，七大姑八大姨又要嚼舌头，看她，简直过去讨苦吃的。倒不是怕，她只是恼他，让她不明状况。

小水慢下来。头一回在市中心乱逛，以前总往商场钻，却不知繁华处虱虫遍地，最经不起看的。钻进一条小巷，巷口有家私房菜馆，去会所唱歌前就是请林总在这家吃的。每道菜都很精致，但最美的地方往往能做最脏的事。整晚上小水几乎没吃，肚子叫起来，接着往前走，几步路遇见一家面馆。灯光昏黄，传来妈妈家常菜的味道，她想都没想便迈了进去。

临近打烊老板娘要赶客，但见小水一身狼狈，软下心来问，小姑娘想吃什么？小水扫一眼菜单，指定说，大排面。等到端上来，干干净净很没噱头的一碗面。小水想管它呢，别人爱怎么说就怎么说，她就喜欢没噱头的人，每一口都扎实暖到心里。吃一半，却传来隐约抽泣声。小水假装拿纸巾，玻璃门照见老板娘面容，半张脸高出柜台，很显然，她的妆也花了。

面黄的是心气，色衰的是青春，一个既端盘又管账的女人，临到中年还在苦苦挽留岁月，可用力过头便成了滑稽。难怪刚才关门，又临时改心意。两个遭罪的女人一对视，便想自己人生不好，换别人的人生，更不好。

她望她是望自己的过去，她望她是望自己的未来。许是受不住小水目光，老板娘起了身，走去门口倚在墙边。空留一个背影，趁着灯火，是好看女人的模样。小水对美有一种执著，在最美的时刻结束美，是她的病态心理。

不知怎么，小水想到大鱼说的那句，我妈生活不容易，你谅解一下。小水妈也常哭，但每次哭，她都装出听不懂的样子。妈妈要当小孩，她也要当小孩，可换作大鱼，他一定不会不懂事。如果妈妈的哭声他从小听到大，如果失去妈妈的恐惧他时刻面临，这种男人，心思能不重吧，能不比女生更懂女生吧？

小水一直以为，小水爸会随时离开这个家，早上醒来，晚饭遛弯，一眨眼他就不见了。唯一对付办法是放弃，假定他必然离开，这样之后的每一天都是多出来的，是理应感激的。但小水和大鱼根本是两类人。有那种相反个性，因为怕失去，所以才更用力抓紧，不错过每一个电话。忽然间小水吓冷汗，她拨电话去说，齐天，你现在有空吗？

结账时瞥见柜台上水杯，米老鼠女友图案，好好一张脸，不知被人还是被时间剥的，到处擦了漆。顺便把老板娘背影照递过去，小水说，抱歉阿姨，这么好看，不拍可惜了。老板娘一愣，忘记苦，欢喜在脸上漾开来，细细记住小水模样，叮嘱说，丫头常来吃面，常来。小水笑笑走出店去，撞上一个慌里慌张男人，想必是面馆老板，和老板娘一照见，气氛立马不对。小水心里叹气，家家都有难念的经，再抬头望，这店叫暖暖面馆。

坐露天酒吧，齐天笑嘻嘻说，做啥，想我了？小水不搭腔，客气问，再跟我讲讲你舍友。齐天说，谁？小水说，你舍友。齐天说，于淼是吧。小水说，嗯。齐天说，不明白。小水说，他是我男友。

齐天张嘴愣半天，不能相信说，啥？小水板脸说，确实是。齐天说，他是你男友，他的事你怎么会不知道？小水嚼一块冰嘎啦作响。齐天说，也是，他这人向来藏挺深。小水安静，继续嚼冰块。齐天说，不过我有条件。小水说，讲。齐天说，我业余搞摄影，最近拍照缺模特，你外形可以，你来吧。长久沉默，小水点头说，好。

就这样齐天再度回忆，他说，其实要讲的上次都讲差不多，剩余的无非一些琐事，一个人走到今天这地步，绝非一两天工夫，后来我找人去调查，你猜怎么着？小水瞪他，心里厌烦这种说书口气。齐天说，他妈妈被包养，后来还跳楼差点死掉。小水迷路表情说，真的假的，你别瞎讲。

齐天喝一口水，笃笃定定说，大鱼爸三十岁出头就下岗，家里没收入，哪能办，大鱼妈只好推小吃车，上街卖面条，卖着卖着认识一老板，接下来么你也懂了，一个贪财一个贪色，后来大鱼妈天天推小吃车，风吹日晒吃不消了，便想盘一间店铺安稳做生意，老板肯吧，人都到手了还谈什么交易，大鱼妈不甘心，爬上天台要挟，引多少人来看，老板气极又怕真死人，只好答应她所有条件，不过店铺刚买好就玩消失，大鱼妈也不寻人，反正一个店到手，吃喝怎么都不愁了。

晚风轻拂，吹长发到小水眼睛，她根本不撩。齐天说，怎么，听傻了？小水仍是不响。齐天说，这种人间疾苦听听就好，人各有命，自家困难自家解决，只是我觉得，你小日子本来过蛮好，往后被他拖累何必呢。

齐天劝分手意图，小水心里明白，想上次饭局，鲍总因齐家后台，不敢轻举妄动。如果齐天仅仅是普通人，类似大鱼这种普通出身，姓鲍的还会买账吧？再说齐天这样护她，仅仅出于做男人风度，还是另有所图？齐天喜欢她，她是知道的，只是这种喜欢和大鱼那种喜欢是一回事吧？还是说齐天的喜欢是玩弄，大鱼的喜欢是利用，两种从本质上讲毫无区别？

齐天玩味沉思，又想起什么默然了。他说，有件事挺有意思，大二那年，大鱼还烂泥一摊，和我势不两立，突然有天他低声下气求我，问学校话剧总决赛的票还有吧？你我一个大学，你也知道，那比赛确实很火，没点门道票确实难搞。我讲行啊，你给全宿舍打一学期热水，我就给你一张。这人平时比驴还倔，结果那次想都没想就答应了，你说怪吧。

齐天送小水回家，她刚下车，他就往她包里塞一瓶香水。齐天说，上回吃饭，那个味道不适合你，送你一款特别定制的，外面买不到。说完满足笑，摇上车窗便走了。小水想，我适合什么还要你来决定，自恋到这种地步，霸总剧看多了吧。走一会不知怎，脑海浮现暖暖面馆里老板娘的粉红水杯，小水忽然意识，女版米老鼠的名字，她每次记住，每次都忘。第一反应总是，天哪，真可爱，是米老鼠女朋友。

八

暖暖面馆门口，大鱼正要进去，却听里面传来吵架声。他有些诧异,近两年大鱼爸很难得发脾气,多半是甩了摊子走人,或是吵到一半装聋,如此穷追不舍地问,想起来还是记忆里头一回。大鱼摸着墙壁坐下,门口有张沙发专给等位客人。不知怎么,他有一种腾出空位还没轮到自己的心情,眼看别人点菜上菜吃得可欢。他们一家三口,二三十年,都活在这种心情里。

爸妈来回吵几个回合,大鱼总算听明白。大鱼妈跟店里一客人做投资,不仅投了全部积蓄,甚至还借一些贷款,要是大鱼爸拿出他那部分私房钱,按现在收益很快能凑够本金,盘下五金店店铺。

大鱼妈嗓子被开水烫过一般,她说,这么好的地段,再不买就来不及了。大鱼爸说,你傻啊,利润高到这种地步,摆明是骗子。大鱼妈一口咬死说,瞎讲八讲,不可能的事好吧。大鱼爸连叹几声气,他是真搞不懂她,有时那样算计一点亏不肯吃,有时又傻得厉害,甘愿躺砧板上任人去宰,如果不是骗术太高明,便是她动了别的念头?大鱼爸心一沉。

然而大鱼妈却是有苦难言,不是不坦白,纯粹这几天贾老板突然失联。面店不来,手机不开,她坚信他只是临时有事。等他脱开身,她也凑够钱,一切便顺了轨道,只管拼劲地向前驶。可如今要是一口气没屏住,交代贾老板资料,大鱼爸必定打电话追去。万一还是无法联系,岂不坐实他是个骗子,那样大鱼爸要报警,她就怎么都拦不住了。

一个要问一个不说,一个要钱一个不给,这种对话在旁人听来，定是无聊至极。然而谁的生命不是如此，推石头上去又见它滚落。大鱼也是陷进去才知，这沙发坐的人太多，到处被剥皮。因为等得不耐烦，或是不把别人的东西当东西，上年纪的家具便格外遭罪。

恍惚间，看到家门口卖白兰花的阿婆，摆摊摆到这条巷子里，挑一个昏黄路灯坐下，苍蝇嗡嗡嗡绕不停。大鱼想，如果阿婆坐这沙发会是何种感受，是阿婆心疼沙发，还是沙发心疼阿婆。想到最后也没想明白，他觉得他和他们，根本没区别。

大鱼爸没问到名字，大鱼妈也没拿到钱，苍蝇都有停歇时候，人却没有。大鱼爸终是忍不住了，冷不丁问，你爱他吧？大鱼妈说，啥？大鱼爸问，你有多爱他？大鱼妈怔住，原来兜来兜去他只是为问出这一句。她爱贾老板吧？这个问题她从没想过，突然被逼迫想，也模模糊糊很拿不准。

贾老板自然是好的，所谓好，不过是体面，懂得讨欢心，说出去长脸的男人。可真要走到鸡毛蒜皮里去，未必比得上大鱼爸。跟贾老板，能想到那种情形，他留她一个人顾家，自己存了情话，到外头说给别的女人，回来了嫌她蓬头垢面，和男邻居多讲几句都得挨耳光，但还是要忍，要笑眯眯，当免费保姆全身伺候，必要时刻留给儿子的家产也得牺牲，以帮他继续舒服老爷生活。大鱼妈真想反驳，我有病吧，我离婚改嫁，当牛做马，样样好处都没，我爱他我有病吧。

其实讲起来，贾老板模样，大鱼妈已记不太清。唯一想起的却是他的装扮、他的礼物,很身外的东西。这时惊奇发现,贾老板到底是怎样的人已不重要,重要的是,和他看对眼的不是五十岁的她,而是二十岁的她。那样的她有大把时光可以浪费,各式男人随便挑选,盼贾老板来吃面,仅仅为忘自己是妻子、是母亲。可要她和别人解释,说是贾老板也好,甄老板也好,他们在各自领域有所成绩,我跟任何一个调情不为别的,就为那点幻觉,为这片刻摆脱糟心生活,这种话讲出去有人信吗?贾老板是不是爱情骗子,本是无所谓的事,可如果承认他是,等于承认自己的美貌过期,所以当大鱼爸再三追问,大鱼妈都是同一个答案,不是骗子,不爱他。

此刻大鱼坐店外沙发,帮白兰花阿婆数数,来往多少路人有闲心蹲下买花。多也不多,少也不少,这个数,是迷恋过妈妈的人数,还是她被骗过的次数。

最早去健身请不起教练,便看网上教程自己练。练小半年,一个满身腱子肉的大爷终是看不下去,走过来说,小伙子,姿势不对不如不练。往后常想,如果大爷当时不提醒,他这样用错肌肉发错力,还要持续多久,直到体态不可挽回吗?也想,如果大鱼妈年轻时,有好心人提醒,纠一纠歪门邪道,如今会不会是另一番风景?可那时她身边的人也不是不好心,纯粹见识浅,他们一定拼命鼓励,小姑娘出落得这么漂亮,要好好用,精心用,不要浪费晓得吧。

暖暖面馆内局面仍是僵持,大鱼妈手握水杯,啪嗒开啪嗒关。

大鱼爸烦躁踱步,一腔怒火无处发泄,忽然惊醒,停下问,是那个人吧?小水妈说,啥人?大鱼爸说,买这家面馆的人。小水妈手一松,水杯坠下去一路滚,滚到大门口。大鱼捡起水杯,摸米老鼠女友脸蛋,数次掉漆等于毁容。

大鱼爸说,他回来找你,旧情复燃了?大鱼妈说,放你的狗臭屁,根本不是一个人。大鱼爸说,你爱哪个,现在的,过去的,还是两个都爱?大鱼妈说,乱话三千脑子有病。大鱼爸说,当年为啥跳楼?大鱼妈指甲嵌肉说,讲好老黄历不提。大鱼爸说,他不要你了,嫌你了,你伤透心就要去寻死了。大鱼妈说,老棺材讲良心吧,我为这个家付出多少,你算过吧,啊,你算过吧。

一讲为这个家,大鱼爸便是瓮中之鳖。她当年,百里挑一地看中他,脾气好,工作强,回回模范,谁知结婚没几年惨遭下岗潮。既然是模范,带头劳动也要带头下岗。风水轮流转,当年不如大鱼爸的,现今倒混得风生水起。大鱼妈觉得这婚姻整个是骗局,而骗她的人,自己也被命运骗了。

她不是什么好人,她知道。有几次大鱼爸戒酒,差点就成功了,她不但不鼓励还总嘲讽说,你这种瘪三要能戒掉,太阳西边出来了。最后如她所愿,他始终没成。有时问自己,如果他又变回当年被时代哄上天的好小伙,她真会开心?那样的话,她过剩的爱欲、道德的瑕疵、不甘平庸的欲望,又该借什么幌子推到哪个人头上?

大鱼耳朵听,手里无意识剥烂皮沙发。他童年时固执以为,妈妈是因自己不懂事、学校打架，所以才气到跳楼。往后快乐对他而言，是一种沉重的负担，只有妈妈快乐他才配得上快乐。等于一个人得绝症，反过头还要安慰没得绝症的人。

大学上两年才知，大鱼妈当年跳楼关乎出轨，至于具体原因又各有各的讲法。大鱼爸窝囊，坚持情伤一说。大鱼妈自己讲，完全因生计，全身心为家奉献还被骂街，受不了这耻辱跳楼的。大鱼倒宁愿相信妈妈和那老板相爱，为孩子放弃私奔，之后又思念过度才跳的。这样看，她一生那么苦，总还有点甜可以回味。

白兰花阿婆安定坐着，无人光顾她便一动不动。可时光并不静止，花和人一样的德性，眨眼工夫就蔫掉。说来情人节那晚，大鱼看到妈妈跳舞了。小时候他也这样站角落，看她戴白兰花手串，整个人美下去。其实她不必偷摸，一个女人老了，还有美的权利。

但也暗中庆幸，如果他看她跳，又被她看到，俩人不知以怎样的面目相对。说是为这个家，可看似遭罪，她其实从中也得到不少乐趣吧？所以当时出轨并非迫不得已，而是本性如此？她这些年的收敛也是假的，不过伪装太好伺机而动？大鱼此刻又觉，这沙发等于大鱼爸，长满癞疮，忠心耿耿守候一旁。

只听面馆里大鱼爸声音，依旧穷追不舍。大鱼爸说，到底爱哪一个讲讲清爽。大鱼妈说，你看我会理你吧。大鱼爸说，你讲清爽，我心里也有个数，他们怎样对你，我去学去请教。大鱼妈说，脑子真被门夹了。大鱼爸说，我认真的，讲讲呀哪一个，还是除此之外另有他人。大鱼妈闭牢眼，一副快昏过去模样。大鱼爸越说越急，讲呀，到底爱他们啥，讲出来让我听，我输心服口服，就支持你出去寻欢乐轧姘头。大鱼妈闭眼，根本不理。大鱼爸说，再不讲这日子还怎么过，再不讲，我们明天就去离婚。

　　大鱼妈突然睁眼，腾地起身，嗓子嘭嘭嘭冒烟说，两个男人我都欢喜，路上随便碰到一个男人，走过来一个男人，我也欢喜，忍不住想发骚想贴上去，你开心了吧。许久沉默，大鱼爸平静说，当时站天台，你怎么不跳下去。大鱼妈冷笑一声说，后悔救我了是吧。大鱼爸说，我应该把你推下去。大鱼妈说，好啊，要死一起死，今天也来得及，烧炭自杀晓得吧，木炭、铁盆，后厨应有尽有，我马上就把门窗关好，现在就去。她一面说，一面走向店门口。还没几步，砰地一声大鱼走进，爸妈惊呆。一家三口，从未这样长久对峙。

九

　　小水坐大鱼家，他给过她钥匙，她却是头一次他不在家时进去。不喜欢窥探别人隐私，但今晚，本能想被他的气味包围。藏进大鱼白短袖，回忆涌上来。很多小事当时觉得没什么，现在想来却细思极恐。比如看电影，如果旁边坐一对情侣，他必遵守男人挨男人、女人挨女人的原则。大鱼常说，和普通朋友玩不要紧，可又每半小时发微信。也不问在干嘛，什么时候结束，有时一条新闻，有时一个表情。她知道，他想看她多久回复，有多沉浸外面的快乐，是不是心里时刻装着他。

和别人讨论弑父弑母，讲这类社会奇闻，大鱼总能站每个人角度，支持杀人者也是受害者的观点。有次聚会，谈及九八年下岗潮，他眉飞色舞说，东北有些地方，老公骑一辆破自行车，载老婆到歌厅做皮肉生意，一堆老爷们凑门口抽烟，到午夜再驮老婆回家。当时在座的都是富养二代，纷纷惊呆表情。大鱼笑笑说，为了生存，此类事再正常不过。

还有那回吃虾。大鱼剥一整盘基围虾，摆她面前说，没事，从小给我妈剥习惯了。小水当时太感动，如今细品却不由问自己，对一个人好就真等于爱她？如果他对她全方位好，那只要有矛盾，错的人必然是她？如果她和他一样，也克制不住付出，那他就不会迷恋她？恰恰因为她漂亮，她多情，她有他妈妈种种身影，所以他才爱她到无法自拔？但事实上，这深爱里藏着更深的恨，他有杀妈妈的冲动，就有杀女友的冲动？

小水本该惊恐的，朝夕相伴的人，长期隐忍的人，怀那么多怨念，哪天真起了杀心也很难说。可她没有。知道他破碎的童年，她只有更心痛。因她自己也是千疮百孔，长大后多少爱都填不满。他们吵架，不是吵两个人的问题，是吵彼此的童年，吵那么多日积月累的创伤。要她这种时候离开，自保，她良心上能过去吗？

此时发现大鱼床头摆一盆白兰花,种得郁郁葱葱花香四溢。这是他讲过,唯一和大鱼妈有关之事。大鱼说,我香水过敏,我妈又爱喷香水,为照顾彼此需求,我总看她拿肥皂端矮凳,到天台洗衣,再苦,再累,喷过香水的衣服,都不进家门。小水说,阿姨疼你。大鱼说,奇怪吧,我也容易花粉过敏,唯独我妈最爱的白兰花,从小闻到大啥事没有。

　　此刻小水凑鼻闻花香,深呼吸,整个人立马通畅。无意间瞄到底层抽屉,藏一带锁皮盒,放隐秘位置,显然不想让人看到。但又感觉常拿出来用,所以藏得马虎,甚至锁还是半开。按平常小水绝不会乱翻,可今天忍不住了,小心打开。

　　迎面先是一笔记本,纸张泛黄,摩挲太多遍边角卷起来。读几行内容熟悉,一看便是《隐形备胎》小说,可一字一句手抄,大鱼对此文情感是深到何种地步。放笔记再往下看,小水瞬间冻结。一张大二那年话剧总决赛门票,一本《枕头人》话剧剧本,一沓小水演出舞台剧照。她猛然醒悟,多年前她在台上演戏时,他就以观众身份认识她了。

　　白兰花飘香。世间总有那样的人,活着是为了让别人闻香,自己何种扭曲何种糟蹋,都很无所谓。小水这样想大鱼时,大鱼妈闻着同种花香也意识到这点。记得儿子小时候,接他放学,一堆男孩聚小卖部争买玩具。她问他,要吗?他干脆摇头说不要。没几天却发现他坐墙角,盯伙伴手里玩具,盯到太阳落山都不起身。面对一个太懂事的孩子,当妈的,不知该说有幸还是不幸。

当年跳楼，是真要跳下去了，可一想儿子，想他因为穷被欺负，想他孤零零没吃穿，想他爸又豁不出面子地挣钱，那样一来，她怎么都迈不开腿了。一面决定，所有的脏活都她来干好了，一面又悟，一个人为别人活，其实更能活得下去。

要说盘店扩张，出于嫉妒，出于买香水的虚荣，都是嘴上玩笑讲讲罢了。大鱼妈心里真正盘算的，还是攒钱给儿子买房，办风光婚礼。然而她也是嘴硬，做不到的事，不愿再去讲为什么而做。后来如何收场不大记得了，总之脸彻底撕破，人反倒安静。

她把父子俩赶走，一个人留下收拾店铺。小姐妹送的水杯不能再喝，浪漫少女心，反正她这辈子用不到。擦了灰收起来，开柜台底层抽屉，正丢进去，却发现有一个礼物盒，顶粉嫩的颜色。

店里新来打工妹，想必是她男友送的，眼光好很会挑。可随便塞柜台什么意思，刺激人叫人眼红吧。恼火之下，大鱼妈索性拆开，只见盒里一大瓶香水，是她看中的那款香奈儿，卡片上写"情人节快乐"。泪珠啪嗒啪嗒坠下去，那么漂亮的钢笔字，不是大鱼爸字迹，还能是谁的。才记起情人节当天，他匆匆来店里说要找一本书，原来是来送礼物的。她想他除了看书喝酒，也没别的花钱癖好，袜子破了洞还穿，那一点点书钱酒钱，她还怪他。

回家路上经过香奈儿橱窗，华灯照射下让人心醉的场面。看着看着，大鱼妈忽然惊醒，从包里掏出两瓶香水摆一起看，果然贾老板送最小瓶，大鱼爸送最大瓶。照理说，这么小一瓶不会单卖，那必然是套装里拆下来，分着送了好几个女人。如此精明，

213

难怪一骗一个准。她心痛，为大鱼爸货真价实的爱。经过垃圾桶，把贾老板香水一掼，只听玻璃瓶哐当响，吝啬人做慷慨事，心里多少爽快。

过几天一家三口吃早饭，阳光铺盘子里可以拌饭吃。那一夜风雨无人再提，谁也离不开谁，只好集体失忆。或是说，只有摧毁过彼此，才知自身确实安全。开饭前大鱼妈蹲下，抽出垫桌脚历史书，换专门毛线保护套。吃了几口一只苍蝇溜进，大鱼爸眼疾手快，顺手拿历史书一把拍死在墙上。大鱼妈白眼，拿过书，抽了纸巾擦净。所有动作行云流水，一气呵成，大鱼全程喝粥全程不响。

往后，大鱼爸也常去面馆帮忙。自从贾老板跑路，夫妻关系反倒紧密。有回清晨大鱼妈缺食材，大鱼爸便拎篮子，屁颠屁颠去附近菜场，水产摊前却听到关于大鱼妈的闲话。买鱼男人一身邋遢样，顶啤酒肚，趿塑料拖鞋，大背头梳得油光锃亮。

背头男说，暖暖面馆老板娘，你也晓得。小贩说，屁话，我能不晓得吧，每天多少买鱼的，没人比她更抠。背头男说，不仅抠，心眼还坏，黄鳝面根本不干净，我每次吃每次拉肚皮。小贩惊讶说，看不出来，死女人赚钞票到这种地步。背头男说，那家面馆不好去吃，吃了就倒霉。小贩说，是啊是啊，来一个客人我就讲一遍，暖暖面馆不要去吃，不好去吃。背头男应声笑笑，小贩忽然猥琐低声说，咋样，这两天收益是不是又涨了。

可没等背头男回话，大鱼爸已拿盆里水管，径直往俩人身上冲。小贩嗷嗷叫说,大贾,大贾,这人谁啊。被叫大贾的背头男说,不认识啊,哪来的瘪三,你谁啊。小贩被冲到睁不开眼,嘴里只一个劲喊,大贾,大贾,听起来等于是,打假,打假。

与此同时大鱼妈看钟,想大鱼爸怎么还不回来。刚要电话,却听对面私房菜馆传来隐约尖叫声。偷溜过去扒门缝看,没想到老板娘背后的当官男人,此时正甩她耳光,踹她身体。平日看当官男人文质彬彬,一回家,却露出这种穷凶极恶样子。吓人,太吓人,大鱼妈倒吸凉气。也忽然明白这么多年,她无数次要走却没走成,全然因为儿子吧,倒也不是,天底下还有啥人能像大鱼爸,一声不吭容忍自己呢。

现在他送的香水,满当当一大瓶摆梳妆柜正中央。大鱼有次拿起来看,皱眉说,妈,你这香水假的,香奈儿名字拼错,你知道吧。大鱼妈淡淡说,嗯。大鱼说,又贪便宜,山寨货伤身,这点小钱就别省了。大鱼妈拿过香水放原位说,你爸送的,他傻,我问他多少钱买的,他讲限量款,商场一直缺货,到处去淘,好不容易淘到手,比原价只贵两百块,便宜吧。

后来一晚老夫老妻坐天台赏月,都说别家月亮好,但别家没有信得过的人。大鱼妈难得讲心里话,她说,我知道,我这人就爱骗自己。大鱼爸说,因为这点,咱家才能撑到现在。大鱼妈说,啥意思我不懂。大鱼爸说,没事,我懂就好。

俩人继续吃西瓜,晚风吹吹花香飘飘。不知怎,大鱼妈想到那句话,在这个世界好人寸步难行。但也许,因他寸步难行,才配她横行霸道。有一刹那俩人目光交错了，不能说是爱的目光，可却是信得过的。然而，大鱼爸不可能忘掉，这个家曾靠过这女人的皮肉，大鱼妈也不得不承认，这天下顶好的男人有过杀人念头。但不好说的，再亲密关系，也有说不出口的话，他们还要维持这真真假假的婚姻，直到死。

大鱼在香水店试香，不停打喷嚏，却不甘心，想找一款白兰花味道送给小水。终是失败，无法复原自然感觉。等下次约会，他到阿婆处买白兰花手串，一见面便仔细掏出来，欢喜戴她手上。殊不知，小水也买一模一样花串，见他做同样默契动作，便背过手去，偷摘下原本那串。终于，她找到最适合她的香。

Chapter 6：生日宴

一

近来，大鱼总觉有人跟踪他。去停车场，拐角藏黑黢黢身影。深夜加班，隐约听脚步声趴后背。走到哪，暗中仿佛都有眼睛窥视。有时和小水在路上，他猛一回头左右张望，小水惊吓说，做啥？大鱼苦笑。小水说，最近工作压力大？大鱼苦笑。小水说，各行各业都不好，到处裁员。大鱼苦笑。小水说，你担心啥，你这么能干。除了苦笑，大鱼还能摆出哪种笑呢？

经济糟糕，竞争激烈，一个看似奢美的世界，扒开来却蝼蚁哀嚎。大鱼明白，小水真正不担心的人是她自己，家底厚，大可随便任性，一份不上不下的工作，丢了也就丢了。大鱼不一样，他是从底层爬上来的人，又不肯别人帮忙，问要不要紧，他也只报喜不报忧。等于当年小水爸撞见小水妈，铁了心地，要当一个顶天立地的人。

小水爸五十岁生日这天,大鱼第二次见他,以公司合作的名义。小水爸不知他是女儿男友,只当他家境平庸年轻有为。然而有为的人太多,这小子一路苦上来,想必也会一路苦下去。大鱼清楚亮明身份的好处,但他不愿把关系往复杂了搞,好像他爱小水,爱得当她一口井,专给人取水用的。大鱼从来只靠自己,因为太靠自己,便坚信弱肉强食。

这天格外闷热,像把人按地上捂住嘴,不给喘气似的。大鱼准时到小水爸公司,满头流汗,却被告知水总还要晚些到,便安心坐贵宾室等。喝茶时想起头一回来这,喝的也是这泡茶。大鱼不懂,但本能有种名贵感,连带这贵宾室的一切,顶软的小牛皮,顶硬的大理石,极简的设计风,极贵的设计费。不由想人和人的差距大到这种地步。两个男人同样下岗潮,同样社会起点,一个太成功,恨不得凡是年轻人都要认他作爸爸;一个太失败,唯一亲生儿子也耻于承认这血缘。

大鱼想起有一回,他们全家看芭蕾。这意外本不会发生,起源于某个深夜,大鱼大学毕业答辩回家,见大鱼妈钉电视前不动,细看,原来是大剧院芭蕾舞广告。他不知她还有这趣味,也许是童年的梦,也许仅仅因为美,看见美时,误以为自己也很美。总之大鱼花打工钱,咬牙买了三张票,价位中等偏上,放剧院便是池座中间位。

头次进场,出于生怕露怯的心理,三人早早黏座位上。可没想临近拉幕,场子才坐一半,大鱼妈见前排有空位便想挪过去,大鱼爸规矩人,觉得花什么钱享什么乐,乱换位置不讲公平。大鱼妈低声骂他,又不是做啥伤天害理的事,每次紧要关头,做出道德模范样子,做给啥人看,便宜不占白不占,昏头吧。大鱼两头倒,但最终拗不过大鱼妈的嗓子,三人弯腰做贼般挪到前头。

却没想演了几分钟,屁股还没坐热,突然有人敲大鱼的肩,喂,这是我们的位置。一下惊醒,三人不得不起身,跨过一条条大腿,多少白眼,复杂人味中摸索,才重回原位。可这三张也算肉疼的票,到底是毁了。花钱多的人,看不得花钱少的人白抢好位置;花钱少的人,又觉好位置不抢实属浪费。似乎来剧院不为享受,专为折磨。

大鱼心情糟透,他本该拦住大鱼妈,或是看剧前就做好教育。但不能否认占便宜的念头,仿佛大鱼妈带了头,自己就没错一样。说白了还是恨挣钱不够,不然索性头等舱,回回头等舱。再进一步,如果常有看剧习惯,也不会因为难得一次而格外争取了。

回家路上,大鱼妈咒那迟到之人,白纸黑字七点半,他们这样没时间观念,是不尊重演员,这种人配看演出吧。絮叨一路,她的道德突然高尚起来。大鱼此刻反倒庆幸这一遭,如果这次让她得逞,便不是占一次便宜的事,而是下次不占反倒觉得吃亏。本来便宜只是意外惊喜,现在事事都要惊喜,可能吧?所谓吃亏是福。可眼神瞄到大鱼爸时又动摇了,大鱼爸吃亏到头,算是有福之人吗?大鱼想不通。

后来大鱼也陪小水去剧院，前排有没有空位，廉价票是不是挡视线，她丝毫不计较。从坐下来那一刻，已经沉到故事里去。不管旁人私语、走动、纷争，她只看她想看的世界。一个真把钱当身外之物的人，容易活到深刻里头。和她在一起时，大鱼只觉无趣的事有趣起来，之前的人生仿佛荒废。也是见过水总，大鱼才知小水有那样的爸爸，所作所为便都合理起来，她永远不会明白，他们一家去看芭蕾的心情。即使同理心强，不过隔着门看热闹。

大鱼何尝不知算计钱的，最终还是被钱算计；单靠一种逻辑过活的，又被这逻辑困住一生。但他不能怪爸妈。错不要紧，人都犯错。表面的错不值一提，然而要错到骨子里，由一个错挖出无数错，由无数错挖出整条命都错，那等于人也白活。告诉一个人白活，和杀了他就没什么两样。大鱼不忍心，索性让他们一直错下去好了。有时也吓出冷汗，等迈入老年他的孩子看他，也会有类似心理吧。

为了不被可怜，大鱼下决心要做强者。他不恨自己投胎不好，小水爸白手起家，他也可以。喝完茶收到大鱼妈微信，她说，今天你爸生日，晚上回家吃饭吗？大鱼发愣，知道他今天五十岁，年过半百的人了。恰逢此时秘书唤他，于先生，水总请您到办公室。

二

五十岁生日这天，大鱼爸照例起早，埋进厨房做早餐。面是店里剩下的，小菜是客人不要的，唯有一颗流心荷包蛋扑盘子里，寸寸新鲜。大鱼妈喜欢这将破未破的口感，筷子一戳蛋黄喷出来，有种侵犯之美。她很希望自己的美，侵犯到别人。但也清楚，要说这流心荷包蛋，还是大鱼爸做的最合她心意。

砧板上还供一小块猪肉。大鱼爸每次买菜，都要卖肉小贩额外切这一块。小贩笑说，这么小，都不够你吃两口。大鱼爸脸上升起慈祥笑意，他说，我家小龟吃足够了。猪肉剁很碎，一点点杂质都挑出来。他就这德性，爱一个人恨不得把自己掏空。动物也不例外，或是说在他眼里，动物比人更像人。

一瞧见大鱼爸，水缸里小龟便亢奋。准确讲不能再称小龟，在老于家呆这么多年，它已是一件陈年家具、珍贵古董。可大鱼爸还是亲昵，左一个小龟右一个小龟，仿佛这样唤，他便可以永远宠它。

想起那年刚带回家，它胆子小，要等人离开才肯进食。现在倒好，嚣张过头，吃完了还探脑袋要。放地上总追大鱼爸跑，他一换新衣服，它不认识了又闪电般缩头，过一会恢复好视力，没心没肺黏他。他们时常晒太阳，听音乐，吹夜风，小龟趴大鱼爸脚背上，用脑袋蹭裤腿。这天大鱼爸忽然鼻酸，看它说，小龟蹭我，是在祝我生日快乐吧。

最早买小龟纯当工具，那时大鱼年纪小，但对大鱼爸已有反叛心理。挑一只乌龟既是陪伴也是讨好，何况乌龟不比猫狗费心思。谁知带回家后，大鱼正眼不瞧，大鱼爸知他是怄气，便自顾自逗起小龟，装出未曾有的高涨兴致。果然没几天大鱼把小龟放桌上，要它陪自己写作业。大鱼爸开心得合不拢嘴，一个人接受礼物，便等于接受送礼之人。

不过没想到，大鱼妈跟着儿子一起喜欢上小龟。倒不是不好，而是喜欢这事突然也讲起资格。每当大鱼摸龟壳，大鱼妈立马凑上前，一面问小龟到新家开心吧，一面和儿子商量小龟新一周食谱。他们自己一日三餐吃面条，却想法子给一只小畜生顿顿换口味。

没错，当时大鱼爸在心里就叫它小畜生。他弄不明白，明明买回来，是拿它当粘合剂用的。现在粘是粘上了，可大鱼爸自己倒被排除在外。他根本怀疑这是一个天大的阴谋，大鱼妈想离婚改嫁，大鱼想换厉害后爸，但出于道德俩人无法明说，所以用爱乌龟的方式暗示大鱼爸，男人做到你这种地步，还有脸活吗？知趣的话就早点死开，死得越远越好。

大鱼爸万万没想到，他会嫉妒一只乌龟。这人一嫉妒，便有杀生念头。他在脑海里已杀小龟成千上万回，可真到举刀那一步又手软。最终某个凌晨，大鱼爸放走小龟。第二天大鱼醒来，把家翻了个底朝空也没找到，破纪录地嚎啕大哭，以为自己没关好窗户，让小龟爬走。窗外无栏无杆的，它定是掉下去摔死了。然而伸出头去，路上空得响出回声。大鱼妈也哭戚戚念小龟可怜，就是死了，连个埋它的人都没。哭声走出去，邻居以为老于家是真死了人。

大鱼爸说不出的懊恼，然而又不好讲真话，只能铆足劲说，哭啥，出去找不就行了，放心，我肯定找回来。说完门一掼，拔腿就走。大鱼喊等等，冲到楼梯口，一件夹克稳当当披他身上。外面湿着雾，大鱼爸只穿白背心，洗太多次领口都破了洞。他忽然哽咽，印象中这还是儿子第一次关心自己。大鱼妈也热切说，煮好姜汤等你回来，注意安全晓得吧。因为大鱼爸决绝的热心，母子都为之前冷落他而内疚，如此一来，他的罪恶感更深了。只想逃离，也不知去哪找，找不到又怎么办。结果刚到楼下，就见小龟趴邻居家地垫，憨憨望他，大鱼爸眼泪一下子涌出来。

因为这事，三人关系好过一阵。可大鱼长太快，新鲜劲一过便觉小龟无趣起来，连带着大鱼妈，也逐渐视它为空气。大鱼爸惊奇，人喜新厌旧到这种地步。他们没爱心，他只好弥补他们的爱心。最开始还是演给人看，一是努力拽回曾经四口的温馨；二是提醒这对母子，做人残忍吧，怎么对小龟等于怎么对大鱼爸。

然而没用，任由他宠溺、凌辱、漠视，他们都无动于衷。大鱼爸迷惑了。仿佛他们从未爱过，就连那个小龟失踪的清晨，也像他编出来的瞎话。但也许这是另一种暗示？他们放弃换男人念头，于是小龟失效了？只能如此自我安慰。大鱼爸痛心，母子俩永远站一边与他敌对。

本想扔了小龟，但养着养着又养出感情。因为过去起过杀心，更心怀愧疚，到后来小龟竟比家人还像家人。有次大鱼爸放小龟在家散步，下班再回来时真找不见了。大鱼妈不耐烦说，对一个乌龟这么上心，你吃饱了撑的。大鱼不痛不痒说，它要回来总会回来，不要回来，你强求也没用。大鱼爸不理他们，到处去寻。几天没胃口，人瘦得前胸贴后背，脑子倒格外清醒。

怀疑是大鱼妈放走它，因为在小龟身上，他花太多时间。也怀疑是大鱼弄死它，因为儿子恨自己，既杀不了他，杀他的心爱之物也是好的。再过几日小龟突然大摇大摆出现，大鱼爸一见下意识要打。刚出手又后悔，抱起来，恨到头爱到头，还是忍不住惯它。等于偷玩被拐跑的孩子，终于回家了。

只是回望一切时，大鱼爸也被自己的所作所为惊吓，甚至讲不清如果房子着火，他是第一个救儿子、老婆，还是小龟。年数越久，大鱼爸移情心越重。一个宠物，既不像小狗那样杂耍，也不像鹦鹉那样学舌，叫都不会叫一声，太没用。也因此开始谅解母子俩的冷漠。失业后，他没一份友情能兑换成资源，没一点权力能保家人周全，掏不出红包叫老师多关照大鱼，走不动关系给大鱼妈找最好医生。到处碰壁，到处此路不通，有时甚至觉得在地上爬的不是小龟，而是他自己。

可动物好就好在毫无思想。看小龟被阳光轻抚，大鱼爸到底羡慕，长叹一口气说，小龟，今天我生日，你猜儿子晚上会不会来？小龟扭头，看不懂是肯定还是否定，他只知道从小龟来家第一天，他就要讨儿子欢心。可这么多年过去，他从未成功。

三

小水爸晨泳已一个月。很稀罕的，他年轻时也未这般勤奋。年老了，常应酬到凌晨，安眠药管不住睡眠，但还是一大早醒，醒了无法忍受这安静，便要去游泳。别人只当水总功成名就，还一个劲往上攀，可见财富不是目的，真冲着星辰大海去的。优秀教科书榜样，随便一个作文题都能套，高考生要托这种人的福。

五十岁生日也不例外，到他这种年纪，无所谓生日，甚至要躲着走，怕一撞见便知生命在倒数。也不是怕倒数，是往未来看到过去造的孽，往过去看到未来结的果。总有投胎重来的贪念。可他现在的命，多少人羡慕都羡慕不来。小水爸苦笑，人总是只知其一不知其二。不过羡慕也好，羡慕的人有盼头，日子再苦，有盼头就能活下去。不像他，精神不知被困何处，肉体却在泳池沉溺。

下水前看手机，小水妈发来御龙楼包厢号，再三问他，今晚庆生没变动吧？她不是没来由担心。他向来事业为重，事业又靠人，靠形势，哪一个都风云莫测。小水爸回她，保证没变动。她才安下心来睡回笼觉。小水爸的保证很诚心，往年，他没一个生日和家人过。今年突然良心发现，推掉所有局只为小水母女。不像她们给他惊喜，更像他为她们服务。

正要放手机却弹出一条新闻，手太快，标题没读完就点进去。奇怪，平时大数据很会读心，推送的无外乎财经、政治、军事，今天倒好，一条社会奇闻。说是警方接到举报，某小黑屋发现大量被虐乌龟，有被踩的，有烫伤的，还有龟壳被螺丝刀插穿。小水爸烫伤般扔手机，这社会什么人都有，见怪不怪，只要自己的世界祥和就好。一个转身他扎进水里。

当年在厂里他也很爱游泳，但时代如衣，有人穿得进，有人穿不进。小水爸年轻，还没学会忽胖忽瘦的本领。很膈应，时代处处为难他。比方讲，现在的创业过去叫投机，现在的社畜过去叫劳模，现在的做人时尚过去叫道德败坏。小水爸痞气重，没人愿把女儿嫁给没未来的人。

很快下岗潮来了，换句话，小水爸的时代来了。辞职，下海，更有顺当理由地玩。尤其爱玩人心，软硬兼施，用尽手段地要人听话。公事难搞，吃个饭喝个酒，在座的便都成他的兄弟，兄弟间的公事便是台面下的私事。但凡有功德他必推给大佬，大佬没出力还白得便宜，自然欠了人情。陪领导逛奢侈品，结账时人只付一领带钱，小水爸不仅阔绰还记性好，领导看中什么，精细到颜色尺寸他都门清。到处低头哈腰争当弱者，弱着弱着又强起来，大家惊叹不已。往后和外国朋友合作，介绍起小水爸都说，来中国就要学太极，学太极吧，一定要跟水总学。

然而他也是花很长时间，才洗掉身上那股土气。找了人纠正普通话，说一个脏字便甩自己耳光，名牌不知哪好但要配齐，上等人对什么感兴趣通通去学。好不容易习惯起文雅生活，圈子里的人又返璞归真。他们去夜总会，喝酒不过瘾，叫小姐不过瘾，非要扒光衣服回归野蛮原始人。有时玩游戏，用最下流的字眼最羞辱的手法，钱不当钱人不当人，痛快极了。

小水爸不明白，他费这么大劲摆脱出身，结果前进之路反而是回头之路？不要紧，小水爸不是哲学家，他不讲道理只讲实干。姓水，自然做人也如水。年纪上去了，时代的衣服愈加合身。要他什么样，立马变什么样，毫无价值观的障碍。到后来他原本的自己逐渐找不见，倒也疑心，他原本有自己吗？

不知怎么，最近失眠严重，身体很累又整夜睁眼。越想睡越睡不着，越睡不着越要用别的事，把这失眠硬生生顶过去。可盘算生意要动脑，一动脑更清醒了。于是任凭心情想哪算哪，这样一来多年前那桩往事，终于在漫漫冬眠后苏醒了。

小水爸不甘心。奢侈的床品，上乘的质感，他不要，非像个瘪三窝在沙发蜷成一团。好笑的，这样倒能熟睡几晚。后来记起来了，当年出差没钱住旅馆时，也是蜷在火车站石凳上。棺材板那种硬，却一觉到天亮。如今的沙发，皮是真的，却太软，陷下去反而腰痛。他第一次发现，便宜货也自有它的好处。然而沙发很快不管用。那天要下属改合同，电脑刚推过去又猛地夺回来。删了浏览记录，检查几遍才放心。当时他到处在网上搜，游泳能治失眠吗，能治抑郁症吗？

自然记得救小水妈那次。一个从来没用的爱好，突然让他当英雄。人总是要去拿手的地方找信心。游了半个多月，恢复好一些。小水爸一面想晚上的生日宴，一面从水里冒出来，很惯性地拿手机。结果刚打开，界面还是虐龟奇闻，每张图都血淋淋，他惊吓地摸脸。伸手一看，才知是水而不是血。手机落下去，望向窗外，暴风骤雨前的平静。

再不能逃避。小水爸终于承认有人死了，魂魄还活着。应酬时敬酒，一整张圆桌都旋转他的脸。文件审不完，想到当年他死活不签字。半夜上厕所，也觉他站镜子里望自己。饭吃不下觉睡不着，人活活瘦下去。好半天小水爸才发现自己颤着手，用水在地砖上写了一个"陈"。

普通的姓，但又没他的死法普通。突然一阵无力，小水爸整个人坠入水去。不挣扎也不高呼，仿佛一切自得其所。恐惧与快感同行，死亡与重生相伴，他觉得真好，他早该这样溺去。可命运总不如愿。很快管理员经过，把他救了上来。

四

对小水爸来说，这是死里逃生的一天，但在别人眼里，他还是太平盛世的好男人。尤其是大鱼，小水爸给女儿那样的生活，他又能给她什么？正事很快办完。但小水爸今日时不时晃神，话说几遍才反应过来。大鱼临走前，小水爸喊住他说，等会有空吧？大鱼一愣。小水爸说，司机请假了，我得出趟远门，当天来回。大鱼想都不想点头，过一会缓神，今天不是他的生日吗？小水说全家难得聚餐，她那么期待，他却跑那么远，回来能赶上吧。直到坐驾驶位大鱼才意识，自己爸爸的生日也赶不上了。不过就算能，他会去吗？他质问自己。

豪车的感觉到底好。说不出哪一种好，非要形容的话，大概是太有尊严，到哪都被高看一眼，即使车里的人并不真有钱。大鱼试图搭话，但从后视镜看小水爸心事重重。一个成功者那样愁苦，大鱼当然能想出无数做生意的麻烦，但若仅仅是精神上的，因为什么都有而无所追求，那只好感慨，富贵病确实奢侈。

车里空气沉闷。大鱼开广播，天气预报说两小时内将有强降雨。看导航，盘山公路后，目的地是农村一户人家。想来路况不会太好，这么贵的车可惜了。主持人的声音并不清凉，播完几桩国际战乱，便聚焦民间奇闻。报道说，近期虐龟一案广受网友关注，警方在连日蹲点后，终于抓到凶手，让人不可思议的是，虐龟者竟是一位拾荒老人，附近居民称，他平日憨厚老实，从不与人冲突。

小水爸打断说，关掉。大鱼突然一吓。小水爸命令说，关掉。天那样热，他却开窗，热浪涌进来。这样空调要坏，大鱼一边心里说，一边关广播。他早上也看到这新闻，或许太习以为常，几乎没放心上，现在细品倒别有滋味。

显然弱者欺负更弱者，凶手只会是那样的人。但这要小水理解，费劲的。前不久他们就因为类似的事，闹了别扭。那回大鱼忙到一天没吃饭，又无故被领导骂。他也是升了职有些气盛忘形，回嘴一句，这又不是我的错。领导猛地拍桌，说你错了你就错了。回办公室细想，最近形势太差人心惶恐，本来被骂就是工作一部分，是自己大意了。而后看表才发现外卖未到，一小时前外卖小哥电话说，抱歉超时了，可以提前点送达吗？大鱼焦头烂额说，点就点吧。结果拖半天，他才紧赶慢赶到楼下。

一见面大鱼瞬间炸了，他说，不是讲马上到，怎么拖这么久！外卖小哥文花臂，弯成大虾说，抱歉，半路车子出了问题。大鱼一看他，便知从小不学好撒谎成精，一气之下说，骗人有意思吗？你是送完一圈最后才给我送的。忽然间外卖小哥虎背熊腰说，兄弟，你这么说就不讲道理了，我电话打了、歉也道了，还要怎样，要不我发你一红包。大鱼厌恶他混不吝的腔调，以为人都爱贪便宜。大鱼爸学校净出这类混混，还没成年就抽烟打架，好好的人生自己毁了去，往后压在底层被榨得精光，怪谁呢？

大鱼不愿争论，一摸包装盒饭菜凉透，当着那人的面扔掉就走。外卖小哥急了，一把拽大鱼说，兄弟你可别投诉。大鱼回头盯他说，把手拿开。他拽更紧说，再投诉一次公司就辞退我了。大鱼强硬说，拿开。俩人正僵持，外卖小哥忽然发狠，凑大鱼耳边说，你要是敢投诉别怪我报复。大鱼说，有种你试试。

眼看俩人打起来，找大鱼的小水撞见此幕，几乎不能相信这就是她心里的好好先生。闯了过去，挡俩人中间说，大鱼你干嘛呢？大鱼一呆。小水说，人家送外卖的不容易，谅解一下。大鱼说，全部状况你有搞清楚吗？小水说，一个大男人心眼这么小，好意思吗？大鱼停手一时语塞。外卖小哥白眼，擦嘴角血渍，跨电动车远去。

之后几天，小水总在不经意间流露一种审视目光。一个人的黑暗被窥见，匆匆忙忙遮好，然而到底迟了。大鱼始终以为自己和小水差不多，上世纪九十年代出生的独生子女，受良好教育，吹开放风潮。家境是有差别，但完全可用努力弥补，迟早有天与她并肩。可直至此事他才问自己，可能吗？

小水是温室花朵，来钱容易便不自主当好人。有几回她在职场上被欺负，倒也不记仇，过了就过了，照样当朋友。可人总习惯想当然，以为自己喜欢的别人也喜欢，自己怎么想的别人也这么想。后来一次，她像委屈自己那般委屈别人，想着没什么大不了。但多数人穷养长大，到了锱铢必较的地步，便这样结下仇来。往后被捅一刀，她还想不通，平日她那么让着别人的。

很多次大鱼想摊牌，与她谈谈外卖小哥一事。不是非要争个对错，而是如果她一直活在她的世界，觉得一切手到擒来，所有人都该优雅相待，背后都有富足家庭支撑，那他要怎么解释他的童年，又如何一步步受尽耻辱，爬到今天这种位置？她从小交涉的朋友，有教养、讲道理，为利益毁名声是顶不划算的买卖。他不一样，他打交道的，是会算计、会背叛、会不惜一切也要内斗之人。他们的名声本不值钱，要能卖高兴还来不及。因为她自己好，便总把人往好了想。

有时，大鱼倒希望生活给个教训，把小水一棒子打醒。人就这样，道理说死都没用，非要自己闯祸吃亏才肯服输。况且教训越早越好，起码还有补救机会。人到中年再被打醒？太晚了。可能一辈子都懵在原地了。

无数次，小水表现出对他过往的兴趣，可真讲出来，她又该用什么心态去看他？因身世悲惨，她要一辈子可怜他？因手段不择，她不得不时刻防备他？扒这世上最肮脏的地方给她看，他既兴奋又心痛。大鱼清楚小水爸的奋斗，也不会干净到哪去。太干净的奋斗，是无结果的奋斗，是大鱼爸的奋斗。小水爸绝不会讲，成功的关键是不要抵触肮脏，甚至成为肮脏，然而这些他会告诉女儿吧？想来想去大鱼放弃。既然是男人，就该像小水爸对小水那样，里一套外一套，不为别的，仅仅是保护。

当然，看多名利场的你来我往，大鱼也会想时代变了。现在的好放过去是坏，现在的坏放过去是好。人们可用无数版本形容同一个行为，语言终究是语言，刮点风就走去反方向，到手的好处却是货真价值的。如果小水能悟到这点，那在新时代版本里，大鱼便是顶好的好人。

等红灯间隙，小水爸额头冒汗，大鱼在后视镜里敏锐捕捉，随即旋了按钮调低空调温度。小水爸察觉，不经意点头。从小，大鱼就很懂在细节上做文章，长大了，这点擅长只会更派用场。然而一个红灯过去，他马上厌恶起自己，一种穷人才要摆阔富人尽可吝啬的感觉。虽说小水也细心，但她的细心源于体谅。而他的细心，是体谅还是讨好，他自己也不能分清。

随即明白，或许不愿和小水深谈，不为别的，仅仅不敢承认这种厌恶，又怕对自己的厌恶转化成对她的厌恶。小水本就藏家里，隔玻璃罩看世界，看了还不甘心，非要跳出来主持正义。她对流浪汉的关心，对弱势者的怜悯，她学一切关于贫富、阶级、剥削的知识，只因为优越。一个优越的人，大可观察不相干的事，痛了也不要紧，为别人的痛而痛，总归有表演的成分。卸了妆睡一觉，很快可忘。

她一面站空中花园，上几个台阶即可享受风景，一面看他从最底层厮杀，徒手攀岩时不得不踹人向下，于是，她便本能地瞧不起。可大鱼不禁要问了，她以为她干净，花的不还是小水爸的钱？她爸的钱，又是如何榨取层层流通，洗白好几轮也洗不净原罪的呢？他爱她。但这爱并不能抵消他对她的恨。

五

大鱼爸盼儿子来，倒不是盼他给自己过生日，或是送什么礼

235

物。他过去没那样的福分，今后也不会有。他没用，还拖累，剩一身的傲气不知显摆给谁看。儿子可以说自己没爸爸，但到底，爸爸不能当自己没儿子。

近日听大鱼妈说，他谈了女朋友。关于大鱼，大鱼爸得到的向来是二手资料。大鱼妈仿佛新闻播报员，想报就报，不想报便不报，因为阴晴不定，又夹杂太多个人观点，大鱼爸听新闻时难免有探案的艰辛。此刻，大鱼妈又噼里啪啦地说，那女孩很好，简直太好，我儿子是多有出息才能把她追到手。

大鱼爸有一种不妙之感。也不是故意，但该挑明的地方她缝缝补补，该理性的时候她用尽情感，大鱼爸总算明白，浓缩下来等于说，儿子高攀了一个富家女。大鱼妈不高兴地说，啥叫高攀，那叫有本事、有能耐。见大鱼妈在兴头上，大鱼爸不便多说。但他终究不能当看客，眼见儿子被命运拽下去，说什么也要拉他一把的。

当年大鱼爸被大鱼妈看上，正值人生风光。刚毕业就分配到铸造厂，只要苦干就被器重，只要助人就当楷模。大鱼爸高高朗朗，走哪都是一面旗帜。时代是风，女工是仰慕者，不管从哪个角度看，他都一样昂首，一样飘扬。太表里如一的人，连从小当班花的大鱼妈也动了心。虽然嘴拙，死板，不懂弹跳，但有一句是一句，能过好日子的那种。很快结了婚，大鱼爸嘴上不说，可心里总有撞大运的惊恐。

下岗潮后世界翻天覆地，胆子大的到处圈钱，无退路的原地等死。起初大鱼爸还活络,没跟着集体卧轨,想既有牺牲便有创造,很快找到做生意的商机。拾掇几个兄弟,拿家里积蓄便要南下。大鱼妈抢回存折,不是不敢冒险,是性子急。今日做的,恨不得明日就见收益。何况那么远的地方,和丧偶有区别吗?大鱼爸说不得大鱼妈的短视,因他自己心里也是很没底的。

可惜了。大鱼爸的无能,不是没脑子的无能,是性格的无能、婚姻的无能。当初要合伙的兄弟没多少文化,却敢闯能拼,一年回一趟家,不为探亲专为送钱,送到家里人来不及花。眼瞅同一起点的人越爬越高,大鱼妈又熬不住了,赶大鱼爸去做生意。

可此一时彼一时,大鱼爸说晚了。大鱼妈不明白,啥叫晚了,钱等在那要你去拿你不去,脑子有病是吧。大鱼爸辩解不动,大鱼妈的美是他一生的难题。早年配不上,往后便拼命地要配上,事事以她为重,件件都退三分。以前看他,娶顶漂亮的人回家,命真好;现在看他,被这漂亮折磨到苟活,命真不好。大鱼爸才知当年撞大运的惊恐不是没道理。再后来失败成了很熟练的事,手到擒来,次次命中。

也因此大鱼爸一听到高攀,便有重蹈覆辙的预感。去学校路上不断盘算,要怎么讲这理,怎么把这理讲清。今天自己生日,儿子不能一点面子不给吧?但又绝望地想,他压根不会来。骑电动车在路口等红灯,旁边是一辆豪车,叫不出牌子,可大鱼爸心里透亮,他干十年也买不起一辆。

感慨后又想,他不要大鱼高攀,也许不出于爱子之情,纯粹是他自己的私欲，没胆量面对强权男人，没勇气承受两家差距。又不是对老白，不喜欢可以甩脸，得罪了女方，儿子要一辈子俯首做人。可仅是想到两家坐一块吃饭，他便浑身炙烤。他不是好爸爸他知道，但不妨碍他爱儿子。现在倒好，想牺牲儿子的幸福，仅仅为不值钱的自尊？从未这样鄙视自己，好好骑车也摔进绿化带。天气很糟，乌云密布，他心里却提前下了雨。

下午是学校音乐节的颁奖典礼，大鱼爸照例在音控室检查。站高处有一种旁观的快感。可他这人太好心，观着观着便不自主代入。一所三流高中，学生的出路和来路一样，都不会太好。虽说成功的人把成功归于自己，失败的人把失败推于环境，但大鱼爸还是惋惜，人和人的差别，真到这么大地步。

遥遥看下去，有人阅读障碍，有人留守儿童，有人父母赌徒，有人惨遭家暴。别说学生，就是老师也各有各的苦。此时此刻站台上发言的老白，堂堂教导处白主任，谁能想到背后是母亲病瘫在床、老婆失业待家，里里外外全靠他一份收入。大鱼爸后来才知，他那么火急火燎拉关系，全因他的处境比自己更难。

把别人的苦想透，自己的苦便不算什么。求而不得是命，每个人都一样。要当年下海成功，也许如今妻离子散；要职场风生水起，便难以做真正自己；要老子过分争气，儿子多半坐吃山空。不管哪一种，福祸相依，得到即失去。当然也算一种畸形安慰，可这样想，大鱼爸会平静许多。一个人平静，日子就好过了。

大礼堂坐满人。学生一个个风华正茂，被喊了名上台领奖。

掌声雷动，大鱼爸一晃神，仿佛回到多年前自己也站瞩目舞台。那时屡上厂内光荣榜，每回评最佳模范，头一个总是他。或许眼前这些学生和他一样，以为这奖是起点，往后的人生只会愈来愈好。可一眨眼年过半百，才发现当年得奖已是巅峰。这样想着，眼角自顾自湿润了。

恍惚中只听主持人说，接下来颁发的是"最佳贡献奖"。大鱼爸心里咯噔，核对流程时没听说有这奖项。主持人甜美女声说，"多年来，他没缺席一个早晨、没耽误一次维修，他从未上过正式课，但大家都爱听他讲历史，他把学生当成孩子疼，把学校当成家来爱，于老师，即使毕业踏入社会，我们还想再听您放一遍《快乐老家》。"听到后来，大鱼爸等于聋子，耳旁轰隆轰隆响，被学生拥上台时大脑依旧空白。

站幕后的老白同样震惊，没想到还有这么一招。随即明白，学生有意联手把老师蒙鼓里。他们要给于老师惊喜，也担心白老师作梗。看老于愣在台上，老白心里讲不出的滋味。当初见他迷历史，以为他借爱好当幌子，好谋职上位。如今看来竟是真爱，爱得这么久，受尽委屈又苦尽甘来。老白自己，当然不受学生待见，三流高中净出流氓。可老于有如此待遇，说不吃醋是假的。尽管学生的爱兑不了真金白银，但到底实在，因为数量多，又有无限翻倍的错觉。老于这辈子苦是苦，可给出去的是真心，收回来的也是真心。

颁奖人是学生会主席明亮，话筒递大鱼爸手里，要他发表获奖感言。追光灯炙烤，因为太突然，也太久违，幸福对他来讲竟到了遭罪的地步。一句没憋出来，他突然扔下话筒逃跑了。逃到整栋楼外，还能听到大礼堂的动静。这时已响起生日快乐的歌，全场都高呼，"于老师，于老师。"

不知怎么搞的，下这么大的雨，仿佛天空破了伤口汹涌流泪。大鱼爸掏出手机，主屏是小龟晒太阳照片，不停摸它的头，心里说，小龟，你听到了吧，他们在喊你。

六

当时听到司机请假，小水爸在想是不是天意？他想去，老天又不让他去。可大鱼这小子脑子活络，小水爸还沉心事里，他倒抢先一步主动当司机。如今坐上车，才觉秘密被人拿着不好。想找借口中断，又觉不去的负罪感更深，犹豫之间车已开出去几公里。

这才清醒，从后视镜里盯大鱼。混社会累就累在这，要提防每个人，对不同的人又要不同招数。如果天生爱花心思那也算了，但小水爸不爱花心思，就爱一帮兄弟喝酒吹牛皮，想说啥说啥，说过的话当场就忘。可生意场是这样，上道了就没回头一说，你不想挣钱别人想挣，你想退出别人不让你退。反正握着各自把柄，谁都不能动弹。

接触不深不好判断，倒希望大鱼是个小人，贪图名利也好，见风使舵也罢，只要暴露缺点，再怎么恶心也不到担忧的地步。怕就怕无欲无求的人，拿什么都贿赂不了，好是好，但又不合常理，不知背地里藏一股什么劲，哪天突然爆发叫人措手不及。

小水爸瞄准大鱼后脑勺，简直烧出洞来。看多这类小子，家境平庸寒窗苦读，好不容易凭奋斗，混到自以为广阔的天地。然而六零后九零后，一样的寒门不一样的贵子。自然有愚笨的成功者。这话讲起来好笑，但风口上的猪会飞，小水爸的年代，到处是猪，到处风口。猪飞着飞着就忘记自己是猪，还训斥孩子，为什么长成了猪。

小水爸初高中同学，好多都叫苦，说这一代九零后怎么回事，物质上买不起房，精神上受不了苦，一面啃老一面抑郁，太没出息了。小水爸笑笑不响，成功三分努力七分靠命。隐去时代力量，美化成纯粹的奋斗史，大众最爱听这类故事，显然大鱼也是簇拥者。可要不了几年他就会明白，经济处于瓶颈，阶级愈发固化。不是努力改变命运的年代过去了，而是努力从未真正改变命运，努力不过是门槛，能不能改还得时代说了算。

有一刹那小水爸也想，若小水嫁这样的男孩，自己会答应吗？当然，大鱼是同龄人中佼佼者，能冲破天花板也不是没希望。但太渺茫，他不愿女儿冒这么大的风险，赌一个人的前程。这样想来又替大鱼惋惜，早几十年，他很轻易地就能成个人物，可时势造人，时势造人啊。

开上盘山公路，手机铃响，小水妈电话问几点下班？小水爸这才想起生日宴一事，硬头皮说，临时变动得出趟城，几点回来不一定。电话那头断了气，以为信号不好僵持着，可实际上千言万语堵在听筒，凄凄凉凉。小水妈说，行吧，我们在御龙楼等你。其实小水爸大可解释，他有苦衷，母女俩不是不讲理的人，何况家人拴一根绳上。然而有些秘密是瘆人的，讲出来，她们还会一如既往把他当丈夫、当父亲，甚至当人看吗？这又是另一说了。

山路格外曲折，小水爸见身材一流的女人，长得也不这样紧张，心跳陡然加快。十年没见突然上门，不讲礼貌吧，但和结仇之人讲礼貌？他做事一向有把握，这次是真没底，仿佛这山路迷蒙，不知尽头有什么。小水爸眯眼，突然自言自语，马上到了，还差一点就到了。大鱼皱眉说，水总，您讲什么？小水爸不理，眼神直盯前方说，到了，快到了。大鱼说，什么到了？小水爸中邪般嘴里嘀嘀咕咕，手脚不安定颤。大鱼得不到回应，有点担心，转头望他。

恰在此刻小水爸忽然大喊，当心。大鱼一惊，再回头时发现已驶到近九十度转弯口，无奈车轮打滑，只好拼命转方向盘。最要命时刻，最紧急关头，刹车终于踩住。俩人身体往前冲，倒吸冷气惊魂未定。再往前一步，连车带人便可坠入悬崖。此时抬头，却发现路口浓雾中，略隐略现一陈年老龟，差点被车碾过，也不慌张，定定心心抬头把人望穿到底。小水爸一见等于心梗发作，拉了车门冲到草丛里，开始呕吐。

身体翻江倒海时，脑子却格外清醒，小水爸想起四十岁生日宴画面。当时生意做得红火，合伙人姓陈，宽面孔，大蒜鼻，粗糙长到脸上，手里反倒精细。老陈是做账好手，比山还靠得住，比山还挪不动。小水爸生日这天，俩人为一个主座反复推让。老陈说，今天是你生日，我不能坐。小水爸说，公司的命在你手里，我咋能坐。明明两个老板，怎么命在一人手里？老陈苦笑。后来还是小水爸上座。

喝上头，小水爸开始掏心窝，当多少桌的面半醉半醒说，下海这些年我别的没学会，就悟到一条，君以此兴必以此亡，哎你们别说，解释容易，做起来可真他妈难。我以前挺善良一人，善良好啊，人看你善良，都愿意帮你。可开始做生意了，善良有用吗？一善良你就被欺负，所以想做大事啥特点都得有。哪种特点强，就练练相反的特点，练着放那，平时可以不用，关键时刻拿来就能用。这叫啥，叫变通，叫弹性，我时常讲只要性格改变，命运就一定握在自己手里，你说对吧老陈。台下所有人望向老陈，他勉强笑笑，平日不爱喝酒一人，此刻也咚咚咚三杯白酒下去了。

回忆到此小水爸已吐空，再到车上，天终于兜不住脸哭了起来。大鱼问，您要紧吗，不然改天再去？小水爸摇头，这时又觉命运自有安排。于是车继续开，下了山路驶进村里，泥水爬上来，但车里的人还是衣冠楚楚。每到落魄之地，大鱼都有衣锦还乡的错觉，小水爸过去也这么以为，后来才知奢华禁不起挖，挖到底常是罪恶。

开到目的地,停于乡间小道,小水爸让大鱼留车上等着。泥路弯曲,撑伞只够一个人走。很难说不后悔,多年前老陈那场车祸,他本该第一时间出面。可一旦让位于良心,事业多半也要毁掉。他不能够。况且当一个人欠着别人,便想加倍欠着。理直气壮到了头,真的能变成假的。也以为时间能解决一切,然而好东西易逝坏东西长存,他年轻时,很喜欢想当然。

敲了门,出来一个花臂男孩。不大确定,但小水爸还是问,你是老陈儿子,陈晓诺吧?男孩人高马大,极其定睛地要认清眼前之人。其实在电视上、网络上,已无数次见过,每根皱纹都背得出来。晓诺不懂,水远航这种畜生,居然还有脸主动上门。根本不响,他一拳头朝小水爸挥过去。

大鱼坐车里,终于有时间看手机。大鱼妈发多条微信,说学生们给大鱼爸办生日宴,要儿子也去。正不知怎么回,猛一抬头却发现那边已打起来。准确说小水爸并不还手,任由对方踢踹。大鱼开车门冲过去,挡小水爸面前,可没想到面前男孩,正是当时和他起争执的外卖小哥。俩人难以置信,同时愣住。

晓诺冷笑几声,反应过来说,原来你们是一伙的。大鱼瞪他说,之前跟踪我的就是你吧。晓诺说,早就想教训你了。大鱼说,怎么,给一个差评,你就要打击报复。晓诺呸一声说,咱俩的账等会再算,你他妈先给我让开。大鱼说,要是我不让呢。晓诺说,谁怕谁,来啊。很快俩人揪一起,你一拳我一脚不分上下地打。

小水爸一面喊住手，一面拉开俩人。

大鱼说，水总您别管，这种人不打，分分钟骑别人头上。小水爸实在没办法，放嗓子地喊，够了，别打了，我害死了晓诺的爸爸。大鱼一震手上停住，此时，晓诺一脚踹他肚子，大鱼整个人倒地。瓢泼大雨污泥四溅，他彻底脏了。

七

学生们凑钱为大鱼爸过生日，宴席设在御龙楼，讲出去很有面子的一家。大鱼爸上下班无数次经过，大鱼高考那年，也想过在这家请客。那么漂亮的成绩不拿出去可惜了，配上这楼，真是各有各的档次。然而到头还是钱的问题。请客请不周全，落个话头让人背地里说。打肿脸充胖子，又觉花得不值当，有些亲戚几年都没交情的。后来，还是换了更为经济的饭店。菜蔫蔫的，到处浮一层油，账单也肉眼可见地瘦下去。大鱼爸心里，这么多年对儿子总是愧疚。

听说是御龙楼，还摆三桌，大鱼爸赶紧拉明亮到一旁，问他哪来这么多钱？这些学生家境平平，就是凑，也没道理凑这个数。明亮说，于老师您放心，我们没偷没抢，有个毕业几年的学长赞助了一大半。大鱼爸说，讲讲看是谁。明亮说，他不想让人知道。

大鱼爸皱眉说,他今天来了吧。明亮摇头说,本想来的,家里临时有事。大鱼爸还在琢磨,明亮推搡一把说,于老师走吧,大家都等着你呢。

到包厢,几个女生已陪大鱼妈身旁,又是倒茶又是聊天。看到大鱼爸,大鱼妈笑花脸说,你这些学生懂事的,一见我就说要给你过生日,我讲面馆忙啊,走不开,他们讲没事,店里的活他们来干,这不,好说歹说把我带这。

大鱼爸头一次有被宠的心情,摸不着头脑地笑。大鱼妈挪身让他坐,凑跟前亲亲热热说,没看出来你这么受欢迎。此时明亮走来说,师母,大鱼哥也会来吧。大鱼妈说,跟他讲了,会来,会来。明亮说,早就听说大鱼哥了,名校毕业,名企高管,我们都羡慕极了。大鱼妈笑盈盈说,是吧。明亮说,于老师教出来的儿子就是厉害。大鱼爸笑笑,一句不讲。

那么多学生举杯齐刷刷敬他,大鱼妈眼里都闪了泪花,等于突然多出一堆儿女,她也有今天。大鱼爸理应高兴,可笑容挂脸上太久卷了边,旧起来。他想大鱼答应要来,但冷菜吃一轮没来,开始上热菜没来,几杯酒下肚还没来。学生们把他当爸爸,真正的儿子却不认他。

吃到兴头上便爱动感情,有人讲笑,有人高歌,有人围大鱼妈说于老师的好。看这噼里啪啦的场面,大鱼爸怅然了,他想生命到底是什么。也许来这世上就图个热闹,热闹本身没意义,但热闹给人看,或是帮人热闹,活着才有些盼头。说是学生感谢老师,其实是老师感谢学生，大鱼爸心里那么多爱给不出去，他们让他都给出去了。

如此便想到晓诺，上次拎果篮去医院看的贫困生。晓诺曾是学校风流人物，到哪都领一帮人，黑社会大哥的范儿。可看他天不怕地不怕，背后却是死了爸跑了妈，卧病在床的奶奶拉扯到大。一来二去熟了，晓诺也依赖起大鱼爸，实在想不通时便找他谈心。

断断续续听几次，大鱼爸总算拼出完整故事。原来多年前晓诺家也算有钱，可惜公司开一半，两个合伙人起了争议，晓诺爸想保守发展，水远航却想激进扩张。利益面前兄弟情分实在脆弱，而就在水远航四十岁生日宴上，他企图灌醉晓诺爸，好骗他在合同上签字。宾馆开了房对峙到凌晨，水远航硬留晓诺爸过夜，可那天晓诺突然发高烧，晓诺爸说什么也要回家看儿子。自以为清醒了，砸掉合同便上车。可到盘山公路，近九十度转弯口，晓诺爸一脚油门地坠下去，彻彻底底摔死。再之后，便听说水远航急速扩张，混得风生水起，一家的发达建于另一家的毁灭，晓诺讲到这，是成年人的惯常笑容。

大鱼爸深深叹了气。一个孩子没犯任何错，却无故担罪。但帮人骂人，最解不得问题。大鱼爸拍肩说，晓诺啊，放过别人就是放过自己。晓诺不懂，一个恨了十几年的人，现在要他不恨，一个讲有因有果的世界，现在不论报应。

大鱼爸说，物极必反人无完人，这个水远航看似有钱，也找人年年给你送钱，可你又不收，不收他还送，说明心里愧疚，吃得不安睡得也不安。况且他混社会这么多年,这是清清白白就能挣钱的年头吗?他得罪的人付出的代价,肯定不止你这一桩,这么多桩压在心头,那他不是一边挣钱一边受罚?所以你想有钱能快乐吗,他真的快乐吗?晓诺琢磨大鱼爸的话,不响了。

大鱼爸继续说,我知道发生这种事,不是讲几句漂亮话给点补偿,人就能振作的。可晓诺,你以前不爱历史,后来怎么就爱了?是因为换汤不换药,古人的事等于今人的事。历史读多了便知众生皆苦,想去别人的痛苦里找自己的痛苦,也想借别人的放下拉自己一同放下。杀了水远航你就会好起来吗?我现在看你自暴自弃,一味堕落,你用别人的错惩罚自己,值得吗?

不能说不恨了,但从此晓诺成了新的人。他新,连带着大鱼爸也新起来。一想到晓诺,大鱼爸便觉自己活着还有些用处。这时大鱼妈拉他衣角,低头说,刚打儿子电话,没人接。大鱼爸的脸要丧不丧,阴沉说,算了。大鱼妈撇嘴说,兴许开车呢,再等等。大鱼爸向来不装,可学生们这样用心,他再难也得把笑撑到最后。停不住看表,想儿子下一秒出现,又想生日宴下一秒结束。

杯盏交错间大鱼爸逐渐意识,整整三桌,没有一个人的打扮、谈吐、吃相,真配得上这御龙楼。要说什么叫配得上,他自己也不清楚,只徒然尴尬。随即想大鱼不来,工作是假,不给面子是真,现如今还有一层,便是想到这不配。

家里帮不着忙,大鱼是实打实靠成绩拼上去的。眼前这帮学生不懂知识的力量,连高考都会放弃,儿子必然不屑与他们同座,或是说无用社交，何苦浪费时间。当然大鱼爸有一万个理由，反驳他的势利。然而同样的话，成功者说就是真理，失败者说便是谬论。突然语塞，悲伤再次涌上心头。活这把岁数，他连一句真话，一句有用的话，儿子都不要听。以前爱背着儿子夸他，现在一句都夸不出口了。

啜着茶，大鱼妈感慨这御龙楼真高档。殊不知此时此刻，就在她隔壁包房，小水妈正盯满桌佳肴，想这御龙楼简直烂透。御龙楼是小水爸顶爱的地方，说不上菜有多好，只是装修到服务从不出错的一家。况且去惯了，什么房间什么特色都了然于心。谈生意谈到自己的地盘，不说有几分把握，起码在气势上先胜人一筹。也因此，御龙楼等于小水爸第二个家，家和家也要争宠，小水妈自然不爱。但他爱，又是他的生日，她有啥办法呢。

等爸爸的间隙，倒是让小水有足够心情去消化大鱼的事。记得那次和外卖小哥起争执，回家路上他突然提起养龟经历。大鱼说，小时候我爸买乌龟送我，我欢喜，怕小龟孤独，甚至想给它找伴。后来上同学家玩发现他也养龟，便告诉他找伴想法。同学讲，我以前就养过两只龟，可有天一只把另一只咬死了，脖子断一半要掉不掉。于是我问，太饿了吧？同学摇头讲，顿顿肉都给足，不可能饿。后来我再没找伴念头，也不大愿意靠近小龟。如果再买一只回来，我不知道小龟是杀死的那个，还是被杀的那个。一阵安静，风把落叶吹得踢踏响。小水说，跟我讲这些做啥？大鱼踩落叶说，随便讲讲，我本以为乌龟这种动物，不要太老实。

之后小水细想，一个人听话，只是为了要人听他说不出来的话。小水善良、包容，一颗怜悯心太容易落泪。可她欢喜的人站对立面，冷血，慕强，达尔文主义追随者。他们要争什么，争弱肉强食还是人人平等？争好心做坏事还是坏心做好事？争世界运转靠爱还是靠利益？争来争去都是宏大命题，仿佛和他们自己无关。然而国事等于家事，争到最后，一定又落回彼此家境。

当时听大鱼纠结乌龟到底老不老实，以为暗指外卖小哥，可怜之人必有可恨之处的意思。如今琢磨，讲乌龟也可能在讲小水自己？他怪她当着外卖小哥的面，指责男友做人的不到位？他怪她一站上道德高地，就得理不饶人地要分对错？他怪她偏在公众场合让所有人看笑话，难道不可以等一等，回了家关上门，再私密地讲他如何不好吗？她老实，但也说翻脸就翻脸，想来往后到紧要关头、特殊情境，她这种咬人本性还是要暴露？

什么都没戳破，但好像什么都破了。这几天，他对她爱睬不理也不是没来由。而正是他冷落，她才加倍迫切地想，恋爱谈到今天，他为啥还不带自己回家见他爸妈，是因为没确定，要等更优选项吗？可当小水坐桌边，看服务员上菜，转盘无限制绕下去时，她忽然觉得如果反过来，是他想认识自己爸妈，她也不见得马上答应，甚至犹豫半天仍是拒绝。小水不知，爸爸会怎样刁难大鱼，妈妈会如何看大鱼妈？他们接受女儿嫁入这种家庭，不能强强联手反而倒贴出去？不是瞧不起，只天然想辩护。隐约感到，应当等大鱼成功、社会地位升上去那天，再找爸妈心情都好的时机，精心策划，带大鱼回家。虽说第一印象经不起推敲，但对于两个本身就复杂的家庭，还是至关重要。

然而刚想完又问自己，她有什么理由责怪大鱼，她自己不也一样势利？如果她觉得人人平等，名利不能决定什么，又何苦这样用心？她评判别人是一种标准，到自己身上，很快又两面倒地换了标准？小水第一次发现，觉得一个人恶心，这还不是最糟的地方。最糟的是，恶心别人时，发现自己或多或少也有相同一面。

大鱼爸从洗手间出来，经过小水家包厢。门半掩着，两个精致女人端坐在那，看来是母女，但又摆三副碗筷，想必等家里男人。不知怎么，一看那女孩，便觉儿子找的白富美大概属于同样类型。尽管反对，他有他的私心，但话往明了说，自古男强女弱，他和大鱼妈的悲剧，也不单是他俩的悲剧。现今女人地位起来了，可但凡担着生孩子的任务，那便是过多少年也还是男人略胜一筹。自己这么好的反面例子，儿子怎么就不反省？怪不到他头上，只好怪他的女友，一定是那女孩摆布儿子的虚荣心。然而把男人矛盾推小女孩头上，大鱼爸又抱歉起来，弥补般地，冲小水一笑。也没打算让她看到，却碰巧，小水抬起了头。

那时她正想爸爸怎么还不来，却见门口叔叔笑。小水很能分清善意的笑和好色的笑，况且之前，她也经过隔壁包厢，这样多学生为叔叔庆生，想必是个好人。她羡慕起他的孩子，满满父爱很幸福吧。

想到此，小水走窗边，看车水马龙霓虹景象，不禁在窗户上哈气，画一个笑脸。当时她读小说《空心爱》，看到其中一句："原来你嫉妒我的，恰恰是我最厌恶的。"心生触动，便划线标记。再后来去翻，见大鱼在旁评论写："越是伤心越是要笑，人间悲剧，定当喜剧来演。"

八

当年生日宴，小水爸百般好话，老陈就是不同意公司扩张。无奈小水爸打响指，服务员推餐车过来，车上摆一水缸，缸里爬一乌龟。老陈调侃说，老水，这不是你的吉祥物吗，咱做生意第一年养的吧。小水爸抱起乌龟疼爱抚摸。老陈不解说，好好吃饭，又搞啥花头精。小水爸把乌龟放桌上，慢条斯理说，老陈啊，我找了风水先生，他讲这乌龟会断我的财路。老陈不屑摆手说，啥年代了，你还信那套。

话音刚落，一股血溅到老陈脸上，所有人冻住。小水爸放下菜刀对服务员说，趁新鲜，炖了给大伙吃。只见桌上鲜血淋漓，乌龟断了脑袋眼睛还睁着。小水爸擦完手，又用毛巾给老陈擦脸，血越擦越多。小水爸说，愣着干啥，喝酒啊。

多年后赎罪这天，小水爸看大鱼满脸是血，一如当年老陈，顿时心头绞痛。一番厮打后陈晓诺回了家，紧闭大门。俩人走回车边，大鱼犹豫，雨混着血，血混着泥，他想这么名贵的车。小水爸看出大鱼心思，被揍成这样还担忧这种事，立马拉车门推他说，别感冒了，回头西装我给你重买一套。

也算共患过难。归途路上小水爸难得柔软，讲起他和老陈的往事。他说，当时龟汤喝得底朝天，老陈还是不动摇，那一刻我真有杀人的心。俩人僵持到凌晨，房间都开好了，老陈执意回家，不知怎么看他半醉不醉样子，我忽然想起那些年共同奋斗的时光。这种签合同手段，确实下作，一旦成功等于失去眼前兄弟，我想来想去，心一软还是作罢，便离开，随他一个人去。可老陈这么保守，开车也保守，谁能想到后来坠崖死了。

小水爸讲到淌下泪来。他接着说，你知道最糟心的是什么吗？恰恰是我想当好人，让他走，他才死了，如果我坚持当坏人，把他留在房间，他就不会开车，也不会坠崖，更不会让他儿子到今天这地步，这么多年我始终没想明白，我到底做对了还是做错了？

无人回答小水爸，只有暴雨劈头盖脸砸下来。大鱼茫茫然开车，一种不认识世界、不认识自己的感觉。长久安静后铃声撕开雨夜，小水爸拿起电话，接通，传来陈晓诺声音。小水爸沉默，任由那头说。大鱼瞥后视镜，不太能听清说什么，只看到小水爸的脸一点点颓下去。

奇怪，他刚对自己哭诉的那番，为何不告诉陈晓诺？还是说反正死了人，讲什么都嫌晚？理应做些什么宽慰小水爸，或是拿过电话帮他解释。然而他什么都没做，甚至从内心底，无法抑制一丝隐秘的亢奋。小水爸这种人也有今天？才发觉自己羡慕他，这羡慕中又夹杂难言的恨。等于陈晓诺看到写字楼白领，穿着体面，吹着空调，面对外卖小哥趾高气昂使唤。人生太苦志气太短，这恨可随拿随用，用完不会更好，只心理上假装更好。

过一会小水爸敲大鱼背，陈晓诺也要和他讲两句。握方向盘腾不出手，便开了免提。说实话发觉有人跟踪时，便猜到是他。过了几天提心吊胆的日子，倒不是懦夫，但蠢了吧唧宁愿坐牢也要伤人的人，又不是少数。若陈晓诺真要报复，大鱼确实招架不住。可跟踪半天也没动静，陈晓诺图什么，大鱼不懂。

吭了声，问他要干嘛。陈晓诺说，今天你爸生日，你不去吗？大鱼瞬间懵了。陈晓诺说，一个好父亲，儿子这样不孝，我真替于老师伤心。大鱼的脸皱起来说，你是他学生吗？陈晓诺冷笑说，本想让你丢工作，看在于老师的份上放过你。又补充说，我有半条命是于老师给的。说完啪地挂电话，嘟嘟嘟声响，凌乱荡于空中，大鱼突然喘不上气。

等红灯时好死不死，瞧见对面道上一个外卖小哥翻了车。怪在坏天气头上，还是怪小哥自己，很不好说。他爬起来，顾不上流血，只第一时间去翻箱子看有没有洒餐。很寻常的一幕，大鱼此刻看来却格外震动。走了神，猛然急刹车，差点追尾。小水爸知他状态不好，便靠边换自己开。大鱼坐到后排，精神仍旧恍惚。

小水爸说，你爸爸是老师？大鱼点头。小水爸说，你爸爸不错，比我好。大鱼不响。打开电台，虐龟案还在追踪报道中。这回是几个专家围坐，大卸八块，分析拾荒老人种种心理。小水爸安静开车，安静听着。

开到御龙楼时，街上散步的人陆续回家，但依然纸醉金迷，从偏僻处驶到繁华处，修炼再好的人也很难不内心波澜。御龙楼招牌金光闪闪，车里两个男人看到同时想，城市永不眠，其实是金钱永不眠。下到车库，小水爸拍大鱼肩膀说，今天辛苦了，去给你爸过生日吧。走几步又回头说，真巧，今天也是我生日。大鱼苦笑，心里当然知道，也想过他和小水为两个爸爸共同庆生的画面。但想了一个头便没继续下去，想不出来，也不敢想。

开手机，大鱼妈正好电话过来，她问，还没下班吗？大鱼说，公司有事。大鱼妈说，蛋糕没切，都在等你呢。大鱼说，别等了。大鱼妈说，你爸嘴硬，其实心里挺想你来的。挂了电话，大鱼无知无觉往电梯走，却在玻璃门里照见此刻模样，鼻血擦不净，淤青消不去，站公众目光下很不体面的一个人。

犹豫间手机又震一下，是公司同事发来的微信，大鱼打开看，每个字都认识，每句话都不懂。大理石墙壁仿佛海浪起伏，让人扶不稳。他没勇气往前了，一直退，退到小水爸车边，也不管脏，一屁股坐地上。试图理清思绪，但脑海里不断闪现小水爸质问自己的那句。他说，这么多年我始终没想明白，我到底做对了还是做错了？

大鱼忽然记起，曾经有回小水做文案，他陪她采访一位作家。面对小水提问，作家不客气打断说，你这么问，意思是我之前那种经历，导致之后那个结果吗？小水愣住，很难辩解她不是这样想的，甚至在采访前已预判好，痛苦孕育成功，成功催化空虚，一环扣一环，所有命运皆如此。

可作家摇头说，人们总觉得一个因导致一个果，可那么多因那么多果，你咋知道哪个配哪个，哪个不该配哪个，有啥标准吗？或者讲这么多标准相互矛盾，你认为对的就一定对吗？当然你大可以写，这人的故事告诉我们，努力就有回报，可真是那样吗？你愿意相信只是为了说服自己去努力，至于有没有结果谁知道呢。作家说完，采访间沉默。许久之后小水才问，那您觉得人生是什么？作家抿一口茶说，无常。

想到此地，大鱼手机恰好收到小水发来的照片，一张窗户上画的笑脸。大鱼当即明白，小水今晚过得同样糟心。回想小说《空心爱》，她说全文最清醒一句是："寒冷和寒冷生不出温暖，但可以一起寒冷。"大鱼理应辩驳，扯哄人好话，可在她面前谎言不起作用。他们都清楚，他可以陪她，但她的痛苦只能她自己去解决。这样想时大鱼不自主学小水，在小水爸泥泞车窗上画同款笑脸。起身，重新走回电梯间，去大鱼爸生日宴包厢。可同事提前泄密的，大鱼被辞退失业一事，他要如何和爱他的人交代呢？

九

大鱼爸这酒，怎么喝怎么不尽兴。他实在等不及，拍桌子说，太晚了，上蛋糕吧。大鱼妈正想劝他再等等，一扭头大鱼出现在门口。全场安静，所有目光射过去。大鱼妈惊吓，赶忙拿热毛巾边擦边说，怎么都是血，出啥事了。大鱼笑说，下雨天摔了一跤。大鱼妈说，可能吧，摔成这样。大鱼脸上依然是笑。

明亮拉开大鱼爸身旁空椅，打圆场说，大鱼哥一定是来的路上太赶，辛苦了，快坐快坐。大鱼迟疑，不习惯靠大鱼爸那样近，可又骑虎难下。大鱼爸头都没转，只闷头喝酒。从进门到现在，还没听他叫一声爸，当这么多人的面，又不是在家。大鱼难得说话，听人夸他，也是半丧着脸笑。不知是从小当好孩子听惯漂亮话，还是不屑和这群三流生搭腔，又或者经历这一晚，他新的世界观还未有时间消化。

和几个骨干学生碰杯，大鱼倒是惊讶，在他们眼里于老师竟无所不知。他们敬佩他、爱戴他，就连今晚生日宴也是自发办的。大鱼想疯了吧，是谁给他们的权利颠倒黑白？在家是混蛋，到学校就成了英雄？因为人多，在他们的主场，大鱼就不得不接受他们的偏见？那照此来说大鱼的成功，也是这个无所不知的于老师培养出来的成果？

听不下去，大鱼举杯打断，敬酒说，谢谢各位，辛苦了。生意场惯用的套话，他说得很溜，反正是演戏，下台睡一觉便可忘的。这时一个学生有些喝醉，跟跄说，我们不辛苦，辛苦的是晓诺哥，全是他搞的，钱也他出的。明亮使劲眨眼，但来不及了，大鱼父子同时僵住。

大鱼爸问，你说陈晓诺吗？明亮眼看瞒不住，只好坦白说，是他，今天是他爸爸忌日，所以没法来。大鱼爸的脸刹那间垂下去，闷一口白酒，轻声感慨道，晓诺不来真是可惜呀。

很莫名地，大鱼竟在那刻泛上一股深深的嫉妒。他不承认他稀罕大鱼爸的爱，也不相信自己把一个外卖小哥放眼里，然而，他的确嫉妒。黄澄澄铜勺映出大鱼爸的脸，大鱼头一次意识到，他从未正眼看过这个男人，长什么样，穿什么码，一切都很模糊，仿佛零零落落只是地上一个影子。

他知道，他怕在那张脸上照见自己。然而有什么用，再怎么挣脱，儿子也落得和老子一样的下场。随即想下岗潮前，大鱼爸在铸造厂做技术岗，那之后，也没人教他电教维修，他是怎么一个人自学成才，又在精通之余腾出大量时间学历史？几十年如一日，早起放听力，在死对头手下干活，处处遭白眼，看老婆脸色，被儿子诅咒，这样的男人，在这样的世界，是如何活下来的，还能做到人不爱我我愿爱人？

大鱼记起以前念书，有次考差了，其实也没多差，无非不是年级第一，他便回家爆哭。大鱼爸把他拉到小板凳，讲自己种种失败，讲命运无常平常心就好。大鱼那时已懂事，因为懂事更显刻薄，他回嘴说，活成你这样还不如去死。大鱼爸萎下去，隔很久才说，以前不是的，我也喜欢凡事做人家前头。大鱼无心再听，他只知一个家一旦江河日下，亲朋好友都像对待烂疮那般，避之不及。如今却想，儿子处在老子的年代，未必会做得更好；老子处在儿子的年代，也未必会做得更糟。

见大鱼长久沉默，明亮活跃气氛问，于老师五十岁生日，大鱼哥一定送珍贵礼物了吧？大鱼尴尬，脸骤然僵住。大鱼爸抢先说，是啊。明亮不放过问，啥呢？大鱼爸一愣，停顿数秒说，一套绝版书。大鱼起身拿过酒瓶。大鱼爸说，市面上都买不到，他啊，跑多少地方。明亮说，真孝顺，要向大鱼哥学习。大鱼爸眼神滑向儿子，大鱼只笑笑，一杯酒干掉。

后来生日蛋糕推上来，从未见大鱼爸笑如此开心，关灯许愿，比小孩还虔诚，仿佛此刻心有所想真的会成真。不知怎么，大鱼脑海里浮现小水母女准备蛋糕，小水爸许愿场景。两个爸爸性格迥异，天差地别，但人生走到最后，一样伤痛，一样骄傲。

大鱼背爸爸回家，一如从前他已喝多，边哽咽边讲胡话。大鱼爸说，来世当一只乌龟吧。顿一顿又说，不行，不要当乌龟，乌龟有情感，还是当一块石头好了，没思想没情感，蛮好。回家大鱼妈去厨房煮醒酒汤，大鱼放他到床上，正要走，却见床头柜抽屉半掩，抽出来看，瞬间被烫伤。

是暖暖面馆着火那天，自己气爸爸不接电话，一怒之下便烧掉的历史笔记。知他视若珍宝，报复起来才格外爽快。如今碎纸连带灰烬，躺进这窄小棺材。仔细翻，还能找到完整几页。其中一页，同时讲明朝的嘉靖和万历，清朝的康熙和雍正，大鱼爸用放大字体写感悟：小时候我不理解你，长大后我却变成你。

大鱼发愣同时，小水爸也已到家。女儿入睡，他蹑手蹑脚进房间掖被子。当时他赶到包厢，她们前脚刚走，连蛋糕都懒得带。小水爸知道说什么都晚了，除非公开那桩往事。但他不能够。徒劳转着圆盘，以为蛋糕晕了，他自己也会晕。然而到家愧疚还是涌上来，总不好叫醒女儿道歉。来回几步，突然想到去停车场时，不知是谁在车窗上画了笑脸，又大又丑像极自己。鬼使神差的，他也拿过白纸涂一张笑脸，想女儿明天醒来就会看到，今天结束得不开心，明天开始得会开心吧。

小水爸离开没一分钟，小水装睡起来了。她拿起床边那页白纸，盯着笑脸，有种善意给出去，走一圈又回来的错觉。她不相信真的善有善报，但此刻她说服自己相信。也有点明白《空心爱》里，那个只爱别人不爱自己的瑶瑶了。随即拿手机，发微信给大鱼。

她写，今天在御龙楼吃饭，隔壁包厢里，很多学生为一个老师庆生。本来是开心的事，可后来在走廊，我无意听到老师和朋友讲电话，关于买保险。老师讲，听说你有个朋友过世，保险赔了一百万，买的啥公司啊？后来老师又感慨，要是我死了，也能赔老婆孩子一百万，我这辈子就没遗憾了。听完这通电话，我心里喘不上气。以前看《空心爱》，我不信这世上有瑶瑶这么傻的人，只爱自己不爱别人，和不爱自己只爱别人，这两者都不好，都极端。可如果非要二选一，我想选后者更幸福一点吧。因为相比索取，给予更像是人生而为人的理由。

大鱼躺床上，小水微信反复读了几遍。枕头下抽出一个小布袋，这么多年小龟蜕下的龟皮，他暗地里都默默珍藏。类似小时候一过生日，大鱼爸就领他到墙边，量身高做标记的感觉。此刻，大鱼取出一枚龟皮，嵌进手心里去。

到半夜大鱼爸酒醒，起身上厕所，顺道去阳台看小龟。逗它一会，发现茶几上有个礼盒，卡片上写"祝于老师生日快乐"，拆开看是一支录音笔，存储卡已满。播放了听，几分钟内小龟龟壳逐渐湿透。

录音笔里传来大鱼爸声音，小龟，今天还想听课吧，昨天是不是讲得不错，不然你胃口咋这么好，行啊，我们接着讲《万历十五年》。讲课背景里能听到窗外蝉鸣，蒲扇摇风，邻居来回走动脚步，以及一个女人的细碎痛骂。她说，整天神神叨叨干嘛呢，脑子有病吧，还嫌我开面馆不够烦是吧。

当晚大鱼做梦，梦到小水采访作家。临近结束，大鱼问，如果您觉得人生无常，那您是怎么度过这一生的？作家摇头苦笑说，我不知道，我真的不知道。

Chapter 7：金字塔

一

生日宴后没几天，大鱼失业，未告知身边任何人，背上包还是准点出门。大家继续羡慕他，光明事业，大好前程，殊不知一脱离公众他便要卸妆。演过去的自己给人看，比死还难受，可没办法，在公园一坐便是一天，吃最便宜的盒饭也撑不起房租。小水住宅楼房价不菲，他又为了她特意搬来。不是她不体恤，但她的房是爸妈买的，他的房是自己租的，心态上很难一样。其实大可以认输，退了租搬到对门去，反正他们当邻居也等于住一起。然而他做不到。

因为什么失业，大鱼到现在也没搞清。一次次想，哪个环节没做对，哪段关系没处好，倒宁愿是自己的问题，可复盘到最后还是滴水不漏。转念又想，也许恰恰如此才要丢饭碗。一个人做得好没什么，如果做得好还不藏拙，这好就会被人记恨。人一记恨，便有报仇之心。他关照过自己低调，然而和大鱼爸同样德性，一忙起来容易忘我，想是无形中得罪了什么人。

还有一次躺到半夜，大鱼猛然坐起，琢磨那回庆功宴升职。当时还众说纷纭，有人讲他凭实力，有人讲纯粹靠运气。某次无意偷听才从同事那得知，大鱼升职位置，本是两个老员工竞争，可各自背后的两派势力争不出胜负，最后才想出空降一招，提拔新人。新人多好，没有站队，容易控制，给点好处便恨不得感恩。那时大鱼还不满同事偏见，如今想来确实是自己格局小了，既能坐收渔翁利益，又能充当博弈人质。人生一场，根本不由自己。

不过失业后，他倒是空出时间关心街上的人。以前眼里只有项目，谈判，把钱不当钱的人。现在他反问自己，那些把钱当命的人，又是怎么过日子的。

某日暴雨来袭，大鱼坐苍蝇馆子吃饭，听门口外卖小哥聊天。黄衣服叹气说，这么大的雨，我这单肯定迟了。蓝衣服说，蹭蹭红灯，走走逆行马路，根本不会迟。黄衣服说，这种糟糕天气容易出事。蓝衣服说，下雨天有啥不好，单子多到来不及接。黄衣服说，讲是这么讲，上回也是下雨天，我箱子里塞满，车把上挂满，不吃不喝送到凌晨，结果发钱比平常还少。蓝衣服说，超时了。黄衣服说，是呀。蓝衣服说，还是红灯蹭得不够多，逆行马路走得不熟练。黄衣服说，一看下雨天我就不想干。蓝衣服说，你不干，有的是人干。黄衣服沉默。

过一会蓝衣服拿餐出发。黄衣服拦住说，啥啥啥，我比你早来，怎么你先轮到。蓝衣服凑他耳边说，插队懂吧。黄衣服说，啥。蓝衣服说，和老板关系搞搞好啊，送包烟送点酒，你也不小了，这点人情世故总要懂的吧。说完蓝衣服走人，黄衣服呆在原地，一只苍蝇围着他转，嗡嗡嗡嗡，仿佛闻到新鲜腐肉气息。

大鱼全程闷头吃饭，耳朵竖起，很自然想到那回陈晓诺送外卖画面。当时上百块的盒饭，单单因为凉了，大鱼便直接丢掉。如今十块钱盒饭，一坨剩菜一窗隔夜饭，还吃到津津有味。大鱼忽然胃里汹涌，扶着墙呕了出来。再走回街边，看马路上多少外卖小哥，大鱼心里羡慕，起码他们有活下去的信念。

也是此刻，大鱼浮现第一次见小水爸场景。当时大鱼说，很荣幸认识水总，请多指教。小水爸说，指教谈不上，有些道理我告诉你了，你也不一定有那个能力理解，或者你以为你懂了，其实你没懂，人生路还很长，慢慢走吧。

失业一个月后，是俩人恋爱纪念日。小水本就工作不顺，便想趁这机会好好放松。大鱼知道，她欢喜一家新开餐厅，种种原因一直没去成，可他都这种处境，还有资格高消费吧。然而付完房租，补贴好爸妈，他还是争面子，电话打去餐厅订了位，股票里的钱也取出来，亏很多，可没办法。女人叫嚣世道不公，殊不知穷苦男人才是底层的底层，占不了便宜，走不了捷径，还被骂不争气。整个生命，就被金字塔顶端那拨雄性压榨到干。

大鱼不甘心，四处投简历，总算等到心仪公司的回复。薪水还差点意思，他想索性再拖几天，好吊一吊对方胃口。纪念日那晚，俩人衣服搭配漂亮，走出去是顶体面的人，仿佛谁都想活成他们的样子，小水理所当然，以为大鱼是同样的心情。餐厅里一整套菜品，配得再地道不过，反正来这种地方，很放心把胃交出去，即使不好也是自己品位有问题。

上菜间隙小水举手机，问大鱼哪款包好看。近来她总在职场上受气，真要讲也不是什么大事，无非是不喜欢，一个生存没压力的人，才有资格想喜不喜欢。大鱼眼睛盯着，不知看的款式还是价格，突然不能联系两者，心算出性价比最高那个。想来好笑，房租都缴不起的人，在琢磨买包到底算消费还是投资。

新公司的人事发来微信，大鱼拿手机去洗手间看。以为他们会为了挖他同意涨薪，没想到对方一上来就说，窗口期过了，机会没了。回到餐桌，小水开心吃菜说，贵还是有贵的道理，你快尝尝，真的好吃。很奇异的心理，大鱼一面觉得自己此时应毫无食欲，一面又因压力到顶而胃口全开。小水说，慢点吃慢点吃，没人跟你抢。大鱼不响，把一根青椒往嘴里塞。

第二天起床小水一惊，大鱼前胸连后背，整个人仿佛被开水淋过，红疹遍布越抓越多。小水拖他去医院，挂皮肤科的号。诊室外等待时，天南地北的人在眼前穿梭。大鱼眼睛等于拍纪录片，主角是病配角是人，主角铁打配角流水。小水这时倒关上眼睛，玩手机说笑，只当医院是改了样的游乐场。有病看病本是寻常之事，可她哪里知道，贫穷的意思是，不是绝症也会变成绝症，要这个人活就得家人去死。小水共情力强，但面对真正的苦难，她选择装傻。

医生一查一问，便知是青椒过敏，开了药内用外服，红疹几天就能消退。小水松口气，推大鱼说，你吓死我了。出诊室她又提起买包一事，千挑万选一款，哪知国内没货，找代购怕是假的，朋友人肉带回来吧，关系又没熟到那种地步，恨不得自己飞国外一趟，可请不到假，况且这趟来回费用，又觉不那么值当。大鱼看她的嘴一张一合，半个字都没听进去。

没几天晚上小水收到齐天微信，说是去英国玩了一趟，刚回来带了礼物。小水花点工夫才回忆起此人，当时工作饭局相识，实打实的富二代，和大鱼敌对的大学舍友，勾少女心思的花花公子。没等小水回复，他又发了礼物图片来。太吃惊，正是小水看中的那款包。她不相信这样巧合，前几天和同事闲聊还讲起这茬。

齐天说，你喜欢吧。小水说，为啥买这只包。齐天说，猜猜看。懒得回，小水手机一丢便去洗澡了。正巧大鱼从对门过来，给她送绿豆汤，心事一多便急火攻心，绿豆是很好的解热之物。本来没想偷看，可小水手机自顾自响起来，大鱼瞟了一眼，来电显示竟是齐天。

手一抖，几近把汤弄翻。他想这个齐天，是不是他认识的那个齐天？如果真是同一人，那小水认识为啥不说？两个男人的关系，枝枝节节的过往，小水知道多少，又是带哪种偏见的知道？大鱼沉默了。

二

齐天头一次见大鱼，就有点瞧不起。瞧不起不是因为吃穿不好，而是不好，还要摆出和好的人一样的脸。齐天小时候看惯别人对他爸低头哈腰，喝什么酒戴什么表，人都明码标价。见大场面，齐天爸也要带他一起，喜笑颜开捧更牛大佬。很礼貌叫人，很圆滑夸人，等到自己上位时，再要求后来者也照搬这一套。等级分明讲规矩，在齐天眼里，这几乎是做人真理。

可大鱼很不识趣一人。不像别的舍友眼力劲十足，叫狗腿多少难听，但起码他们敬齐天一分。作为大哥，齐天自然也不会亏待。然而恨就恨大鱼这种，不懂事就算了，还仗着成绩好，走哪都挺直腰板。齐天知道这种人一路靠自己，坚信读书改变命运，从小就是班主任宠儿，正能量榜样，很会帮忙，也很不要别人帮忙。

入学军训，大鱼表现便尤为突出，时常被教官拎出来表扬，走方阵也挑他领头。齐天倒是反面教材，只怪家里沙发高档，成天瘫着得了软骨病。也不知军训意义何在，齐天私下提倡，就该开一门社交应酬课，教饭局礼仪和敬酒技巧，比踢正步实用得多。

可惜风水轮流转,当下不到他用武之地。回了宿舍一个被奖一个被罚,氛围格外紧张,舍友们都不好选立场。大鱼却不知迟钝还是真热情,不顾齐天敌意眼神,走他身边说,要不我帮你练正步,总这样罚做俯卧撑,身体吃不消的。

不久拉练,深夜被哨子叫醒,黑压压一操场人走上十几公里。齐天实在吃不消,报告教官说脚崴了。平时就吊儿郎当,教官只当是装病,不信他的鬼话。后来真摔了跤,再站起来果然一瘸一拐,教官愁到眼珠瞪出来。到哪都有较量,他们班里出一个上车的人,分数自然落后,毕竟考核也决定教官前程。

大鱼看出两方心思,打报告说,离学校也没多远了,索性我背他吧。齐天这时倒逞英雄,宁愿自己走回去。可跌了又撞,撞了又跌,没办法,只好大鱼屈膝弯腰,齐天两腿一蹬。好不容易背回宿舍,大鱼也没邀功,还像往常少言少语爬上床铺。齐天床位紧挨大鱼,他问自己,这种恨,其实是一种嫉妒吧。

众目睽睽下帮了忙,齐天不是没良心的人,就是做,也要做给别人看,从此他把大鱼当兄弟。一个有能力,一个有权势,俩人走哪都引人注目,不知是谁沾了谁的光。有一回大鱼要拍证件照,齐天那时迷摄影,在设备上很舍得砸钱,便自告奋勇帮忙拍。见他上照,又想练手,于是领着大鱼跑遍校园,拍好几组人物照。成片出来发到网上,见齐天比自己还兴奋,大鱼笑笑说,这么爱摄影。齐天眼里难得闪光说,是啊,有种控制的快感。大鱼没再接茬下去,他不知他们后来的矛盾,皆因这控制的快感。

谁能想到照片在网上火了，火的不是齐天的技术，而是大鱼的脸，型男身材再配好成绩，简直门面担当。很快，学校宣传组邀他拍视频，校服文化衫也选他当模特。齐天倒被遗忘了。别人以为有那样的模特，谁都能拍大片，齐天却坚持谁来当模特，他都拍得出大片。很快，大鱼察觉到兄弟的不满，便暗中施力地推他，到哪都不忘提齐天一嘴。可到底男人都喜欢拯救，而非被救。

没多久齐天爸来学校看儿子，说是看，不过顺便扫一眼。他是大忙人，天南地北飞，情感上的事纯属小事。也听说儿子宿舍有个出名的小子，见第一眼确实有点两样。用欣赏才俊的眼光看大鱼，要齐天多学着点。齐天爸这号人擅长心口不一，倒不是真欣赏，看出大鱼优秀，但会做题不代表会做人。这么鹤立鸡群，做什么都第一也不懂谦让，以后混社会，迟早被一群庸人排挤。如果家境好也就罢了，又没后台，在那当出头鸟。转念再想人都会变，兴许这处世的微妙，大鱼以后会懂。可那样也定是吃了亏才悟到，如果他爸妈本来就懂呢，一生下来就耳濡目染呢，这亏不就少吃，路不就少走了吗？

说回齐天，考试不行，做人这套还勉强凑合。齐天爸不看重分数，可心里不看重，面上恰恰要看重。这次来学校，也是为了和校领导吃饭，奖学金资助得到位。虽说有交情，但齐天进校毕竟是买来的，为此，齐天爸总矮一截。一个人什么都优越了，就得找个地方刺一刺他，如今看到大鱼，是绝佳的工具。

齐天爸拍大鱼肩使劲夸，让他毕业后来自己公司，和齐天一起干。大鱼只当叔叔客套,并不往心里去。齐天倒是听得清爽,根本没悟出爸爸苦心,此时,大鱼不再是患过难的兄弟、出身差的舍友,而是要和他抢地位的仇敌了。

齐天爸直到走也没夸儿子一句,齐天假装不在乎,不送他到楼下。发愣时,大鱼叫好几声,他才缓过神。大鱼说,我妈很喜欢你给我拍的照,要我好好请你一顿,走吧,你想吃什么?齐天心想,我什么没吃过?还稀罕你这一顿。但大鱼长成这样,他爸妈又该是怎样,齐天想着,暗自留了心眼。

三

小水闺蜜去旅行,宠物狗嘟嘟便寄养到她家。见大鱼最近早下班,又心事重重的样子,小水把嘟嘟托付给他,说是帮忙,其实是要他不那么孤单。嘟嘟黏人,总嗅着湿哒哒的鼻子,一个劲往人怀里钻。起初还无缘无分的,时间久了,大鱼也不自主怜爱。如此倒觉得会麻烦人是一个优点,他就太知趣,什么事都自己扛,爱他的人也不觉得被需要。

没多久,大鱼发现嘟嘟长皮癣,乍一看还看不出来,要把毛撩开,才见红皮肤起的溃疡。第一反应是看医生,随即又想,嘟嘟富养长大,去的医院太蹩脚,他怕担不起这责任,可进了好医院，没个几千块又出不来。

照理说小水闺蜜该出这笔费用，但大鱼知道小水的脾气，她在钱的方面向来大方，绝不会要闺蜜还她。或者说，他们那圈朋友都不怎么计较，算得太清反而生分了。小水出钱，他还能和她算这笔账吗？往常倒没什么，但眼下正是缺钱要紧的时候。大鱼想要不算了，反正那皮癣长得隐秘，他大可装不知道。这么一来负罪感强起来，触电般把怀里嘟嘟放下。可嘟嘟单纯，见大鱼不理他，又呜呜哼着蹭过来。大鱼心一软，还是带它去了医院。

那天小水加班，大鱼去接她，坐门口刷手机，几张名牌包图片翻来覆去。两个员工从背后出来，都没发现他，叽叽呱呱等电梯。尖嗓音说，不容易，总算发奖金了。粗嗓音说，没想到小水拿得最多。尖嗓音说，她可以买那只包了，心心念念有段时间了。粗嗓音说，还用买吗，有人送还来不及。尖嗓音说，啥。粗嗓音说，齐天齐总啊，全公司都知道他在追她。尖嗓音说，不会吧。粗嗓音说，领导想讨好齐总，难怪给小水多发钱。尖嗓音说，哎，我怎么就没这种好命。咣当一声电梯门开了，她们又嚼着舌头进去了。

大鱼依旧刷手机，有什么用，看多少遍价格也不会少个零。他突然有种冲动，与其打肿脸充胖子，不如摊牌，正大光明讲自己失业。他很好奇她听到，会是何种表情何种心理。倒宁愿她是势利的人，如此他大可爽快走开，不像现在这样两难。

几天后一晚，大鱼拉小水到沙发前，脸色沉重，要宣布重大事情。可没开口，小水抢先说，我给你买了礼物。大鱼愣住说，啥。小水说，你闭眼。大鱼说，今天什么特殊日子。小水说，你闭眼。拗不过闭了眼，听到礼盒打开，金属碰撞声音，再是冰冰凉一块表搭他手腕上。大鱼立即睁眼，光看手表牌子，就觉人生欠债本上又重重记了一笔。不知怎么，有种别人送了小水，小水再转送他的错觉。

大鱼惊讶说，为啥。小水说，我发奖金了。大鱼说，我有手表。小水说，早该换了，总戴旧的不大好。她的本意是为他好，可听来却嫌弃已久的心情，说完小水也这么觉得，这话是伤人的，但到底收不回来了。大鱼心想什么叫不大好，是便宜货会被人笑，还是连累她当上等人。小水说，也不是特意买的，我爸是店里常客，赶上折扣价，这么划算不买可惜了。大鱼说，你想要的包买了吗。小水说，别管我，你先看看表，喜欢吧。大鱼只好低头，有模有样看表。小水说，喜欢吧。

大鱼面上沉默心里琢磨，奖金买了表，那肯定买不了包，所以齐天真送她那只包了？等于讲，大鱼不但没给小水买包，还把别的男人给她花的钱，转个弯地花到自己身上？他知道小水不随便欠人情，可人会变，他真了解她吗？突然间，装表礼盒比棺材还恐怖。他起身褪下表，冷冷说，我不要，你去退了吧。

局面长久僵持。小水甩脸进卧室，但又觉他有苦衷，怕做太绝没机会解释，因此关上门还留了缝。大鱼在阳台生闷气，气的不知是她还是自己，奇怪，他明明可以回自己屋，为什么还赖在别人家不走。时间催人老，大鱼手上那块旧表，走针声一刀一刀划他。

他走到卧室，她还在等他哄她。透过门缝，见她报复性刷电脑屏幕，来来回回都是看包页面。大鱼猛然意识，一个实物到手的人，不会再去虚空里看它，又没人证明齐天真的送包，他问都不问，第一反应却是误会。

太多情绪，大鱼想回家消化。碰到客厅垃圾桶，无意扫一眼却觉有些蹊跷，往常小水喝完咖啡，都是直接扔杯子。这次倒掀了盖，塞满纸巾。也许是他多心，顿了顿还是把杯子拿出来。纸巾都这么新，显然没用就丢进去。翻到最后却是一张价格牌，她给他买的表。数字刺眼，奖金绝不会发这么多。

她这次，是真的要对他好。一种实际的、赤裸的、可以明码标价的好。自从失业，大鱼头一次有哭的冲动。小水是很恣意的人，遇见他却万般小心起来，降低身份为顾他的自尊，回避她知他却不知的东西，脱口讲的话即便没错，还是没来由地内疚。大鱼突然迷茫起来，她跟着他，到底算幸运还是不幸。

当然懂小水爸说教那套，一个人失业又怎样，磨难只会让强大的人更强大。如果是小水，她大可调整心态重新开始。大鱼不一样，他要还爸妈欠下的债，要动往后看病的储蓄，要贷款买房还高额利息。谁都不想过二十岁看到五十岁的生活，可她能一输再输，他输一次，便经不起第二次。

好几回他都要讲出真相了，但一想到小水会说，不要紧，你可以去创业，去逐风口，人生没什么不可能。他便萎下来。偶尔大鱼也闪过念头，小水家有这么多门路，靠她也不是不行。有那种能屈能伸的人，这世道还不是看谁笑到最后。但光光是想已生理性恶心，或许，这就是他不能成大器的关键。

不久后一天，小水公司办派对，酒肆糊涂闹到后半夜，她才跌撞回家。又和大鱼冷战，真不知哪里出了错。打车行程分享到他手机，她想今天更糟了，他连晚安都没说。摸钥匙出电梯，却见门上贴一纸条。定了定神怎么也看不懂，她突然变成文盲。那纸条上写："对不起，我们分手吧。"

第二天醒来，小水发现自己躺地上，昨晚敲一夜门无人回应，打电话过去也是关机。弄不明白，向来只有她甩人的份，活到今天她怎么落这种地步？雨淋到窗台全湿，老天帮忙落泪，倒好，省得她肿了眼出不去门。动也动不了，不知哪来这么多淤青，浑身上下都在痛，唯独心是死的。

他拉黑她微信，她自然也要拉黑，只恨不能早一步。可拉黑有什么用，聊天记录还是山一样重。点到删除界面又退回来，再点进去，再退回来。反复多少遍也不记得，直到手一滑，手机掉水杯里，小水惊醒般捞出来。幸亏一切还是齐全的，然而人真的不在了。

反复想分手原因，想不出来。她笃定他在赌气，会反悔，于是心安理得地等。可是一天，两天，一个星期，没有任何消息，这才意识到他铁了心要离开。离开时，也没带走属于他的东西，一个人心机到这种程度,自己抽身却要别人沦陷。瞬间她对他的爱,走到恨的地步。她拉来箱子,把他的东西统统往里扔,所有他送的沾过的,无一幸免。

丢完箱子,她觉得应当笑一笑,于是笑了。一路蹦跶回家,关上门,整间屋是自由味道,可没想耳朵到底贴在外面。电梯响了,门锁开了,是他回来了吧?连猫眼都不看,小水冲出屋去,却不是大鱼。房东领一对情侣,三人齐刷刷愣住。泼出去的笑也收不回来,她只好抱歉转身。

然而在转身的那一刻,又见走廊白墙上脚印,很乖很委屈地看她。那是大鱼第一次吻她,把她逼到角落时,她在慌乱中踢上去的。心头瞬间哽咽,她冲下楼去翻垃圾桶,搞一身臭味又把箱子搬回来。想着反正往后每天她都会看到那脚印,箱子丢不丢也没多大区别。

不算突发奇想,一种命中注定的感觉,小水想去暖暖面馆坐坐。当初迫切想知道大鱼秘密,他又守口如瓶,就是在那面馆受了老板娘的刺激,才会找上齐天。得知大鱼妈往事,又恰巧发现带锁皮盒,大鱼抄的小说、看的话剧、拍的照片,原来他多年前就暗恋自己。如果没这一茬,兴许对他的感情就没那么深。感情不深,如今也不会伤这么深。深了是好是坏,很难讲清,可总归想去一趟暖暖面馆。

大鱼妈一见小水便认出来了,最衰败时刻,就是这小姑娘拍了她倚墙边的背影照,还说这么好看,不拍可惜了。照片一看,大鱼妈立马麻痹，沉浸于自我美丽中。她是肤浅的人，要的快乐因为肤浅也容易起来。虽只维持几分钟，但从心底记住这姑娘的好。此刻大鱼妈亲自点单，问小水，还是大排面吧。小水惊讶这么多客人，自己什么口味她居然记得，于是笑笑点头。

  人不能闲，一闲下来便要思考，思考没有好处，只会让不放过自己的人更不放过。等面之时，小水想到大鱼离开的日子，也是他精心挑选的。知道公司派对她不自主会喝多，半醉不醉时被分手，于生理于心理都更好接受。小水恨他的用心，直到离开还要装出体贴模样。他难道不知，她只会因念他的好，更不记得他的坏吗？

  大排面端来了，服务员另拿几碟小菜，说是老板娘送的。小水不敢抬头，扒着面塞进去，单单一口眼泪就涌出来。这面太家常了，一个人对另一个人，到家常的地步便是偷心了。过一会小水接到齐天电话，他问，礼物可以不收，但你的承诺啥时候兑现？

四

  大学读理工科，不等于不学文科，尤其选修课，有些文科类学分格外好拿。齐天早就打听清楚，自然要钻空子。大鱼也选同一门，倒不为混日子，纯粹感兴趣。齐天想好学生就爱端着，明明想多腾精力放本专业，偏要找借口，骗人骗己活着累吧。

伦理学第一堂课，老师姓甄，瘦削，啤酒瓶底眼镜，四十岁老实人模样。甄老师说，伦理学是哲学的分支，讲啥呢，讲善恶讲对错，大家不禁要问了，这有啥好讲的，舍身取义是好的，杀人放火是坏的，这不是很简单嘛。那我倒要反过来问你们，如果杀一个人可以救一群人，那这个人要不要杀？如果这个人是当官的，有钱的，要不要杀？科学家，艺术家，要不要杀？抢劫犯，残疾人，要不要杀？如果这人是你，你爸妈，你仇家，要不要杀？再问，如果是你看着别人去杀，杀不杀？如果这人要你亲自去杀，杀不杀？如果你杀这人，抱着救所有人的目的，你就是对的吗？如果你杀这人，仅仅因为他握着你把柄，难道你就错了吗？这么多问题大家仔细想想，对对错错，怎么判断怎么抉择？这些困境就是伦理学要讨论的，也是我们这一辈子都要面对的。

一听便知，甄老师擅长自问自答，深知难题抛出来也没学生应和，索性唱独角戏痴痴迷迷。却没想浪荡子齐天倒是听愣，简单一问句引这么多是非，当真为难。同时也明白，大鱼说感兴趣并非伪装，想必事先了解，真想学点硬本事。再放眼望四周，多数人仍是无动于衷，伦理学课本下埋专业课作业。甄老师废话连天，要搞明白那么多有啥用，现实里真要你杀一个人救一群人吗？闲了没事干，庸人自扰罢了。

伦理学成绩，七分看考试三分看报告。所谓报告，即每堂课前俩学生各挑一案例深入阐述，说白了，就是抄抄百科读读幻灯片。其他人半小时搞定，甚至借往届学生作业，反正走马观花过个形式，分高分低都来去不大。轮到齐天却罕见上心，研究主题类似甄老师头一堂课讲的电车难题。借一堆书看不懂也硬着头皮，幻灯片上洋洋洒洒都是字，各种立场各个流派，列得天花乱坠。

这天报告难得齐天用功，大家不由竖起耳朵多听几句。但看他眉飞色舞，其实也是抄抄读读，抄得多读得有激情而已。甄老师赞许点头，能看出齐天努力，在他的课上努力就是一件稀罕事。齐天心里乐，莫名有讨好甄老师的冲动。

齐天后面是大鱼，俩人学号排一起，凡是考核，难免有拉出来溜溜的味道。一听大鱼，大家落下去的头又升起来，学霸出场，总想看看能玩出啥新花样。大鱼笃笃定定打开文件，沉稳声音说，二战德国实力顶尖，诺贝尔奖得主海森堡，更是物理界定海神针，种种方面条件都到位，但纳粹野心如此之大，为什么没有造出原子弹呢，今天我想讲的就是海森堡之谜。话到此地，全教室听不到一页翻书声。

大鱼说，量子力学里，海森堡最重要的贡献，便是提出不确定性原理。一个粒子的位置和动能，不可能同时确定。好比我们滑雪，知道在什么地方落下，便无法确定当时的落速，可知道了落速，又无法确定在什么地方落下。当然我今天不是要讲物理，而是想讲不确定性原理，如何深入骨髓地体现于人性。

切一张幻灯片，大鱼继续说，二战后海森堡称，他之所以没带领德国科学家造出原子弹，和实际水平毫无关系，完全因为意识到小小原子弹带有巨大杀伤力，人类一旦掌握，纳粹一旦利用，后果不堪设想，但迫于对国家的义务，他又不得不假装研究，其中最核心一点，便是算错造原子弹所需的核燃料，铀的含量。海森堡如此解释，于科学，于良心，他都干得漂亮。

可有人不满了，站出来攻击说，海森堡你撒谎，你造不出原子弹根本不是道德问题，就是能力不行，你以为铀要上吨，实际上几十千克就够了。海森堡辩解说，这个公式我是故意算错，不管怎样，我得夸张实验难度，让希特勒相信原子弹造不出来。

但话又讲回来，海森堡是德国人，他真能接受祖国战败？要知道海森堡的童年终结于一战，他太清楚战败国的噩梦。而且就算痛恨纳粹，可作为物理学家，为了政治牺牲科学，他又真能做到？后来希特勒取消核计划，海森堡却躲进山洞继续研究，没有保护，毫无顾忌，疯了一样工作，而一旦成功，也意味着他将死于辐射。这样把事业置于生命之上的海森堡，真能容忍自己造得出原子弹，却假装造不出？

之前齐天讲电车难题，功利主义，只论结果不论动机；康德主义，只论动机不论结果。可人是如此混沌，绝非一种主义所能概括。就讲海森堡，如果造出原子弹，便是科学顶峰，爱国楷模，人类历史的耻辱；如果造不出，便是手下败将，亡国叛徒，拯救苍生的英雄。然而造出造不出，源于哪些动机，各种动机又是多少深浅，谁能讲得清。

当然有人会问，既然一种定义局限，那把种种定义综合起来不就完整了？讲到这里，不得不提哥本哈根阐述的另一大支柱，互补性原理。提出者，正是海森堡的老师玻尔。玻尔认为，微观粒子具有波粒二象性。选择粒子实验观察到粒子，选择波动实验观察到波动，然而粒子和波动，不可能同时出现在一次测量中。好比一枚硬币，看到正面便看不到反面，看到反面又看不到正面，两面对立，两面又缺一不可。看人看事同样如此，选择一种观念，就得接受这种观念的局限，顾不到整体。选择多种观念，又发现彼此矛盾，绝无共存之可能。

回到伦理学，功利主义康德主义种种主义，为什么分不出好坏，决不出胜负，正因这不确定性和互补性。好人不好，坏人不坏，世界混乱，本质虚无。我们所看到的所相信的，只能是局部。所谓人性，也不过是无止境在种种观念间徘徊。其实我不知道想通这些，对人生有什么帮助，我只知道不以物喜不以己悲，这话是有科学依据的。

浩浩荡荡一番话终于落幕，大鱼沉静，齐天沉静，整个课堂沉静。轮到甄老师点评，齐天本能要逃，借故上厕所离了教室。若是这报告没准备草草了事，也不丢面子，可费尽力气却不敌对手毫毛，明眼人一看，境界深浅立判高下。齐天有被折服的心，也有寻死的心。可没想刚出教室便撞齐天爸，眼睛瞪到滚下来，问他怎么在这？齐天爸说，办点事，顺路过来。齐天确信之前一切，被他尽收眼底。

本是父子聚餐，现今来一外人，齐天夹于爸爸和大鱼间反觉多余。高档西餐厅放古典音乐，摆银饰餐具，齐天想大鱼头回进此地，必有露怯之处。齐天爸倒难得体谅，在大鱼难堪之前及时提醒，手把手教用餐礼仪菜品吃法。大鱼再潇洒，此时也低人一等。

齐天爸说，以前我是乡下人进城，看啥都稀奇，好日子过惯了又觉没意思，都是形式噱头，经不起推敲的。大鱼你不用拘谨，就当自家用餐，放轻松。齐天切牛排味同嚼蜡，心想，他帮大鱼圆场，对亲儿子却不顾场合拆台。

齐天爸继续说，今天我听你们上课，天天讲得不错，能看出下了苦功夫，不过相比大鱼还是逊色，我挺好奇，你小小年纪能有这种思考，怎么做到的？大鱼苦笑说，叔叔，生活不易，有这种思考很正常。齐天爸说，不以物喜不以己悲，你这种年纪就能做到吗？大鱼说，现在做不到，总有一天会做到。齐天爸抿红酒，欣赏看他。

若说之前拿大鱼刺激齐天，现今一番夸奖倒真发自内心。齐天爸这一代，凡是出人头地者，大多饱受苦难蹚风蹚雨，也因此轮到下一辈，什么都想给最好的。给着给着不对了，娇惯脾气出来了，狼子野心消退了。齐天爸看儿子痛恨读书成天享乐，不是打游戏便是鼓捣相机，等于白花花一堆肉，会呼吸罢了。

上次公司拍宣传片，齐天竟主动说，我技术好我来拍。成什么样，往后接手的太子，扛摄影机蹲地上任人使唤？还有一次齐天爸过生日，齐天搞惊喜晚宴当众示好，女孩子表白一样，拿麦克风在台上讲，爸爸我爱你，很爱你。齐天爸太尴尬，恨不得钻地缝。男子汉大丈夫这样示弱，往后混江湖险恶丛生，被人一抓一个软肋，太没用了。

到今天齐天爸又恨生得少，一个孩子风险过高。若是大鱼这般，看似书呆子木讷，实则悟性极好，城府大可培养，那齐天爸这辈子辛苦打拼的天下也不算白忙活了。送俩孩子回校，齐天爸叮嘱大鱼，让他多带带齐天。一张笑脸转向齐天又变样，他说，你别抖腿了，动不动就抖腿，什么德性。

一个人什么都有，就差一样；一个人什么都没，只要一样。若说这两种想做哪一种，多数人定说第一种。齐天笑人傻。第二种随便得一样便可开心，第一种唯求一样却苦苦不得，这辈子困牢，个中滋味等于地狱。

更要命的是，齐天发现自己在隐约模仿大鱼，若大鱼学习他也学习，大鱼打球他也打球。起初他当这欲望普遍，谁都有学习打球之时。然而到底承认，大鱼不在身边，他彻底失去学习动力，篮球放手边也沾灰。奇怪，他不爱的事为何假装爱，可大鱼做什么，他又控制不住不去做。

齐天反复回想爸爸看大鱼的眼神，等于一个人照年轻版的自己，沉沉醉醉，顾影自怜。同类嗅出同类，他们这一类无需引领，便知做什么不做什么。也无需鼓舞，纵然全世界作对，想做的还是去做。梦想算天赋，毅力算天赋，思想也算天赋，齐天样样都有唯独天赋没有。他努力不努力，被赞赏被痛骂，走到末终究一样，总要继承家业，继续如今这般吃吃喝喝的日子。别人都羡慕他，可他是真不懂活着的意义。

好不容易找一爱好还被兄弟毁掉，齐天一拿相机，便想大鱼到处出风头。有回他一人在宿舍，赌气到砸相机，却瞥见大鱼的桌子。书是借的，电脑是二手的，漆黑短袖洗到发白。大鱼脾气倔，地下健身房不通风哑铃生锈，但甘愿去。学校讲公平，家境再差也供学生苦练场所。齐天愤恨，明明有更好的场地，他一人办两人的卡，本来这点钱塞牙缝都不够，可大鱼偏不要，他不爱因钱低三下四。齐天无奈，只好也跟着去那地下室，单凭他自己是铁定练不动的。恨就恨在这，主流规则和世俗眼光，到大鱼身上通通失效。不仅如此，齐天还总被迫在他不擅长的领域，和大鱼较量。外人都说，富二代被穷小子治住了。

明的不行，只好阴的。齐天举相机灵机一动，既然大鱼是公认模特，角角落落都引人注目，那索性全方位摄影。往后大家再去网上，看到的便不是大鱼的光鲜，而是贫困，边角料的窘迫。一个人陡然被脱了衣，赤条条地晒着，齐天还美其名曰，多亏我你更红了。大鱼看出齐天的心思。他聪明，聪明到愚蠢的境界，不和齐天计较，任他们去说。本来名气不名气也是无所谓的事，来去快，不能靠一辈子。不过真正刺伤他的，倒是齐天爸。

兴许因为大鱼，齐天爸深感教导无方，或有生错儿子的幻觉。他开始频繁开车接俩男孩，有时家里摆宴，有时打高尔夫，有时企业考察。大鱼不大明白齐天爸的真实意图，总之，绝不会像他嘴上说的，见到有用之才忍不住栽培。饭桌上，齐天爸给大鱼传授经验,也拿大鱼当榜样激励齐天。可情到深处,父子终究是父子,大鱼总有被利用之感,邀请而来不为别的,单为观赏这家人的兴旺。因为大鱼家贫,有脑子,还很敏感,每每提到父母、成长的辛酸,齐天父子都爱看他于细微处受刺激。父子俩对视精准感受,血缘因此也更浓了。

一个用肉眼,一个用镜头,各自拍到对方生活里去,到后来,大鱼内心波澜难以平复。好几次听着齐天的鼾声,他竟无法入睡。开始想象如果擅长投胎,也入齐天那样的家庭,如今他该是怎样?更好还是更坏,得到什么又失去什么?是命运改样配得上大鱼,还是大鱼改样配不上命运?总不会样样都好,齐天硬不起来多因泡于财富。但万一呢,性格到位,阶级到位,运气到位,必定有这样老天宠幸的人。越想越多,原本踏实生活也越发不能专注。谁能想到,大鱼心态彻底失控了。

等往后齐天爸再次邀约,大鱼下意识远离。也许对有钱人来说,这是昂贵的嗜好。砸点钱看一个原本很好的人,会不会被腐化,多久被腐化。齐天却悟错了意。以前他当大鱼恨不得认一个干爸,好取代自己,可高枝攀一半又退出,没道理啊。兴许是悟到齐天吃醋,为了兄弟宁可放弃前程。又想曾经拍大鱼黑照时,他也再三退让,有意不计较。这么一来,齐天忽然为自己的小人之心愧疚起来。

一物降一物,齐天不知如何面对。痛恨大鱼,反衬自己的种种无能。感恩大鱼,刺激自己到奋斗的路上。可变好的意思是,承认大鱼优秀，承认齐天爸看人的眼光，承认他俩在思想上的共鸣，要远胜父子间血缘，承认自己上进，便得永远跟随大鱼而无法超越。当然，也可以不变好，与他最在乎的人抵抗，但那样得选择堕落，无底线迷失。

齐天不再偷拍了，对大鱼好，当他真兄弟，但也希望他出意外，飞来横祸即刻丧命。齐天不介意后半辈子，大手笔花钱抚养大鱼父母，当无限道德的义子也算一段佳话。除此之外，他满腔情绪无处发泄，只好迷上酗酒和泡妞。自我毁灭式的酗酒，收藏珍品式的泡妞。

五

很难讲清齐天具体做什么，业务广泛又不深耕，摄影爱好倒一直保留。近来正值互联网风口，投影视、拍视频、签网红，反正二代有的是这份自由。父辈讲起来，也是年轻人野心足，选对了赛道。

那天，说好去齐天的摄影棚拍照。小水起了早，一个人去咖啡馆吃早午餐，旁人熙熙攘攘，但热闹与她无关。奶泡沾唇边，再没人宠溺抹掉，可打什么紧，她自己拿纸巾照样能擦，倒是得留意妆会不会花。以前在大鱼跟前，他看她的素颜，她笑他的打鼾，那么多难言之处，他们却当是彼此顶可爱的地方。

小水不能想象在齐天面前卸妆。她很快吃撑，明知待会拍照，还是忍不住。想来也不是真在乎齐天。仿佛爱一个人，应当把最美和最丑都给他看，既展示身体又检验内心。如今，她却把所有机会没收。

搜摄影棚地址，导了航也不远，小水想吃撑了索性走过去。可齐天也是少爷脾气，非要开车来接。她懒得争，心里不稀罕，等他的时间她都能走到那了。坐也不是站也不是，好不容易，鲜红色跑车挤出来。那么窄的路，一巷子绿，他也不嫌他的车扎眼。然而轰轰马达引众人目光，要的就是这效果。

路况很糟，上一秒启动下一秒刹车，仿佛吃坏肚皮的人，刚吐出去又咽回来。齐天手搭方向盘不耐烦说，没办法，市中心就是跑不起来。小水心想，又不是头一天开车，明知会堵成这样。但堵就堵了，干嘛还抖腿，他一抖，连带整个车子都抖。本来就消化不良，胃更难受了，她忽然有被绑架之感。总算挨到空旷地方，小水想，不对啊，就算堵，这么近也该到了。她实在胃顶得痛，想站起来走走，便问还没到吗？齐天踩油门说，刚过了，但我想带你看看周边。小水不响。齐天说，怎样，风景不错吧。

小水自然明白，秀的不是风景而是车。半年才到手，不兜风不炫耀，等于白买。记得头一次见，饭桌上齐天是很察言观色的人，如今一到展示权力便不能自已。小水一边想，他用这手段骗过多少女孩，一边又想，如果有熟人看到这幕问起来，齐天必定讲，是她缠着我想尝鲜，毕竟这车国内没几辆。

终于下车，小水胃里翻江倒海难受，齐天又等不及领她参观摄影棚。这块地本来就贵，设计师靠关系才能请到，每样家具又都有来头。小水配合称赞，心想齐天看起来高高朗朗很挺括一人，却总靠外在来壮势，奇怪吧，他骨子里这样自卑。

拍了几组写真，齐天夸小水是天生模特，又讲公司最近做美食探店短视频，团队专业配置齐全，现就差一个博主，小水上镜又能说，不来可惜了。小水说，你们公司那么多网红。齐天说，你不一样。小水说，看不出有啥不一样。齐天说，自己看自己容易看不清。小水说，别人看自己也未必看得清。齐天说，我讲不过你，我投降，但节目你还是要来做。小水说，我有工作。齐天说，跟你领导讲好了，他很支持。小水说，你应该先问我再问他吧。齐天说，一样的，你早晚会来。小水说，你哪来的自信？齐天笑笑。

没几天小水写真在网上走红。当事人还没察觉，是不同圈子朋友，收不同渠道消息，吃了惊才纷纷来问她。小水答不出所以然，只觉莫名。如今美女太多，美和美一不小心就撞车，即使美得特别，看久了也叫人疲劳。实在没有红的理由，跑去问齐天，他两手一摊说，第一你有气质，第二我有技术。又补充说，既然红了，就说明你有这个命，有这命，还不做这命该做的事，你不是傻吗？小水最后答应下来，不为别的，单为不闲着不思考，为把大鱼忘一个干净。

表演功底深，资源来得硬，方方面面走到哪个环节，都有人帮衬。加上领导在工作上放水，齐天四处走关系，小水这节目没理由做不好。做得好，等于粉丝节节攀升，广告竞相上门。一时间她竟成网红圈黑马，日程安排满满当当，停都停不下来。小水探店，齐天探班。他常嬉皮笑脸怂恿她说，要不你把工作辞了，专职干吧。小水放下台本说，导演叫我，我先去拍。

唯有坐镜子前任化妆师摆弄，小水才会有闲心，惊醒般问自己，多年前演员梦破灭了，如今算是借尸还魂重新燃起？可那时演戏要懂故事，懂人的千回百转，把自己揉碎了全身心投进去。现在相当一个木偶吃吃笑笑，一套话术颠来倒去地说。但演戏为了什么，说为艺术不免太假，到底还是想成名，要别人凑了脑袋急红眼地看她。过去千苦万苦没成的事，现今拗几个造型便手到擒来，那么多粉丝，她有什么不满足？然而总还是不对，差点什么。可每每想个开头，化妆师便打断她，你看，你多美。小水一震，望镜子里的自己，溺进去了。

某种程度齐天也算小水的贵人，借工作幌子，他常带她社交，出入各大圈层。虽说来往之人个个花头十足，但毕竟物以类聚，兜兜转转还是流于二代和新贵。陡然间，小水被置身于一堆女人，每天不是想怎么变美，便是想怎么用这美去钓男人变现。她们一生下来就在学习，由内而外地花了狠功夫，按流水线那套打量小水，哪里不够精致，哪里不懂分寸。以前还不觉得，但进了真把美当成事业的圈子，小水便显出局促。

每次赴宴等于进修罗场，为此，她不得不花成倍时间折腾脸

291

蛋，比工笔画还细致。光注重局部还不行，得整体协调，妆容到位了首饰又别扭，颜色匹配了材质又搭不上。脱了换，换了脱，好不容易有点浑然天成的味道，可到下一次又得重新来过。没办法，造型总不好重样，朋友倒是常换常新，拍的照片却是人尽可见。不然别人要说了，她是穷还是省，怎么总穿那一身。然而只换造型也不够，一路风格走腻了，得往别的道上试探。不然又要说了，哎呀她只能那个路，真正的美人什么路都走得通。也有唯一的好处，油渍溅到真丝裙上，她无所谓去擦，反正不会穿第二次。潇洒归潇洒，为潇洒埋的单，只会驱使她更卖命搞钱。

总是接近尾声大功告成时，小水一不留神就要恼火，恨不得砸碎一切，赌气不去。以前，她怎么腾不出这么多时间，专为打扮为争艳。想来想去是偷梁换柱，牺牲读书看剧的工夫，只求秀色可餐。餐餐不一，餐餐攀比。食客隐在黑暗里，面上夸得起劲，心里处处挑刺。真到这种地步小水又暗喜，幸好花时间多，准备充分。也会吸取教训，这一次当为下一次铺垫，考试也讲循序渐进。有时艳压全场不自主飘飘然，她突然当自己的叛徒，觉得女人嘛，就该在肉体里沉沦。

当然女人间的竞争，最终还要落到男人头上，或者说，女人评女人不算数，得男人来评。小水恨这种狭隘，可到辩论时又失声。真正的一对多，小水想何必呢，伤感情，任她们去说。这些女人叫名媛也好，贵妇也罢，都是过来人的派头，自来熟的亲昵。

其中一个富贵花姐姐长她八岁，入了豪门，儿女一双。再往前揪，出身底层豁了脸地闯，如今洗得雪雪白。她好心好意劝说，小水啊，别跟我扯别的，男人多爱你就给你花多少钱，爱就是能用钱衡量，俗是俗了点，但话糙理不糙。小水识趣，边倒酒边说，金玉良言，谢谢姐姐。

富贵花又说了，搞男人，光漂亮有用吗？没用的。你看看有些女的，那个长相哦，十分说六分都算是捧她。可这样的女的，把大佬抓得死死的，为啥，会来事呗，低得了头下得去嘴，打心眼慕强。当然也不是所有男的都吃这套，你得能屈能伸对症下药。比如二代小奶狗吧，从小含着金汤匙，走哪都有人舔，这种时候你走高冷御姐风，就不一样了。人就是贱，倒贴的不要，求而不得的越看越想要。等你搞定小奶狗，再搞定他爸妈，三百六十度展现贤妻良母风范，后代有望公婆欢喜，你这辈子不就不用愁了嘛。听到此地小水笑笑，碰富贵花酒杯，先干为敬。

富贵花还没说痛快，话匣子打开，一半好为人师一半欲倒苦水。听来是纸上谈兵，其实扒开一看，满怀辛酸泪。富贵花回味酒香继续说，不过除了自我修养，两性捕猎，婆媳之道，如何处理男人的其他女人，也是一门高深学问。你别不服，男人有多优秀，就拿得住多少女人，尖尖上那拨，成百上千的后宫也不稀奇。别怪男人不自律，多少女人死皮赖脸贴上去，挡都挡不住。所以等你占了地盘，怎么坐稳就至关重要。不是叫你见一个打一个，一夫一妻不要想了，装傻是最高级智慧。一面放老公去玩，一面叫老公回家，要大气也要小气，要清纯也要魅惑，说白了一个词，弹性。做人有弹性，难得不得了，可因为难，就显出你的厉害。小水，跟你处这些天我算看出来了，你啥都好，就是少了点弹性，你的自我太强，自我一强，别人的自我不就没地方放了吗？所以啊你学学我，别把自己看太重，姐姐今天掏心掏肺跟你讲这些也是缘分，平日我还不稀罕，那些女的请我，我可是要收费的。

富贵花说着自己笑起来，声音尖利插入胸口。小水依旧笑笑，闷酒一口想，你老公想和齐家做成这桩买卖，暗示我珍惜齐天，其实是讨好他，帮他实现心愿，我的幸福你真会在乎吗？得了，谁收谁的费大家心里门清。然而久久不辩驳，也真当自己信这套。

小水从小逆主流长大，习惯孤身一人，如今也掉头顺人群方向，竟感到一种全新的自由。不动脑也不担风险，只因标准摆好，照着去做便大获全胜。即使不成也无妨，大可把责任推开，因为主流道路上多数人都不成，怪这怪那就是不怪自己。但一个人若是违背主流，那成或不成，错都在他自己，其中苦头小水早已吃尽。

齐天旁观，见她在镜头前欢喜，出了镜头依旧欢喜，情绪仿佛高转速陀螺，超浓度酒精。想来是之前和大鱼相处太过悲苦，一换对象整个人都焕发。再加上齐天有钱，舍得砸钱，老板包装员工本就天经地义。虽说小水不同一般女孩，可一旦尝过名利滋味，要不沦为奴隶也很难。齐天暗喜，想这女孩不过如此。殊不知小水不停歇，不是太享受，是一停歇只会更陷空虚。

这天录节目，不知怎么，她一反常态总是卡词。齐天体谅，索性收工带她兜风散心。想到耽误同事时间，小水多少愧疚，抱歉感慨说，也许我不适合当网红。齐天说，别瞎想，短短周期这种业绩，几个人能做到。小水说，以前想当演员，后来发现也不合适。齐天说，演员演戏，网红卖货，都是图名图利，你以前没做到的事，现在不是做到了嘛。

小水沉默，不知齐天是真不懂名利之外的事，还是为了留她专讲这工作的好处。可名利之外的事究竟是什么，小水自己也讲不清。如果大鱼在就好了，他一定能分辨其中差别，不然小皮盒里，为啥藏有她大二演话剧的门票、剧本、剧照。她从未提过此事，但凭直觉，他一定是那时爱上她的。

樱花大道上齐天忽然停下，拉她的手说，小水，做我女友吧。小水一呆，感到樱花飘飘，浪漫用错了地方。小水说，这么多兴趣，你为啥偏爱摄影？齐天说，啥？小水说，我的问题先回答。齐天想一会说，摄影是选择的艺术，世界太大，我只看我想看的。小水说，如果看不到想看的呢？齐天笑说，你是装傻吧，拍照修图，摄影剪辑，相同素材一旦用蒙太奇，完全相反意思。小水说，问题就在这。齐天摸头说，我不懂。

小水苦笑，想起头一回在他棚里拍照，误闯某间密室，里面挂各路女生写真，或者说和他谈过恋爱才有上墙资格。齐天想当春风，吹落樱花，仅仅为在最美时刻全部占有。小水说，一个人爱摄影到这地步，说明你只喜欢想象的我，而非真实的我。齐天说，乱讲，真实的你就是我想象的你。小水摇头说，换句话你不喜欢我，只想得到我。

近来小水常去暖暖面馆。大鱼妈本来很防这路女孩，看她，等于提醒自己人老珠黄，然而小水实在懂事，每次来店里都装扮素雅，毫不招摇。能看出她平时的美打八九分，但体谅大鱼妈，便收敛起两三分。其实两个女人又无利益瓜葛，单纯一碗面的交情，可小水聪明心善，这么好的女孩，不当儿媳可惜吧。

前几日大鱼妈刚问大鱼，啥时候带女友回家？大鱼淡淡来一句，分手了。她也不敢多问，心想照片都没看过，只知道白富美的档次。虽说女方家底厚，能扶持儿子一把，但被贾老板骗财骗色后，大鱼妈逐渐醒悟，占过的便宜迟早要还，与其看人条件不如看人品性。这样想着，她已坐到小水那桌，寒暄几句迫不及待问，丫头，你有对象吗？没有的话，我儿子不错，要不介绍你俩认识认识？

六

其他方面赶不上就算了，可连谈到女人，齐天也比大鱼差一截。电视剧演的那样，球场迷妹争相送水、图书馆处处偶遇、教室陡然增了旁听生，校草一举一动，都被做功课般记下来。因为同宿舍，齐天受的打击便到更深的地步。如果大鱼稀罕那也罢，偏又摆出百毒不侵的样子。

一个人在乎却不拥有，一个人拥有却不在乎，齐天受不了。带了妹子去豪华餐厅、高档商场，去他擅长的领域。然而更蠢，行走的提款机，别人都当他的钱风刮来一样，花起来格外不心疼。只有大鱼，没钱一样瞩目，多种多样的爱照样搜刮。

齐天知道爸爸的饭局上，直接比财富多少是很俗的事，但落实到女人头上，便有一种精致文雅的意味。数量是基础，质量分高低，也算一种实力的凭证，见女人，便见她男人的品位。谁都想走出去，水光潋滟惹人嫉妒。

迟早要过的一关，从此，齐天笃笃定定研究泡妞，此门科目要考一生，重中之重。起初也常受阻，太主动了人家受不起，太老实了氛围出不来。但不气馁，每次失败都当练手，记下来总结经验。人设包装、聊天技巧、情感操控，步步讲究章法，条条都通罗马。学以致用的妙处，齐天头一次领悟。

一回男生聚餐吹捧齐天，称是当代情圣、两性专家。有个刺头不服气说，人的种类千千万，我不信你啥样的都能搞到手。齐天说，怎么着，要不打赌试试。刺头来劲说，好啊，英文系系花姓尹名颖，出名的高冷，你要追上，我认你当大哥。其他男生顺势起哄，此事要成，他们都甘愿认齐天当大哥。

齐天一番打探尹颖的边角，很快有了主意。往后几天只见尹颖的闺蜜们，轮番跟着齐天到摄影棚。别人纳了闷问他，你是不是追尹颖不成，所以才改了目标？齐天也不应答，只笑说，等着瞧吧。当下摄影是吃香专长，找男友的头等条件。凭一台相机，齐天骗这些女孩到花枝乱颤的地步。她们不能相信自己是那样美，纷纷拿了照片到尹颖面前显摆。

开始还不屑，修的成分太高，尹颖心里笑她们自欺欺人。可时间久了她又不甘起来，姓齐的净找她闺蜜，自己从未轮到，她的系花口碑传那么广，不应该啊。等得不耐烦了，也借口要拍一套，既然熟人都说他技术好，那便是他了。可闺蜜传话回来，说找齐天的人太多，要尹颖排队等等。她是到哪都享受特权的人，他心里没点数吗？等到快放弃了，齐天突然电话来，让尹颖马上到摄影棚。对，就是马上，一秒不能耽搁，齐天说，错过这次，又得重新排队了。

这叫推拉，说来简单又不简单的一招。单凭这招，齐天很快把尹颖收入囊中。齐天带她和兄弟们喝酒，左一个大哥右一个大哥，连带刺头叫得分外起劲。齐天从未觉得世界如此唾手可得，回了宿舍推搡大鱼，问要不要免费咨询，兄弟看中的女人，他大可帮忙去追。大鱼摇头，反倒劝他尽早收敛，这样到处套路又不是真喜欢，图啥呢。齐天当大鱼嫉妒，见弱的人突然强起来，接受不了。一时间俩人都看不惯对方。

没两周齐天就提分手，揽上另一女孩，尹颖不信，坐宿舍门口专为候他。候来候去齐天也就一句话，他说，没想到你是这种人，留那么多男生的情书，本性风骚，啥意思。尹颖气到哭，回去翻情书撕得粉粉碎，发来微信说，留情书纯粹好玩，从头到尾只爱你一个人。齐天不理，逼得尹颖绝食，抑郁到看病的地步。于是他更得意起来，教导小弟们这招叫自尊摧毁，让一个人卑微到尘埃里，才是真的拿住她。

一个女生要死要活，大鱼看不下去。找到尹颖，说齐天是怎样设计怎样套路，她这样自我虐待实在不值得。也不是故意要坏齐天的好事，谁知尹颖咽不下这口气，趁齐天约会当场去戳穿。那时他刚花四小时拿下一女生，破了新纪录，窃喜得要命，可尹颖一搅局全黄了。

后来齐天坐宿舍翻相机照片，那么多女生为他痴迷过，现在又携起手在网上沸沸扬扬地闹，声讨他的不好。他不明白，又没强迫又没硬来，钱也花出去不少，两厢情愿的，怎么就不好了？当然他有用手段，略施小计，但话说回来，这些女生看中他多少还是因为势利。不想自己付出，先想不劳而获，要说诈骗犯首先瞄准的，不也是那些精刮上算的小市民。

相机调到拍摄状态，镜头对准，齐天突然想看自己当下模样，习惯性自恋仅此而已。然而没看几秒开门声响，大鱼回来了。一见他，齐天立马放相机，上前揪住领子问，你什么意思？大鱼不抵赖，强硬反问，这样下去她自杀了怎么办？齐天只觉好笑，不屑说，我不满足她就要自杀，那她要我杀人我也去杀吗？大鱼说，还狡辩，她变成今天这样还不是你害的。齐天冷笑一声说，你这么护着她，那当初你怎么不护着你妈？大鱼顿时愣住。

齐天玩味说，你妈跳过楼吧，被老板包养，老板又不要她了。大鱼把齐天反按到墙上，气极说，胡说。齐天说，为了摆脱你妈，那老板买一店铺送她，也算仁至义尽。大鱼一拳头打齐天脸上，鼻血流下来，齐天还在笑，舔血说，难怪你不谈恋爱，对女人防备心很重吧，真是可怜。再往后从相机显示屏里看，便是大鱼疯打齐天的画面。

两个爸爸都没想到，会因儿子斗殴的理由被叫去学校。虽说世界扁平，人和人的沟通变得前所未有地快，但到底，平日困在自己的阶层很难相撞。就算撞着了，也被各自身份保护着，不逾越的。如今为同一件事，坐同一台面上，大鱼爸和齐天爸都有发现新世界的错觉。

原本按大鱼爸的脾气，不管谁对谁错，都是真相为上。何况大鱼这么懂事，从小给大人省心，一定是被欺负了才不得不还手。为大鱼或为正义出气，大鱼爸骑电动车，在去学校路上愤愤想着。可刚到办公室，便从门缝瞥见辅导员捧茶杯，大喇喇的笑容溅进去说，齐总您尝尝，上好的新茶。齐总坐上座，讲究人打扮，回说谢谢，您太客气了。听他们的笑声逐渐膨胀，大鱼爸忽然间瘪下去。

俩男孩站跟前，辅导员问，为啥打架？长久沉默。辅导员又问，谁先动的手？依然沉默。辅导员要再问，这次齐天却抢先，掏出相机打开录像，五双眼睛齐刷刷看。大鱼没想到齐天这样心机，从开始到结束，只有大鱼猛揍狠揍画面，没有前因没有对话，齐天在落花流水之拳下简直无辜。

齐天爸见大鱼不过擦破皮，自家儿子的脸，倒是肿的肿破的破。多少钱养出来的金贵命，被打成这样，齐天爸嘴上说不心疼，胸口却有买一只好股票通通亏光的恼火。当然齐天爸久经江湖，一顿饭下来足以把人摸得精光透。不用问，肯定是齐天闯了祸先行挑衅。大鱼出自穷苦人家，若不是自尊伤极深，绝不会贸然动手犯这风险。可平日对待大鱼不触及自身利益，这种紧要关头，大是大非万不可马虎。本来齐天进校就是买的，名不正言不顺，若再惹出事端被抓把柄，那就太不划算了。

齐天爸想明白立场，可没想大鱼爸却是胳膊肘往外拐。录像一放完他就训大鱼，喉咙响，骂声毒，见缝插针地给齐天父子赔不是。此时的大鱼爸不是他自己，他也知道。懂历史的人最懂掐头去尾，断章取义，一看录像便知漏洞百出儿子被冤。但大鱼爸又清醒，自己就是得罪人太多耽误了一生，自己耽误也罢，要是害儿子耽误，那这辈子活着就真没盼头了。

说到底，大鱼爸有多爱儿子，就有多想儿子不变成自己。权力的勾结，清流的迫害，这些历史上翻来覆去的戏码，大鱼爸倒背如流。虽说政权大戏和孩童打闹根本两回事，但国事等于家事，有人的地方便有政治。只是大鱼爸说历史嘴溜，论情感又嘴拙，从始至终心里想啥，为啥这么想，一句没对大鱼坦白。

也因此大鱼站原地，不辩解，不吭声。只琢磨从俩人闹掰到泄露大鱼妈的秘密，短短时间，齐天不可能有工夫去调查。所以不是为了报复才去查，而是关系好时他就查清楚了。暗藏一手，等哪天需要可随时爆料。在人性的领域，大鱼做对题却扣分，齐天做错题倒加分，是非错乱如此想来，简直后怕。但被冤枉还是小事，大鱼看大鱼爸，本在衣着谈吐上就矮人一截，现又在志气上给人下跪。儿子印象里，老子一直硬骨，不卑不亢，如今不问真相，先暴露讨好的一面，因为不熟练，这讨好更显滑稽，仿佛杂耍。

　　大鱼心里只有冰凉。可要澄清，便得扯出大鱼妈之事，先不论出轨真假，只要这问题摆上台面，真假便不重要，重要的是隐私八卦很快传出去，供人嚼舌头。忽然间大鱼不想争了，什么都不在乎了。两对父子离开办公室，一人一条道地分开，各怀心思，又都误解对方的心思，只当自己最对，最讲良心。

七

　　其实小水能不能到手，本是无所谓的事，齐天少的是耐心，多的是货源。不同女人有不同追法，他从大学开始便乐此不疲研究，恨不得毕业论文就以此为主题，要理论有理论，要实战有实战，答辩老师也不如他钻研深刻。开设如此一门专业，相信不到三十，即可当资深教授光宗耀祖。不过这样到处征讨，具体得一个什么战绩，齐天也不清楚。或许为某天拿出去吹嘘，很多女人爱他到自杀的境地，这辈子也算辉煌过了。

然而活这把年纪栽小水手里，齐天痛恨。表白被拒后，他连泡几天夜店，失去的爱到别人那讨回来。也懒得动脑，高阶女生才用招数，低阶女生不过花点钱的事。但越闹越空，没多久他竟问自己，难道爱讲究的不是数量而是质量？不敢质疑。一旦质疑，等于过往全盘否定。

不过小水有什么呢，脸长得再美，关灯了一样，看久了又厌。身材好也没用，说穿了无非几坨肉，该瘦的瘦该肥的肥，长到不同地方罢了。那便是内涵，可这东西说来玄乎，少了只觉无味，多了破坏食欲。内涵到头不还是冲着上床，况且什么是内涵，有多少人讲得清。这年头到处造假，他自己是没鉴赏力的。那便是大鱼了。因为她是他的前女友，所以弄到手，也算对老同学的报复。然而，又不是硬生生从他手上抢走，说难听点，是大鱼丢了不要自己去捡漏的，还没捡成功，简直丢光脸。

一面想有什么手段没用，一面又想小水究竟哪里好。末了，齐天竟觉自己在代入大鱼，想象如果大鱼追小水，他会说什么、做什么。琢磨这些时，齐天刚好用一名牌包，搞定夜店陌生女孩，纯粹因她的姿色有几分像小水。她倚他怀里正懂事撒娇，齐天一看瞬间冒火，拿了酒瓶就冲镜子砸。不仅她是小水的赝品，他也是大鱼的赝品。

没带女孩走，齐天出了会所也不着急回家，无头苍蝇乱逛，很多年没体会过这种茫然。路经大剧院，隐隐歌声夹于欢呼，抬头望，音乐剧海报四处飘。散场后观众涌出来，齐天截住一女孩努嘴问，卖不卖？女孩说，啥？齐天指她手里戏票。女孩说，是今天的，演完了。齐天说，我知道。女孩说，我要留作纪念。齐天说，一百块。女孩摇头。齐天说，两百块。女孩摇头。齐天说，五百块。女孩不禁问了，你买废票做啥？齐天又说，一千块。女孩摸票好几遍说，池座前排中央，最好的位置。齐天掏手机转钱，干脆说，两千块，够你再看四场了。

待女孩离开，齐天举戏票，以大剧院作底拍照。发朋友圈没有配文习惯，倒在谁可见谁不可见的问题上纠结。照往常压根不在意，反正是广撒网，这女孩不中招，自有别的女孩落网。这次不一样，单想让小水一人看，又怕她不勤刷手机漏掉了，也可专门提醒，但未免刻意。发状态几秒钟的事，齐天前后却犹豫半小时。最终还是没提醒地发出去，只盼运气好她能看到。

第二天醒来看微信，见小水点了赞，齐天几乎从床上蹦起。可随即想，他激动，是因这招用得准证实实宝刀不老，还是当真动了感情不能自已，毕竟这是她第一次点赞他。想不通，爱情专家也有后遗症，戏里戏外已然模糊。也是此时他才细看照片，发现音乐剧名为《摇滚莫扎特》。

兄弟交换男女之事，才算兄弟，姐妹也不例外，只是一文一武张弛有道。兄弟论武，过招之人不重要，即使心里重要，面上也得装不重要，皆因论武讲究动作招式，来去间只为一爽。姐妹也想论武，却于情于理都难论武，只好讲文。武打之前的文戏，暧昧不清彼此算计，甜来甜去终是一苦。然而自己苦了就盼着别人更苦，用别人的苦抵消自己的苦，还能榨出点甜，何乐而不为。

所以这天富贵花姐姐家宴，十多位姐妹争奇斗艳，看似风和日丽，却是暗流汹涌。富贵花清楚，有人背地里作祟，扒她的黑历史到处去笑。心里不适意，但有意针对那人又显小气，便想拿小水开涮，杀鸡给猴看，好让大伙瞧瞧哪有人圆满，都是金玉其外败絮其中的货。

于是富贵花问了，小水啊，听说你有个前男友。本来气氛有些蔫，一听到前男友，姐妹们个个眼珠一亮活泛起来。小水尴尬假笑说，过去的事不提也罢。富贵花说，姓于吧，真巧，我有朋友当过他同事。小水心里一紧，面上还是笃定喝酒。富贵花继续说，都讲他好，学历硬情商高，长得还帅。其他姐妹起哄说，这种优质股小水都要甩，眼光也太高。富贵花一转语气说，不过呢于先生好是好，家境普通点，配小水这种顶级白富美，高攀了。一片嘘声，大家心里想，原来是凤凰男，那有什么好讲的，被家庭拖累最不划算了。

同类一眼看出同类，富贵花瞄这群势利眼说，你啊不像我们这帮俗人，你重感情重精神，但凤凰男心理多少有缺陷，有朝一日发家了，报复心不要太强，以前的好都是装的，越是好，坏起来越是厉害，物极必反这个道理你不应该不懂吧。

小水笑笑，心里一面想，再懂也没你懂，毕竟过来人刻骨铭心，一面又想，凤凰男有缺陷那谁没缺陷，你老公出身富贵，但家暴算怎么回事。富贵花脑壳浅，读不懂小水的笑，继续自说自话，总之那种人就别考虑了，放眼看看，好男人远在天边近在眼前。

借身体不舒服，小水提前离开了，混圈子这么久，这还是她头一回任性。比起独处，站人群里更孤独。她们说哪个包好看，她跟着说好看就算了。她们说哪种生活正确，她跟着说正确那也算了。她们说哪类男人才算男人，她说好好好，你们说什么就是什么。可她们说，什么痴男怨女灵魂伴侣，这种话讲出来不要太恶心哦，小水一下就火透了。

但真要解释又卡住，找到她们能听懂的话不太容易。说在这世上，不为钱不为权，单为一个人懂你，和你说得上话，便是顶快乐的事。她们笑了，说话管个屁用，男人说的话女人插不进嘴，女人说的话男人又不要听，说不到一起还要硬说，不是有毛病是啥。各归各不就好了，男人负责赚钱女人负责漂亮，多少大佬富婆的例子摆在那，学不会吗？

小水放弃了，一个人降低自己适应别人，是怎样的轻松，怎样的为难。由她们去误解，反正她活着早丢了本来面目。小水一走，富贵花就进卧室电话齐天。她说，按你讲的去做了，人刚走，正伤心着呢。

小水在路边等出租，没想红色跑车窜出来，齐天拉门，不由分说哄她上去。问他去哪，也是笑而不语。小水想，这种霸道总裁戏码，真有人喜欢吧。过一会否定自己，喜欢的人做啥事都喜欢，不喜欢的人再用心思还是不喜欢。

很快，小水被蒙眼下车，走一路鹅卵石到头，摘眼罩，只见秘密花园摆豪华沙发，再细看，巨型屏幕投影的正是《摇滚莫扎特》，他什么心思，她一目了然。齐天说，知道你喜欢，我也喜欢，重看一遍好吧。小水说，你喜欢这剧什么？齐天知她会问，早做好功课，从人物到故事，从音乐到舞蹈，洋洋洒洒讲一堆，简直精通，即便没真的看过。

小水盯他的嘴一张一合，半个字没听进，只想那次看剧是和大鱼一起，谁先等谁，剧场坐哪里位置，都记得清清爽爽。又想开去，吃过哪家餐厅哪道菜，轧过哪条马路哪道景，凡是和大鱼相关，细枝末节无不深刻。其实，和齐天一起的经历也不少，不知怎么万般模糊。发生一百件像压缩成一件，发生一件又幻化成一百件，零零散散不成体统。不止齐天，和大鱼之前的男友们也都如此。她恋爱多少桩，碰见大鱼才体会到初恋滋味，说出去别人都不信。

齐天说，想什么呢？小水回过神问，你最爱哪首？齐天愣住，好在准备周全，凡是音乐剧谢幕曲必是最火，虽流俗但不易出错。于是齐天说，《杀人交响曲》。也在意料之中，小水补充说，每到谢幕大批迷妹冲台前，里三层外三层就为听一首杀人，比演唱会还夸张。齐天说，零距离看偶像，省得回家睡不着。小水说，看了才是真睡不着。齐天说，你也睡不着。小水说，我睡不着不因为偶像，因为歌曲。齐天说，旋律太上头了。小水说，不完全是，你想想，莫扎特是男主，萨列里是男二，最火的歌不是男主唱的却是男二唱的，什么意思？齐天一惊，幸好今日没膨胀，谁唱的都没搞清，讲漏嘴就好笑了。他反问，你觉得呢？小水说，莫扎特是天才，萨列里不是天才，你懂吧？齐天装懂，笑笑点头。

小水继续说，萨列里是堂堂宫廷乐长，维也纳的音乐权威。突然横空冒出一个莫扎特，才华逆天无视权贵。萨列里也够努力，但努力不到天才的份上，要是审美不好就算了，偏偏审美又顶级，能力够不上审美。一面被莫扎特的音乐折服，一面为写不出这音乐痛苦，一面想杀莫扎特，一面又想自杀。再往细讲，莫扎特除了天赋一无所有，还英年早逝。萨列里除了天赋什么都有，却因嫉妒等于活死人。天赋是厚礼也是诅咒，名利是馈赠也是枷锁，天下之事，此起彼伏互为因果，你说，你想要哪种人生，莫扎特还是萨列里？没法选，根本没法选，想到这层，想到自己如此人人如此，我便睡不着。

齐天彻底震住。以往他酒后吐真言，说富二代有富二代的苦，别人当他炫富，为赋新词强说愁，如今却是有人明明白白道他的真心。小水背着歌词："未能协奏的协奏曲，我始终触不到美好的音符，我的才能徒有虚名。"齐天鼻酸说，这句真好。小水说，大鱼也很爱这句。凉风瘆人，齐天不响。小水又背："我将我的夜晚，奉献给了杀人交响曲。我诅咒所有相爱的人，对此我供认不讳。"

齐天恨自己，一夜之间因小水几句话，便觉人生整个都是错。

他忽然不想坐下来和她欣赏，看萨列里等于看另一个自己，怕情到深处不由失控。幸好她也借故不看，聊表谢意后匆忙回家。齐天松一口气，却立刻想到她上次看此剧，必定和大鱼一起。大概精神洁癖，很爱的东西只和很爱的人分享，可以想象，他们当时出剧场是怎样的场景。

大鱼爱讲理，逻辑缜密，章法可循。小水也不差，领悟力强，辩论好手。俩人唇枪舌剑你来我往，相当两根连通的水管，阵阵激荡后最终持平。她想浅薄的东西他来挖深，他想不出的东西她来刺激，俩人一照面，等于望异性版的自己。不为输赢，单为携手走到精神从未走到的地方，比单纯的高潮还要高潮，这辈子有过这种体悟，也算无憾。因此他们在彼此心中无可取代，换新人，也不过是旧人的影。

后来小水也当齐天的面，说大鱼坏话。说他好胜心重，控制力强，简直永动机；说他太渴求真相，虚的一概不要，清醒到悲伤的地步，和他生活是很痛苦的事。齐天最初暗喜，后来明白，她太不能摆脱大鱼的影响，才太迫切诋毁他。这和当初齐天在她面前狠批大鱼的状态如出一辙。

不久后某天，小水坐暖暖面馆，回忆讲莫扎特那晚，没想到洋洋洒洒给齐天扯这么多。不扯还好，一扯等于过往死灰复燃。自己本身有过演员梦，时而莫扎特时而萨列里，两人虽死对头，但彼此矛盾都源于对艺术的真爱。如今小水当网红，却是两种人格统统死去，和大鱼看剧时的颅内高潮，也全都幻灭。

仍旧不舍，小水拿出《空心爱》一书。前几日途经和大鱼相识酒吧，来回犹豫还是进店喝了一杯。到走廊拐角处，抽出酒柜下小说，换一沓玩具美钞，从此《空心爱》放包里日夜陪伴。此刻翻书到《漂亮的女作家》，边吃边读，通篇读完面也吃完。虽文笔青涩，但其中极致心情让人久久难忘。大鱼划线一句："**大多数人说想要爱，其实是想要被爱。我说爱，就真的只是爱。**"又在空白处评论："写到位了，时刻拿这句自我警醒。"

小水发呆之时，不知大鱼妈正站角落琢磨她。前几日儿子回家，饭桌上大鱼妈蜻蜓点水说，谁家儿子办婚礼了，谁家女儿生龙凤胎了。大鱼直接打断说，妈，我工作实在忙，如果碰到合适的自然考虑。大鱼妈来劲说，我这就有一个合适的。大鱼闷头吃饭。大鱼妈说，漂亮是肯定的，关键人好懂事，配你不要太赞。大鱼放筷说，我吃饱了。大鱼妈说，还和你一个口味，每次来店里都点大排面，搭青菜、素鸡、荷包蛋。大鱼起身说，我去上班了。大鱼妈说，你看看她照片，我偷拍的，小姑娘真不错，哎你不要走，看看呀，看看。

终是没看成。大鱼妈此刻紧盯小水，依旧不死心。正想怎么上前搭话，一个走神，小水却收拾离开了。大鱼妈惋惜着，谁知下一分钟大鱼又来店里。大鱼妈恨不得跺脚，天下哪有这么巧的事，刚好错过。可或许他们在店外就碰到了，但也不对，俩人都人群里出挑，如果碰到就该一见钟情，不会这种平静反应。

大鱼妈走过去，一把摘下大鱼耳机说，听啥这么专注，走路不看路，万一错过怎么办？大半天，大鱼才从《杀人交响曲》的音乐里缓过神，恍惚问，错过啥？

八

这天一早铃声震天响，大鱼趴网吧角落，刚睡着便被惊醒。伸手在桌上乱摸，碰倒方便面桶，才听到手机从桶里滑出。幸好掀了盖还没泡水，尽管饿得睁不开眼，但这么多天同一顿他是真吃吐了。一按通话键，那头便迎上来，原来是学校健身房大妈。不知哪个领导的亲戚，专负责前台刷卡，又因成天顶一头波浪小卷，背地里大家都喊她卷毛姨。

卷毛姨一张嘴，等于一串鞭炮自顾自地炸，但炸完也就炸完了。她说，于淼吧，你健身卡丢了，怎么丢了也不知道找呢，放我这好多天了。我记得你啊，名字有三个水的小伙子，以前你不是一大早就来练，天天六点比闹钟还准时，谁看了不喜欢。最近咋了，出事了还是回老家了，记得来拿卡，快来，速来，阿姨等你。

手机丢一旁公放着，大鱼环顾网吧，除了柜台老板和打扫小妹，几乎没多余的人。和齐天闹过一场，他竟堕落到这地步。中午才出网吧，方便面还是没泡，想去学校食堂扒两口，又过了饭点。打饭师傅不死心，晃着勺，硬是凑出一盘菜。大鱼一瞅全是剩的，一动没动便倒泔水桶，那时他看自己和看这盘菜，没什么两样。

出食堂经过广场，恰是社团招新日。热闹到处开花，开一朵红一片，可再红也染不到大鱼身上。一种还没品尝美食却熟知滋味及其代价的感觉。他准备抽离，却见里三层外三层地围着，小平台上两男两女，正你侬我侬演戏。自然是话剧社招新，听几句便知是张爱玲名作，《红玫瑰与白玫瑰》。

大鱼又瞥向海报，剧本出自田沁鑫，顶尖导演必是顶尖滋味。台上女孩一红一白，红比白更夺目。丝质长裙缎带高跟，走哪里，一团火便烧到哪里。此时演的戏份正是红玫瑰出轨佟振保，和老公王士洪坦白片段。她讲台词道，"士洪，这样的爱对我来讲，还是平生第一次。"

大鱼注意到整个校园，少有女孩涂如此红唇，多是豆沙色、番茄色、珊瑚色。可红玫瑰的烈焰色，却是放乌泱泱人群都一眼可见。虽说是演戏需要，但大鱼直觉感到她平日也如此打扮。此刻红玫瑰抱佟振保，又讲台词道，"我恋爱了，爱上了你的老同学，他是个有作为的人，是一等一的纺织工程师，他的眼睛，闪着一抹流光，他喜欢把额前的一缕头发往后推，我甚至喜欢他西装上的皱褶。"

演戏同时，大鱼身旁几个男生凑头讨论。四眼男说，学妹不错。板寸头说，红的还是白的？四眼男说，自然是红的。板寸头说，很难追吧。四眼男说，不见得，感觉是本色出演。板寸头说，真的假的？四眼男说，我有同学在话剧社，讲这学妹长得正演技赞，凡是女主角色都先问她。板寸头说，这和本色出演有啥关系。四眼男说，你想红白玫瑰，她为啥不选白的偏选红的？板寸头说，明白了，心里想法不讲，手上动作清楚。四眼男说，而且我听说，她和话剧社好几个男的谈过。板寸头说，传言不可信。四眼男说，话是这么讲，可我今天看到真人，我又信了。

此时红玫瑰面对观众，正大方表白道，"我爱他，每天我坐在家里等着电梯开上来，我的一颗心就跟着提了上来放不下去，有的时候电梯还没开到这一层就停住了，我的一颗心，就像在半中间断了气。"大鱼原以为自己惨白，冰冷，什么色都染不上。可听完此番表白，他只觉身体从里到外全都血红。

肚子又饿起来，大鱼本能找食物。出了校却一路晃荡，最后兜兜转转，不自觉来到暖暖面馆。正值午餐高峰，店里挤满人，可即便这样，大鱼妈还是凭背影认出儿子，一把拽他进来，边安顿边埋怨，臭小子这么久没回家，是不是学校太忙，你看你瘦的，一定太用功不好好吃饭，快坐，妈妈给你补一补。根本不等大鱼反应，大鱼妈一个转身便钻进后厨。

两个面馆常客，吃老酒嗑花生，一面笑一面打量大鱼。总算，大鱼妈端出热腾腾大排面，摆儿子面前。碗里除了大排，还夹带不少私货，各式各样竟堆成小山。邻桌爷叔不高兴了，一个啤酒肚打趣说，我们怎么没这种待遇。另一个八字胡接过话头，你跟老板娘非亲非故，凭啥。啤酒肚说，我天天来店里捧生意，面子给得还不多啊。八字胡说，倒也是，哎老板娘，我们比你儿子早来，怎么他先吃上了,我们还喝着西北风。

大鱼妈正要叮嘱大鱼,无奈之下转头捧笑脸说,就来就来,几位的面已下锅了。八字胡说,我搬家了还大老远倒公车来,就为这碗面,你讲讲,够不够意思。大鱼妈的笑有点跟不上趟,紧赶慢赶地追上来说,谢谢各位,心意我都看眼里,这样吧今天的单我来埋,大家想吃什么点什么,吃个痛快。

过一会大鱼妈领着服务员,几个托盘摆得满当当。大鱼妈说,我亲自下的面,各位敞开肚皮吃。啤酒肚摸着啤酒肚,就差解皮带了。八字胡说,难得,老板娘下面给我们吃,真是难得。爷叔们一听这话瞬间两眼冒光,精神头十足。几秒后大鱼妈才反应,脸唰地红起来,然而也只是红一红,糊墙似的笑一笑便走开了。大鱼盯大鱼妈背影,不能相信她就这么离开,更不能相信自己坐着,毫无动静坐着。

大排面终是没动一口。趁混乱,大鱼端碗进后厨,见没人盯他,便脚踩垃圾桶通通倒掉。拿到水龙头下冲,泡沫沾一手,却是怎么也洗不净。刚巧大鱼妈进来,见这一幕很是惊讶。她抢过碗推大鱼出去,这种洗碗活怎么能让宝贝儿子干。

大鱼忽然站定,眼神移出她的脸说,口红太红了。大鱼妈愣住,下意识遮嘴说,普通红色还好吧。大鱼又瞄一眼说,不普通,也不合适。这时啤酒肚恰好经过,大喇喇剔着牙说,母子俩关系好的,还讲悄悄话。大鱼妈转笑脸说,是啊,我们母子等于朋友。啤酒肚咂咂嘴说,眼红,我不要太眼红。

去健身房拿卡那晚，老天阴着脸，一场雨要下不下。大鱼刚进门，卷毛姨的声音就裹上来，黏答答说，三个水的小伙子终于来啦，哎哟脸色这样差，学习压力大是吧，偶尔第二名也不要紧，总拿第一别人要气死了。大鱼从不讲自己的事，也不知她从哪打听，但懒得问，拿了卡要走。这下卷毛姨变脸了，拦住他说，刚来就走，都不练练，陪阿姨聊聊天也好。大鱼推辞说，导师找我，真得走。

正拔腿，余光却瞥见器械区有一全粉女孩，上身樱花粉内衣，烟灰粉背心，下身蜜桃粉长裤，裸白粉球鞋。粉到底嫩到底，于黑压压健身房实在刺眼，即便不看她，视线一百八十度反转也照样被染色。这种女孩身旁必然围苍蝇，此刻正有一只，浓眉大眼身强体壮，活脱脱最合理想的中国男人。如果大鱼没记错，他正是话剧社社长，演好男人佟振保的那位，而身旁全粉女孩自然是红玫瑰。

大鱼背过身走到窗边，因健身房在地下一层，窗户紧贴天花板，望出去便是灌木丛，小花园的隐秘角落。卷毛姨见大鱼不动，试探问，导师不找你啦。大鱼紧盯花草，自言自语道，看这天要下雨。卷毛姨说，是啦，但天气预报又讲不下。大鱼说，包里有重要资料，走到半路淋湿就不好了。卷毛姨说，不急的话就等等，陪阿姨聊天也好。大鱼点头，目光却丝毫不离窗。

整个健身房，除了器械起落声、跑步马达声，大鱼还能依稀听到红玫瑰和社长的对话。社长放杠铃说，这种健身房气味糟透，为何还来。红玫瑰说，最近忙着排戏，去校外健身费时间吧。社长说，那就不练，这么见缝插针太苦了。红玫瑰说，不练身材就不好，身材不好还演戏，谁要看。社长说，你怎样我都想看。红玫瑰娇媚一笑说，少来。大鱼正听一半，却被卷毛姨打断。她递过一把花伞说，翻箱倒柜总算找到了，导师的事重要，你还是去吧。大鱼犹豫说，这么花，不合适吧。卷毛姨笑说，也是，一看就是女朋友的伞。大鱼尴尬笑笑又转头看窗。

此时社长又说，你以前健身都穿一身黑，这几天怎么改样，穿一身粉。红玫瑰说，还不是因为演戏演不出那个味道，索性平日训练起来。社长说，演红玫瑰，你已经很有味道了。红玫瑰摇头说，不够，真不够。社长说，你这人一谈演戏就过分认真，戏是戏，生活是生活，如果戏比生活重要，迟早要出事。红玫瑰说，出啥事，能出啥事。社长苦笑，只撩她乱发。

话到此地卷毛姨又插进来，她喘粗气说，你看看这把呢。大鱼低头，居然是一把长柄黑伞。卷毛姨说，小卖部老板借的，跟他有些交情，你尽管拿去用吧。大鱼过意不去，假装手机响掏出看说，阿姨抱歉啊，导师临时有事，开会取消了。

从拼命要走到拼命要留，卷毛姨总算明白，大鱼对着窗户不是看天，是看女人。红玫瑰一颦一笑、一挑眉一扭腰，全部反射到玻璃上，妖妖艳艳一览无余。

从跑步机上下来，红玫瑰边擦汗边说，给你看个剧本，话剧比赛想演。社长说，好啊。红玫瑰说，你会喜欢吧。社长说，你喜欢的我都喜欢。红玫瑰说，看都没看就说喜欢。社长说，真的。俩人说笑着离开健身房，丁零当啷的声音撒一路，谁踩上去都要硌脚。

走后，卷毛姨凑上来说，漂亮归漂亮，但是不是好女孩就另说了。大鱼吃惊，头一回发现女人活到四五十岁，照样醋意强烈爱恨鲜明。他马上联想到妈，谁说为人父母相当圣人，这根本屁话。卷毛姨还想接着吐槽，大鱼打断说，谢谢阿姨，我去跑步了。

站上跑步机，红玫瑰跑过的那台。由于最靠边，左转微仰便能看到一窗绿植。大鱼想她为什么独挑这台，是离土地近离自然近，等于离本能近的意思吗？但大概率是想多了。扶手上汗液湿黏，空气里体香浸泡，大鱼跑一步醉一步，压根忘记自己穿帆布鞋，这才几步，膝盖就开始痛了。

第二天大鱼又回暖暖面馆，图书馆借张爱玲小说，白纸包了封面坐角落里看。大鱼不太明白，男人出轨大多装糊涂，嘴上笑眯眯心里喜滋滋，个个时间管理大师。女人则出奇地傻，论方方面面，外头的情人不如家里的老公，还飞蛾扑火地倒贴。甚至像红玫瑰，奸情种种还大方向老公坦白，以为纯粹的爱比什么都重要。当然大鱼不是不懂爱，是父母之外的爱基本不懂。

大鱼妈招呼客人时，经过儿子餐桌问他，好好一碗大排面，为啥动也没动。大鱼说，吃不下。大鱼妈说，你不是最爱大排面，小时候不吃就不肯睡觉。大鱼说，来之前太饿，胡乱泡了方便面。大鱼妈说，你一闻方便面就想吐，最近到底怎么了。

没等大鱼回答，邻桌老常客又把大鱼妈喊去，俩人一面点单一面打嘴炮。啤酒肚说，女人清纯男人才有初恋感，一碗葱油拌面。八字胡说，本来只求生理发泄，一有初恋感便是动了情上了头，有娶回家的冲动，一碗咸菜肉丝面。啤酒肚说，清纯过头也没意思，不会嗲不会作，男人娶一木头人回家有病吧，再一份炸猪排。八字胡说，自然是骚女有劲，但骚到别人头上让自家男人戴绿帽，何必呢，黄鱼春卷看着不错来一份。啤酒肚说，所以讲，女人一生下来就要调教，肉体成熟了大脑得简单，对外高冷了对内得发骚，这服侍男人讲究一个矛盾，一个辩证。八字胡说，哟，还上起哲学课来，不过理是这个理，当今好女人不多，我们这些男人真是苦啊，悲哀啊。啤酒肚说，老板娘你讲是吧，我们还要黄酒、拍黄瓜、四喜烤麸、老酒小菜好免免单，老常客了，聪明人得会做生意是吧。长久没回应，啤酒肚喊道，老板娘，老板娘。

大鱼妈恍惚说，女人啥想法男人根本不在意，只当是工具、玩具，怎么舒服怎么来，我倒要问了，一个女人不管是纯是骚，活得都不像自己，有啥意思。八字胡笑说，哟没想到一开面馆的，还想这种高深问题。啤酒肚也笑了，调侃说，老板娘，你知道自己啥样吗，以你的智商能想明白吧。

听到这大鱼妈破天荒收菜单，翻脸说，今朝生意不做了，各位改地儿吧。八字胡的八字胡飞上天，哟还来劲了，臭三八吃错药了。大鱼妈抬高喉咙说，死瘪三，老棺材，快点滚。啤酒肚的啤酒肚也要炸，气说，给脸不要脸，一烂破鞋谁稀罕啊。大鱼妈把菜单砸向俩人，滚。

一页书纸被大鱼捏得褶皱不堪。不知怎么,他脑海闪回健身房里,红玫瑰离开画面。当时俩人走到门口,她突然停住,转头对社长说,你讲戏比生活重要,迟早会出事,可到底是戏还是生活,能不能分清不重要吧,人活一辈子为的就是一个高潮,不是正在高潮,就是在去高潮的路上。

听后大鱼惊吓,女大学生用这种刺激性字眼,竟是张口就来。红玫瑰又说,那么多苦就为那一点甜,人有千差万别,苦甜各异,我想我的事,我自己说了算。

此刻大鱼注意到,大鱼妈唇色苍白,唇纹深重。儿子说不要涂太红的口红,她索性涂都不涂。一碗大排面早已放凉,大鱼却忽然端起,大口大口往嘴里塞。过几天去打听,那话剧社演红玫瑰的叫水婧,大家都叫她小水。

九

齐天一面紧盯小水举动,一面打听大鱼现状。算是雇了私家侦探,情报拿回来说,大鱼如今等于废人,亲戚朋友都不知他失业;独自搬到廉价出租房,深居简出,工作也不像在找,成天宅家不知干什么。总而言之,论方方面面他都不是齐总的对手。

大鱼这种状态,齐天相当熟悉。多年前大学里,他也有过类似一段堕落生活，成天翘课泡于网吧。但过一段时间，不明原因地重振，且拼劲比之前更强大、更猛烈，持续到现在，心智水平完全在齐大之上。

当然不放心。齐天永远忘不掉多年前那天，尹颖来搅局，把他刚泡到手的女孩气走。俩人吵不可开交时，尹颖突然变语气说，知道我为什么做你女朋友吗？齐天一愣。尹颖说，我最早暗恋的是大鱼，主动表白被拒绝了，我想既然你是他的舍友，我接近你，就可以更多接近他，真以为是你所谓的推拉吗，真当你自己是爱情专家吗，太搞笑了。齐天抬高喉咙说，你放屁，你要是不喜欢我为啥闹自杀。尹颖冷笑说，这样我才能引起大鱼注意啊。齐天说，想报复我可以理解，但撒谎就没必要了。尹颖说，我为啥要撒谎，我句句真话，就算大鱼拒绝我，我还是暗恋他崇拜他，你这种人渣跟他比都不能比。齐天当时气到颤抖，却一句不能反驳。

记忆拉回现在，私家侦探站他面前，报道跟踪大鱼的趣事。侦探说，有天我跟他到老城区破菜场，最简陋炸鸡摊，他居然买了三个炸鸡腿。齐天说，啥，饿到这种程度。侦探说，是呀，拎着破塑料袋，坐公园里台阶大口大口啃起来，像是几天没吃过饭。齐天说，做人做到这种地步，不如死死掉算了。

第二天齐天电话小水，问她在哪。小水说，外面逛逛。齐天说，也带我逛逛。小水说，我想一个人呆会。齐天不肯，软硬兼施非要跟过去。小水无奈，只好丢他地址。寻到一个犄角旮旯的地方，却见小水坐台阶上，旁边可乐喝光鸡骨头吃剩。

似曾相识的感觉，齐天心里一凉，脸阴下来问，这是做啥？小水说，饿了，就想吃个炸鸡腿。齐天说，我知道全城最好吃的炸鸡地方，私厨，我现在就带你去。说完拉她的手，小水挣脱开说，不一样的。齐天愣住说，有啥不一样？小水说，这里的炸鸡腿，我从小吃到大。齐天阴阳怪气说，是吧，难怪大鱼也要专门赶来，就为吃这么一口。小水惊讶，整个人弹起说，你讲啥？齐天闭嘴了。小水说，他为啥来，啥时候来的，你怎么知道，讲讲，讲讲啊。

　　过几天，齐天带小水参加一个派对，花园洋房里吃户外烧烤，都是认识多年的老朋友，不谈生意，不用应酬，想怎么玩就怎么玩。小水没心思，根本不想去，齐天好言好语劝，保证有惊喜，甚至参加派对的衣服都已备好，一身休闲装走酷女孩路线。

　　真到派对那天，小水打开衣服礼盒，确实青春牛仔装扮，可刚要上身，却瞥见衣柜里一条法式碎花连衣裙。想起当时刚和大鱼认识，有次约会便穿这条，后来每趟穿，大鱼每趟夸好看，于是穿的次数越来越多，直到裙子变旧也舍不得扔。此刻小水换回碎花裙，心里假装此次派对，就是和大鱼约会。

　　到吃饭地方和齐天碰头，才发现他别有用心。送的那套牛仔衣服，和齐天身上完全情侣装。齐天一见她皱眉说，怎么，我送你的没穿？小水刚要解释，一个过分熟悉的身影走入视线。小水完全呆住，对面那人也呆住，俩人难以置信对视。

　　齐天热情招呼说，今天大学同学聚会，能请到大鱼真是荣幸，来来来，快坐。小水沉脸说，我还有事，我先走了。齐天拉她说，别啊，虽然我们和你不同班，但毕竟一个学校呆过，多认识点校友有啥不好。

小水坚持要走，却因太慌张，踩高跟鞋不小心扭到。大鱼一急上前要扶，可被齐天抢先。他半抱小水，两条手臂紧贴，暧昧气息不言而喻。小水站稳推开，但来不及了，俩人一举一动尽收大鱼眼底。随即感觉大鱼目光，在自己碎花裙上流动。显然他记得裙子全过程，当下定是在想，换新对象约会还穿此裙，可见真没把他放心里。想上前解释，但又做什么用，他这样对她，还指望她追他回来吧。小水忽然问齐天，有外套吗？齐天说，我车里有，等会怕冷是吧。小水点头，心里只想快点盖住裙子。

一堆男女同学，见齐天领陌生女孩过来，纷纷起哄说，齐天谈女朋友了，啥情况。齐天只笑不吭声，小水赶忙摆手说，误会了，普通朋友而已。余光瞥过去，大鱼在人群外找角落坐下，拿酒瓶倒威士忌，一杯接一杯。

十几个人围坐长桌，吃吃讲讲，时光很快过去。小水尤其开心，讲得比谁都起劲，但大鱼从头到尾喝了多少杯，她心里数数，一杯没落下。齐天从停车场回来，拿外套给小水披上，大鱼手上倒酒眼里盯人，酒溢出来了都没发现。

还是齐天眼尖，抬高喉咙说，多年不见，酒量见涨啊。场面一下安静，所有目光转向角落，大鱼笑笑一句不响。齐天举酒杯说，兄弟我敬你。大鱼仍是不响，但杯中酒已干掉。餐桌一南一北俩人，齐天穿挺括潮牌，精气神十足，显然有备而来，大鱼装扮随意，满身疲倦，有猝不及防感觉。当年俩人矛盾，大家心里都清楚，如今回到社会牌局上，果然还是各自出身说了算。

过会，几盘烤青椒摆到餐桌各区域，大鱼想都没想便拿起一串。小水突兀对齐天说，你知道我青椒过敏吧。齐天说，啥。这时大鱼停手，青椒差点进嘴。小水说，有次我吃青椒，整个人发荨麻疹，太可怕了。说着齐天要倒掉，小水阻止说，傻啊，其他人还可以吃。此刻大家又起哄，霸道总裁这么会宠女生，俩人索性在一起吧。小水一句听不进，只见对面大鱼已放下青椒。

有女同学看小水，羡慕眼神说，小水笑起来真好看，像只小猫。旁边男同学说，不对，像只小狗。这时大鱼插嘴，其实还是像猫。说完下意识拿手机，几千张照片飞速滑动，很快找到一只猫咪图，大家对照小水的脸，果然神似。齐天意味深长说，对手机相册这么熟悉。大鱼说，常常翻，熟悉是正常的。小水沉默，一口干掉杯中酒。

短短时间小水不自主喝多。服务员开了新酒，齐天接过正要续上，大鱼刚巧打电话回来，路过说，差不多，别喝了吧。齐天转头说，难得相聚为啥不喝。继续要倒，大鱼一把抓酒瓶说，她今天喝得够多的了。齐天说，她喝多少关你屁事。大鱼说，出来玩图个开心，弄到喝醉喝吐，难看吧。齐天说，把手拿开。大鱼不动说，倒点水聊聊天。齐天说，拿开。大鱼仍是坚持，手上劲道更大了，齐天也不松开，用力到青筋暴跳。场面一时僵住，眼看酒瓶几近捏碎，小水突然起身说，够了。

等她去洗手间冷静,再回餐桌时大鱼已完全变了样。小水坐阴影里冷眼,从未见他这样侃侃而谈,意气风发。有一刹那突然醒悟,他和自己一样,如果再不说话,再不浮夸表现,内心那种悲痛几乎就要涌出来了。

可当大鱼目光转一圈,最后落定她身上,一字一句亲口说我谈了新女友的时候,小水心理防线终于崩塌。她明白了,他不是伪装,是真走到人生赢家的地步不要她了。小水随即咧嘴笑,笑得合不拢说,是吧,那恭喜你了,啥时候带她出来给我们看看。大鱼客气说,好呀,可以呀。

过一会小水倚齐天身边,半醉半醒说,喜欢我吧。齐天一惊说,啥?小水娇嗔说,追我很辛苦吗?齐天迟疑说,是要苦一些。小水说,那我当你女朋友好吧。齐天整个人呆住,无法动弹。小水想再开口时,齐天一个扭头吻上去,紧紧抱她不放松了。大家尖叫,欢呼,开香槟庆祝。可亲吻时间过长,嘴唇收回来时,小水只觉阵阵恶心泛上胸口。旋即听到大鱼说,恭喜,祝你们幸福。小水笑笑看他,是难以抑制的快感。

Chapter 8：枕头人　上

一

齐天如愿得到小水,没有更幸福,反而更痛苦。一个人到他生命里不做别的,单为提醒他真相是什么。本来小水之前,齐天活得不要太滋润。白天在爸爸公司喝茶刷手机,名义上挂的响亮职位,实则啥事不干,白领工资,走哪都有人提鞋敲背吹牛拍马。齐天说,你们在做啥,我闲着没事也出一份力。经理说,求求你了公子哥,安心歇着不好吗,你来出力,不等于砸我的饭碗。

可在董事长办公室,齐天爸又虎着脸叮嘱经理,不要特殊对待,就从基层做起,最苦最累的活都给他干。经理鸽子啄米般点头,就差扇动翅膀扑哧扑哧围着转了。然而一出办公室立马换面孔,心里想,我傻吗,公司迟早是齐天继承,现在得罪他以后还混个屁,再说这小子看起来也不像耐得住苦,吃力不讨好的事谁要去做。

　　经理精明，拿准董事长日理万机，一小时后他已飞去别的城市出差。等到回来，问齐天表现如何，经理竖大拇指夸，好，不愧是您培养出来的。齐天爸太忙，顾不上细品这句话，便以为儿子是真的好。这时经理又摸出做人的道理，一个人管这么大的企业，总会自大，下属为这自大成天受气，但现在因这自大又有空子可钻，两头不得罪，两头都讨好，人性这种双面性实在精妙。

　　说回齐天，只要齐天爸风平浪静，他整个人生便也风平浪静。白天晃悠悠混过去，专为养精蓄锐，只因晚上派对是标准马拉松，费体力，更耗神。狂欢总要有一个主题，齐天的富二代兄弟们每天都能想出新花样。为永不逝去的青春，为一茬接一茬的女人，为上流圈层城墙般的友谊，为想干什么可干什么的自由。

　　身处其中，齐天自然是目光中心，精神领袖。论喝酒，没人比他爽快，从不退缩一干而尽，自我毁灭式的喝法，到后来几乎成瘾。论女人，没人比他会玩，上到妇科专家下到钻石王老五，样样角色能扮演，技术骗的花钱买的，丰富到可陈列一个博物馆。论兄弟，没人比他讲义气，排场尽量往大了搞，给足人面子，有忙必帮有单必埋，名声传出去，凡是打过交道的，没一个说他不好。

　　活到这种地步，还有什么不知足。每到醉生梦死，齐天躺在不同宾馆，喝不同酒搂不同女人，然而没有差别，高潮尽头依然是空虚。他对陌生女人说，一个人有钱，但还是感到自己很穷，怎么会这样？陌生女人说，我从小地方来，哥哥这话我不懂。齐天说，你当然不懂，你爸瘫痪，你妈患癌，你弟要上学，你怎么会懂。陌生女人说，哥哥我没骗你呀，是真的。齐天说，像你这种案例太多，我一个一个救，哪能救得过来。陌生女人说，那你只救我好了呀。齐天说，我救你，谁来救我。

有时喝到被送去医院，躺在担架上想，会不会有爱自己的人出现，不为金钱，不为权力，单单因为爱。可惜没有。狐朋狗友围在床边，嘘寒问暖里悄然伸出手，问他各种讨要，齐天清楚，一旦给不出，这群人便鸟飞兽散，骂得比谁都难听。

有时也想起多年前，给爸爸办生日会的一幕。零花钱攒很久，早早预定最高档饭店包间，请十几桌人，够豪华，够场面。齐天在台上当主持人，大屏幕滚动照片，都是他用单反拍的爸爸，实地考察紧锁眉头，开董事会霸气拍桌，打高尔夫果敢挥杆，倒没什么图和家里有关，毕竟公司就是爸爸的家。齐天那时上外教课，深受西方文化感染，老外说爱需要表达，需要大声喊出来。照片放到最后，齐天当众示好，说爸爸我爱你，很爱很爱你。

齐天爸坐在主桌，始料未及地尴尬，耳旁风一样举起酒杯说，来来来我敬大家。齐天被晾在台上，活生生跳梁小丑，直到生日会结束，也没听到一句感人的话。齐天爸只敷衍拍他肩，意思是辛苦了，随即又板脸说，以后别搞这种形式主义，娘娘腔。那时齐天就明白，金钱把自己捧到高位，金钱也砌自己的坟墓。

但还好，只要不细想，生活有一种格外的朦胧美。酒局上讲到两性话题，齐天常举同一个例子，说他爸爸办公室里有一墙书柜，摆最中间一格的是三本书，"教父三部曲"知道吧，黑帮小说鼻祖，男人必读圣经。有次无意翻书，只见扉页上写有齐天爸的一行字，教父经典台词："**不抽空陪家人的男人，不是真正的男人。**"大家听后啧啧称赞，齐天也假装忘记，当时这本书是从沙发底下捡的，或许齐天爸看一半忘放回去，或许想丢垃圾桶又没丢准。当然，齐天自有他的生活哲学，想一半漏一半，记一半忘一半，哪一半该想该记，哪一半该漏该忘，每次都分得很清。

然而和小水恋爱，齐天彻底把自己弄丢。直到今天他都没搞明白，大学同学聚会那晚，小水出于什么原因才答应当自己的女友。不管哪一种，总之拥有小水，等于他的博物馆终有一件镇馆之宝。那种抢夺的刺激、占有的狂喜，只有收藏家本人才深刻。但战利品终究是战利品，不该是活的，有生命的，齐天喜欢把女人供在玻璃箱，全面密封恒温恒湿，三百六十度旋转，随拿随用。

既是女友，便要带出去亮相。齐天以为小水应当知足，这种摆明身份的机会，不是每个女人都配。他也知道她家境优渥，但富和富之间，仍有天差地别的距离。金字塔越是往上，他这种男人越是稀缺，小水不该不懂。

然而没有一次，她呈现出理想女友该有的模样。有时她晃着酒杯，眼神在全场乱扫，甚至当着齐天的面紧盯一个男人看。齐天拉过她的手，她回头礼貌笑，可一旦有人闯入，便又挣脱开假装去倒酒。有时她表现得过于极端，一会像交际花，笑声丁零当啷响，走哪都打成一片，兄弟讲你女友真会来事；一会又郁郁寡欢，坐在角落冷眼相对，谁喊她都不耐烦，丝毫不顾及齐天的面子。每回齐天圆场，说她身体不舒服，需要休息，他胸腔里一股气几乎快涨破。他不懂，他这样一座金山银山，她摆着不要，随随便便挥霍，多少女人倒贴上来，她一点不知道吗？

但最可恨的是聚一起的吹牛时刻。本来男人在外，说说新闻聊点生意，便只剩打嘴炮了。兄弟们的女友太体贴，嘴巴微张眼睛眨巴，听得入迷，听没听懂也无所谓，半天只憋出一句，哇，老公，你太厉害了。当然这种待遇，齐天过去享受惯了，他想小水懂这么多，理应说出些上档次的话，厉害在哪，为何厉害，将来怎样厉害下去，条条框框列出来，大家都另眼相看。赞赏一个女人，等于赞赏这个女人的男人有品位。

可她只是沉默。不仅沉默，还用一种玩味的眼神反复琢磨齐天，好像他讲的一切都漏洞百出。齐天说买限量奢侈品，小水眼神说，你自己挣的钱还是你爸给的钱？齐天说公司又接大项目，小水眼神说，别人看中你还是还你爸人情？齐天说去哪冒险在哪传奇，小水眼神说，编也要有个限度好吧，这样添油加醋你也讲得出口。齐天想发作，却找不到发作的理由。事实上小水一直静坐，问她怎么不吭声，心里什么想法，她也只笑笑，眼神依旧玩味。真要挑明了，倒是此地无银三百两，她肯定更加嘲讽，你居然会这么想。齐天从没受过如此侮辱，追一个女人回家不为享乐，却为受苦，为赤裸裸被看穿。

通常情况都是他把她按墙上，等于两台机器，型号尺寸样样不配，还要硬配。但某些时候毫无任何征兆，她突然火热起来。齐天甚至招架不住，感到她整个人溢出来，空气里都是她肉的味道，一面流淌，一面滚烫，他还没动使掉进去。一个女人在身体里这样无缝不钻，无孔不入，齐天只会越陷越深。

然而很快清醒，今天到底做了什么让她多爱自己一点。想来想去想不通，不能相信，抚摸她潮红的脸颊，才意识从始至终她没睁开过眼。很自然明白，她把他当大鱼，当前男友，在新人身上重温旧人美梦，方便又安全的做法。或是预演，找一个活体道具勤奋练习，每次发现不足，每次改良技巧，直到未来某个机会，在床上重讨大鱼欢心。当然还可能是赌气，想象大鱼搂别的女人，越想，越要和齐天激情，越要证明自己比大鱼没心没肺，上一秒离开，下一秒便可投入其他人的怀抱。也或许她习惯对人忽冷忽热，大鱼也好，齐天也罢，对她来讲都一样的货色，重复接着重复，人生的意义就在于重复，所以本质上她和齐天是一类人，甚至比齐天更齐天？他抽了出来，长这么大，他第一次没办法继续。

开房后的时光，总是特别难熬。齐天送小水回家，她坐副驾驶没话找话说，以前在外地求学，学校有宿舍，和舍友合不来，索性搬出去住，结果有天我妈来看我，其实大可以住家里，可出租房没电视，我想到晚上怎么办，她没事做，俩人又聊不到一起，干瞪眼怎么办。我无奈，只好骗她还住宿舍，另去宾馆开了房。宾馆不像家，但有电视，电视无聊，没电视更无聊，只要电视开着，一家人不说话也等于在说话了。车里长久安静。小水又说，你这车的音响坏好长时间了,别懒,明天就去修。

齐天到家,进门便看地上水果堆一座小山。每天送礼的人太多,他习以为常,享受特权时,也没意识到这叫特权。撕开一个水果篮,每一样看起来都顶级好货,贴精致商标,有权威认证。齐天感到渴,拿起橙子就剥,剥到一半商标落地,露出一个被虫蛀过的洞。忽然间,齐天感到胸口千万根针在扎,痛得蹲下来,他想自己光鲜生活的背后,全是谎言。

第二天醒来,齐天决定重新做人。卸载手机游戏,推掉无用应酬,屁股黏牢办公室,一切该做的不该做的,他都争抢去做。经理太吃惊,以为哪里得罪他,哆哆嗦嗦话都讲不清。齐天说,你是我上级,上级没上级的样,啥意思?

除了分内之事,他对小水的短视频也格外上心。以前同样上心,但节目品质如何,未来发展如何,他根本不在乎,只顾哄小水本人欢心。如今倒有模有样,真当一门事业在搞。小水说,拍法太低级,这种话我怎么讲得出口。齐天说,流量上去了,收益上去了,怎么拍怎么讲还重要吗?

小水突然不认识他。娇惯浪荡子,一夜之间变成大鱼那种永动机。本能地不相信。果然没多久,光是看字迹,小水已发现齐天性格的两极性。字迹宏大,飞扬,苍劲有力时,便是他工作连轴转的日子,恨不得睡在公司,小水电话过去,他满腔焦虑说,怎么办,还有这么多要学,根本学不完。可字迹一旦萎缩,松懈,患了软骨病,齐天自己也颓下去,重回酒吧酗酒,梦醒时分感慨,有啥意思，赚这么多钱有啥意思。两种状态里对跳，既无法沉浸一种，也无法摆脱一种。很快齐天感到小水也摸透这种规律，并在摸透之后对他彻底失去兴趣。

那日小水去公司想谈拍视频一事，刚推办公室的门，便撞见齐天在吻实习生。实习生也不躲闪，慷慨倒贴以便操作。一见小水，齐天赶忙推开骂道，不好好工作整天想啥呢？实习生拿文件遮脸，慌乱逃走。齐天心想，妈的，憋这么久头回偷吃，还被抓包，什么运气。但嘴上还是解释，不是你想的那样，我们真没什么。小水沉默。齐天说，只要你不生气，做啥我都愿意，讲句话好吧。小水沉默。齐天说，我最讨厌你这样，哪怕骂一句也好。小水沉默。齐天说，好好好你赢了，我就是出轨怎么着了，我没尽到男人责任，但你对我怎样你心里没数吗？

一面吼，一面失控砸水杯。玻璃溅地时，齐天突然意识到这个杯子还是他要她送的。那时小水问，生日想要什么？齐天说，难道不该是惊喜吗？小水说，我不喜欢猜人心思。齐天说，是你不愿猜我心思。小水说，买了礼物你又不喜欢，有意思吗？齐天说，你怎么知道我不喜欢，你买什么我都喜欢。默然半天，小水还是说，想要什么直说吧。恋爱谈到这地步，齐天已无路可退。其实被撞见也不是坏事，看她发火到何种程度，某个角度讲，也算她爱他的证明。这感情相当畸形，他知道。

然而此刻水杯滚到小水脚边，她捡起来，手指在破碎边缘摩挲，淡然说，大家都讲小孩子单纯成年人复杂，其实不是，人一生下来就复杂，天生复杂。齐天说，啥，我不懂。小水说，我上小学时交饭费，最后剩两张五十，一张自己用，一张还给妈妈，结果买文具买昏头，钱付出去了，以为自己没付，快到家又跑回去，重塞给老板娘一张五十。到晚上才想起不是没付，是兜里有两张，结果通通付出去。我大哭，妈妈相信我没私吞，讲那张五十就算了。我不肯，非要让她拿到才能自证清白。没办法，我妈又领着我去文具店，老板娘好心人，讲我扔下钱就跑，喊都喊不住。我妈拿到钱，我才不哭。齐天说，你想做诚实的人，我明白，但这和我们有啥关系。

小水继续说，临近期末美术老师要统计小红花，成绩分两部分，一是打分画画，二是发言次数。发言一次，老师就在美术书扉页画一朵小红花。那时我胆小，根本不敢举手，一学期下来别人都五六朵，我才一朵。临到喊我名字，我百般盘算犹豫再三，还是报告，有九朵。老师明显愣住，这么多次，理应对我印象深刻。旁边同学不信，翻我美术书，果然九朵，画得一模一样，出自一人之手。全班哗然。谁也不知我背地里练小红花，练了整整一沓作业本。齐天沉默。小水说，你能信吗，这两件事，发生在同一天同一人身上。

小水走到落地窗边，临近黄昏路灯逐一亮起，可以想象要不了多久，全城便灯火辉煌。恍惚间她回忆，曾经有次我和当时男友庆祝纪念日，在最高楼开了房，一面烛光晚餐，一面欣赏夜景。那时我讲，男人大多喜欢傻白甜，也许我皮肤白，但绝对不傻，也不甜。他讲，我们不是刚开始接触，恋爱这么久，你为啥还把我往外推？我讲，我的历史太复杂，我抛弃过，背叛过，我这么坏，你还说爱我离不开我，我不信。他讲，我这人从没特别崇拜谁，也没特别鄙视谁，更不会因为一个人做一件事，就给他贴标签判死刑，因为从本质上人和人都差不多？我讲，这话我不懂，明明人和人差太多。

他讲，种种人性，彼此矛盾，互为悖论，但不影响它们存在于同一个体，甚至是每一个体。邪恶的人，只因善良还在沉睡，善良的人，只因邪恶未被释放，我们有多善良有多邪恶，也许这辈子都不会有极端考验去发现，可不发现，就代表我们真是表面所呈现出的那样吗？你犯的错，难道我不会犯？是我没资格犯，没能力犯，还是我另有私心不愿意犯？但如果都赖在道德头上，假装自己高尚，那就太恶心了。

小水故事讲完，整座城市也已点亮。齐家阔气，最贵地段的最贵楼盘，只为开会签好合同后，站落地窗边有把城市踩脚下的错觉。小水说，当时男友还讲，以前站在最高点会有征服世界的感觉，现在不会，看到万家灯火，只会想每扇窗户背后都有悲伤故事，太多苦衷，太多心碎，一想就止不住，原来共情这种能力很好，但也很糟。齐天长久沉默。他问，那男友是谁，大鱼吗？小水不响，空留一个孤单背影，逐渐隐匿于夜色。

过几天小水母女逛超市，拎大包小包回家，门却打不开了。钥匙转来转去不行，无奈之下只好叫人撬锁。师傅拧半天，面孔涨红青筋暴跳，好不容易才撬开。师傅说，看看，我没讲错吧，果然有钥匙插里面。小水说，怪我，我一个人住，习惯一回家就反锁。师傅说，里面插一把，外面还想插一把，你说这门怎么能开。

晚上倒垃圾，不锈钢旧锁沉在袋子里，等于死去的心脏，扑通扑通跳不动了。对比大鱼，齐天自然体面得多，把他带回家，不用解释一句大家便懂，之前如何开始，未来如何继续，太门当户对的佳话，讲出去没几句别人便忍不住眼红。然而大鱼不一样。要介绍他，就得介绍他白手打拼的工作、不够阔绰的处境、生来匮乏的资源，而想脱罪、想洗白，又不得不扯到他酗酒的父亲、出轨的母亲。一个平庸的家庭、罪恶的家庭，还没张嘴，看客的议论便苍蝇般嗡嗡嗡响。

可垃圾袋一掼，听到钢锁轰然落地，开锁师傅的话重在脑海里盘旋。是最日常的道理，也是最朴素的哲学。小水突然间勇敢起来，多渴望牵大鱼的手，十指相扣、底气十足站亲朋好友面前，正大光明说，也许你们看来他平平无奇，甚至缺陷很多，但在我眼里他太好了，太唯一了。我大方跟人讲，我厌恶自己，不爱自己，十个有九个捣糨糊，只想利用我、榨干我，唯有他是头一个不说话只行动，教我在爱别人前先学会爱自己的人。想到他我不焦虑、不迷失，我可以讲真话心里话，不用解释他都能懂。我再怎样厌世，有他和他的智慧在，我就能确保这辈子不会自杀。我想爱他，不计回报地爱，这种爱让我觉得自己活着像一个人。

小水再次坐进暖暖面馆。近来耳机里常放一首歌，温柔男声款款唱:"旧情是一首歌,我千遍万遍地感动。"因为听太多遍,即使不放,旋律也在耳边凭空回响。所以当老板娘拉板凳,聊家常,到中途发现小水眼里有泪,便以为自己的故事的确可靠,声音哽咽起来,也更加欢喜眼前小姑娘。

老板娘说,我那儿子真是太傻太懂事,他失业了你晓得吧,这么大的事居然瞒所有人,报喜不报忧,根本不让人操心,可我心痛啊,干那么好还被辞退,说到底是家里没靠山,是我们当父母的拖累了他。借别人的事哭自己的泪,是一种顶好的伪装,小水递纸巾说,阿姨您别这么想,会好起来的。

老板娘抹眼泪继续说,他小时候攒钱,满满一桶储蓄罐,邻居小毛头有辆遥控赛车,他一眼就爱上了。小毛头要他拿储蓄罐换赛车,他二话不说立马答应。我讲你傻啊,那么多钱可以买多少辆车。他倒好,讲我就是喜欢车不喜欢钱。他曾经是那样的小孩,凡事先想自己喜不喜欢。可后来呢,他总是想别人喜不喜欢。讲到此老板娘深深叹气,又说,以前女朋友也吹了,催他再谈一个吧根本不理,讲事业第一,哎,真不知何时是个头。

小水面上是安慰,心里头觉得可爱,明明推销自己儿子,讲到一半却忘了本来目的,掏心掏肺摊起真话来,等于一面卖减肥药一面讲副作用,可见这老板娘骨子里是善良,这种母亲教育下长大,儿子也不会差到哪里去。当然相亲是不可能的,她只是耐心当听客。

陪老板娘流干眼泪,小水才离开。走出去一小段,突然意识账还没结,便又折回去。临到店门口却被一个背影刺痛,熟悉到了头是陌生,她难以置信。老板娘摸那男人脸颊说,傻儿子,让我好好看看,是不是又瘦了。

小水踩在刀尖上,一步步向前,一步步流血。男人察觉到什么似的转头,她闪身躲到门后。可还是看到了,她确信无疑,她梦里见过千万次的人,如今只隔几米之远。其实刚才,老板娘絮絮叨叨时,她心里始终盘算另一件事。她在琢磨,如果自己生了孩子叫什么名好听,不管男孩女孩,姓于的话叫什么好,为什么姓于她也不知道,她只觉得应该姓于。

想到这,耳边又荡起旋律:"旧情是一首歌,我千遍万遍地感动。"原来小水和老板娘是在为同一个人流泪,原来大鱼家面馆就是暖暖面馆。

二

打架事件后,大鱼和齐天彻底断绝。床铺挨床铺,矛盾也不消除,只愈演愈烈。大鱼索性躲起来,成天泡外面,一回宿舍便倒头睡,不给齐天发作机会。某日大鱼进图书馆,按以往,学霸术业专攻目标精准,要什么便直奔而去,不费时间于无用之书。可现今他对成绩、对人生,压根提不起兴趣。一个人,思考到为什么活着的份上，便是和自己过不去。

闲逛到文学一栏，大鱼很自然想到百无一用是书生。小说戏剧，真真假假虚虚实实，全凭说书人一张嘴，编哪算哪，观众一哭一笑，当时动情过后也就忘了。然而此刻大鱼随便翻一书，英国当代名剧集，血红三个大字《枕头人》。大鱼头一回看剧本，人物不多，尽是对话。走马观花地翻，压根看不进，正要放回书架，却发现这故事原来在讲戏中戏。台词没耐心读，其中的黑色童话倒有那么些意思。

正巧手头这页，便是剧名讲的枕头人，大鱼定定心读起来。故事讲这森林小河边，有个孩子很特别，全身都用枕头做，故名枕头人。其工作也不一般，每当一个成年人因生活种种打击痛苦到自杀时，枕头人便出现高呼等一等。然后时间慢下来，枕头人回到那成年人的童年，告诉小小年纪的他未来会遭遇什么磨难，又将如何走向自杀。接着劝说，与其被折磨到自杀，不如在折磨前就了断生命。也因此枕头人的工作，便是帮孩子自杀，并把这死亡制造成一场意外。毕竟几岁大的孩子，死于不幸要好过自杀。

才开了头大鱼已读不下去，不因太假，只因太真。合上书，恍惚到管理员处登记，《枕头人》就此睡进书包。心里空荡荡时便摸一摸书脊，等于一个懂自己的人，摸自己。

隔几天，卷毛姨正刷八点档肥皂剧，突然大鱼出现，全身运动装扮。虽说近来肌肉干瘪面容憔悴，但到底少年，青春气难挡，卷毛姨一闻便喜，丢了手机上前搭话。大鱼一面敷衍，一面用目光寻人。卷毛姨料到大鱼心思，转眼珠说，别看都是学生，健身房啥人都有。大鱼说，比如呢？卷毛姨说，你这种，正儿八经锻炼的；另一种，正儿八经调情的。大鱼说，公共场所，我不明白。卷毛姨凑近说，越是公共越是刺激，有些女生为啥专挑晚上，黄金八点档人多汗臭，根本不合理吧，但如果目的不是锻炼，是钓鱼，钓男人，那就说得通了。大鱼说，阿姨观察真细。卷毛姨说，阿姨是过来人，阿姨劝你，招蜂引蝶的女生不能要，主动倒贴的女生也不能要。大鱼说，谢谢阿姨，我去跑步了。

　　大鱼走向窗边跑步机，左转微仰便能看到一窗绿植。不知她何时来，不知她会不会来，不知在这等她，出于极度厌恶还是极度迷恋。大鱼迈着步，在心里反复默念那名字，不太熟练，但多念几遍就仿佛身体的一部分了。

　　长久不跑多少不适应，他把速度降下来。习惯性转头，却见灌木丛里多两双鞋，一双裸白粉一双深灰蓝。大鱼猛然被刺痛，可以想见跑鞋上方的风景，十足女人味配浩浩阳刚气，一对金童玉女，走哪都被羡慕、被诅咒。也能看出这段关系刚起步，两双鞋的距离，比朋友近又比恋人远。这般花园秘境幽幽夜风，换成大鱼表白，他也会挑此情此景。

　　慢跑同时不住偷瞄，谁能想到不久后竟是粉鞋主动，向前两步垫脚尖，能看出蓝鞋意外，不自主一抖，但随即也靠近。粉鞋踩蓝鞋，长久不放松，大鱼突然意识接吻什么滋味，他至今不懂。时间过太慢，头一次替别人有天荒地老的感觉。仰头喝水时想，究竟蜻蜓点水还是法式热吻，仅凭两双鞋太难判断，不过好处是尽可想象。很奇怪，有种把水杯掷出窗外砸破一切的冲动。

索性不看，他猛烈加速，跑到双腿来不及摆，心脏来不及跳。实在坚持不下才重新降了速，此时再看窗外，两双鞋果然已分开，想是零距离难以呼吸，总要动一动停一停。但细看又觉不对，如果甜蜜，回味无穷，不该离这样远。蓝鞋呆滞，原地踢石头玩；粉鞋踱步，无头苍蝇乱撞，相当天南地北的距离，短短时间何以至此。

大鱼想都没想下了跑步机，卷毛姨的声音拦住说，怎么，跑几步就走，水杯都不拿。大鱼说，一只黑猫卡在灌木丛，我去看看。卷毛姨疑惑问，猫，这附近哪来的猫。没等回答，人已走远。大鱼熟门熟路进小花园，很快到健身房窗外。不出所料，粉鞋是小水，蓝鞋是社长，但都与大鱼无关，他只需找猫，一只纯种纯黑野猫。又怕打扰情侣，便弯腰屏气，灌木丛里摸索。

几米之外只听小水说，这么好的剧本，为啥不能参赛？社长说，要我讲几遍，太消极太晦涩。小水说，这是经典，拿过奖。社长说，排出来没人喜欢，有啥用。小水说，我不管别人喜不喜欢，我只问一句，你喜欢吗？

社长踢着石头长久沉默，说道，小水，我不想骗你，你曾说不爱自己，厌恶自己，当时我就不懂，一个女孩样样都好，为啥不爱为啥厌恶，太矫情了，到现在我都觉得，一个人自杀是软弱、是毛病，这种人活该去死，你还说活着是一场虚空，也让我反感，负能量太多容易讨人嫌,现在我还能哄你,以后愿不愿意我不清楚。丢下社长,小水一人回了健身房。她前脚刚进,大鱼后脚就进。卷毛姨问,猫怎么样,出来了吧?大鱼说,黑猫太黑找不到了。

过几天大鱼照例去网吧,途经艺术楼的底层排练室。穿过草丛走到窗边,眼里尽是繁花锦簇,耳边却是凄凄惨惨。那女声,半朗读半表演说,"不过,不是所有孩子都爱枕头人,有个快乐的小女孩就拒绝了他。那天晚上,小女孩听到卧室敲门声,她大声喊道,枕头人你滚开,我说过我很快乐,我会一直快乐下去。然而推门进来的不是枕头人,而是一个中年男人。后来每当小女孩妈妈不在家,这男人就会钻进她的卧室。小女孩变得很痛苦,二十一岁那年,她选择自杀。可煤气开到一半,枕头人出现了。她淌泪问,你当初为什么不说服我?枕头人也淌泪说,我想尽办法,但你那时实在太快乐了。当煤气开到最大,小女孩说,我不快乐,我一直都不快乐。"

故事讲到此地,大鱼只觉露珠滚落,冰冰凉湿透手背。可阳光午后哪里来的露珠,再看进窗缝,小水泪珠正啪嗒啪嗒坠地。原来她喜欢的,坚持要演的,就是《枕头人》。

也是当晚,大鱼终有勇气盘点现状。过去觉得家境虽窘迫,但好歹三人一条心,讲出去也算得上苦中作乐。现在倒好,一旦怀疑有人背叛,便是终生都不能打消这个念头。所以那年大鱼妈跳楼,是气儿子打架,还是恨丈夫无能,或陷出轨风波,到底哪一条,头头尾尾都得重新复盘,这暖暖面馆也忽然来历不明。

原本大鱼以为，大鱼妈取名暖暖，是穷苦人家寒风中抱团取暖的意思。可如果出轨是真，那暖暖便格外有深意。然而一想大鱼爸，为点小钱和摊贩还价，请客吃饭也憋着算计，大鱼又动摇。嫁给这样一个男人，她为啥不出轨，凭啥不出轨。

往根源想去，如果不当滥好人，不帮尹颖，这一系列蝴蝶效应根本不会发生。大鱼总以为他插手是善良，出于正义，可此刻又扪心自问，他真在乎尹颖的感受吗？难道不是一直以来嫉妒齐家父子，披着道德皮囊趁机打击报复？再深一层，大鱼妈的出轨，他是真不知还是装不知？小时候她和那老板约会，他又不是没见过，却麻痹自己大人的事小孩不懂。所以戳穿齐天，等于拿他发泄，是对一切出轨的痛恨，或从根本上讲是对大鱼妈的痛恨？由此想到小水，层层风骚种种浪荡，大鱼突然一阵恶心。

但反过头看这些年，也可以说是变相，他是他妈妈情人养大的。大鱼妈吃的苦流的泪，他不是眼瞎。他很相信，假设迎面有车撞来，大鱼妈必定冲他前头，替他去死。所以如果是儿子多余，当了拖油瓶，那这笔谁欠谁的账又该怎么算？

人就是这样，一件事重来，件件事都得重来，一个信仰摧毁，全部人生等于摧毁。想到最后大鱼只觉自我可憎，小水说的不爱自己、厌恶自己，他如今相当明白。

从此大鱼新养了跟踪的癖好。对小水出于什么情感，他自己也讲不清，只凭着本能就这么跟上去了。她吃饭他离三桌坐，她上课他差三排远，她走路他隔三人望。打听后才知，小水原本考北京艺校，落了榜才又重新高考。去不爱的大学读不爱的专业，对自我太强的人，等于被困牢笼。也难怪她天天翘课，最常泡排练室，他每次去望她每次都在。大鱼恨这种人，自由在她的手里是真的自由。

然而也只有大鱼时刻紧盯，才能发现其中蹊跷。小水这人生活分裂，两面极端。白天独自训练，吊嗓子、练形体、背台词，几个小时演过头忘吃饭是常有的事。有时入戏太深，出了排练室还在默念，撞到人说抱歉，人说你走路不看神经病啊。固定健身房训练，每种器械四组十二个，一组不落一个不差。年轻人健身少为健康、多为颜值，为恋爱加分，只有小水，失恋了照样健身，只因事业比感情要紧。

可一到聚会，路边摊烧烤，酒吧里蹦迪，她又比谁都疯狂。是人群里的聚光灯、开心果，笑容倒进酒杯里，咣当咣当可劲响，逢人就送一杯。大家震惊她的快乐相当永动机，每个人都可到她生活里取一点走，她也不介意，不要报酬不为功利。男人又惊又喜，不管背后有没有陷阱，拿了再说。女人想法倒两极化。一种可惜，世上有这么傻的人吧，吃了亏也无所谓，娶回家根本不能过日子；一种不相信，这人必定暗藏狠劲，麻痹周围一圈，等时机成熟，送出去的要加倍还回来。

偶尔玩乐到清晨，大家打哈欠回宿舍。小水却找借口离开，一个转身进教学楼卫生间洗脸。走廊里极静，却听水龙头水声哗哗，仿佛有人在哭。再出来时笑容干涸，完全另一幅面孔。小水回到排练室，等于流浪狗回到家，翻出绕口令的书，噼里啪啦练起来。舌头打结练不清爽，便自打耳光自我惩罚。头一回听到声响时，大鱼整个人一颤，感到自己的脸更疼。

跟踪许久他已明白，对于其他人，社团用来打发时间，漂亮履历，一道中规中矩的饭后甜点。小水却是当主餐天天吃，顿顿吃，从不嫌腻。然而过刚易折，她这种状态大鱼太熟悉。可以想见未来若是失败，或发现整条路从头是错，她的面具人生还能坚持多久，他很怀疑。这样想着，排练室突然有同学进来，小水又现招牌笑容，银铃般叮叮叮响。同学问她，左右脸颊各红一块怎么回事？小水说，太开心了就会这样。同学说，我也想开心，你教教我怎么开心。

某天伦理学甄老师找到大鱼，说学校辩论队缺人，要思想、口才、气魄样样合一的人，太难。大鱼说，学校好几万学生，老师耐心找，肯定有好苗子。甄老师说，好苗子远在天边近在眼前，我何苦多费心思。大鱼还是兜圈子说，辩论队这样火，要找人分分钟。甄老师叹气说，讲实话报名辩论队的人，我根本来不及面试，我相信这帮学生会努力，但十有八九都差悟性，悟性这事和努力没关系，你懂的啊。大鱼长久沉默，苦笑说，老师看我这种状态，此一时非彼一时，我怕拖后腿。甄老师拍他肩膀说，你的情况我也有所了解，但谁的生活容易，谁能一辈子不受苦，你这样逃，要逃到什么时候。

甄老师的话，大鱼不愿琢磨，只当耳旁风，匆匆告别后去看小水。到排练室窗外,却见小水的剧组成员正闹罢工。一个衬衫男说,台词太多,我背不下来。另一嗲嗲女说,学姐我们不是不想演哦,是故事太苦,本来生活就够苦的了。衬衫男说,什么直面戏剧,讲出去又没人懂,你平时不是挺搞笑,怎么一上台就严肃。嗲嗲女说,学姐不要做吃力不讨好的事,你这么美又爱笑,随便摆点造型,观众就投票了。衬衫男说,索性你改改,枕头人也可讲段子,扮鬼脸、玩杂耍,低级一点不碍事,越低级越好笑。

小水埋头,抚摸剧本等于抚摸自己肌肤,光滑,冰凉,一触即碎。她很难得在人群前不笑,大家以为认错了人,然而声音还是耳熟。小水说,生活是苦,但我不喜欢当逃兵,你们要演就演,不演就滚。那一刻大鱼从里到外震动,大脑白茫茫失声,视线里只剩小水的红唇,太美,太难得。

当天半夜大鱼回家,自从得知大鱼妈出轨,他还未进过家门。才到楼下,却见天台小屋亮灯。大鱼家位于老楼顶层,公共楼梯向上突然变窄直通天台。小屋三四十平米,自备卫生间,等于独门独户小套间,平民单身的黄金选择。市场好时,大鱼妈租给外地人,多一笔额外收入,市场不好便用作储藏室。此刻大鱼困惑,近来小屋未出租,这种时间点爸妈也早入睡,天台不可能亮灯。

偷摸上楼,却见门缝里是大鱼妈身影。老木头箱一动,漫天散灰,年轻时的衣服她又拿出来,一件一件照镜子试。可惜不是腰身过窄色彩太艳,便是款式过时被虫蛀洞,弹指一挥间,世界全变样了。大鱼妈到后来根本试不动,整个人瘫坐。余光瞥到镜子，突然意识嘴上涂着口红，想起什么，疯一样用手擦拭。整张脸都是红印，比血更像血，擦不干净了。

过几天大鱼到学校食堂，迟迟不进。绕食堂整栋楼，左转一圈右转一圈，深呼吸几次才迈进。果不其然，就等一张海报递眼前。只见海报上大字，话剧总决赛，翻过来，剧目名字和演出团队通通列全。大鱼头一眼便瞄到《枕头人》片段，导演水婧。再抬头时小水正冲她笑，虽然暗中已见无数次，但这样面对面，单独为他一个人，还是头一回。可随即小水又转身，拿海报递给其他人，她冲别的同学是同样招牌笑容。

后来大鱼妈生日，收到儿子送的口红，上嘴涂色大吃一惊。大鱼妈不知，口红牌子色号，和大鱼跟踪的女孩用的，完全同款。

三

大鱼再三追问下，大鱼妈总算坦白，当日被贾老板骗去投资，花多少积蓄借多少贷款，数额明细列得清清楚楚。本想自己欠债自己还，实在是赚钱的速度赶不上利滚利。眼看债台高筑兜不住了，才不得已摊牌。她眼泪打转说，要不是去公司看一眼，我都不知道你丢了工作。大鱼挤笑说，不要紧，丢了还能再找，债总能还清的。大鱼爸难得上前，拍儿子肩膀，老半天憋出一句，苦了你了。

　　一家人吃完晚饭，大鱼独自回廉价出租房。地下通道出来，看到一个烟头苦苦卡在电梯口，上不去也下不来，却因台阶的滚动而不得不滚动。看得入了迷，因为一个烟头，他自己也不能相信。事实上，有无数次冲动想走过去，替烟头结束不堪的命运，可是不能够，只是虚假的自我安慰。回到家，立马开了电脑投简历，桌上一层灰浮起又飘落，灯下照出无数尘埃，失业这么久他总算振作了，然而也只是尘埃的一份子。

　　在外奔波多天，还是没找到心仪工作。大鱼妈几次喊他回家吃饭，大鱼想这么拖下去也不是办法，就今天吧。落一身灰尘到楼下，见天台小屋亮灯，以为大鱼妈又在整理旧货，进门才知家里来了新租客。小屋闲置太久，来看房的人一嫌旧宅卫生差，二嫌房东难相处，近日能租出去实属幸运。

　　大鱼妈春风满面，似乎对新租客很满意，边端菜边说，这个沈小姐真讨人欢喜，房租讲多少就多少，自己还添了新家具，弄得不要太漂亮哦。大鱼说，我讲多少次不要占小便宜。大鱼妈说，她自己情愿，关我啥事啦。大鱼说，她什么工作，既然出手大方还委屈住在这，仔细想不正常。大鱼妈弯腰低声说，演员，讲是不想干了，改行当导演，找个安静地方写剧本。大鱼说，听来听去有问题，哪家中介介绍的。大鱼妈说，不是中介，是面馆常客，和你一样最爱大排面。大鱼的筷停在空中，久久放不下来。

　　大鱼当晚没回出租屋，在爸妈家住下了。十几平米的小卧室睡太多年，谈不上好坏，只有心安。因为老楼，隔音效果格外差，天花板上便是天台小屋，新租客的拖鞋声踢踢踏踏，下冰雹一样，横七竖八掉在心上。拿起床头一只马克杯，自从摆放从未舍得用。马克杯纯白，杯身浮雕刻一对男女。

送礼之人曾说，这浮雕取自一幅画，超现实主义大师雷尼·玛格丽特的《恋人》。当时大鱼说，既然亲吻，头上还各自蒙一块白布，蛮有意思。那人说，有种讲法是画家年幼时母亲跳河自杀，尸体捞上来，白色睡衣蒙住头部，画家深受震撼，此后画人便有这种习惯。

大鱼说，亲吻时看不到对方可惜了。那人说，不可惜，因为人人如此，是常态，有多少爱情不盲目，几乎没有吧。大鱼说，盲目只是一种理解，你也可这么想，对所爱之人，隐藏黑暗面展露光明面，是人的本能。那人说，有道理，我还有一种理解，俩人再亲密，但永远有距离，永远要独立。大鱼说，什么样的人看到什么样的世界，跟你聊天，我心里讲不出的开心。

某日大鱼出办公楼，瞥见马路对面一辆红色超跑。再定睛看，超跑已穿梭于车流，闪现几秒便消失了。大鱼愣住，苦笑自己得了面试综合征，到哪都觉得被审视。到家大鱼妈已备好一桌菜，只瞄一眼，大鱼便发现改了菜色，毕竟这么多年都同样做法。大鱼妈显然也觉得他的困惑，解释道，今天沈小姐帮忙下厨。大鱼夹一筷到嘴里，细品说，好手艺。大鱼妈说，现在会做饭的女孩不多，你要娶，就娶沈小姐这种。

不是第一次这么讲了，大鱼也有点怀疑，沈小姐根本是她物色好的，租房不过是个幌子。但处心积虑下这么一大盘棋，不符合大鱼妈的个性。除非是那沈小姐主动。可一老一少哪来时间培养友谊，要真是在面馆，那也是妙。总之怎么想逻辑都有问题。大鱼笑着敷衍，随即又想到小水不会做饭，带回来必是婆媳矛盾一堆，当然他肯定从中调停，到处做好人，哄两位公主各司其职。但假设这些有什么用，他们已经分手了。

大鱼一屁股沉到椅子上说，沈小姐做饭却不留她吃，不大礼貌吧。大鱼妈说，留过了，她死活不肯，讲是除了我，不想让任何人看到。大鱼说，太夸张，真当自己超级大腕。大鱼妈说，那不至于，是怕粉丝跟踪。大鱼说，狂热到这种地步。大鱼妈说，真的呀，上回在面馆，她慌慌张张跑进来，讲有人跟踪，我把她藏好再到店门口一看，果然停一辆跑车，小伙子到处张望，我讲关门了，他硬要闯进来，我讲你再动我马上报警，他不敢乱来，只好发疯摔酒瓶，哎哟我当时真是吓死，就怕他要砸店，还好后来车子轰隆一声开走了。大鱼长久沉默，问道，跑车什么颜色？大鱼妈说，我印象不要太深刻，红色，红色。

当晚再次破例，大鱼留爸妈家住下。洗完澡躺床上，夜里极静，除了窗外野猫叫，便是楼上拖鞋声。照旧踢踢踏踏，只是相比头一回沉重很多，能感到人很疲惫。走到南面，靠墙有梳妆台，拖鞋声静止，想必沈小姐在照镜卸妆。虽没见真实模样，但大鱼有种预感，沈小姐卸了妆也是动人的，明艳的美、温婉的美，她大可自由切换。十分钟后拖鞋声再次响起，东西面来来回回，像在整理衣物，也像不熟悉而迷路，最后落定北面，洗手间方位。拖鞋声消失，大鱼想象水声哗哗雾气腾腾，沈小姐要洗澡了。

等他走到天台，小屋传来吹风机声，奇怪吧，只听声音不见光亮。唯一一扇长方形落地窗，此刻卸载换一面超白高清镜，镜前装数盏通亮灯泡，大鱼第一反应，置身于当年的话剧排练室。然而想多了，沈小姐这人果然极重隐私，方方面面想周到，屋里一丝风也逃不出来。小水就不一样，有丢三落四的毛病，心里也不大能藏得住事，真要她布一个局下一盘棋，太难了，表情就先出卖。大鱼笑自己，一回家听到沈小姐，人就恍惚，自作多情什么呢。

正要走，却瞥见墙边一排鞋柜，禁不住好奇上前打开。有种偷窥狂的心情，但不能自已。第一排高跟鞋，盛大宴会秘密晚餐皆可搭配，挽西装男人袅袅信步，走哪聚光灯追到哪；第二排平底鞋，家常日子里必备，出门买菜逛超市，和相恋多年的男友饭后散步，一路说笑不停；第三排运动鞋，早起晨跑，健身房飙汗，暗恋备胎在角落处守候，也可能是老公看她背影，每多看一眼便多爱一点。品味像极小水，但大鱼记性好，没有一双眼熟。如果说为了假扮成另一人，把全身行头统统换新，那成本也太高。

可关上门的瞬间，大鱼眼睛突然刺痛，柜外还有一双。蹲下仔细看，裸白粉跑鞋，尺寸、款式竟和当年小水脚下一模一样。不该是同一双，而且这么久应当停产，不过买了同款一直穿到现在，也不是没可能。大鱼彻底出了神，不小心碰倒花瓶，乒乓一阵声响，屋内吹风机立马停下。

传来温柔女声说，是谁，谁在外面？大鱼清清嗓子说，抱歉，我是房东的儿子，我叫于淼。沈小姐说，这么晚有事吗？大鱼说，在找一只猫，黑猫，沈小姐有看到吗？沈小姐说，我印象里房东阿姨没有养猫。大鱼说，确实没养，是野猫，我常喂它，喂久了便有感情。沈小姐说，没看到，猫叫声也没听到，你去别处找找。大鱼说，沈小姐声音听来有些耳熟。沈小姐，以前演过一些戏，耳熟是正常的。大鱼说，我意思是这声音太像我朋友。沈小姐说，真巧。大鱼说，像我前女友。

明显感到对方愣住，大鱼圆场说，没别的意思，讲讲而已。沈小姐说，于先生还惦记前女友。大鱼笑笑不响。沈小姐说，既然惦记就找她复合。大鱼还是笑笑不响。沈小姐说，也许她会找你复合。大鱼说，不可能的事。沈小姐说，这么确定吗？大鱼说，她不是主动的人，从不吃回头草。沈小姐说，人有多面，也很善变，很多不可能都是可能的。大鱼说，是吧？沈小姐说，比方讲我，以前一心想当演员，想成名，真的红了又受不了。大鱼说，为啥？沈小姐说，不能做自己。大鱼说，听我妈讲，沈小姐想改行当导演。沈小姐说，也许天赋不够，但还是想一试。大鱼说，很多不可能都是可能的。沈小姐噗嗤一笑，你这人挺有意思。

大鱼说，闭关写剧本，写的啥故事？沈小姐说，这个不是很方便讲。大鱼说，窗户为啥换成镜子，可以讲讲吧？沈小姐说，

353

剧本写着写着演起来，照镜子方便点。大鱼说，屋里不开灯又是为啥？沈小姐说，你的问题太多了，调查户口吗？大鱼一怔笑起来。沈小姐说，黑暗环境里开一盏小台灯，写起来有感觉。大鱼意味深长说，是吧。彼此沉默一会，沈小姐说，时间不早我得睡了。大鱼说，我知道沈小姐不想露面，但出于礼貌还是想请你吃顿饭。沈小姐说，心意领了，饭就不必了，快去找你的猫吧。大鱼说，是啊聊这么久，它肯定寂寞了。沈小姐说，人比猫寂寞，倒是真的。

大鱼从天台下来，第一次觉得楼梯这样难走。小时候走惯了不觉得，泥鳅一样穿梭自如，现在看来，过道窄，台阶高，比普通楼梯要难上一倍，几乎是边坐边下。好不容易进家门，大鱼妈刚好经过，拍他的裤子，这么大的人还蹭一屁股灰。以前很多次类似状况，从来没放心上，但今天听来，心里揪着格外不是滋味。

大鱼想沈小姐，穿挺括衣服踩真皮高跟，在那样的楼梯里爬上爬下，根本不能保持体面。搞不好过几天，下水道泛味，天花板剥落，添置家具再好，也无法掩饰整间屋子的破败。她迟早有天受不了，搬出去，世界便都清净了。大鱼理应羞愧，可隐隐中又觉得是好事一桩，无论沈小姐何种身份，对她，都是一种考验。然而考验什么，他不愿去想明白。

过很长一段时间，沈小姐还没搬走。大鱼觉得稀奇，头一回对自己的判断力失去信心。有回在家晚饭，电视放娱乐新闻，狗仔噼里啪啦揭秘明星豪宅，大鱼筷子夹着大排，突然味同嚼蜡，慢条斯理说，没想到这个沈小姐住这么久。大鱼妈是同样感受，以为是娇生惯养出来的，谁知手脚勤快天天打扫。

她说，我讲沈小姐啊，你有什么不满意你就讲，阿姨把你当女儿一样看，结果她讲，阿姨我都满意，我就喜欢老房子，舒服温馨，有家的味道。大鱼妈没有随便认陌生人当女儿的习惯，大鱼突然震动，停一会说，人家是客套。大鱼妈说，那我不管，反正这孩子能干懂事，一看也是普通人家出来的，别怪妈妈俗，两个人般配还是得门当户对。

显然针对大鱼的前女友。他苦笑，当时介绍小水只潦草几句，没照片没名字，纯粹给爸妈一个心安。但想来大鱼妈已脑补全过程，因为有钱，他才上了心追她，因为没钱，她才狠了心甩他。妈妈体恤出儿子的要强、功利、出人头地的野心，只因她自己也是这样。可吃足生活的苦头，此刻又讲门当户对，不是人人说顺嘴的，是真扒出伤口要儿子看的。

饭后洗好碗，大鱼拿床头马克杯，照例去水池边冲灰尘。大鱼妈笑他，整天洗也没见用过一回，初恋送的吧？大鱼一贯地笑而不答。大鱼妈说，杯子上的画，一个姓雷的外国人画的，叫啥恋人，爱人，还是情人？大鱼难以置信，杯子放家这么多年，她头一次有文化。大鱼妈得意说，沈小姐告诉我的，前几天帮我大扫除，一看杯子就愣住了，画家画名马上讲出来。大鱼洗着杯子恍惚起来，沈小姐懂的真多。大鱼妈说，之前我问她对你有没有兴趣，她笑笑不响，女孩子没拒绝就等于默认了，你晓得吧。

后来有天，大鱼找工作间隙路过家里，讲是回去拿一件外套，实际上耳边回响大鱼妈的话，说是沈小姐几乎不出门，整天窝家里写剧本。自然存疑，一个到哪都要鲜花掌声的演员，忽然间静下来，孤芳自赏还是厌恶自赏。

按捺心脏怦怦跳的声音，大鱼到门口旋钥匙，刚要推开却听里屋卧室啪地关上。他一惊，高喊，谁，谁在里面？爸爸学校上课，妈妈面馆看店，这个点家里不可能有人。快步过去开门，却发现反锁了。

许久，一个温柔女声才传来，是我，沈小姐。大鱼定下心，缓神说，原来是你，到我房间做什么？沈小姐说，实在抱歉，我有本书不见了，急着用，只好到处找。大鱼说，什么书？沈小姐说，一本剧本集。大鱼说，《枕头人》？沈小姐吃惊说，你见过，放哪了？大鱼说，这种小众戏剧，沈小姐也会感兴趣吗？沈小姐说，你觉得我看不懂。大鱼说，不是这意思，我只是奇怪，太巧了。沈小姐说，书在哪？大鱼说，你把门打开我就告诉你。沈小姐说，你这人有劲吧。大鱼说，昨天我在天台楼梯捡到了。沈小姐说，原来。大鱼说，我不懂，既然重要怎么还会随便掉。沈小姐说，你什么意思？大鱼说，无意掉还是故意掉，很难讲。沈小姐说，听不懂你的话，把书给我。大鱼说，你出来我就给你。沈小姐气急说，你这人也太无赖。大鱼说，反正没事，我就在门口等着，你早晚都得出来。沈小姐说，你想见我究竟有什么目的？大鱼说，你住我家又有什么目的？

不响了，一切归于寂静。过一会大鱼听到里面电话，沈小姐轻声细语不知讲些什么。没半分钟大鱼手机也响，接通，大鱼妈着急忙慌要他去底楼，说是沈小姐闻到煤气味。大鱼莫名，屋里只飘散白兰花香味道。大鱼妈说，叫你去你就去，面馆着火的事不记得了吗？还想辩解，但被生生打回去，没办法，三五步一跨飞奔到楼下，可空气清透根本一片祥和。再跑回楼上，卧室门敞着公文包开着，连人带书全都不见了。

几天后是大鱼生日，临近傍晚他打电话回家。大鱼妈刚接便抢话在前，儿子，啥时候回来，沈小姐听说你生日，正忙着做蛋糕呢。大鱼一愣，还是冷冰冰说，我不回去了，和朋友一道过。大鱼妈声音抬高八度，啥朋友比家里人还重要。大鱼说，真的重要。大鱼妈说，谁啊，我认识吧。大鱼说，大学同学。大鱼妈说，约到家里来。大鱼说，是个女生。大鱼妈说，啥，女同学。大鱼说，没事我先挂了，还赶着去学校。大鱼妈说，等等，沈小姐忙活一下午，你总得和她打声招呼吧。

下一秒便听到沈小姐，她笑说，不要紧，你忙你的，蛋糕回来再吃。大鱼说，辛苦了，没想到你手这么巧。沈小姐说，我也没想到，这是我第一次做。大鱼说，可惜我吃不上了。明显感到那边陷入沉默，沈小姐声音黯下来说，你一定会吃上的。大鱼也沉默了。

沈小姐说，谈女朋友了。大鱼说，我可以不找她，如果你让我见一面的话。沈小姐说，她会不开心的。大鱼说，我不见她，她只会开心。沈小姐说，你总讲一些让人听不懂的话。大鱼说，我见的不是女朋友，是枕头人。沈小姐瞬间震住说，你讲啥？大鱼说，沈小姐，我们这辈子没缘分，等下辈子吧。话音刚落，他啪地挂断电话。

手机紧紧攥着，余热停在手心里，仿佛沈小姐的体温，只要他不松开，她便不会散去。此时此刻，大鱼正站学校排练室窗外，当初他就是在这，一次次听他心爱的女孩读《枕头人》剧本。没想到七八年后，学弟学妹重排这出黑色悲剧。动作不大熟练，演员枕头人帮演员小孩自杀时，道具血浆喷得到处都是。排也排不定心，演到一半，一屋子人嚷嚷着出门聚餐。天色沉下来，大鱼还在窗外等，会等来什么，他心里根本没底。

太安静。安静到黑暗里跑入一个气喘吁吁的声音时，大鱼都觉得是在做梦。那声音到处闯，闯到犄角旮旯，闯进他心里，直喊着大鱼大鱼。排练室的灯明晃晃刺眼，她冲了进来，他胸口沉甸甸一块石头，根本不知是放下还是提起。到处是血，随手一抹便心痛到蹲下来，仿佛真正受伤的人是她自己。电话不停拨，还是无人接听。大鱼在窗外看这一幕，实在受不了那撕心裂肺，才开了机，几十个未接来电。总算回拨过去，铃声刺穿哭声，她一刹那惊醒，看屏幕马上擦眼泪，可只是越擦越多。

她强忍所有情绪问，你在哪？他不响。她又问，大鱼是你吧？他还是不响。她声音颤抖起来，说句话啊。大鱼把泪水憋回去，终于开口了，小水，有事吗？她明显一愣，确定是他的声音，慢慢平复下来说，你一切都好吧？大鱼说，都好。小水说，没什么想不开吧？大鱼说，想不开什么。小水说，现在和谁在一起？大鱼说，到底有什么事？小水说，没事。大鱼说，你又在哪？小水说，和朋友一起。大鱼说，齐天吗？小水说，嗯。大鱼说，好好玩吧。小水说，你会安全到家吧？大鱼哽咽说，会的，我会的。

四

谁知大学话剧总决赛火爆，临近前一天依然一票难求。大鱼正发愁，却见齐天桌上乱糟糟扔一沓票。想来是各路同学讨好，或是关系硬，他要多少便可拿多少。大鱼现在觉得大学相当小社会，没那么黑，但也白不到哪去。实在没辙，便低头问齐天，票能给一张吧。见硬骨头忽然变软，齐天也是意外，话语里左右嘲讽，大鱼只听不响。最后说定，大鱼的票，齐天给了，全宿舍一学期的热水，大鱼包了。

比赛当天，大鱼坐齐天后几排，盯着后脑勺，想他泡妞癖好照旧，且变本加厉起来。忽然担心小水好看，耐看，由内到外经得起看，和齐天以往猎艳的女孩都不一样。万一被盯上，按他收藏家的脾气怎样也要搞到手。当然如果真到这地步，大鱼必定站出来破坏。但随即想到，小水爱玩乐，不把感情当回事，谁栽谁手里不一定。然而他还是担心。

《枕头人》剧目靠后，越是临近大鱼越是手心出汗。前面一长串节目说是话剧，其实更偏小品，纯喜剧，专为滑稽扮丑，逗全场阵阵哄笑。但往细里究又太空，没啥硬货。大鱼顿时有信心，论演技论主题，小水远在这些人之上，没理由不拿奖，就是冠军也不稀奇。这样想着主持人已报幕，下一个便是《枕头人》片段。

道具摆定，演员登台，小水女扮男装演的就是主角卡图兰。卡图兰是作家，写小说，却被拉到警局审讯。审讯室里装单透玻璃，卡图兰一面照镜子一面被监视，途中又演戏中戏，他写的十个黑色童话逐一爆出，其中最核心故事便数《枕头人》。

刚开始演，齐天已连打哈欠不停看表，后来心不定索性离场。大鱼暗喜，这剧有欣赏门槛，考验观众思想，一走神一恍惚，便难以体悟细微处的精妙。齐天这人浮于表面，小水演被囚的落魄作家，自然不光鲜，不对他胃口。也好，麻烦提早省去，大鱼正好安心看戏。

这时小水演的卡图兰，继续讲故事。她说，"当枕头人成功，一个孩子便死去，当枕头人失败，一个孩子便痛苦不堪然后死去。枕头人那么高大松软，帮了很多人，自己却整日流泪寻不到快乐。终有一天，枕头人决定再干一趟就此收手。他回到他出生的小河边，摆各种玩具，拿一瓶汽油。附近停辆车，车里有个小男孩讲，妈妈我要去河边玩。妈妈讲，去吧，记得回来吃点心。于是小男孩下车，这时枕头人发现，小男孩全身也都用枕头做，事实上小男孩就是小枕头人，两个枕头人一见如故，开开心心玩了许久。

"后来枕头人谈到痛苦的工作、死去的孩子，小枕头人一听就懂，他那么助人为乐。于是小枕头人打开汽油，通通浇到自己身上。枕头人含泪讲，谢谢你。小枕头人讲，不要紧，你告诉我妈妈，我不能回家吃点心了。枕头人点头撒谎说，好的，我会的。接着小枕头人点燃火柴，枕头人坐在树下一声不响看他自焚。"

故事的情节大鱼已熟透，结局的悲凉，也是每次回味每次更深。等剧目结束，大鱼几乎坐不住，想起身鼓掌。可拍几秒又觉不对，再一看周围观众满脸倦意，身体不耐烦扭动。最后颁奖也未轮到小水，这时大鱼才懂，话剧社社长经验老到，《枕头人》不适合参赛。其实道理很容易明白，非专业院校比的是一个开心，一个消遣，越正经当门事业，等于艺术性越强，努力方向越错。大鱼突然醒悟，原来被女孩迷惑是这种感觉，难辨是非，毫无理智，她眼里对的他想当然以为对。

大鱼跟到后台，站幕布边偷看小水卸妆。化妆间只她一人，能听到外面的笑声、欢呼，摆摊一样全拿出来。但热闹与他们无关，大鱼想，如果小水知道世上这么多人，唯有一个懂她的孤独，愿陪她孤独，她又会作何感想？

然而想到中途被打断，社长摇摆着从另一侧上，走到台边也不吭声，只到处拨弄，似乎安慰，更像看好戏。他拉长腔调说，早知今日何必当初。小水停下手中动作，抬头笑说，重头来过，我还选《枕头人》。社长说，跟我赌气有意思吧。小水说，我这是心里话。社长说，一个人明知失败还执迷不悟，我不知讲什么好。小水说，那就别讲，本来就不同路。

社长碰钉子尴尬，收起玩笑表情，突然严肃说，上次小花园我讲那番话确实冲动了。小水说，不像冲动，更像压抑很久总算一吐为快。社长说，撇开艺术不谈，其他方面我们还是很合得来。小水说，根本观念上合不来，其他方面我不知怎么合得来。社长说，艺术属于生活，不等于生活属于艺术，这个道理你要我讲多少遍。小水说，我们讲的完全两回事，就算我不当演员，不走艺术路，你这种做人三观，我还是不能接受。社长说，我三观哪里不对了？小水说，观念不分对错只分适合，我的不适合你，你的也不适合我，这么讲明白吧。社长说，那我更不懂了，那些到处和你调情的人，他们就更有悟性，更适合你的三观吗？小水身体猛然一抖，但脸上仍是毫无波澜说，爱情对我等同鸡肋，恋爱对象是谁，我根本无所谓。社长说，那他们行，为什么我不行？小水直盯他说，因为对你，我有过不切实的期待，现在期待破灭了，回不到过去了。

社长一走，小水马上收起潇洒笑容，变脸太快，大鱼来不及反应。再定睛看时她已拿一把美工小刀，在左臂内侧熟练划开。短短几秒留五六道伤疤，血珠争相滋出，空气里能闻到腥味。小水抬起手臂放灯光下欣赏，表情并不痛苦，反而轻松、安定，畅快起来。大鱼听过一种讲法，精神疼痛可靠肉体疼痛转移，适度的自我伤害反而是预防自杀。大鱼理智上理解，情感上却不能想象，一个人对自己下手竟这样爽快。皮肤吹弹可破，他无缘无故感到心痛。

黑暗料理街上，剧社成员围坐路边长桌，除了小水剧组，其他人等同新鲜烤肉，涂抹秘制酱料，笑容滋滋作响。塑料杯里倒了酒，大家高举碰杯庆祝比赛硕果，正巧刹那临时闯入一个啤酒瓶，白茫茫杀出一点绿，所有人转头，原来是小水。她热气腾腾说，不等我就开始，你们什么意思。社长以为赛后聚餐小水不会出场，一是俩人关系尴尬，公共场合难以应付，二是《枕头人》输太惨，面子上讲不过去。然而没想到，小水方方面面不同常人。

大鱼坐隔壁一桌，临近路灯，阴影罩下来，他从头到脚浸没黑暗里去。二三十人的热闹，始终听到小水一人的声音，上蹿下跳，左拥右抱。以前他不明白，她对自己的快乐可以这样慷慨，随便分出去毫不心疼。现在才懂那快乐是赝品，所以源源不断，要多少有多少，又因仿真度太高，谁都骗得过。但一个人心里越是悲面上越是喜，大鱼想这种姿态，小水过分娴熟了。

也是当然，面对小水这种异类，男女态度根本不一。男人觉得只要不冲结婚的恋爱，这类女人基本完美，既当兄弟又当红颜，带出去体面不说，不粘人不乱作，洞察情感相当敏锐，仿佛万金油，不用时放着，要用时随手一涂。小水也不把自己当女人看，或者说，没有仗着年轻占男人便宜那一套。送礼物，请客吃饭，她心里自有一杆秤，衡量着以各种名目，把情感债还清爽。就算拒绝也挑准时机，再怎样也拖到人家考试过后、难关过后。其中体谅，大鱼一目了然。

但越受男人欢迎，越遭女人嫉恨。在同性眼里小水等于纵火犯，这里点完那里点，所到之处随心所欲，不大顾忌。主流女人只想安定，认准一套秩序一种信仰，便始终认下去。突然来个人，做她们想做却不敢做的坏事，又因做坏事尝尽甜头，谁心里平衡，谁能咽下这口气。要么自打自脸，承认规矩生活一文不值，要么骗自己，把小水往狭隘处贬低。可除了大鱼，又有谁真的三百六十度，仔仔细细了解她、在乎过她？

喝到尽兴处社长直接对瓶吹，一抹嘴边泡沫，醉醺醺问道，我不懂，《枕头人》里那个作家叫啥，卡什么兰，什么图兰，这人宁愿死，也要保住他写的小说，这种变态心理怎么理解，我不懂，一点不懂，小水你讲讲。小水坐长桌另一头，不紧不慢地喝着酒，只风度微笑。社长晃酒瓶走过去，声音比身体还摇摆，他说，你不是想当艺术家吗，艺术家不懂艺术家，你还当个屁啊。小水和他人碰杯，笑容继续。社长到她身旁，脸几乎贴上去说，怎么不讲话了，你不是在别人床上很会讲，很能讲吗。小水夺过他手里啤酒瓶，一把砸到桌上，瞬间玻璃四溅光影破碎。砸完之后她仍是笑，仿佛雕刻过的脸再也不变。

第二天小水进排练室，门口储物小木箱打开，意外发现摆一束花，花里插着贺卡，上面写道："*一个人不爱自己，便不会懂别人对她的爱。*"不知怎么，她直觉感到这行字一口气潇洒写成，但在写成之前已练数遍，能想象白纸上尽是草稿，垃圾桶塞满废纸的画面。

小水觉得应当笑，有人暗中关心、恋慕，随便什么情感，被爱总是好的。可逐渐胸口疼痛，几近窒息，她扶墙缓缓蹲下，头刚一埋进臂弯泪水便淌下来，两条大腿通通湿透。长这么大，没人知道她不爱自己，也没人要她学会爱自己。她想一个人懂她，只因他们是同类。

又过一天大鱼送精致便当，她惦记她的戏，他便惦记她的胃。打开小木箱，意外发现一张字条，上面写："请问你叫什么？"小水的字迹，比一般男孩秀气，又比一般女孩阳刚，是那种爱不释手，看过便想压枕头下面的。可大鱼刚拿起，又触电般扔回去。他从没想过她会回复，也并不奢望，本来这种女孩收情书要多少有多少。只是真能写到她心坎里的有几人，就不好说了。即便如此，他只配暗中爱她。

几天没去排练室，也避免在任何可能的场所撞见她。但真没撞见，心里头又像丢了什么。有时故意绕路，排练室门外站一会，想就算她现在出来，戳穿也就戳穿了。然而走廊里始终寂静。大鱼感到身体日益膨胀，情绪汩汩往外流脓，怕再这样下去，整个人都要破掉。

真到撑不下去的那天，校外酒吧街上随便找一家放松。也谈不上随便，看到烂俗招牌上"空心爱"三个大字，心里便轰然一响。是蚀空的心里装着爱，还是爱的时候心被蚀空，很难分清。总之脚是不自主迈进去了。

摘棒球帽找角落坐下，刚看酒单，服务员的声音便游过来，问想吃什么？他一听这声音，刚要抬起的头又落下，冷漠回道，我先看，等会叫你。像胸口突然抹一块烂熟的蛋糕，服务员背过身离开，大鱼眼珠立马黏上去，只看背影，他确信一定是她。

过一会上洗手间，听到柜台边小水和酒吧老板的对话。老板说，今天第一天上班，感觉怎样。小水说，挺好。老板说，看你的气质，不像贫困家庭出来的。小水说，大学生勤工俭学很正常吧。老板说，我是怕你吃不了苦。小水说，我来就是想吃苦。老板说，啥，专为吃苦来，你这样漂亮我不懂。小水说，开个玩笑，打工专为吃苦不为挣钱，神经吧。老板说，吓我一跳，以为找了个脑子坏的。小水笑笑，继续端盘子去了。

结账时她正好在柜台，大鱼压低帽檐付钱。碰上店里周年庆活动，她问要不要办卡优惠。大鱼想都没想说好，心里觉得办卡是长久约会的意思，即便约会的对象自己并不知道。小水开电脑输信息，边打字边说，请问你叫什么？大鱼猛然僵住。小水以为他没听清，抬高声音又说，请问你叫什么？大鱼一时间无措，索性转身逃了出去，风铃丁零当啷响，门被风扇了巴掌来回颠晃。

他枕着她的字条一夜未眠。阳光从窗缝灼伤眼，大鱼翻身爬起，撕了纸条写："我叫于淼。"换好衣服塞进兜，正要去排练室，突然在镜子里瞥见自己。很久没照，几乎快不认识。他想一个普通男孩，出身平平，家丑外扬，连最得意的成绩也丢那么彻底，浑身上下竟没一样拿得出手。伸手去抹镜子，全是灰，被抹干净的那一块，也并没把人照得更磊落。太阳淋进来，他还站阴影里。

小水打着电话进排练室，她说，导演您讲得对，我戏路窄，演此片女主还很差味道。听她和那头导演几个来回，窗外大鱼总算明白，小水好不容易争取爱情文艺片，演一酒吧服务员。可导演又觉小水阅历浅，公主味重，优渥家境反倒成阻碍，演出来不叫人信服，因此犹豫换角。小水不甘，说离开拍还三个月，这段时间会想尽办法体验角色，保证正式拍摄时举止接地气，眼神有厚度，观众一看忍不住心痛。导演听后答应，但以防万一，仍做替角打算。

挂了电话，小水并未放松。整理后准备排练，却见手臂刀疤处的创口贴许久未换。撕下来又黏太紧，最后竟是连皮带肉地破，一大片鲜红娇嫩，赤裸裸暴露。小水嘴唇咬紧，忍痛去小木箱摸纸巾。纸巾没摸着，却碰到一沉甸甸保温饭盒，捧出来时，以为是捧着还在跳的心脏。

打开来，第一层卧荷包蛋、青菜、素鸡；第二层放红汤干面，恰好女生分量；第三层盛浓油赤酱汤，家常做法，光是闻着胃已经安稳下来。饭盒安排的种种用心，小水了然于心，油渍浸到手指，也舍不得地含进嘴里，鲜香、甜腻，是自己喜欢的味道。

拾起旁边纸条，上面是熟悉字迹写："我叫枕头人。"后面画简笔小孩，枕头脑袋枕头身体，小水一看便瞬间落泪，同时想起枕头人故事还未结束：小枕头人自焚，意味着枕头人也将消失。他最后一眼看到的，正是小枕头人的微笑化为灰烬，一切归于虚空。然而没想到,他也听到了一生中从未听过的声音。那成千上万的孩子,那在枕头人帮助下自杀的孩子,因为枕头人的死又不得不活过来,面对注定黑暗的将来,他们只能苦苦惨叫。

Chapter 9：枕头人　下

五

  大鱼生日那天，小水正在厨房做蛋糕。最近偷练厨艺，手上好几处刀伤，大鱼妈问起来，也只说太久没做，手法生疏了，绝不会讲和大鱼分手前什么都不会。小水不喜欢欠人情，有意无意表达出补贴菜钱的想法。大鱼妈爱占便宜，因为欠债又手头紧，本来觉得再好不过，可转念一想，她是理想儿媳的人选，要让她知道家丑，撮合相亲的事必黄。为了儿子，大鱼妈热情推辞说，阿姨把你当女儿看，客气啥。
  后来，小水一面听母子俩电话，一面揉奶油到蛋糕胚上。听大鱼妈说女同学时，一个恍惚划出一道口子。急着找创口贴，又怕漏掉他们的对话，左右为难间，大鱼妈把手机塞她手里。还是风轻云淡的口气，笑得太自然，攥拳时没感到血在流，只第一次发现演技好的长处。以为他真去找别的女人，或是故意让自己吃醋，绝没想到见的是枕头人。太像一句玩笑，一个暗号，可她根本赌不起，也来不及细想，只下意识以为，找枕头人等于自杀的意思。大鱼妈说他回大学，但校园这么大，到底是哪里。

手机打到发烫，他还是关机。一间间教室推开门，一条条走廊跑到头，能去的地方都去了，她累到精疲力尽，就是不见他人影。满脑子默念枕头人、枕头人，忽然一醒，当年读《枕头人》剧本最多时，便是在艺术楼排练室。飞奔到那冲进去，却见满地是血，崩溃到腿软，站不稳，瘫下来。直到大鱼来电，她还以为是幻听。

挂电话没一会，剧团那伙人回来了。小水这才明白学弟学妹在排练，她抹一手的是假血，食用红色素混蜂蜜，以假乱真到杀人的地步。气极，又轻松极，小水拿纸巾擦手说，《枕头人》这种剧本，太消极太晦涩，排出来没人喜欢。领头学妹说，姐姐如果不懂就不要瞎讲，这剧本是经典，拿过奖。

不知怎么，那血越擦越蔓延，双手恐怖起来，像是真犯了罪。小水说，什么直面戏剧，讲出去又没人懂，你们太年轻，真的太年轻。说着眼泪不自主淌下来，这才发现擦不干净，原来是做蛋糕时划破的伤口再次流血。真假混为一道，她根本分不清。

回大鱼家，小水用最快速度做好蛋糕收尾工作。逃到天台小屋，耳朵趴冰冰凉地板上，逮到楼下开门声总算松了口气，大鱼平安回家。也是到此刻她才真的回神，再细想，大鱼说见枕头人，演这一出究竟什么意思？他百般试探，就是想摸透沈小姐的真实身份，如今知还是不知，她也没把握。只第一次肯定，他在她心里太重要，失去他，和失去自己的感觉一模一样。

听到脚步声上来，小水赶忙熄灭屋里全部灯源。所谓窗户换镜子，说是排练，其实是监视。当年演《枕头人》，作家卡图兰被拉到警局，审讯室里便装这种单透玻璃。此刻大鱼捧蛋糕，以为自己照镜子，殊不知一举一动，屋内小水看得清清楚楚。

大鱼说，沈小姐，你讲得对，我一定会吃上你的蛋糕。小水说，能吃上就好。大鱼说，蛋糕都做了，索性再唱一首生日歌吧。小水说，你有点得寸进尺。大鱼难得无赖，气壮说，我就是得寸进尺。小水一时回怼不上，心跳太快，仿佛被他堵在墙角，无处可逃。

如他所想，点了蜡烛隔门唱歌。小水说，许什么愿望？大鱼说，我有个问题，如果愿望和愿望矛盾，是都会实现还是都不会实现？小水说，我听不懂。大鱼说，比方讲我许的第一个愿望是，想和你在一起；第二个愿望是，不想和你在一起。小水沉默许久说，和谁在一起？大鱼说，只是打个比方。小水说，这种矛盾问题，有意义吗？大鱼说，人都矛盾，很正常的事。小水说，你的问题太难，我不会。大鱼感慨道，是啊，有谁会呢？

安静吃一会蛋糕，大鱼又问，沈小姐剧本写得怎么样？小水说，还在构思。大鱼说，是真实故事还是虚构故事？小水说，介于两者之间吧。大鱼说，有意思。小水说，真真假假，虚虚实实，确实有意思。大鱼说，到底讲什么，我太好奇。小水说，等时机成熟，自然告诉你。这话听来过分耳熟，大鱼笑笑，什么叫时机成熟，他想她自己也不知。

夜风吹拂，大鱼靠在镜子上看月亮。小水身体贴上去，镜子干净透亮，可以假装不存在，甚至空气。不知是听到背后声响，鲜活呼吸声，还是真的心灵感应，或只是单纯自我端详，有一瞬间大鱼转过身去，脸也黏牢到镜子上。小水一震，身体往后颤动，但脸未曾离开，一寸一寸挪过去。这样，俩人等于就是在接吻了。

月光披在他们身上，与此同时，也灼伤楼下红色超跑里的人。齐天在黑暗里溺水，这辈子头一次有耐心等人。先是见到小水飞奔进楼，再看大鱼紧随其后。可临到门口他又不进，徘徊半个多小时才重新上楼。两个人到底什么状况，齐天摸不清，但小水住在大鱼家，是板上钉钉的事了。

痛拍方向盘，想起分手那晚情形。没有任何征兆，齐天正打游戏，小水坐对面摆弄一对装饰品，小王子小公主的造型，哪家喜糖盒子里剩下的。仿佛知道她有重大事情要宣布，他更热烈地敲键盘，一点精力都不容分散。小水拆开两个小人说，我们分手吧。齐天盯屏幕，目不转睛说，为啥？小水说，三观不合。齐天说，所有人分手都讲三观不合。小水不响。听到键盘声戛然而止，齐天转头问，因为大鱼吗？小水还是不响，只手里活动，眨眼间两个小人又聚到一起。第二天她拉黑他所有联系方式，水蒸气一样失踪了。齐天到处找，最后找到大鱼家，一个人直觉太准也不是什么好事。

离开后齐天一路飙车，分手原因是什么，他其实很清楚，但不愿去想，仿佛车开越快，就能把答案甩越远。甩到后视镜里瞧不见，一声巨响，出车祸了。

医院里昏迷好几天，命是捡回来了，但腿骨折了。主刀医生感慨，万幸中的万幸，后期努力康复还是能过正常生活。醒来第一天，齐天爸冲进病房，质问怎么回事。护士说，病人体虚，暂时别讲话。齐天爸不管，非要一个前因后果。此刻齐天身体是植物人状态，脑筋倒相当活络。如果说假话是工伤，操心到疲劳驾驶的地步，爸爸肯定欣慰流泪，宏伟事业总算后继有人。如果说真话是情伤，在一个女人身上耗时间、费精力，差点把命都搭进去，爸爸必是气到吐血，做大事的人竟然被感情耽搁。最后无奈，齐天舔发白嘴唇，吊儿郎当说，夜店玩太嗨，一激动就撞上去了。话音刚落，齐天爸一个耳光扔上去，被吊起来的腿连带着床，咣当咣当响个不停。

自从得知沈小姐真实身份，大鱼处境实在两难。三天两头她托大鱼妈端来美食，不说犒劳，只说试验新菜，想让一家人给意见。大鱼想，小水以前最恨下厨，搞搞几小时吃吃几分钟，如今却说服自己，变着花样对他好，对他爸妈好，其中用心他不能不感动。可说哪道菜美味，她便做个不停，说哪道菜一般，她又想尽法子地改。说好，是鼓励她对他好，说不好，是刺激她对他更好。横竖不对，不能叫她死心。

有段时间，通往天台小屋的楼梯间，顶灯一明一灭半坏不坏。大鱼妈叫大鱼去修，他几乎没耽搁，搬着梯子就上楼，生怕小水摸黑摔跤。可换完灯泡，暖光照得道路敞亮时，他又反问自己，把她通往他的路修顺畅，是暗示她主动点的意思吗？想到这恨不得再把灯泡砸了。

然而又有太多次，他差点冲上天台，想戳破、想坦白，闯入门去一把抱住她，狠狠亲吻说，我知道，你为我做的一切我都知道，我们重新开始吧。可他不能。他离开她，本就因为配她的生活，他根本给不起。他不想让他心爱的人，从优越滑入窘迫，从高处跌到低谷，他希望她走到更远的地方，她该去的地方。

其实索性说穿，快刀斩乱麻叫她离开，也就一了百了。可他又舍不得。不说穿，好歹还住楼上楼下，看不见，好歹还呼吸她呼吸过的空气。这种虚幻日子不能长久，他知道，但一时美梦谁能脱身。

不久，大鱼入职金融新公司。沮丧太长时间，总算候来一份心仪工作，这种职位这种薪水，当下看来确实好运气。心里大致估摸，只要努力干，还债基本没问题。于是安定上班，也好转移注意，少花心思在小水身上。可干了没几天又发觉不对劲，头衔说出去是响亮的，但真到开会做决策，大鱼说什么，大家都只笑笑不当回事。

懵很久才反应过来，自己等于一个闲人被架空，公司养他，专用他来应酬。每到晚上吃不完的饭局，过后又是麻将局、唱歌局、泡澡局，五花八门，陀螺一样高速转，被人抽着转。回家倒头就睡，睡醒又火急火燎上班。

天台没空去了，沈小姐写什么剧本，也没心思理会了。有天半夜大鱼妈端养胃汤进来，问他什么工作，天天搞成这副死腔样子。大鱼躺床上闭眼说，挣钱的工作。大鱼妈嘴上是刻薄，眼里是心痛，非要他坐起来喝汤。大鱼当惯孝子，再难受也不辜负妈妈的心意。

可喝到一半，大鱼妈才坦诚，人这一生太短了，要学会珍惜，汤是沈小姐熬的。瞬间，大鱼感到一股暖流渗进五脏六腑，又咯噔一声全都往上翻涌，是腻烦，是恶心，是想把她对他的好全都还回去的迫切。第二天，大鱼收拾行李住到出租房，在沈小姐搬走之前，他是不会回来了。

大鱼常说服自己，如今工作，等于小水拍戏当演员。不管角色好坏，唯一职责便是演好、演活，演得叫人真假不分。有时实在受不了，想到爸妈做牛做马，想到心爱的人不能去爱，他又醒醒脑，剧本重新拿起来。也许风水轮流转，总有一天此时的剧本会演完，更好的剧本会到来。

然而一个人独居，生活是清净了，失眠却日益严重。明明很困，心事也都盘算完毕，可还是睁眼到天亮。顶着黑眼圈去上班，本来就闲，再趴着睡觉更说不过去了。撑过中午到晚上，饭局上一通假笑，酒醉糊涂地回家，瘫床上没眯一会又醒了。颠来倒去睡不着，到后来安眠药都失效。

377

大鱼妈不知催多少次，大鱼才肯周末回趟家。客厅里看新闻，隐约听到厨房传来哼歌声，他调低电视音量，竖耳听，细细听，沿着旋律身体游过去，倚在门框不能相信，但整个人已不自主融化。问大鱼妈哼的什么歌，无缘无故为啥哼这首？也是这么一问，才发现她近来装扮、口气、喜恶偏好，于微妙中有所改变。自然是沈小姐。最近一到晚上她就开蓝牙音箱，单曲循环这首 *Old French Song*，古老法兰西歌谣。起初大鱼妈觉得单调，装模作样，可听多了上头，种种鸡毛蒜皮甩脱不掉时，一听这首曲子，心里就莫名静下来了。

这夜大鱼没回出租屋，留家住下。果然没多久，楼上传来熟悉音乐，是一床奢侈的鹅绒被，每处忧伤都被熨帖平整，他安然入睡了，这么多天头一次没靠安眠药。上了瘾想停，便有戒断反应。往后，大鱼只能时不时回爸妈家。喝多了打的，司机问你去哪，等下车才发现报错地址，来不及了，爬上天台楼梯，笃笃定定听音乐。有时在出租屋辗转反侧，实在没法，只好起床偷溜回家，一听那音乐，一想到此时此刻，有人陪他一起听，便又能睡着了。

有天晚上，大鱼妈要他做碗大排面端去天台。大鱼不明白，大鱼妈说，我和沈小姐吹牛，讲你做的大排面比我做的还好吃。大鱼说，少在她面前提我。大鱼妈说，沈小姐当然不信，我讲我那儿子是情种，以前啥都不会，大学为了追一个女孩，样样都学会，尤其大排面，闭眼都做得味道一流。大鱼说，不要讲了。大鱼妈说，沈小姐非要尝你的大排面，愣着干嘛，还不去厨房，快点做啊。

端热腾腾汤面上去，大门底下开一扇小门，餐盘递进去，能隐约看到一只白皙的手。大鱼坐镜前长凳，听屋里吃面声，恍惚间，觉得这声响会持续下去到七老八十。汤碗放下，小水说，奇怪，面的味道太熟悉。大鱼说，跟我妈学的，沈小姐当然熟悉。小水说，不是这意思，我有个老朋友也很会做大排面。大鱼说，家常菜谁都会做。小水说，做的合不合胃口又是另外一回事。大鱼说，时间不早我先走了。

小水说，我那老朋友三天两头做面，放保温饭盒里，第一层放菜，第二层放面，第三层放汤。大鱼说，我还有事必须走了。小水说，最初也不合胃口，但每次我都提一些小要求，比如盐少放些，面再硬一点，久而久之他做的那一碗，别人觉得一般，可对我来讲无可挑剔，几乎完美。大鱼说，今天就这样吧，我走了。小水说，其实人也一样。

小水镜子里看到，大鱼明显停住。小水说，最近工作忙吧。大鱼说，男人忙事业应该的。小水说，本来还想跟你讲剧本故事。大鱼说，现在时机成熟了。小水，不讲了。大鱼说，讲讲看。小水说，故事就和这个老朋友有关。大鱼一愣，后悔自己主动上钩，但泼出去的水来不及了。小水说，太巧，你有朋友叫枕头人，我这朋友也叫枕头人，以前上大学我一心搞表演，和身边同学合不来，可就是这个枕头人暗中帮我、保护我。大鱼说，原来是偶像剧内容，好了明白了，那我走了。小水说，我们通过排练室的小木箱传纸条，什么心思什么想法都写下来，你能相信吧，从始至终我都没见他一面。

大鱼说，这种情节写进剧本都像假的。小水说，确实是真的。大鱼说，你那朋友肯定另有目的。小水说，单纯对一个人好，为啥有目的？大鱼说，世道险恶，反正我不信。小水说，他能有什么目的？大鱼说，也许没谈过文艺女生，好奇尝个鲜；也许看中你的家境，顺带攀高枝；也许和妈妈关系不好，趁机报复女人。小水说，照你这么讲，人和人之间只有交换，只能利用。大鱼说，我搞金融的，在我眼里，关系的本质就是如此。

小水沉默，吃面声也听不见了。大鱼知道不是减肥，以前一看大排面，她总要吃到精光。理理衣服起身走，没想到她又开口了，你这样讲，不见得真这样做。大鱼说，你很了解我吗？小水说，阿姨跟我讲，过去你学做饭，借同学家厨房熬汤，买了活甲鱼回来不知怎么杀，只好用开水烫死。她以为你连内脏都没处理就直接吃了，逢年过节，在亲戚面前拿这事笑你，讲你离了她就不能活。可后来才知是误解，你明明处理了，为什么不澄清？大鱼说，我什么都会，就显得她没用了，总要有一样不太会吧。小水说，是这个理，阿姨最心疼的就是，你暗地里对人好，明面上又不肯讲。大鱼说，我妈这人，一对她好她就到处炫耀，容易得罪人，其实她真的好就好，是不是我做的不重要。

小水说，你这样付出，那我老朋友枕头人的心情，你怎么不能理解？大鱼说，不讲了，今天就到这吧。小水说，一开始我也不懂，直到成为他那样的人。大鱼说，不讲了好吧。小水说，正常人眼里，没有目的付出，不求回报付出，是一件太吃亏的事。可对我来讲，能碰到值得我付出的人，太少太少，即使他是假的、骗人的，我也心甘情愿。纯粹去爱不是为了他，是为了我自己，你懂吗？大鱼沉默，隔很久说，沈小姐，我们见面吧。

约见面当天，大鱼在办公室改文件，领导进来，没话找话地寒暄，最终气氛热了突然来一句，齐天住院了你知道吧。领导是当时面试考官，还没开考，心里已内定大鱼，只因富豪齐总的儿子交代了，这人要留着，薪水得高，还不给实权。领导说，齐公子讲你是他兄弟，兄弟有难自然要帮，一开始还瞒着不让我告诉你，现在他出车祸了，骨折了，我想怎么着你也得去看看吧。得知齐天暗中操作，关于工作，大鱼那么多天的困惑总算有了答案。第一反应是羞耻，拍桌子立马走人。然而眼下正是还贷的紧要关头，大鱼妈泪眼汪汪，他有什么资格挺他的脊梁骨？

当晚小水美美打扮，在天台来回踱步，却始终不见大鱼人影。等到绝望，万般不甘，头一回勇敢起来，问大鱼妈要了出租屋地址。一路颠簸五味杂陈，她想他宁愿住这样糟的地方，也要躲她。

门敲半天，邻居都探出头来抱怨，他还是不开。小水踮脚尖往猫眼里钻，是我啊，沈小姐，沈小姐。知道他就在门的后面，俩人离这样近却一墙之隔，总是这样。禁不起她的消磨，那头总算传来声音，我想了想，还是不见为好。小水说，出啥事了？那头冷冷丢来一句，你走吧。

按以往脾气，被拒绝到这种地步，小水早就扭头。但此刻她耐下心说，我讲实话吧，这段时间听阿姨讲很多你的事，我心动了，想交你这个朋友。大鱼说，我妈喜欢夸张，她的话要打对折。小水说，这是我在感情上头一回主动。大鱼说，我妈一直撮合，沈小姐也优秀，但我们确实不合适。小水说，你不爱我了。

彼此的沉默比海更深。大鱼说，沈小姐不重物质，追求精神高度，这么好的女孩上哪去找，但也因为太好我受不起。我是个很俗的人，精神不精神对我来讲不重要。你也看到了，我家境一般，经济拮据，我从小梦想就是挣钱，当人上人。娶一个傻白甜回家，当家庭主妇贤妻良母，她崇拜我依赖我，我好轻松控制。在家红旗不倒，在外彩旗飘飘，这种精英男人的生活不要太爽。

小水震惊，你胡说，你心里不是这样想的。大鱼说，怎么想不重要，关键是怎么做。我有个大学舍友叫齐天，正宗富二代，最近托他开后门，才有了现在的闲职。办公室泡泡茶签签字，下了班说是商务应酬，实则吃喝玩乐，走哪都有人吹嘘拍马，漂亮女孩天天扑过来。沈小姐，我这样的人过这样的生活，你还要往火坑里跳吗？

小水眼泪几乎涌出来，你这么气我有意思吗？大鱼说，我可没时间气你，我讲的句句实话，不信你去问，去调查。小水连说不可能。大鱼说，不瞒你讲，我的前女友和沈小姐太像，整天虚头巴脑，不是谈哲学就是人生意义，讲几小时废话才能骗她上床，这种日子我厌倦了，烦透了，理性看我们还是不要来往。空气凝固，小水说，我是谁，你真不知道吗？大鱼说，无所谓，不感兴趣，你走吧。

不知怎么回的家，是喝醉酒的人走在马路上，以为踩着海浪。小水爬到天台瘫坐沙发，长久不能缓过神。身体在震，到抽搐的地步，后来才知是屁股下的手机，拿起看多少未接来电。是一个陌生号码，植物人那般回拨过去，问是谁。那头传来病恹恹声音，我是齐天，我出车祸了。

第二天她去医院看他，扯了几句觉得差不多，想走。齐天一把拉住说，我们不算分手吧。小水边挣脱边说，好好养病，别耍小孩子脾气。齐天说，耍小孩子脾气的人是你，视频也不录，丢一团队人在那啥意思。小水面露愧疚说，是我不好，辞职信写得太突然了。齐天更用力拉她说，回来吧，大家都等你。小水抽出手说，那个替补博主不是蛮好，我看她粉丝也挺多的。齐天猛然坐起，我为啥出车祸，你一点不想知道吗？小水说，你不是向来爱飙车。齐天说，这是我第一次出事，因为找你。

小水愣在原地的空隙，齐天顺势把她搂到怀里。恰逢此刻，大鱼拎果篮出现在病房门口。小水一惊，赶忙推开齐天，可来不及了。俩人万万没想到，此时此刻会在此地相遇。要解释也无从说起，本来就没发生什么，而且为啥要解释呢，她不是任何一个人的谁。

大鱼闪躲眼神说，好久不见。小水也闪躲眼神说，好久不见。齐天一面心里冷笑，好戏才刚开始，一面来回看俩人问，好久是多久。小水说，上次见是大学同学聚会吧。大鱼说，那之后再没见过。齐天玩味说，是吧，那真是挺久了。

病房狭窄通道里，大鱼进去把果篮放下，小水出来拿外套走人，一人往左，另一人也往左，一人往右，另一人也往右，谁都进出不得，真是心有默契。齐天转向大鱼，帮你找的工作不错吧。大鱼不响，因为攥着拳头觉得血往头上涌。小水说，真走关系了？齐天说，他现在这工作，嫉妒的人不要太多，活少钱多还特有面子，大鱼你说是吧？他还是不响，连一个为自己辩护的眼神都没有。小水感到人直往下坠，本以为昨晚他说的，都是为赶她走编出来的。

齐天继续吹嘘，白天开会见大鱼这种精英，多少乙方妹子激动，争先恐后倒贴，晚上到私人会所应酬，叫一排姑娘，大腿林立波涛汹涌，简直天上人间，这种日子不要太爽，太滋润。大鱼拳头越攥越紧，就差落到齐天脸上，可真要纠他哪一句说错，一时间也无从下手。小水忽然笑起来，嘴角咧到眼角，转向齐天说，视频还拍吧，我现在调整好了，明天就来录，做一期火一期。齐天啧啧啧笑，什么样的人做什么样的事，真好。

这晚小水没回天台小屋，重找她的富贵花姐姐，又去胡吃海喝了。夜店卡座里，富贵花高举酒杯说，来，为我们小水的回归干杯。钱比酒洒得还快，富贵花万分满足，拉拢她说，这才是女人该过的日子，你出去吃点苦也是好的，以后懂了吧，只有钱才是最靠谱的。小水半醉不醉地笑，富贵花打探自己到什么程度也懒得去问，一个闪身，她就到舞池里蹦起来。

明明不回大鱼家，可下了出租，发现地址还是报错。想到大鱼就一肚子火，小水偷溜进卧室，找到当年送他的纯白马克杯。手被刺痛，伸出窗去，只听砰一声巨响，太清脆，太心碎。她想真好，一切都结束了。

可醉意蒙眬间，隐约旋律游进天花板，渗入发麻头皮，小水浑身一阵战栗。爬楼梯，上天台，站通道，居然看到大鱼坐小屋门口，手捧电脑，屏幕里放当年小水排话剧视频。听台词便知是剧本《叶甫盖尼·奥涅金》，配乐正是古老法兰西歌谣 *Old French Song*。

小水当即明白，当年在学校排练室，她一直觉得屏风后有动静。原来真是枕头人，原来大鱼就是枕头人。如此看来，沈小姐的真实身份，他也早已知晓。

六

枕头人样子，小水从未见过。枕头人跟踪，小水也不知晓。但俩人通过小木箱对话，传纸条讲心事。小水最初还戒备，像在外人面前报喜不报忧。枕头人中途打断，说小水何苦，表演开心只会让自己更不开心。她很快装不下去，防线崩塌。小水种种丑陋，枕头人说不要紧，人人都丑陋。小水不爱自己，枕头人说你可以不爱，但不能阻止别人去爱。纸条越堆越厚，俩人逐渐养成习惯，到了比呼吸还自然的地步。

枕头人写，除了表演，小水还没有别的爱好。小水写，谈情说爱，酒吧蹦迪，算别的爱好吗？枕头人写，一方面过于紧绷，一方面自然放纵，这不算爱好，算生活平衡。小水写，人人讲我闲话，只有枕头人真的懂我。枕头人写，小水开心就好。小水写，我不开心，我只悲伤，有人懂我让我悲伤。枕头人写，悲伤陪悲伤，负负得正，是好事，开心的事。

小水写，枕头人何时离开？枕头人写，刚来不久就想离开，什么意思？小水写，早点死心我好过一些，我怕梦太美太久，醒来彻底崩溃。枕头人写，不是做梦，我真真实实存在，不想离开。小水写，不想离开，不等于不会离开。枕头人写，小水情绪极端容易悲观，我觉得做人做到头，还是追求一个平静，极苦极乐都不如平静。小水写，你我想的一样，根本老年人，身体没老心却老了。枕头人写，有个日本人写诗，讲事物的味道我尝得太早了。小水写，我们这种人命苦。枕头人写，辩证来看每个人各有功课要做，我们提早做提早平静。小水写，我要讲的话，你都帮我讲了，我真省心。

枕头人写，小水剧本抄到哪边？小水写，你怎么知道我在抄剧本。枕头人写，心灵感应。小水写，讲得太玄乎吧。枕头人写，最近我胸口连带肩膀不时发痛，每一次发痛，我就知道是你在伤心。小水写，我不信。枕头人写，等到你因你爱的人发痛，你就信了。小水想问，这算是表白吗？但写好又撕掉。然而还是被枕头人看到，他在走道垃圾桶里捡起碎片，简单拼一拼，就知她心里在想什么了。

小水写，剧本我刚开始抄。枕头人写，小水想当演员，抄剧本什么意思？小水写，别人都当是无用功，我却觉得太有用，抄剧本可以心定。枕头人写，明白了，心定才能专注前行，抄剧本等于冥想，等于禅修。小水写，我最近抄的是《叶甫盖尼·奥涅金》。枕头人写，多余人奥涅金，俄国诗体小说。小水写，我爸生意人，家里应酬多，天下好东西我吃得也不少，但对于美食我味同嚼蜡，根本无所谓，唯有好故事，上乘极品，我吃到下不来桌。枕头人写，我有个朋友痴迷大胸妹，一看到大胸妹就走不动路。小水写，精准，我看到奥涅金，听到话剧主题曲，就等于这位朋友看到大胸妹，走不动路，完全生理反应毫无理智。

枕头人写，小水此时听的正是话剧主题曲吧。小水写，不会吧，你怎么知道。枕头人写，我讲过，心灵感应。小水写，不可思议。枕头人写，柴可夫斯基作曲，*Old French Song*，古老法兰西歌谣。小水写，没错，导演图米纳斯，只用这首曲子贯穿整部话剧，各种独奏交响版本，太上头，太洗脑。枕头人写，你听吧，我也一道听。小水写，真的心灵感应，我现在信了。

387

某天大鱼去"空心爱"酒吧,照例点可乐加冰,坐最角落一桌。店里生意冷清,小水和其他服务员站柜台,火热讨论理想男生类型。娃娃脸萝莉说,帅,必须得帅。梨型丰满女说,帅有啥用,又不能当饭吃。萝莉说,梨姐,秀色可餐呀。梨姐说,再帅看多了也会腻,再丑看久了也顺眼。萝莉说,梨姐就喜欢经济适用男,专过日子的那种。梨姐说,凡事讲实用少搞花头精,你还小,以后就懂了。萝莉说,哎呀小水姐姐,你笑什么,每次你都只笑不响。梨姐说,小水太神秘,讲别人头头是道,一到自己立马闭嘴。萝莉说,所以小水姐姐喜欢什么样的男孩,讲讲呀。

小水的笑酿在酒杯里,尝一口层次太多,难以消化的感觉。经不起怂恿,她总算开口了,也听到同时,角落传来椅子挪动声音。小水说,我喜欢什么男孩,还得从一本小说讲起,这本小说讲一个乡下女孩爱上一个贵族青年。此时梨姐插嘴,现在大城市多的是捞女。萝莉说,听说还有专门的培训班。梨姐说,以前我是不能接受的,现在想想也没啥。萝莉说,我有个小姐妹就在培训班。梨姐眼睛放光说,效果怎样。萝莉说,以后我介绍你们认识呀。

小水继续讲故事,乡下女孩勇敢写信,主动跟贵族青年表白,但被拒绝了。梨姐说,门不当户不对,没办法的呀。萝莉说,三百六十行,行行出状元,我看我那小姐妹难出头。小水说,后来乡下女孩嫁给老将军,又过几年青年和女孩重逢,发现自己重新爱上她,虽然女孩也深爱青年,但她不愿背叛丈夫,最终俩人还是分开了。萝莉说,啥年代了,要我选,肯定选贵族青年。梨姐说，我猜是青年落魄了，讲是女孩道德高尚，可心里左右盘算，还是老男人价比高。

小水不回应，笑容一点点掉进高脚杯，酒更醇厚了。萝莉说，可是搞半天，小水姐姐喜欢什么样男人还是没讲。梨姐说，整天绕圈子，有啥不能讲，有啥是这个社会不能接受的。小水的杯子转来转去，酒吧太静，角落一点声音都听得很清爽。

小水说，有次在学校走廊，听到教室里上伦理课，有男生作报告，讲得太好，我听一半漏一半，心里有崇拜，还很想哭，到后来男生讲啥我一点听不进，只迷他的声音，低沉，有磁性，叫人信服，我心脏跳到不能呼吸。萝莉说，你们后来在一起了吗？小水说，当时有个男人也站门口，像是领导，我手足无措，不敢凑到门边，等到下课学生蜂拥而出，我根本不知是哪个男生。

萝莉说，这么害羞，不像小水姐姐会做的事呀。梨姐说，这种聪明学霸，如果家里有钱，便要按最高标准娶顶级白富美，小水这种普通家境能轮到吧，如果家里没钱，便是典型凤凰男，凤凰男当下千好万好，一旦得势以后就难说了。长久沉默，小水说，如果只按有钱没钱，那做人也太没意思吧。梨姐，我只是帮你分析，不管男生是哪一种，结果大概率不好，所以你不要纠结，不要放不下。

小水说，重讲小说细节，当时乡下女孩表白被拒后，有天来到贵族青年的书房，意外发现他在书上留下很多铅笔痕迹，有时打叉，有时画问号，有时写感悟，青年什么三观，从字里行间看得一清二楚。女孩又激动又哀伤，激动的是，俩人想法居然相似到这种地步，哀伤的是，她爱他命中注定，是难以逃脱的悲剧。

梨姐和萝莉听完尴尬对视。梨姐说，现在还有人看书吗？萝莉说，我辍学后一本没看过。梨姐说，被拒绝，还去看他看过的书，这女的花痴吧。萝莉说，对了，小说叫啥来着？梨姐说，知道了你也不会去看。萝莉说，问问的呀。长久沉默，小水说，《叶甫盖尼·奥涅金》。顿一顿又补充，我懂，我明白，这种爱情就是这个社会不能接受的。讲到此地正好店里来客，聊天中止，三人心里同时松一大口气。

这天晚上大鱼回到宿舍，破天荒翻出甄老师给的辩论材料，厚厚一沓。奇怪，以前看不懂的字现在又能看懂了。他无数次后悔，当时在酒吧应该假装看客，随便插嘴一句问，我倒好奇，当时那男生报告讲的什么内容。有一瞬间差点起身，要走过去问了，却被萝莉抢嘴在先。她说，小水姐姐，如果此刻那男生站你面前，你能仅凭声音就认出他吗？大鱼一听吓出冷汗，小水却笑笑不再响了。

过段时间大鱼生日，没有朋友记得，他也从不去提醒。爸妈发来微信庆祝，就当任务完成。不怪他们，只怪儿子懂事，为了省钱便撒谎说最烦庆生。但今年他莫名惆怅，总觉得不做点什么，心里空空荡荡。

直到在甜品店转悠，才想起小水留纸条问："什么时候可见枕头人一面？"其实很简单的事，约好时间地点，或者大鱼直接翻进排练室窗户,浪漫开场。俩人单纯面对面,分享同一块蛋糕,借着生日的缘由,正大光明让她祝福,好听的话就算是假的,也应当知足了。然而他不能。不能的理由太多,他来不及细想。最后买了蛋糕放小木箱,纸条上写:"等时机成熟,自然会见面。"什么叫时机成熟,他自己心里也没底。

晚上坐小花园山头,插耳机听学校电台。今天节目有关话剧社,小水是特邀嘉宾,讲讲表演心得、坎坷追梦路。节目临近结束,主持人邀请小水点歌。小水说,我有个朋友今天心情不好。主持人说,为啥?小水说,他没讲。主持人说,他没讲你怎么知道?小水说,心灵感应。主持人说,真的假的。小水说,心意相通的话,有一个人痛,另一个人也会痛。主持人说,太神奇了。

小水说,他会不会收听我不知道,但还是想点这首歌,希望他听到就会想起我,想到这世上总有一个人懂他。随即大鱼耳边,响起 *Old French Song* 旋律。曲调心碎,悠荡流淌,电台只放一遍,可他却听了一整晚。不知站在音乐里,还是站在自己的泪水里,两条河同时汹涌,冲刷着他,穿透了他。

隔天"空心爱"酒吧,小水端详萝莉的手写菜单,笑她最近碰上天大的好事。萝莉本能不相信,一面承认确实有心仪帅哥约吃饭,一面又感慨,小水的读心术也太厉害。经不起缠,小水要萝莉仔细看菜单。萝莉摸脑袋说,啥?小水说,你看你今天写的字,和前几天比有区别吗?萝莉看着看着眼里放起光来,惊呼道,真的不一样哎,今天的字大了好多。小水说,字如其人,如果你今天心情不好，字也跟着哀伤。萝莉说，字也会哀伤，我头一次听说。小水笑笑，端盘子到角落问客人，还要再来一杯可乐吗？棒球帽遮住脸，他没吭声，只轻轻点头。

排练室有一扇屏风，细密竹艺编织，不知那个剧组留下的。从外侧朝里望，严严实实挡风，挡视线，里面发生什么外面一概不知。可从里侧朝外望，能看到阳光细碎，风影绰约，外面一举一动里面全然掌握。小水头一次见这屏风，猜想那场戏是换衣，洗澡，泡温泉，屏风等于审讯室玻璃，摩天大楼窗户，却因竹子制成颇有大自然味道。

小水喜欢对着屏风，抄剧本、读剧本；有时录像，回头在视频里纠错；有时也幻想，如果有人坐屏风里偷看，该是怎样的情形。这天她读本拍摄的，正是奥涅金选段，关于对乡下姑娘塔季扬娜的评论。小水读道："塔季扬娜错了吗？错在可爱与单纯？她根本不知道什么是谎言，自己选择的梦想，会坚持不变，错在爱的过于坦诚，没有手段，完全听从自己内心的情感，错在太容易轻信别人，错在上天赐给她的一切，不安分的思想，智慧和充满活力的意志，还有与众不同的头脑，和炙热而又温柔的心。"

过几天照例去开小木箱，这次枕头人没有留纸条，却是一支录音笔，握手心里还能感到余热。她后悔没有早来，兴许刚在路上那么多学生，其中有一个就是他，擦肩而过了她还不知。连了蓝牙播放，只听音箱里传来的，竟是小水自己的声音。她说，他会不会收听我不知道，但还是想点这首歌，希望他听到就会想起我，想到这世上总有一个人懂他。话音刚落，*Old French Song* 汹涌而来。小水呆站原地，一句讲不出，只是循环，循环。

　　近来有一位梅老板，常来"空心爱"酒吧捧场。说是"空心爱"的酒正宗、够味，其实还是来看女人。店员也都心知肚明，私底下常八卦。萝莉说，梅老板对小水姐姐真是痴情呀。梨姐说，小水这种女人可怕的。萝莉说，干嘛这么讲。梨姐压低声音说，有次我看她包里几本书，专门教表演。萝莉说，小水姐姐想当演员啊？梨姐说，小孩就是小孩，一定要当演员才学表演吗？萝莉说，啥意思？梨姐说，生活就是表演，做人就是做戏，小水演技太好，我都分不清真假。萝莉说，确实，小水姐姐到底怎样的人，谁都摸不透。梨姐说，她讲家境普通，出来打工挣零花，但穿的用的又都名牌，端盘子买得起名牌吧，根本不可能。萝莉说，我那小姐妹还上啥培训班，直接找小水姐姐拜师不就好咯。梨姐说，装逼装文化，发骚钓男人，别人还真干不过她，你看看，梅老板又来了，一天到晚就盯着她，眼珠子都要掉下来了。

　　梅老板坐吧台问，小水上的什么大学，学的什么专业？小水鼓捣电脑说，社会大学，社会专业。梅老板说，哟巧了，跟我同一大学同一专业，按道理你该叫我一句师哥。小水说，师哥让一下，投影放不出电影。梅老板说，小水有男朋友吗？小水说，师哥师嫂那种爱情，我一直向往。梅老板说，我姓梅，家里也挖煤，你懂吧。小水说，不好意思电脑坏了，我去换一台。

　　拿自己的电脑出来，小水准备重放影片。梅老板说，小水下班有空吗？小水说，我喜欢女生。梅老板说，真正的爱无所谓性别，也无所谓年龄。小水说，店里有几个帅哥，师哥想认识吗？梅老板说，小水生活困难吧，有困难要开口，师可帮师妹天经地义。小水说，生活困难比不上精神困难，可惜精神困难，谁也帮不了谁。梅老板说，师妹这么悲观，以后日子难熬啊。小水说，人各有苦，师哥这种成功人士，也不见得天天开心。梅老板说，我有啥不开心。小水说，钱来得快去得也快，一夜暴富，也很怕一夜赤贫吧。

话到此地，梅老板整张脸猪肝红色。见小水埋头于电脑，从头到尾未曾看他一眼，更是火上心头，顺势抢过电脑说，别搞了，看啥电影，有谁要看。谁知一瞥屏幕，发现未关窗口里有一段小水排练视频。出于好奇，梅老板立马点开，视频随即投到大屏幕上，一时间窸窸窣窣，众人转头。

视频里小水拿雪雪白剧本，靠雪雪白墙壁，自己本身也雪雪白长裙。于昏暗酒吧，这种白过于耀眼，反而污秽起来。小水说，电脑还我。梅老板说，没想到师妹还有表演梦。小水说，我道歉。梅老板说，早讲嘛，师哥捧红你。小水说，对不起，还我。梅老板说，娱乐圈混的就是一个命，一个运气，你师哥刚投一部网剧，你来，马上踢掉女主。小水说，还我。梅老板说，不稀罕是吧，我倒要看看，你有啥资本清高。

话到此地梅老板摇头摆尾，一个转身成评书大师。视频里小水读塔季扬娜独白，"对我，奥涅金，这眼前的浮华，虚荣而空洞的一切，我在社交场上的名声，我时髦的房子和聚会，又算得了什么。"梅老板评，哦哟这种傲骨，娱乐圈清流，应该全网曝光大力宣传，不得了不得了。

视频里小水说，"我愿立刻抛弃舞会上的破衣裳，抛弃所有的乌烟瘴气、灯红酒绿，只要给我一个摆满书的书架，一座花园，一栋当年那样简陋的房子。"梅老板评，原来小水人生这样好满足，那我不懂了，现在不在家看书，跑来酒吧搞七捻三天天赔笑，又是啥意思？

视频里小水说，"想起来真是痛苦，我们的青春就白白的虚度，青春欺骗了我们，我们也常常是青春的叛徒。"梅老板啧啧啧叹气，悲哀啊悲哀，小小年纪就感慨青春，是做过多少见不得人的事。一面评还一面模仿，阴阳怪气道，青春欺骗了我们，我们也常常是青春的叛徒，怎么样，我也有天赋吧，也可以清高一把当天才演员吧。

整个酒吧哄堂大笑，仿佛天花板都掀了去，寒风只往小水一个人的脑袋里灌。看客只当是别样的调情，酒杯接连掉落在地，也无人听到声响。她手心攥着碎玻璃，鲜血直往下淌，面上依旧平静。

第二天大鱼带药膏药水，放进小木箱，随即听走廊一阵脚步声。大鱼无退路，左藏右躲都难容身，最后只好站排练室屏风里侧，牢牢屏住呼吸。刚站定，下一秒小水进门，满脸憔悴，手掌绷带胡乱缠绕，掏出剧本后也只是呆坐。大鱼好几次想冲出去，单纯蹲地上帮她重新包扎。然而困于屏风，想来想去他不能。

不久传来敲门声，小水惊醒，开门却见是梅老板。简直不敢相信，梅老板鼻青脸肿，狂气尽无，完全斗败公鸡模样。他一面道歉，昨夜在酒吧喝多，种种言行都不是本来意思，还请谅解。一面又送上剧本光盘，说是老古董稀货，找了专业教授加急买的，知道水小姐喜欢这些，希望过去的事就此勾销。

小水不明白，短短一夜梅老板为何如此大转变。他苦笑说，知错就改是很正常的事，以后我也不会去酒吧，打扰你工作了。放下礼盒就走，小水不甘，一路追到走廊上。大鱼也想跟过去，但又怕被发现，此后俩人的对话，他是一句都没听到。

小水一再追问，梅老板终于咬不住牙关。原来昨晚离开酒吧，在路边拦出租，突然灌木丛蹿出一个人，径直把他往偏僻角落拽。一顿拳打脚踢后，又抽出明晃晃水果刀搁脖子上，要他给小水道歉。由于眼睛被黑布蒙住，那人长什么样，梅老板一点不知。

小水说，你这样有势力，还怕被威胁，我不信。梅老板说，我也这么讲，调查身份对我而言小事一桩，我问那人，你就不怕我打击报复吗？他讲，一个人一无所有，还会怕啥呢？一听这话我就知道他来真的，他要动我，分分钟的事。小水沉默。梅老板忽然感慨，能被人这样深爱也是福气，我活一辈子都没这种福气。

回到排练厅，重新拿起剧本，此页正好是塔季扬娜写给奥涅金的表白信。对着屏风，小水读道，"起初我想把这份感情藏在心底，请相信我，那样您就不会知道，我有多么的难为情。我多么希望，哪怕不是经常，哪怕一周一次，能够在村子里见到您，听到您的声音，跟您说上一句，然后就开始朝思暮想，一直想到下一次见面。"

读了一半直觉不对，走到音响边，放 *Old French Song*。音乐一起，整个人才揉碎了流进故事，小水继续对屏风读，"也许这一切都是一场空，是对纯洁心灵的欺骗，命中注定的是另一回事，但就算这样，从现在起，我也要把命运托付给你，在你面前，我泪落如雨，我在祈祷你的庇护。"

一面读，小水脑海里，一面闪回和梅老板的最后对话。小水说，那人到底是谁，你还记得什么细节吗？梅老板回忆半天，一拍脑袋说，想起来了，途中那人的手机响了，铃声音乐就是你在视频里的表演配乐，啥名字，啥人作曲，你比我清楚吧。小水说，*Old French Song*，柴可夫斯基作曲，我清楚，太清楚。此时窗外有风吹进，屏风微微摇晃，里侧外侧的人都沉醉其中，一时恍惚了。

七

三人在医院第一次对峙那天，大鱼心里清楚，小水真的伤透。奇怪，明明是他千方百计赶她，如今目的达成，他反倒心里不是滋味。想起白日小水提到的美食探店节目，之前数次回避，到那天晚上终于忍不住，决定一探究竟。坐天台小屋门口，大鱼捧电脑，还没完整播几条便啪一声关上。感到胸腔在翻滚，至于什么复杂情绪，很难讲清。

不是不好，也谈不上对错，他直觉不舒服。短视频里小水走妥妥富二代，人间小公主人设。凡是探店，皆为顶级美食会所，五星大厨，空运食材，一道菜抵普通餐厅几顿饭，节目里小水常说，不是钱的问题好吧，有钱也订不到位，有位也得耐心等。衣服不重样，名牌包常换常新，就连上车下车，跑车标志也拍一清二楚。

有时家宴，不同朋友擅长不同菜系，自然也坐拥不同豪宅。网友发弹幕惊呼，原来博主所处圈子非富即贵。大鱼很快明白，与其说美食，不如说炫富。不管道具是借是买，人设是真是假，小水虚荣心和网友嫉妒心，互捧互黑到极点。越是花钱流水猎奇夸张，越是博人眼球流量翻番。当今时代不叫人懂，一面拜金一面仇富，此类视频是做梦素材，供粉丝沉浸式白嫖。

当下，大鱼分不清小水是演技好，以假乱真，还是入戏深，弄假成真。当初她答应齐天恋爱，他就不明白，如果新男友精神到物质样样优秀，那自己输得心服口服，心里大可平衡。但选齐天这种，除了赌气的成分，剩下理由便只有钱，唯独钱。当然母性强的女人，有拯救富家浪荡子的决心，可小水不是，她连自己都不爱，又怎么会有多余的爱分出去。

突然间，小水究竟是一个怎样的人，大鱼深深怀疑。他以为摸透她，太懂她，可真实面目如何，他又有几分把握。也许她只单纯演戏，当朝九晚五普通工作，卸妆后又另一个人模样。也许这种物欲横流的生活，她本就迷恋，只是之前顾及大鱼面子，不好表现。也许重新恋爱后，齐天带她打开新世界大门，她痛恨过去，背叛过去，索性走到自己的反面。也许她心里知错，手上又无法拒绝，麻痹于肤浅的快乐逃不脱了。

大鱼头痛到炸裂。他不明白过去做对做错，本来离开是为了她好，但现在看起来，她并没有更好，或是她觉得这种活法也挺好。然而过去看不懂，未来也走不通，如果好动机带来坏结果，坏动机带来好结果，那在小水眼里，大鱼究竟是爱她还是恨她，对她好还是不好，她是如何定义，如何判断的呢？再一次，大鱼感到命运的恐怖。

找出当年小水的排练片段，此刻唯有温柔回忆，干净音乐，心灵才得以抚慰。粗糙视频里小水读《叶甫盖尼·奥涅金》，*Old French Song* 静静流淌，仿佛一个上辈子的梦，太远，太远。大鱼听一夜，却不知背后小水，也坐楼梯口听了一夜。

领导有意拍齐天马屁，常以各种工作名义差遣大鱼去医院。看文件、签合同、种床头鲜花、送养病补品，领导恨不得直接说，索性陪床好了，伺候你兄弟到出院。这里头有齐天的意思，看自己恨一辈子的人被指使得团团转，算是权力的好处。也是到现在他才懂他爸，不为钱，单为权力，权力叫人上瘾。但大鱼心里多少委屈，多少无奈，面上还是平静如水，齐天躺床上盯他，想这个男人太能忍了。

小水因为内疚也常去医院，齐天出意外，不能说和她一点关系都没。自然，这也恰恰中了齐天的套，他就喜欢当着大鱼的面，让小水喂自己吃饭，当着小水的面，戳大鱼事业软肋。看这俩人想见又想躲，想爱不能爱，活活被精神折磨，齐天觉得断一条腿实在太值，他当初受的那些苦，零七碎八地都报复回去了。

这天暖暖面馆里，大鱼正吃着，一只纯白马克杯搁在桌上。视线往上抬，大鱼妈老娘舅口气说，沈小姐送的，她讲那天失手，不小心把你原来那只打碎，心里特别抱歉，各处商店去找，好不容易买到一模一样款式。大鱼眼光淋着新杯子，以为旧的那只是拒绝小水后被她没收回去；原来是打碎了，珍藏那么多年的杯子，被打碎了。

进病房大鱼开皮包拉链，取合同出来。齐天正好吃药，一时找不到水杯，瞥见大鱼包里有一只，便要他拿出来。不知怎么，齐天这样富有，可见到大鱼总有一种强取豪夺的心情。大鱼百般不肯，要他等一等，自己去找杯子。可左翻右翻没翻出一个影，齐天不耐烦了，一把药直接往嘴里吞。必然卡住，咳咳咳直呛，大鱼没办法，只好立马掏出小水送的马克杯，冷热水一兑慌忙递过去。齐天灌一大口，仰头用力，总算咽下去。大鱼松了气，可此时余光里却瞥见小水站门口，整个人一颤，刚才那一幕她必定全看清爽了。大鱼乱掉，杯子要紧，人命更要紧，可从头到尾如何解释，他突然讲不出话。

小水假装春风满面，笑嘻嘻进来，只当大鱼空气，看齐天说，药吃过了？齐天点头说，我听话吧。小水说，听话的。齐天说，是不是要给我奖励？小水说，要啥？齐天说，亲我一口。小水刷一下脸红，拿过齐天手上杯子说，挺好看。齐天说，大鱼包里的。小水说，他送你的是吧。齐天说，单纯借口水喝，估计也不是他买的，别的女孩送的，是吧大鱼？视线转过去，他正整理手中合同，说是也不对，不是也不对。小水反复拨弄杯子，慢悠悠感慨，大鱼现在社交圈广，天天收女孩礼物。齐天应和说，魅力大呀，没办法的事。听俩人一来一往，大鱼始终沉默。

递合同给齐天说，你看看，没啥问题就签字。齐天潦草翻着，小水忽然想起什么兴奋起来，飞速滑动手机说，你看看，这期视频多少点击率。齐天探头说，这么高。小水啧啧得意说，出圈了，当然高。大鱼说，条款还有问题吗？齐天说，听导演讲，这次创意到脚本都是你搞的。小水说，标题惊悚，观点粗暴，情绪偏激，对我来讲掌握这些爆款特点有啥难度。齐天说，果然降维打击轻轻松松。大鱼说，看看合同好吧，我还有事要走了。小水说，粉丝量上去了，捧的人多了，黑的人也多了。齐天说，越黑越红这是好事。小水说，我一条条弹幕翻过去，翻到眼睛花掉。齐天说，我看人准吧，我就知道你做这个一定红。大鱼抬高喉咙说，喂，合同还签不签，我真要走了。

小水整个人忽然沉下来，神思荡到手里杯子，冷笑说，前几天我犯毛病，重翻大学排话剧片段。大鱼拿合同的手停在半空。小水说，你讲傻吧，一个人在排练室拿剧本，对一台简陋摄像机痴痴迷迷读半天。齐天说，啥剧本这么厉害。小水说，不重要。齐天说，讲讲啊。小水说，我真想不通，那种矫情文字狗血情节，我居然欢喜到这种地步。齐天说，剧本啥名字？小水说，人都有犯傻的时候，现在我长大了，成熟了。齐天说，到底叫啥？大鱼说，《叶甫盖尼·奥涅金》。

气氛格外沉静，只听中央空调呼呼作响，把人的心都吹空了。小水举马克杯端详说，男女抱一起头上还蒙白布，搞笑吧。两个男人的眼神扫不拢，沉默着。小水把杯子还给大鱼，笑眯眯说，这种货色好看是好看，几十块钱性价比极高，但家里用用也就算了，要让外人看到未免太掉价，大鱼现在是有身份的人，吃的用的都要讲究。大鱼擦杯沿口水渍，笑笑说，是吧，多看小水的短视频，上流人派头马上学会，我今天回家就学。

此类三人对话，病房里常发生。从门外玻璃望进去，俊男靓女说说笑笑，医院里难得的风景。可实际情况只有当事人清楚，各怀心事，各说谎话，按小水的讲法，人生来就是一个演员，不同时间不同场合，拿不同剧本，别怪自己剧本不好，别人剧本太好，这就是命。兴许到下一场戏剧情突转，好人变坏人，配角成主角，或者索性换到新剧本，旧戏黄了，彻底完结了。

听完这番人生演戏论，当时大鱼就感慨，小水适应力强，一出戏换到另一出，完全无缝衔接。小水反击说，我看你也不赖，到了新岗位，脱胎换骨变一个人。大鱼整理床头文件说，变啥样？小水给齐天切苹果说，眉头不苦了，走路松弛了，情感开放了，好比一个永动机，竟然有天也要求停机。齐天拨弄断腿说，大鱼这人，我从第一天认识他起，他就闲不下来，人人以为他天生这德性，可你看现在换了环境，不照样吃喝玩乐全能。

大鱼低头回应，是啊，样样全能。他反复捋平文件褶皱，已经很平了，还在捋，仿佛他这一生。大鱼恍惚说，我这人典型凤凰男，小镇做题家，老一辈总讲门当户对，我以前根本不信的，觉得只要自己努力，够强够硬，啥样女人配不上。小水继续切苹果，越切越慢。大鱼说，现在我信了，认输了，花花世界一打开，等于老鼠进米仓，从里到外整个人迷失，如果从小见惯这些东西会稀奇吧，根本不会。小水切不下去，拿纸巾擦水果刀，自言自语说，太钝了，根本切不动。

大鱼继续说，过去我跟小水恋爱是盲目自信，浪费她时间，也浪费我时间。我们这代人，身处社会已经固化，未来只会更加固化。男找女往低了找，女找男往高了找，彼此阶层大差不差，经历类似容易共鸣。感情本就千变万化，如果从一开始就减少风险，有啥不好呢。当然我这种观念传统，偏见太深，但人活着本来就累，有捷径不走，不是傻吗？

大鱼讲到此地，小水手一滑终于切断苹果皮。齐天伸手去要，小水说，坑坑洼洼。齐天说，不要紧。小水一刻没犹豫，苹果扔进垃圾桶说，算了，下回重切。看新鲜苹果躺一堆纸巾里，逐渐变黄，变老，流干水分，不知怎么，齐天心里讲不出的疼惜。

小水擦擦手说，其实拍这么久视频，我也审美疲劳，真的烦透了，就想找个家常地方吃顿家常晚饭，不用背词，不用假笑，更不用考虑粉丝感受。后来想起一家，我以前常去，和老板娘也熟。那天进店还没开口，老板娘就讲，和过去一样口味吧。我讲一样。挺好，有种回家的感觉。吃到中途老板娘过来聊天，每次聊，大多是聊她儿子，聊家里困难，她儿子多懂事，多吃苦。讲过好多次我也就听听，其实心里没啥概念。再后来老板娘请我去她家吃饭，我穿过弄堂，钻进老楼，走道里墙壁剥落，住多少年的房子处处陈旧，家电十有八九出问题。这是头一回，我开始明白老板娘讲的那种苦。饭桌上正吃着，老板娘突然淌眼泪说，都怪我，儿子讲多少次不要炒股，不要投资，结果还是经不起诱惑，存款贷款通通拿出去，被骗得血本无归，现在好了，自己还不起，只好推到儿子头上，儿子一句怨言也没，新工作不喜欢还硬着头皮做。

大鱼突兀笑道，小水挺会编故事。笑完意犹未尽，又补充说，也是，演员嘛最会编了。小水说，我讲的不是故事，是真事。大鱼说，凡是人讲出来的话，都真不到哪里去。

小水不理继续说，老板娘讲儿子报喜不报忧，一回家就笑容满面，可他越是笑，妈妈心里越是痛。听完这番话我吃不下饭，想这种家境长大的孩子，从小就当大人，担心吃饱上顿没下顿，担心债务越积越多，担心家里餐馆出事，担心爸妈重病没钱付，担心完这一件又要担心那一件，没完没了，从来没为自己活过，可脸上还要笑,还要若无其事。如果换我,随便哪件都立马把我压垮。突然间,我想我有啥资格讲别人,评价别人呢,我活在温室里,太顺了。

大鱼笑容凝固说,真到那种时候,你一样可以扛过去。停顿几秒又抽离,眉头展开说,这种苦情故事有啥好听的,太扫兴了,你说呢齐天。病床上过分安静,有一刹那,大鱼以为自己在做梦。

可小水一肚子的煽情还没结束,她接着说,当时我想,如果我生在这种家庭,我会不会恨爸妈,恨命不好,与其这样受苦还不如不生。我好奇,想知道老板娘儿子想法,但又问不出口。没想到后来老板娘自己讲了,那次她问儿子,怪爸妈,怨爸妈吧?她儿子说,每当遇到过不去的坎,我总想爸妈会怎么做,我想你们一生遭遇太多这种时刻,可你们没有放弃,坚持到现在,讲起惨痛往事也是风轻云淡,有说有笑。所以我一想到这个家,想的不是生活有多苦,而是你们面对人生的态度。我想再难,再不容易,我也应该学你们,有勇气,有耐心,满怀激情地活下去。爸妈教孩子这种能力,留这种财富,还不好吗,还要怎样的家产才算好?

小水故事讲到此地,大鱼背过身去。齐天早就收起嬉皮模样,严肃问,那家餐馆,小水每次去都点什么?小水说,大排面。

齐天的腿一天天见好,大鱼小水的感情,也一天天发酵。事情朝反方向发展,是齐天未曾预料的,即便他俩依然伪装、互讽,从不兜底。有时小水送补汤,保温盒盛一大罐,齐天几碗下去实在喝不动,小水转向大鱼说,倒掉可惜,你也喝点吧。大鱼咕咚咕咚仰头，小水眼神紧盯，好像这罐汤本就是为他熬的，借齐天这个幌子罢了。也有时小水离开，处处留有余温，大鱼找了借口挪过去，坐她坐过的椅子也是好的。

更有时，小水按医生嘱咐，帮齐天按摩发麻肌肉。按到一半大鱼进来，小水说，快来，我有急事要走。大鱼默契点头，从小水停止皮肤处继续按下去。小水一面穿外套，一面讲不对不对。她很自然扶大鱼的手，什么角度，哪种力度，等到穴位找准节奏稳定，俩人的手已长久搭一起，同温同热。此种情形齐天能讲什么，他一句讲不出。

那日终于憋不住了，趁病房单独俩人时，齐天拉住小水说，等出院，我带你见我爸妈。小水抽手说，我照顾你，一是良心上过不去，二是出于朋友身份，你不要误解好吧。齐天说，我哪里比不上大鱼？小水愣原地不响了。齐天说，但凡讲出一点，说服我，我就再也不烦你，彻底死心。

小水来回踱步，定下心整理情绪说，还记得你在办公室，和实习生暧昧那天吗。齐天说，翻旧账是吧，我都道过歉了。小水说，不是这事，是我后来讲的，在最高楼和大鱼的对话。齐天说，承认了，那个男友果然是他。小水说，当时大鱼讲，本质上人和人都差不多，这话不错，可放具体情境里，不同特质呈现不同强度，善也分大善、中善、小善，恶是一样的道理，没有人完美。齐天说，这个我懂，所以我哪里你不满意？

小水说，我最欣赏大鱼一点是，他喜欢自省。上班一天回家，别人都瘫沙发上看电视刷手机,只有他,整理今日为人处世,哪里做得好,哪里没到位,条条框框都挖到底。齐天说,这种活法太累吧。

小水说,当然累,但长远来看磨刀不误砍柴工,大鱼不信现成答案,凡事都自己去想,去琢磨,不停换角度思考,常和自己辩论,常把自己推翻,到后来发现一事藏着另一事,这事没做好那事也做不好,事事关联,事事相通。有时吵架,冷战后他主动道歉,但对事情本身绝不含糊,我做得不对的地方,他要讲道理到心服口服,观念冲突的地方,他要深入讨论到达成共识。以后再碰此类事情,我们交换眼神一点就通,不像其他夫妻,矛盾越积越深,最后根本两条平行线。

讲得太快,都讲到夫妻的份上。小水为自己的潜意识感到后怕,但再去解释什么,只会越抹越黑。齐天显然也意识到,眼神凋落说,如果光是这点,我也可以努力做到。小水说,强迫自己做到,和自然而然做到,这是两码事。齐天说,强迫成了习惯,就是自然而然。

小水半天不响,踌躇后下决心说,我不想装清高,我骨子里也势利,你家有钱,我喜欢钱,但相比之下和你恋爱,我始终觉得消耗。这么讲吧,我的思想放大鱼身上是思想,俩人可互补、可升华,但放大多数人身上是累赘、是障碍,关系只会一路差下去,直到拖死对方。

没几天病房里,三人再次碰面。大鱼一见小水,立马态度冷淡,演渣男全套。小水碰一鼻子灰,索性变回网红,张口闭口流量密码。这天她又说了,其实对我来讲,事业第一,爱情有没有无所谓的。事业努力一分回报一分,活着有盼头。爱情未必了,有时不费吹灰之力,有时越努力越适得其反,这样不可控,还鸡肋,有啥意思呢?

大鱼说,最近粉丝量又上去了。小水说,没错,那么多陌生人爱我,给我表白,我不要太开心。大鱼说,真开心假开心。小水顿一顿说,当然是真的,等时机成熟,我就转行当演员,当今社会不看演技只看流量,流量等于资本,等于白花花钞票,我去剧组就是带资进组,哪个制片人不爱呢?

齐天忽然冷笑一声,笑声窝在鼻腔里格外刺耳。小水警觉问,啥意思?齐天说,你讲我不会自省,难道你就会自省。小水说,话讲明白一点。齐天说,最早给你拍写真,热搜是我托人搞的,后来当博主拍视频,粉丝也是边买边洗,我以为你聪明,早就心领神会,没想到自恋到这种地步,自己几斤几两心里一点数都没,好笑吧,还来讲我,太好笑了。

当晚,大鱼回爸妈家吃夜饭。大鱼妈看他说,几个礼拜没回来了?大鱼说,太忙。大鱼妈说,忙到沈小姐都忘了。大鱼说,她还没搬走?大鱼妈说,有次差点要搬,后来又不搬了。大鱼说,她最近好吧?大鱼妈说,面上是好的,心里好不好,啥人知道呢。

饭后大鱼上天台,听到屋内有抽泣。过了一会才踩重脚步,上前敲门。大鱼说,沈小姐要吃甜品吧。里面立马收起哭声,小水声音颤抖说，大晚上吃甜品会发胖。大鱼说，吃甜品心情好，越吃人越甜。说着便递一碗红豆沙汤圆，她嘴上说不要，还是伸手去拿，也许仅仅为碰一下他的指尖。

小水边吃边说，好久没来，今天怎么有心情？大鱼说，突然想到你的剧本，好奇故事进展到什么程度。小水说，你不是讲情节太假，不相信吗？大鱼说，真相只讲一部分，当然显得假。

小水把碗撂在桌上，有气无力说，剧本我不写了。大鱼说，好好的怎么又不写了。小水说，我没那种天赋。大鱼说，故事没写完，没拿出去给人看，怎么知道没天赋。小水说，其实我怀疑枕头人，从头到尾根本没出现，所有事情是我一个人的幻想，我有妄想症。大鱼说，不至于。小水说，结尾倒是想好了。大鱼说，讲讲看。

小水说，梦碎人亡。大鱼说，听起来吓人的。小水说，人世间的事大多如此，剧本里等我爱上枕头人，他却一声不吭突然消失。我抑郁，比不认识他之前还要抑郁，梦不梦想也无所谓了。到后来为了红，为了成名，我啥事都做得出来，搔首弄姿，谄媚上位，什么原则什么底线，通通不要，是啊，我这种自私女人，枕头人怎么还会爱我呢？小水声音溺到水底，大鱼只觉喘不上气。

缓了片刻他说，上次听你讲剧本，我心里一直盘算，怎么写才叫人信服，结果昨晚做了梦，之前想不出的情节，在梦里完整呈现。小水说，真的吗？讲讲看。大鱼说，一个人，不会无缘无故对另一个人好，如果枕头人这样对你，一定是你先触动他，改变他。小水说，不可能，我压根不知道他是谁。

大鱼说，在我的梦里，枕头人本堕落，整天逃课沉迷网吧，无意发现沈小姐在排练室演剧，小小身体藏巨大能量，他被迷住了。小水说，理由太虚，站不住脚。大鱼说，刚才你讲自私，其实不准确，应该讲做自己，女人越坏男人越爱，本质上是说，女人越做自己男人越爱。小水说，我不明白。大鱼说，枕头人活到现在，从来没做过自己，看一个女孩为做自己，忍受孤独到处抗争，冒巨大风险也要掌握人生主动权，心里多少苦面上还笑，枕头人碰到这个女生，像是被点燃，重新活了过来。

风铃在夜色中叮叮作响，往事泛上心头，小水一句不响。大鱼继续说，有些人什么都没做，但光是他们的存在就足以给人力量，在我的梦里，沈小姐对枕头人就是这种意义。小水说，那结局呢，结局是他们在一起吧。

大鱼停顿许久说，不，枕头人离开了。小水说，那不还是梦碎人亡。大鱼说，不一样，故事到后来，枕头人一心只想帮沈小姐做自己，但当时能帮以后未必，长远来看，枕头人只会拖累，只会阻碍，为了沈小姐好，枕头人不得不离开。

砰一声，只听碗砸到门上，碎片撒了满地。小水失控说，谁跟你讲，你会拖累我阻碍我，你知道我当时有多崩溃吗？大鱼紧握双拳，控制情绪说，枕头人离开，沈小姐发展只会越来越好，现在流行大女主路线，男人当垫脚石，女人打怪升级，写这种故事保证火，一大批年轻人追捧，我的梦就讲到这里，仅供参考，我先走了。小水一面喊等等，一面去开门。谁知大鱼听到动静，先下手为强，挪了椅子堵在门外，她根本推不开。

小水说，剧本是剧本，现实是现实，你不让我见你是什么意思？大鱼说，最好不要认识，不要来往，对你没好处。小水用力敲门，拖哭腔说，我不管，开门呀，快开门。大鱼眼眶一酸，总算把泪水憋回去说，我梦里还有一个情节没讲，沈小姐要听吧。小水抹眼泪说，讲，你讲。

大鱼说，梦里有个地方叫"空心爱"酒吧，沈小姐当时在里面打工，有天小姐妹聊天，聊到《叶甫盖尼·奥涅金》。店里小萝莉问，乡下女孩表白，贵族青年到底为啥拒绝，真因为门不当户不对吗？沈小姐说，都讲贵族青年，也就是奥涅金是渣男，他被女人拒绝可很快平静，被女人背叛就正好休息，追到手不会狂喜，分开了也不觉惋惜。面对乡下女孩塔季扬娜，奥涅金本可答应，像对别的女人那样玩一玩就丢掉，但他为什么不呢？

小水说，恰恰因为尊重，不想伤害塔季扬娜，奥涅金觉得人生太虚无了。大鱼说，沈小姐是聪明人，我也觉得人生太虚无了。

八

大鱼找上门那天，甄老师太惊喜。对比上一次见面，大鱼整个人焕发，精气神显著提升。可从坚定拒绝到坚定答应，中间弯弯绕绕定没那么简单。大鱼也不瞒，不是因为面对老师就要坦诚，而是懂你的人站面前，不坦诚是浪费了。

大鱼说，有个女孩太特别，专喜欢男孩作报告打辩论，那种用思想征服全场的样子，她觉得很帅。甄老师说，为爱发狂，蛮好蛮好，不过她喜欢的男生模样，你自己喜欢吗？大鱼说，我这种人还配谈什么喜欢，有人喜欢我，我已知足。甄老师说，你都不知道怎么爱自己，又如何知道怎么爱别人。大鱼沉默。甄老师说，加入辩论队也不轻松，占据大量课外时间，甚至恋爱时间，你讲的女孩她能接受吗？大鱼说，老师放心，我能平衡好时间，再讲那女孩也是工作狂。甄老师说，俩人理解是好事，这世上最难得的事。

小水写纸条问枕头人，我不懂，为什么一个人做好事，却又不让被帮的人知道，这种牺牲的动力从哪来？枕头人写，小水具体指什么人，什么事？小水写，关于这点，枕头人比我清楚吧。枕头人写，我确实知道有这么个人，做了类似的事。小水写，别吊我胃口，快讲。

枕头人写，校艺术团有很多分支，说是人才济济，其实真正擅长的、一心投入艺术的，少之又少。我就知道这么一个人，懂舞美，懂灯光，懂音效，不能说样样精通，但至少全能，最关键是她总当幕后英雄。什么舞蹈合唱比赛，联谊校庆晚会，哪里缺人，找她一定能顶上。可活干完了，大家去庆祝了，便把她给忘了，报酬荣誉跟她都没关系。下次有事求她，她照样笑嘻嘻帮忙。不会哭的孩子没奶吃，我琢磨好长时间了，我也不明白，她何苦呢，为啥不哭呢？

以为要讲痛打梅老板一事，可扯半天火烧到自己身上。小水读完最后一个字，泪水彻底打湿纸条。一面想，怎么没哭，此刻不就在哭吗，一面又想，幸好纸条不用还回去，不然让他看到模糊开来的字迹，比当面脱衣服还羞耻。

小水写，枕头人真有闲心，这样的普通人普通事，知道得比谁都透彻。枕头人写，比当事人还透彻吗？小水不回。枕头人写，小水也搞艺术，讲讲幕后英雄出于什么心理？小水写，艺术快感，一来源于共鸣，二来源于忘我，如果真是好作品，我也愿做无名好事。枕头人写，奇怪了，小水明明更懂，为何还问我，况且我也是看到那女生，才打心眼明白，原来付出比索取更幸福。

小水来不及抹泪写，上次教训梅老板，你有没有受伤？这次轮到枕头人不回。小水写，其实你不必出头，本来我去酒吧就是体验生活，越是来真，我印象越深刻，演出来才人模人样。枕头人写，你对艺术太认真。小水写，人这辈子总要对一样事认真，不然活着有啥意思。枕头人写，你讲得对，我打扰到你了，我需要你，便自以为你也需要我。

小水写，每当别人问我的表演梦，我都说想出大名挣大钱，如果我说是真的爱，也有那么点纯粹心理，反倒被人瞧不起，说我假，我虚伪。这种时候太分裂，一个属于社会的我，一个属于自己的我，两个我激烈搏斗，到势不两立的地步。可自从遇见枕头人，后一个我跑得越来越快，前一个我被甩得越来越远，有时回头，后一个我，都望不见前一个我在哪，甚至根本忘了前一个我的存在。枕头人像催化剂，导火索，让我脱离了我，逃离了我，也不知是好是坏，该快乐还是悲伤。但有一点很明确，现在我用小刀划自己，开始犹豫，有点下不去手。以前不这样，一刀就是一刀，相当爽快根本不痛。这样讲下来，你还觉得我不需要你吗？枕头人沉默。小水写，我们见面吧！

校辩论队的竞争日益激烈。大鱼本就后来居上，悟性再好，苦工夫也少不了。甄老师见他比别人多花一倍力气，欣慰说，进校队有信心吧？大鱼说，当然。甄老师说，拿市冠军有信心吧？大鱼说，当然。甄老师说，追到心动女孩有信心吧？大鱼不响了。甄老师拍他肩膀说，傻小子，当然更有信心。大鱼笑笑，继续埋头研究。

他心里早打好算盘，校队选拔四个人，这一轮肯定没问题。等市里比赛，今年又是自己学校主办，到时大礼堂人才济济，难得的盛事，小水喜欢辩论一定来看。如果当初伦理课报告，站教室外的果真是她，那到时自己站明晃晃舞台，不慌不忙击落对手，她站台下，必然很快认出他的声音。那么多人，他只看得到她，她也只对他笑。什么叫时机成熟，他现在算是知道了。

大鱼留纸条说，最近忙重要事，不能常来。小水写，啥重要事？大鱼写，保密，想给你惊喜。小水写，我期待，顺便送这只马克杯给你，记得喝水，常喝常用，用到就会想起我。读完纸条，大鱼拆开礼物盒，只见一只纯白马克杯，杯身浮雕刻一对男女，头蒙白布地亲吻。此后大鱼读书，训练，开会，去哪都带这只杯子，等于护身符，看一眼心里就安定了。

校辩论队选拔那天，小水酒吧体验刚好三个月，是回剧组重新面试的日子。于俩人来讲，这天都太重要、太关键，人生走向何处就此决定。大鱼坐选拔教室里，临上场，却反复摸马克杯的浮雕，一对男女亲吻，头上却蒙白布看不见彼此，有意思吧。雪下整天整夜，厚铺在地上，铺到心脏都没有空间去跳。想到小水还要赶去郊区剧组，深一脚浅一脚，面试多久不知，是否封路也不知。

前几天小木箱对话，她还写，在这个角色上我花尽心思，如果失败，不知能不能度过这个坎。大鱼写，失败很正常，我印象里小水不是患得患失的人。小水写，道理我懂，天下角色千千万，自然不差这一个，我只怕努力到头，才发现自己毫无天赋，方向完全走错。大鱼写，享受一次是一次，别想那么多了。

雪压枝头，一点一点沉下去。大鱼看窗外发愣，突然甄老师喊他上场，只听咔嚓一声树枝断了，大鱼心里头也像有什么断了。整个人打颤，砰地站起来说，对不起我有事，得走了。全场错愕，甄老师难以置信说，这次放弃，以后就没机会了。大鱼嘴角露一丝苦笑，所谓人生就是选择，他没办法。

因为下雪，交通堵塞厉害，大鱼心里火急火燎，没有任何预兆，但直觉感到会出事。出租车堵在路口，探头去看，前面出了车祸。

他等不及,丢下钱,拉了车门就往剧组方向跑。跑得太慌忙,雪地里猛摔一跤,磕破额头也顾不上。穿过那么多嘈杂声,却只听到自己粗重的喘气,很莫名地,头一次有天荒地老的感觉。到剧组大楼时已临近傍晚,正要进去,恰逢小水出来。大鱼闪身躲到墙角,没靠太近,但抽泣声融进落雪声里,听得很清爽。他戴口罩,拉低棒球帽,一路跟了上去。

光看背影,就知面试结果不好,文艺片女主没当上。其实也没什么,人生那么长。但小水一路走一路跌,最后索性躺雪地里不动了。大鱼怕她发现,左右穿梭,进进退退,藏到路边越野车后。等太长时间,也未见远处有动静。他突然慌张,小路偏僻没有路人来往,只好一个脚印一个脚印地轻踩过去。沿路有零星血滴,于皑皑雪中太刺眼。吓傻到腿软,不管不顾迈步子跑过去。可还差几米时,小水又双手撑地缓缓坐起。大鱼停步,幸好虚惊一场。

但她左手卷袖子,右手拿美工刀,臂弯里的伤口汩汩淌血,划那么深,淌不尽的感觉。像是她的绝望,也像是他对她的爱。进了一家便利店,小水坐窗边长凳,拿绷带潦草一绑,便当止血完成。大鱼在弄堂口盯她,太专注,以至于路边小孩经过,拉妈妈的衣角指他说,看,雪人。

桌上一堆空瓶独自作响,撞得人七上八下,小水终于从店里出来了。能听到酒精在身体里晃的声音,大鱼跟她后面,自己的步伐也摇摆起来。撑到公园小路上,实在看不过,箭步上前搀她。小水一惊,甩开他的手问,你谁啊?大鱼捂口罩,低沉声音说,你喝多了，我送你回家。小水倚靠栏杆，以为自己眼睛睁开了，其实只眯一条缝，醉醺醺说，我不认识你。大鱼说，你认识我。小水正要反驳，身体一个无力，整个人瘫坐下去。

立马扶住，背到自己身上。喝醉的人比平时重，但大鱼走起来还是游刃有余，一步是一步，人生总算踏实的感觉。也能想象平日里背她在大街上走，是怎样嬉笑玩乐的画面。想得太远了，他知道。紧紧束住手脚，小水还在挣扎问，你到底想干嘛？大鱼清楚报她的全名，出生年月，学校专业，一系列资料摆出来再讲，你放心，我只想安全送你回校。

小水忽然冷笑，吐酒气到耳边说，送我，你知道我是一个怎样的人吗？大鱼不响，此刻只想找玻璃瓶，封她身上的种种味道。小水继续撒酒疯说，其实我这人烂透了，表面上大大咧咧很能说笑，但骨子里太悲观，太消极，和我相处是一件痛苦的事，这样的我，最真实的我，如果有人知道了还会爱我吗？不会的，根本不可能。

小水一个人在那自问自答，声音火苗一样弱下去，到最后只剩大鱼踩雪的脚步声。每一步都坚定有力，千金一般重地，落在她心头。小水盯大鱼额头上的伤疤问，刚磕的吗？大鱼说，不要紧。小水说，会感染的。大鱼说，你手臂伤得更深。

小水鼻子猛然一酸说，你对我好没用的，我只会伤害你。大鱼说，是吗，我怎么不觉得。顺他眼神看过去，小水这才发现自己不自主捂大鱼衣领，怕冷风灌进去。出于善良，出于报答，还是到了母爱的地步？据说真的爱一个人，是要把对方当孩子一样来疼，这和性别年龄都无关。

走了一会大鱼歇下来喘气，还要走多久，走向何方，他心里没数。其实一直这样下去也未尝不可，本来人生兜兜转转，看的只是谁陪在身旁。抬头，无意发现眼前雪景太梦幻，他们站在一座桥上，自己也知道成了风景的一部分。

是该找人画下来的，大鱼忽然不能自已说，小水，我是枕头人。小水全然震动，模糊中更加抱紧，眼泪唰唰滚落说，枕头人，我每天都想你，我们终于见面了。话音刚落便昏睡过去。

酒醒后几天，小水反复回忆枕头人模样。可当时醉得厉害，隐约记得他比自己高一个头，戴黑色棒球帽，鼻梁挺拔，因为口罩被撑得过满。加上肌肉身材，趴在他身上有心安的，甚至理所应当的感觉。可再想下去就含糊了，到后来，根本疑心这是一个梦。

小水在小木箱留言写，那天雪地里救我的，是你吧？枕头人不回。小水继续写，我喝多了，没看清你样子，我们重新见面吧。枕头人不回。小水接着写，我真的想你，太想你，为什么不见呢？枕头人依然不回。

小水拍戏不成，"空心爱"酒吧的工作也要告一段落。这天客人不多，大家为小水办欢送会。任何情绪大可借着酒劲深藏，小水自灌自酒，很快到微醺状态。萝莉说，如果此时心动小哥哥出现，小水姐姐会是啥反应呢？梨姐说，啥小哥哥？萝莉说，哎呀就是那天讲的，在教室门口听他作报告，听到后来不能呼吸的那个。梨姐说，他啊，我不是早讲过，不靠谱，不纠结。萝莉说，小水姐姐你讲啊，如果他现在站你面前，你会表白吗？

小水靠沙发上，想坐起，却发现长发被邻座客人压住。扭头，客人背对她，小水慢慢抽出，客人这才意识到，随即说抱歉，脸却一点角度不转过来。小水干掉杯中酒说，小萝莉，我知道，你要很爱一个人才愿意谈，我和你不一样，越爱，我越不敢。萝莉说，有啥不敢，小水姐姐这样优秀。小水说，和太爱的人在一起容易受伤。梨姐说，这话倒是在理，你爱我胜过我爱你，多爱的那个人，总是苦一些。小水又灌一杯酒说，不是爱不爱的问题，是没有人会爱我，我也绝不爱别人，这样，我就安全了。

酒杯刚落，就听背后传来声音，这种爱情观不健康吧。小水再次扭头，是邻座客人，戴黑色棒球帽，一人占四人卡座，桌上摆加冰可乐。小水倔脾气立马上头，问道，我知道不健康，和你有啥关系呢。客人依然背对说，为了不爱而不爱，你这一生该多么悲哀。

小水不自禁起身，眼神紧盯走到那一桌，客人侧过头，帽檐依旧挡脸。小水说，可以帮我个忙吗？客人不响。小水掏黑色口罩说，你太像我朋友，可以戴上让我看看吗？客人说，不方便吧。一个闪躲，一个坚持，小水到最后没办法，只能拿口罩隔空遮他下半张脸。有一瞬间俩人真的对视，心脏到彻底跳停的地步。他突然推开她，冲出店去。

当晚，小水就给枕头人写纸条，今天有人讲我爱情观不健康，我想，不健康又怎样，我生来不健康，到死不健康，我认了，安全总比受伤要好。其实你不愿见面我也理解，关系到此刻刚刚好。再深入下去必走下坡路，《失乐园》读过吧，这是规律。我收回之前的话，现在我也不想见了，因为想和枕头人相处久一点，再久一点。

过几天小水收到枕头人回复，他写，我不愿你这样看人生，艺术团下周办假面舞会，我们见面吧。

到周末，大鱼破例进商场。太久没买衣服，对名牌也不懂，兜兜转转随便进了一家。卡里攒很久的钱，买一套拿得出手的西装，总还是够的吧，他这样想。导购小姐过分热情，一会儿工夫三四套已讲解完毕。大鱼选了一套，导购小姐说，帅哥多试几套，这么好的身材别浪费呀。进试衣间，旧衣服丢凳上，显得新衣服更新了。大鱼突然想起还不知道价格，于是去翻标签。翻得不熟练，却听到隔壁试衣间的声音太耳熟。

那女孩长松一口气说，总算最后一套了，试衣服真累。导购小姐说，人漂亮，穿啥都漂亮。接着听到门开，试衣女孩走出，大鱼低头看，门外一双高跟鞋闪闪亮。想到跳舞时无论怎样的姿势，视线里总有这样一双鞋，等于这个人出现，此外的一切都褪了色。是致命的吸引，也是极度的危险。

听到女孩纠结，不知选哪一套。导购小姐莺莺燕燕，甜美，端庄，休闲，每一套各有特色，就看美女参加舞会想走什么风格了。女孩挑剔说，讲实话，没有一套百分百满意。到嘴的肉不能放,导购小姐又拨弄衣架,怂恿她再试一套。

结果女孩原本的试衣间,也进了新客人。大鱼正发愣,导购小姐敲门催他,帅哥,还没试好吗?大鱼不响,西装还未上身。导购小姐又敲门,帅哥,你没事吧?大鱼仍是不响,手心的汗浸湿衣领,是怪西装质量不够硬,还是怪商场暖气开太足,总之怪来怪去,怪不到那女孩头上。导购小姐情绪起来了,咚咚咚敲个不停,帅哥,帅哥。女孩倒等不耐烦,算了我不试了,这几套我全要了。导购小姐来不及狂喜,赶紧揽过女孩,噼里啪啦讲一堆,截她的嘴怕她反悔。女孩说,结账吧,我还要去别家看看。导购小姐说,水小姐,新衣服您就穿着,我来剪标签。

确认她离店,大鱼才穿西装出来。导购小姐背过身翻白眼,扭头还是笑说,帅哥,这种布料这种剪裁,市面上难得一见。大鱼看镜子里的自己,确实整个人焕新,完全不一样了。可不敢留恋,进试衣间又重换回来,旧衣服干净,甚至洗到发白的地步。导购小姐黏上来说,怎么样,喜欢吧?大鱼把西装还给她,苦笑摇头。他想自己的钱包那样瘪。

晚上躺宿舍床上,白天那番场景,大鱼根本不能消化。他提见面,纯粹想告诉小水,她值得别人爱,她也有爱人的能力。可不知怎么,想象她穿名贵衣服,站舞池中央等他,他攒钱、借钱,花再多工夫,把自己打造成匹配的模样,他仍是没法走她面前,胸有成竹说,我们恋爱吧,以后你的人生我陪你走。迟早有天她会发现,他只是一个幻象、一个空壳,她想要的生活他给不起,她想闯的事业他无门路。他的本意是让她越来越好，但他们在一起，她只会被拖累，被降低。他不能想象一个人吃不饱饭，还在那里谈哲学。想到此地已心如刀绞，但大鱼不得不下决定，小水生活里，枕头人应当就此消失。

回忆约见面那天，小水在纸条上写，假面舞会戴面具，我们要怎么认出对方？大鱼写，还记得心灵感应吧，一个人痛，另一个人也会痛。小水写，所以一个人快乐，另一个人也会快乐吗？大鱼一直要回，但拖到今晚，他只能不回。

真到舞会那天，学校大礼堂布置华丽，浪漫，到处火树银花，让人专做白日梦。即便这种场合，人人盛装出席，小水身处其中依旧耀眼。复古丝绒长裙，闪亮水晶项链，银色羽毛面具，大鱼站最暗角落只粗扫一眼，就知是她，只能是她。太多人上前邀舞，小水试探走几步便匆匆推辞。等那么久，她始终没等来约定的那个人。他看她在人群里落单，失望，泪水要涌出，实在不舍，重新整理金色面具，径直走了过去。没有礼服没有西装，还是一身旧衣，黑衬衫黑长裤，也许太简单，反而显得不简单。小水先前目光还在找寻，一看到他，便盯住，定住，完全不放松了。

他走到她跟前，没讲一句，便自然而然搂过她的腰。她一愣，手也不自主滑上他的肩。第一次像练过很多次那样熟练，很多次像重温第一次那样心动。他们抱着彼此，音乐里游荡不松开了。大鱼说，现在放的什么歌。小水说，老歌。大鱼说，具体歌名讲讲看。小水说，讲不出来。大鱼说，《忘记他》。小水转一圈说，还没认识他,为啥要忘记他。大鱼不响,只听歌曲唱:"忘记他,等于忘掉了一切,等于将方和向抛掉,遗失了自己。"

借着舞姿,小水像抚摸自己一样抚摸大鱼。滑手臂内侧,感到皮肤不平整,直觉不对劲,便去掀他的衣袖。大鱼本能躲开,但还是来不及,被她发现一排刀疤,细长整齐,规规矩矩排着队等人痛惜。小水问,为什么?大鱼说,不小心划的。小水说,骗人。大鱼说,爬山时被树枝划的。小水撩自己衣袖说,知道你骗人,因为我也这么骗别人。两只手臂摆一起,一黑一白,一粗一细,唯独伤疤一致,像极某种暗号。可以想见当时落刀,鲜嫩皮肤裂开,血珠连串涌出,这种画面俩人都很熟悉了。

小水贴他耳边问,我这么做纯粹求个痛快,你又是为什么,你不该有理由。大鱼长久默然说,我认识一个女孩,和你一样伤害自己,我不明白,心里该有多痛,才要把这痛转移到肉体上。小水踏着舞步沉默。大鱼说,只有做她做过的事,才能感受她感受到的痛。小水说,所以心灵感应是吧。大鱼捧她脸颊,溺进去,也沉默了。

此时歌曲唱:"从来只有他,可以令我欣赏自己,更能让我去用爱,将一切平凡事变得美丽。"小水说,这首歌出自王家卫电影。大鱼说,嗯。小水说,《堕落天使》。大鱼说,天使不该堕落。小水说,也许是假天使。大鱼说,在我心里是真的。

歌继续唱,舞继续跳,两具鲜活肉体黏牢到一起。等旋律落定,主持人燃场,舞台上数瓶香槟同开,砰砰砰几声后雪花四溅,全场瞬间热起来。大鱼扭头去看，再扭回来时，正好迎上小水的吻。他简直不能相信，可她确确实实吊着他的脖子，脚尖直直踮起。说不上什么感觉，梦里想过无数次，真到手了只觉礼太重，他根本受不起。也知道越留恋，只会让离别加倍难，但脚根本盯住，一丝一毫动不了。

就在麻痹上瘾时，大鱼忽然感到耳边一凉，面具几近被摘下。他惊醒般拽住她的手，小水错愕说，怎么了？大鱼重戴面具说，我得走了。小水拉他说，你是枕头人吧？大鱼摇头，听不懂你在讲什么。

小水来不及反应，大鱼已挤入人群。她追赶不上，无奈，只好拿手机拨电话。那天剧组面试，枕头人在雪地里背她时，她趁最后一点理智，从他口袋里偷拿手机，打了自己电话，从此枕头人号码便躺心底。很快拨通，重重热浪滚滚尖叫中，小水听到一个微弱铃声，太悠扬，太伤感。循着铃声找过去，气若游丝一般，越来越弱，越来越弱，最终，*Old French Song* 消失于人群，枕头人也彻底不见。

九

自从齐天报复，讲炒作买粉真相，小水再没出现在医院。找了人去跟踪，发现她从大鱼家也搬了出来，至此三人各回各位，一切太平。齐天理应高兴，本来也不是真要和小水复合，追一个不爱自己的女人回家，他不是闲得无聊。然而还是放不下。病房空空荡荡时，记忆常飘回过去的三人时光。

想起曾经一次，隔壁病房传来唱戏曲声音，齐天不耐烦说，又来了又来了。小水说，啥。齐天说，旁边断腿老太婆，每天这个点，就自己推轮椅到阳台上唱戏。小水说，和我喜欢音乐剧是一回事。齐天说，能一样吧，戏曲是过时东西，只有老一辈才要听。旁边长久沉默的大鱼开口了，这种观点我不同意。齐天瞥他。

大鱼说，以前我奶奶听戏，我也不理解，情节简单吧，咿咿呀呀一句老半天，还没唱完我奶奶眼泪已经落下来了，后来我听音乐剧，比如《摇滚莫扎特》。齐天不禁一颤。大鱼说，这剧高潮地方总是戳我，刺激我想起过往经历，心里难受，但剧里的人陪我难受，理解我的难受，反而又开心起来。小水点头。

大鱼说，后来我想奶奶为啥要哭呢，戏曲故事和她的实际生活，相隔十万八千里，她为啥要哭呢？小水说，和我们喜欢音乐剧是一回事。大鱼说，是啊。小水说，小时候我不懂事，觉得自己和爷爷奶奶外公外婆，没有共同话题，完全不同人种，现在晓得了，只是喜欢的不一样，本质上是一样的。大鱼笑笑说，以后我老了，也推轮椅到阳台，放《摇滚莫扎特》，边听边哭，隔壁年轻人就抱怨，又来了又来了。讲到此地，小水不由得扑嗤一笑，俩人默契对视，完全忘记齐天存在。

当场，齐天恨不得自抽耳光。随便讲一句，他们都可巷子里拐弯，绕回自己身上。齐天试图融入，迫切想说，《摇滚莫扎特》我也喜欢，我听了也难受，你们讲到这种层面，我是相同想法，之前不过随便玩笑罢了。但到底说不出口，承认他们的观点，他们太过契合，自己晚一步追屁股后面吃剩的，实在卑微。可不说，便只有局外人的心情，等于沙漠里走几天几夜，面前总算有杯水，却要忍住不喝。

小水那种笑，齐天也是长久不见。不是镜头前的表演，不是应酬时的客套，不是当女友的责任，而是仅仅作为她自己，一个全新而鲜活的自己，从内心底涌出来的快乐。甚至感觉她活在这世上，单纯为这点快乐。

齐天想，大鱼点燃了她，不仅如此，她之所以是现在的她，有很大程度也因为他塑造了她。从头到尾，齐天报复心强烈，抢小水到手等于踩大鱼脚下。可越靠近她，越觉他的阴影逼近，越无力摆脱他的影响。齐天无数次怀疑，小水和自己恋爱，仅仅为知道大鱼更多往事。

齐天说服自己，操，算了，让这对狗男女滚一边去，他还是恢复原来寻欢生活。可根本回不去，过往日子相当一场幻梦，他做的所有都毫无意义，皆是徒劳。害怕小水大鱼真的复合，快乐只会愈发强烈，强烈到经得住时间考验，甚至等他们离开人世，这种快乐也会留在基因里，祖祖辈辈传下去。但这都和齐天无关，他连一点边界都摸不到。于是又开始犯贱，有时故意撮合，诱使他们达到一种精神高潮,自己无法入局,隔岸观火也是好的。是一种全新的做人境界,甚至感觉,是他成全了他们,整个人都升华了。但下一秒,他诅咒他们立即死去。

这种时候,这个混合三人味道的病房,对齐天而言等于监狱。躺床上辗转反侧,无法入睡,无法清醒,等到康复训练阶段根本不动,只想就此闭眼,从未活这一趟。

不久,齐天招一个兼职大学生,每晚固定时间,坐床边为他读书。大学生名字里带渺,头回自我介绍时说,烟波浩渺的渺。齐天说,不对,渺小的渺。大学生笑笑并不反驳,齐天停几秒说,不用面试,就是你了。往后大学生准时到病房,翻开短篇小说集《空心爱》,一字一句有声朗读。

有回大学生困惑,网上搜此书根本搜不到。齐天说,自然搜不到,因为从未出版。大学生说,那书哪里来的?齐天说,前女友包里找到,复印了一本。大学生说,前女友写的吗?齐天说,前女友喜欢。想再问为何分手,又为何念念不忘,但大学生有分寸,拎得清,话题戛然而止,接着开始读小说。

读书途中齐天全神贯注,耳朵不放过一个字眼,目光牢牢紧盯大学生,一有停顿,一有出错,手边水果立马扔过去。也有时毫无征兆,齐天脾气突然发作,大学生没来由被痛骂痛打,但看在高薪水的份上一忍再忍,心里却想,进错病房了吧,看啥骨科,快点去精神科。

没多久后一天,大鱼被领导喊去办公室,刚进门就说,我正好有事找您。领导说,等会讲。大鱼说,挺急的。领导说,再急的事能有齐天的事急吗?大鱼心头一震,许久没听到这个名字,每次被提醒,等于污泥溏的烂事重翻一遍。可没办法,看领导的嘴一张一合,又回到当提线木偶的心情。原以为齐天那种人,再怎么折腾也有后路可退,但人废到精神层面,就不是钱能解决的问题了。如今他不肯下床,不肯做康复训练,任谁劝都不动,瘫在床上和等死没什么两样。

大鱼联想到自己,知道那滋味的痛苦难耐,突然同理心强起来。但医生劝没用,齐天爸劝没用,他一个仇敌去劝,就会有用?领导再三怂恿,也许隐约感到他俩的隔阂,便只强调一句老话,解铃还须系铃人。大鱼呆站原地不响。领导说,对了,你刚讲有啥急事。大鱼攥手里辞职信说,没啥,我先去趟医院吧。

拖沉重身体到病房门口,只听里面传来争吵声。大学生说,给再多钱,你也不能这样不尊重人。齐天说,连本书都读不好,废物。大学生说,我受够了,不干了。紧接着一本书狠狠砸地,凳子滑出刺耳声音。齐天冷笑说,这点委屈就受不了,滚,快点滚。大学生气到双眼通红,拎了帆布包就往外冲,一开门撞上大鱼。

拉大学生到底楼咖啡厅,一番心平气和交流,大鱼才了解齐天近况。当初面试,没讲几句大学生就被录用,回去后一直没想通,后来趁齐天心情好,才小心提问。齐天看他端正五官,肌肉身材,家里经济困难,在学校却是一等一学霸,便说,因为我嘲笑你,你没有回嘴。大学生恍然大悟说,这点小事确实没必要。

齐天说，我喜欢能忍的人。大学生苦笑说，我这种人除了忍，还有啥办法。齐天说，和我兄弟很像。大学生说，你们兄弟情深。

回忆到此，大学生对大鱼愤愤抱怨，一个人再能忍，也不能毫无底线吧，这种富二代平时猖狂惯了，现在自作自受，我劝你还是离他远点，谁靠近谁倒霉。大鱼不响，只喝咖啡。结账离店时他们朝玻璃门走去，两张脸同时倒影，大鱼只在那一瞬明白，从生平背景到眉眼心气，大学生是翻版的自己，他无辜顶了罪。

等大鱼走进病房，齐天正腿伤发作，大口喘气缓解疼痛。可一见大鱼，立马恢复正常样子，板脸说，你来干吗？大鱼径直捡起地上小说，坐病床边凳子说，读到哪了？齐天夺回书说，关你屁事。大鱼说，书给我，以后我给你读。齐天说，你少他妈自作多情。大鱼说，你看看你，随随便便一蹶不振，一个大男人，整天躺床上像什么样子。齐天气不打一处来，把手里小说撕得粉粉碎，大吼一声，滚。

可大鱼并不死心，第二天晚上准点出现。不管齐天何种反应，他不慌不忙从包里掏短篇小说集《空心爱》。齐天惊讶，纸张泛黄程度，书封中央凹痕，和当时小水包里那本一模一样。齐天恨恨说，你们复合了。大鱼说，啥？齐天说，复合就复合了，还到我面前显摆。大鱼说，我讲过，我和小水不可能。齐天说，那这书是怎么回事？

大鱼脑海立即呈现过往画面，当时和小水分手后，去过几趟酒吧，发现酒柜下小说已不见。等到后来小水，也就是租客沈小姐，主动搬出天台小屋，再去酒吧，发现小说又归回原位。大鱼知道，这次自己太过绝情，小水是彻底伤心，从此不相往来了。

大鱼说，这书最早是我推荐给小水，一家酒吧的公共财产，现在我借过来暂时一用。齐天阴笑说，原来背后还有这么一茬，我以为是小水单纯喜欢，那我不想听了，你现在滚出去。大鱼不搭理，继续翻书说，上回读到哪一页了。齐天说，滚出去。大鱼说，《一个女人的死亡之谜》对吧？

齐天气急，起身要夺书，大鱼抢先一步发现，立即闪躲开。俩人来回推搡间，齐天一个不注意，咚一声巨响，整个人从床上翻下来摔倒在地。大鱼慌乱，赶忙去搀扶，齐天却恶狠狠甩他的手。不信邪，试图自己从地上爬起，可伤腿实在无力，试来试去根本不行。狼狈处境下，齐天无奈一拳头打到病床钢架上，鲜血很快渗出来。大鱼看不下去，蹲地上制止。可齐天还在挣扎，越打血越多，彻底发了狂，又彻底软下来。大鱼一手搭他肩膀，一手扶他身体，耐心说，不要紧，慢慢来，慢慢来。

经过这样一番折腾，齐天再回床上安稳了。他拿起《空心爱》，翻到其中一页递给大鱼。大鱼接过书，沉稳声音读道："她本可以忘记，假装瞎子，随波逐流地活着。但林莞熙做不到。如果不能捋顺前面的人生，她没法过后面的人生。她不知道她是谁，她应该是谁。她是支持女权，还是可以被男性凌辱。遇到喜欢的人，爱他是对他好，还是对他不好。她的态度常常模棱两可，这让别人困惑。别人不知道怎样对她。"齐天一面听，一面痛苦闭眼。

大鱼来病房几趟，此篇小说很快读完。本来接着往下，齐天拦住大鱼，破天荒地要聊一聊。他说，我不大明白，这个故事想表达啥。大鱼说，妈妈几年前死了，爸爸如今再婚，女儿不让他走，想知道妈妈当年究竟怎么死的。齐天说，故事到最后也没讲死因。大鱼说，太多太复杂，你是什么样的人，便有什么样的理解。齐天说，这我知道，我意思是好好的日子不过，非要去寻真相，这一寻，发现那么多难以承受的秘密，何苦呢，装傻不好吗？大鱼说，如果是你，你能装傻一辈子吗？齐天猛然噎住，一句讲不出。

大鱼说，以前上大学，很多真相我也不敢直面，后来两件事刺激到我。第一是看小水排话剧，她讲她不喜欢当逃兵，一个小女孩比我还勇敢，我觉得羞愧。讲完话头停在半空，齐天望他说，第二件呢。大鱼说，你真要听？齐天说，讲啊。

大鱼说，那年我们闹翻不久后，你爸找到我。齐天瞬间全身僵住。大鱼说，他非要请吃饭，希望我不要去找你麻烦，我讲叔叔不会的，事情过去就过去了。后来有点喝多了，他开始讲心里话，他说从小没有给你一个稳定童年，心里愧疚，身边好多女人来来往往，他也知道你都看在眼里。讲到此地，大鱼能听到病床的微晃声。

大鱼继续说，我当时以为，成功人士身边美女如云，是正常的，可你爸讲，从小教育观念，让他一直以为自己忠贞，对爱情全心全意，但后来发现做不到，一面渣男行为，一面不接受自己是渣男，这种矛盾让他太痛苦。我讲叔叔，你告诉我这些做啥？你爸讲，我知道你家里困难，有些历史难以启齿，但很多事无法改变，要学会心平气和接受，就像我现在，接受了自己的复杂，种种性格缺陷，人活到头，就图一个内心平静，这和你曾经讲的不以物喜不以己悲，是同样道理。

从头到尾，齐天一句不响。大鱼拍他肩膀说，最好能走出去，真走不出去也不要紧，对自己宽容一点可以吧。长久安静，只听到窗外月色流淌。

一夜之间，齐天完全变了个人，第二天醒来，主动要求做康复训练。一段时间后，齐天爸来医院看望，主任医师啧啧赞叹说，这么短时间恢复到这种程度，耐心、意志力，都是少见的，你儿子不得了，来日会成大事。齐天爸头一次有这种待遇，两只手来回搓，比自己领奖还激动，一个劲说，谢谢，谢谢！主任医师说，真正要谢的是那个小伙子。齐天爸顺着望过去，只见康复室里，自始至终守在齐天身边的，正是大鱼。

某天训练结束，齐天坐轮椅回病房，看窗外景色的小水转身。齐天笑说，你来了。长远不见，小水看齐天焕然一新，光是这么一句，口吻、神气，已和从前大不一样，整个人笃笃定定。小水说，听说恢复得不错。齐天看一眼表说，是啊，大家照顾我，是大家的功劳。小水着实一愣，继续问，找我有啥事？齐天又看表说，还有几分钟，再等等，坐下来喝口水。小水困惑，头一回看不透他，想来这段时间不仅修复身体，还顺带修炼了心性。一个人变得这样快，可见谁也不能高估低估。

　　准时准点，隔壁病房传来唱戏曲声音。齐天说，仔细听，奶奶唱得真不错。小水心里纳闷，之前还嫌这嫌那的，现在葫芦里又卖什么药。俩人安静听一会，能感到越往后，奶奶声音越带哭腔。齐天说，奶奶唱啥知道吧？小水说，听不懂。

　　齐天说，我住院这么长时间，奶奶除了做手术那几天，其余日子天天唱，唱来唱去同一段。那天我实在好奇，就推轮椅到隔壁，奶奶一见我心情激动，想来是家人许久没探望。旁边一个小护工不耐烦问，有啥事啦？我讲，想和奶奶聊会天。小护工讲，奶奶身体不好，不能聊天。奶奶却开心讲，来啊来啊，小伙子到我这边来。小水打断问，啥时候的事？齐天说，康复训练第一天。小水点点头。

　　齐天继续说，我讲奶奶，你每天唱的啥？奶奶讲，好听吧。我讲，好听啊，但我一点听不懂。奶奶讲，这戏叫《十八罗汉图》，是山上庙里故事，一个尼姑救了一个男婴，抚养成人。可男孩长大后，孤男寡女相处不合适吧，尼姑就要男孩离开，男孩不肯，说要把十八罗汉图修复好再下山。于是约定轮流作画，白天尼姑画，晚上男孩画，俩人同处一室但绝不相见。听到这我感慨，这种关系未免残忍。奶奶讲，就是啊，尼姑爱男孩，男孩也爱尼姑，可师徒二人不可以见，只能看手上这幅画，今朝对方画了啥，怎么画的，经历啥事情，心里啥感受，一直猜，也只能猜，等到画作完成，便是俩人相见之日，也是男孩下山要和尼姑分别的日子。

我听了心里难受，又问，奶奶这么喜欢这出戏，是啥原因？奶奶半天不响，露出少女笑容说，因为我也有这样的心上人，不能见，但欢喜很多年。笑着笑着奶奶又哭出来，不停抹眼泪说，等到我终于自由，可以去寻他，却发现他死了，现在我也想快点死，好去阴间和他碰头，俩人一道画画，同处一室，而且天天见面。

病房里寂静得可怕，这时只能听到隔壁唱戏声，奶奶分饰两角。上一秒扮尼姑唱："佛像庄严，哪有这许多心事人情。"下一秒扮男孩唱："若无人情，怎度众生。"小水沉默许久说，告诉我这些做啥？齐天也沉默许久说，之前我们三人呆在这病房，对你和大鱼来讲，我等于这张十八罗汉图，现在我认输，退出了，但你和大鱼也没在一起，我只是觉得可惜。

很多天后，大鱼回爸妈家吃晚饭。大鱼妈轻描淡写说，沈小姐回来了。大鱼手里一只空碗瞬间落地。大鱼妈说，做啥做啥，这么激动早点去表白呀。大鱼说，她回来干什么？大鱼妈说，她讲搬出去后，剧本一直改不出来，只有回到天台小屋，才有创作灵感。大鱼说，瞎扯。大鱼妈说，啥态度，你是不是早喜欢人家，要追就好好追，认真追。大鱼说，我没有追。大鱼妈说，你不追，人家会约你聊剧本吧。大鱼说，啥？大鱼妈说，等会九点钟，沈小姐说天台见。

九点，大鱼的心已飞上天台，双腿却像灌了铅，爬楼时根本迈不动。好不容易到小屋门口，照旧，镜子前通通亮，背后全然漆黑。大鱼说，沈小姐找我啥事？小水早候在镜边说，想谈谈剧本，有个情节在重改，不知改得对不对。大鱼说，我不是艺术专业，你问错人了。小水说，没有问错，艺术本来就是为大众服务，普通观众的真实想法，是最好参照。大鱼说，还是找别人吧。小水说，你先听听看，听完就算不响也是可以的。大鱼无奈，只好坐镜前长凳。

小水说，之前讲到，我大学时搞表演，有回面试一部文艺电影的女主，为此专到酒吧当服务员，体验生活三个月，面试当天下雪，我以为十拿九稳，导演看我演完也讲，进步很大，确实是可塑之才。大鱼听到此心里一惊，和记忆中推测完全相反。小水转折语气说，导演接着讲，本来女主确定是你，但现在出品方临时推另一位演员，是大佬的女人，这种时代吧谁有钱谁说了算，当然，如果你愿当我秘密女友，我也可顶所有压力坚持挺你，要是投资人不肯，那我也不干了，这部电影的王牌是我，他们不可能让我走，你懂吧。我当时完全懵了，大脑一片空白。导演讲，马上就进组开拍，今天必须定人，你给我一个准确答复，要去要留，你自己决定。讲完导演就到窗边抽烟，给我十分钟思考时间。

大鱼打断说，这是沈小姐真实经历，还是剧本里编造的情节？小水不直面回应，继续说，十分钟后我还是大脑空白，导演转身讲，想好了吗？我不知点头摇头，情急之下，不能控制自己讲，我必须演这部电影，我等太久了，我不能一直这样等下去。大鱼说，应该是编的吧？小水说，导演夸赞讲，识时务者为俊杰，小水是聪明人。讲完他走过来要抱我，拉我衣服，我下意识推开，撒谎说今天生理期，过几天再正式约会。导演半信不信讲，行，那你先走，我还有几场戏要改。后来一出门我就大哭，喝醉，躺倒在雪地里。

沉思一会大鱼说，这样做值得吗？小水说，几天后我联系导演，其他演员陆续进组了，为啥还没通知我？导演支支吾吾讲，你演不了了，下次吧。我不能相信问，为啥，我都答应你了。导演讲，不行就是不行，以后有机会再找你，说完啪地挂电话。大鱼说，导演还是向资本妥协了。小水说，后来那部电影票房大卖，火遍全国，大佬的女人，也就是顶替我的女演员，很快跻身娱乐圈一线，各种片单广告接到手软，我讲不眼红是不可能的。大鱼说，可以理解。

小水喘口气接着说，几年后我当网红，有次饭局上偶遇这个导演，你猜怎么着？大鱼不响。小水说，我不甘心，追问他当年为啥换人，导演苦笑，拉我到角落里讲，当时你离开，我走到窗边看你背影，突然旁边灌木丛里，蹿出一个戴黑帽黑口罩的男人，他跟着你走，看你边哭边摔，好像意识到什么，停下脚步转身抬头，正好和我目光撞上，我一吓，根本来不及躲，虽然一句话没讲，但我知道他盯上我了，后来我再三掛酌，为了不惹祸上身，还是和你不要有来往好。

剧本讲到此地，镜里镜外彻彻底底安静。小水说，那男人是谁，你知道吧。大鱼说，小水之前讲的老朋友，从来没见面的枕头人。小水说，是他，你觉得呢，你觉得我刚讲这段，是真的还是编的？大鱼说，所以沈小姐心里一直怪枕头人，怪他误了你的前程。小水说，怪不怪没细想，但确实想过，如果没有枕头人出现，自己未来会走到哪个方向。大鱼说，恨死他了吧。

小水说，后来我找朋友，私底下打探那位大佬的女人，真可谓高开低走，风水轮流转。大鱼说，啥意思？小水说，也许她习惯走捷径，也因为走捷径得到东西太容易，所以不珍惜眼前拥有，更没沉下心好好打磨演技，再强资本吹捧，自己越演越差，越差越作，一手好牌打得稀烂，听说现在有两年没戏拍了，又放不下身段去做庸俗事情，高不成低不就，相比普通百姓生活当然是富足的，可精神上不开心，重度抑郁好长时间了。

大鱼消化片刻说，随便一个分岔口，便可改变人的一生。小水说，是啊，海森堡当年算错一个公式，影响多少年历史，世界格局完全天翻地覆。大鱼说，你讲啥？小水说，哥本哈根之谜，你不会不知道吧？大鱼说，沈小姐懂得真多。小水说，我上大学听一个男生作报告，伦理课上讲海森堡，不确定性原理，印象太深刻。大鱼瞬间噎住。小水说，怎么不讲话了？大鱼迟疑问，当年那个男生，真是讲这些内容吗？小水说，是啊，有问题吗？大鱼心头一热，不自主咧嘴笑，又立即压制，无数复杂情绪汹涌而来。

小水说，我爸不信佛、不信基督，是典型无神论者，但他总跟我讲，这么多年经验积累，发现要学会吃亏、学会放弃，不能什么都去争去抢，因为这里得到，其他方面必然失去，讲能量守恒吧不那么严谨，但确实这样，后来我也反复思考，总结一些规律，不知对不对？大鱼说，讲讲看。

小水说，真正顶尖厉害的人，必然是流水脾气，变色龙性格，各种矛盾特质集一身，形势需要什么样立马变成什么样。但大多数人，我们这种过普通日子的普通人，基本做不到，只能固守一套逻辑，从更高层面看，除非逻辑改变，否则成一件事必然败一件事，无法做到事事都成，也不可能事事都败。你刚一直问我，是不是怪枕头人、恨枕头人，我想讲，现在的福会变成以后的祸，现在的祸长远来看却是福。枕头人让我错失事业良机，但也因为枕头人，我开始爱自己，找到心里纯粹快乐，必须有取舍、有得失。如果回到那个落雪天的面试房间，导演再问我是去是留，我会毫不犹豫甩他一耳光，潇洒离开，是我做了错事，枕头人又把我拉回来，我为啥还要怪他恨他呢。

沉默整整十分钟。小水再次开口问，剧本这样改，你觉得好不好？大鱼说，好。小水说，既然好，那你没有一点其他想法吗？大鱼说，啥？小水说，本来讲好和我见面，后来又反悔，现在呢，现在怎么想的？大鱼长久不响。小水说，还记得上回讲的剧本结尾吧。大鱼说，梦碎人亡，等你爱上枕头人，他却消失了。小水说，是啊，这个结尾我也准备改。大鱼说，改成啥样？小水说，枕头人离开，我有无数办法可以找他，查他真实身份，但我没这么做，因为我宁可和不爱的人在一起，也不愿被深爱的人抛弃，枕头人这样做触到了我的底线，我当时根本不能原谅他。

小水深深叹口气，接着说，我一直恋爱、换男友，每次都浅尝辄止，拒绝交出自己，我是典型的爱无能，我知道。后来又谈了一个男友，很奇怪，他的种种行为和当年枕头人太像，恋爱许久我始终猜，始终想问，可还没来得及，他和枕头人一样，也突然离我而去。我怨透、恨透，从此再也不相信爱情。然而麻木后又清醒，我逐渐意识到，问题不在于我选的人不对，而是我自己不对，即使真的有对的人出现，我也一定会把这段关系搞砸，我不能永远当孩子，让别人付出。所以剧本结尾我总算想通，决定找回枕头人，我要主动告诉他，我爱他，愿意等他。当然这么做的目的，不是要强迫他和我在一起，而是我希望自己做出点改变，真正独立，成熟起来。

大鱼刚想说什么，小水又打断，我知道你一定会讲，枕头人离开是为了不拖累我，但不管和哪个人在一起，必然有得有失，关键看想要什么，为这想要甘愿牺牲什么，现在我很清楚，物质不能讲不要，只要普通，过得去就行，但精神方面我不想妥协，一点不能妥协，所以我必须把枕头人追回来。

话到此地，大鱼竟一句无法辩驳。他心痛说，我只提一个问题，你为什么爱枕头人，最核心理由，究竟是什么？小水说，因为和他在一起，他不是想尽办法让我爱他，而是想尽办法让我爱我自己。

第二天清晨，大鱼妈端热腾腾大排面上天台。小水一开门，她就笑容满面说，昨天剧本谈得顺利吧，我家傻儿子害羞，上班前给你做了一碗面，自己死活不肯送上来，喏，还有封信要给

439

你。小水回屋,心跳到嗓子眼拆信,里面是一张邀请函,熟悉字迹写道,一年一度的假面舞会又要到了,那天,我在学校大礼堂等你。

七八年后的假面舞会,和从前相比大变模样。所有场景布置,处处融合高科技元素,可想互联网飞速发展下,爱情只会越来越速食。此种大环境里,还要定定心了解,暧昧,培养关系,实在是难事。可小水找出当年装扮,复古丝绒长裙、闪亮水晶项链、银色羽毛面具全部上身站学校大礼堂,一下回到当年等待枕头人的心情。眼前人潮汹涌,多少男孩靠近又离开,即便今日有缘相见,于漫漫人生也只是过客。目光到处寻,寻日思夜想的人。终于,戴金色面具的黑衣男人,在眼花缭乱里涌现,一步步走近,一步步逼近,小水整个人钉牢在原地。

他走到她跟前,没讲一句,便自然而然搂过她的腰。她一愣,手也不自主滑上他的肩。第一次像练过很多次那样熟练,很多次像重温第一次那样心动。他们抱着彼此,音乐里游荡不松开了。小水说,现在放的什么歌?大鱼说,老歌。小水说,具体歌名讲讲看。大鱼说,不记得了是吧?小水说,当然记得。大鱼说,那你讲。小水说,不想讲。大鱼说,为什么?小水说,因为我不想忘记他。大鱼听到此地笑了,别无办法,只有把她抱更紧。此时歌曲唱:"忘记他,等于忘掉了欢喜,等于将心灵也锁住,同苦痛一起。"

熟悉舞步里,小水眼神一遍遍抚摸大鱼。大鱼说,在想什么？小水说，生活太难，需要足够的智慧。大鱼说，你的智慧够吗？小水说，不知道，我只知道和你在一起，我等于多一个大脑，两个大脑对抗这一生，肯定够了。大鱼笑笑，手来回荡过她的脸颊，不舍得放下。小水说，你又在想什么？大鱼说，抱你等于抱我自己，想到很多年里我照顾你，就像照顾自己，是理所当然的事。小水说，也许会是别人。大鱼说，这种感觉只有对你。歌曲兜兜转转又唱回："从来只有他，可以令我欣赏自己，更能让我去用爱，将一切平凡事变得美丽。"

歌继续唱，舞继续跳，两具鲜活肉体黏牢到一起。命中注定的感觉，多年前那一幕又重新上演。等旋律落定，主持人燃场，舞台上数瓶香槟同开，砰砰砰几声后雪花四溅，全场瞬间热起来。大鱼扭头去看，再扭回来时，正好迎上小水的吻。他简直不能相信，可她确确实实吊着他的脖子，脚尖直直踮起。说不上什么感觉，梦里想过无数次，真到手了应当觉得礼重，但这次没有，是稳当当接得住的心情。就在麻痹上瘾时，大鱼忽然感到耳边一凉，面具几近被摘下。他不去阻拦，只平静笑笑，终于也摘下她的面具。

初稿　2021-4-26
定稿　2023-1-20

做人的分寸感（代后记）

周苏婕

写这篇后记，离我创作完长篇小说，刚好两年的时间。两年可以改变很多，多到我不敢回看自己的作品，是恐惧，是羞愧，是害怕自己变得太多，又变得不够多。

写之前做了不少心理建设，因为我知道，大家一打开书先翻后记，看完后记等于这本书也看完了，小说本身，没什么人有时间去看。用姜文的话说，包饺子是为了这点醋。其实是很好的创作心态，说明寒冬里还能久熬。也可以讲是做人的功夫，有一点懂分寸了。

这个长篇我写了两年，想了一年，实际落笔又是一年。人生好像很难找到完整的两年，一门心思去做一件事。别人问我对未来的期待，我就觉得那时好幸福，只想继续这种生活。有信念，有热血，有足够的意志力，有对世界的偏差认知，对自我的盲目信心。写完长篇，我的青春结束了。二十七八岁的样子，正式结束了。

后来很难再有纯粹的心境。迫于压力，琐碎生活，四面八方的质问，甚至时常怀疑自己到写不出来。关于做人的分寸感，我总是学不会，在强迫自己学会。

最早落笔，正好是疫情刚开始。我在老家呆了蛮长时间，后面为了让独居的奶奶不那么孤独，我开始每天去她家写作。奶奶起得早睡得早，跟我有时差，但要保证一天工作量，我也开始七点起床，洗漱收拾，争取八点到她家。

刷牙时就开始想今天要写的内容，通常前一天会写到顺手的地方停住，为的就是第二天能顺利接上。写作状态很重要，呼吸不对了，出来的句子也不对，有些是一气呵成的事。几句话在脑海里盘旋，反复斟酌，到奶奶家半小时的路上，通常能写一百多字。这是我的正常速度，一天八小时，两千字上下。

在奶奶家写完了前三章，后面的都在上海完成。基本闭关，书桌前干一个白天，到四五点实在撑不住了，就去健身房换脑子。晚上要么看书，要么抱电脑去外面写，走一走，换个环境，灵感还能续到十一二点。最难受的就是写不出来的时候。是真写不出来，坐也不行站也不行，做什么都会走神，孕妇难产的感觉，暴躁到想摔东西打人。后来我上了几次拳击课，觉得效果不错。

写不出来不是想不到情节。我创作长篇是按编剧思路来的，头一年就是琢磨故事框架，大纲写很细。然而小说毕竟不是剧本，前者的语言是文字，后者的语言是镜头。语言太重要了，等于是创作者的脸，好的灵魂没有好的脸，未免可惜。

但到底什么是好，没有定论，毕竟大家审美不一，甚至审美常变。写短篇集时，我还整天想着怎么用修辞，越刁钻越好。等到长篇，又厌倦了那种刻意雕琢的东西，觉得大道至简才是上乘。可同样是简单句子，流水账到力透纸背，是几十年的功夫。

这种极细微的差别，要不断去找，去悟，在不同的作家之间来回对比。能欣赏还不算数，离摸索出自己的风格，还有十万八千里，摸索出再巩固，再更新，又是漫漫长路。为什么我写得这么慢，就是一直在磨语言。尽可能去成语和修饰，重动作，偏口语，但又能精准描述生活里讲不出来的东西，无论复杂关系还是微妙情绪。

也是在这个过程，我强烈意识到一点，才华易碎。功利心在现实里是好的，讲究效率，大概率成功。可如果到了创作也开始算计，花的时间值不值，斟酌一个字能创造多少效益，这时心就动摇了，浮躁了。那种细微的语言味道立马体会不到，就算能体会，自己也写不出来，非常明显。

作品是照妖镜。不管隐藏得多好，只要动笔，就会留下痕迹。为何文字这样断句呼吸？为何用这个象征没有用那个？这种写法是否出于虚荣，想展现自己而过分炫技？以为掌握了这个技巧，实际却是东施效颦？我的心态，我的变化，我的脆弱和缺陷，一切都渗透在字里行间。仿佛一个人在滤镜里活久了，以为自己很好看，一照镜子就原形毕露。

我不害怕暴露，我害怕的是不自知。这可能是写作带来的最深痛苦，它要求作家极其坦诚地面对自己，并时刻反省。才华易碎，更何况自己是否拥有才华，这一点都不大确定，换言之，是拥有才华的幻觉。当然即便是幻觉，也是难得的事，所以要惜笔。

我不想说我是个很坚定的人。其实整个过程，我无数次崩溃，无数次放弃，但没办法，力量是在一次次煎熬中成长起来的，这是任何人无法给予也无法剥夺的力量。这种力量长久下去，就是一种天赋。

写作是体力活，适合我这样笨拙的人。吃苦倒不算什么，最大的代价是分裂。社会学家戈夫曼，提出过一个叫拟剧论的概念，大致意思是世界相当于舞台，每个人都是演员，上台下台不同表演。如果是固定舞台惯性活法，其实还好，可创作这件事不是这样的，它要求你一直换舞台，一直换活法。

职业需要，我得接触很多人。见识浅，难免有优越感。遇到三观不一的人，反驳是很容易的，情绪上头即可。但如此自恋，作品只会越走越狭隘。所以作家必须低到尘埃里，怀抱一切多样性和可能性，让形形色色的人进入自己，冲击自己，甚至腐蚀自己。

一方面要清醒审视，一方面又要极度共情。审视自不必说，现实主义小说，要的就是手术刀般的精准剖析。不共情也不行，从头到尾讨厌反派，那这个反派必定写不好看，不是活生生的人，或者说，正派有邪恶一面，反派有正义一面，人物才能走到读者心里去。

写故事本身是分裂的，在虚构和现实里穿梭，是更严重的分裂。当作品第一的信念，引领我往前走，深入到人性深处，我只会感到无所畏惧,甚至兴奋取代了所有情绪。

可脱离作品回到现实,却是无尽的恐怖。搞不清是为了消化现实而去写作,还是因为写作需要消化更多,仿佛死循环。可摆脱创作,生活又很容易陷入虚无,毕竟生命无常,我相信上帝是掷骰子的。石川啄木说,事物的味道我尝得太早了。每次回味这句,我都觉得虚荣是一件好事。

要抽离也要投入,要清醒也要糊涂,我时常感到自己像一个小丑跳进跳出,完成高难度杂技的同时,还要保持心态的来去自如。为什么写短篇还很生猛,到了长篇却温和许多,想必就是长大了,知道人人有难处,知道没有喜何来悲,知道做人不能极端,要懂辩证,懂分寸。

那时写长篇,每天从奶奶家离开,正好是学校放学的点。看车窗外熙熙攘攘的学生,我总会陷入恍惚。他们此刻在想什么,我当时上学又在想什么。他们未来会怎样,我未来又会怎样。后来我很着迷量子力学,从某种程度上,量子纠缠推翻了因果论,如果人这一生,先有果再有因呢?

一束光穿过空气进入水中,按决定论的说法,是因为空气和水的折射率不同,所以光改变了路径。但按目的论的说法,光是为了最大限度减少抵达终点的时间,才改变了路径。

我在设计人物命运时,第一步是先把性格立住,性格到位了,人物自己会走下去。这样看来,每一个命运转折点,都是他的自由选择。可走完一生回头看,却又觉得他其实是被推着走,不管怎么绕，总会抵达早已注定的终点。

  顺着看，是因果论。倒着看，是宿命论。但不管哪一种，光选择的路线永远是最快的，放到人身上，便是所谓一切就是最好的安排。现在我的人生观也如此，发生什么都想一句福祸相依，想多了，便能感到长久的平静。

  做人可能就图这点平静。

2023 年 3 月 25 日

图书在版编目（CIP）数据

痴心人/周苏婕著. -- 上海：上海文艺出版社，2023
ISBN 978-7-5321-8723-2
Ⅰ.①痴… Ⅱ.①周… Ⅲ.①长篇小说－中国－当代
Ⅳ.①I247.5
中国国家版本馆CIP数据核字(2023)第087170号

发 行 人：毕　胜
策　　划：李伟长
责任编辑：李　霞
装帧设计：人马艺术设计·储平

书　　名：痴心人
作　　者：周苏婕
出　　版：上海世纪出版集团　上海文艺出版社
地　　址：上海市闵行区号景路159弄A座2楼　201101
发　　行：上海文艺出版社发行中心
　　　　　上海市闵行区号景路159弄A座2楼206室　201101　www.ewen.co
印　　刷：上海盛通时代印刷有限公司
开　　本：890×1240　1/32
印　　张：14.125
插　　页：2
字　　数：278,000
印　　次：2023年8月第1版　2023年8月第1次印刷
Ｉ Ｓ Ｂ Ｎ：978-7-5321-8723-2/I.6871
定　　价：69.00元
告 读 者：如发现本书有质量问题请与印刷厂质量科联系　T:021-37910000